KB057328

무궁화꽃이 피었습니다 2

대한민국 스토리DNA 027
무궁화꽃이 피었습니다 2

초판 1쇄 발행 | 2020년 7월 10일
초판 2쇄 발행 | 2022년 1월 20일

지은이 김진명
발행인 한명선

편집 김종숙 **마케팅** 배성진 **관리** 박미실
디자인 모리스

주소 서울시 종로구 평창길 329(우편번호 03003)
문의전화 02-394-1037(편집) 02-394-1047(마케팅)
팩스 02-394-1029
전자우편 saeum98@hanmail.net
블로그 blog.naver.com/saeumpub
페이스북 facebook.com/saeumbooks
인스타그램 instagram.com/saeumbooks

발행처 (주)새움출판사
출판등록 1998년 8월 28일(제10-1633호)

© 새움출판사, 2020
ISBN 979-11-90473-27-9 04810
978-89-93964-94-3 (세트)

이 책은 저작권법에 따라 보호받는 저작물이므로 무단전재와 무단복제를 금지하며,
이 책 내용의 전부 또는 일부를 이용하려면 반드시 저작권자와 새움출판사의
서면동의를 받아야 합니다.

• 잘못된 책은 바꾸어 드립니다.
• 책값은 뒤표지에 있습니다.

대한민국
스토리DNA
027

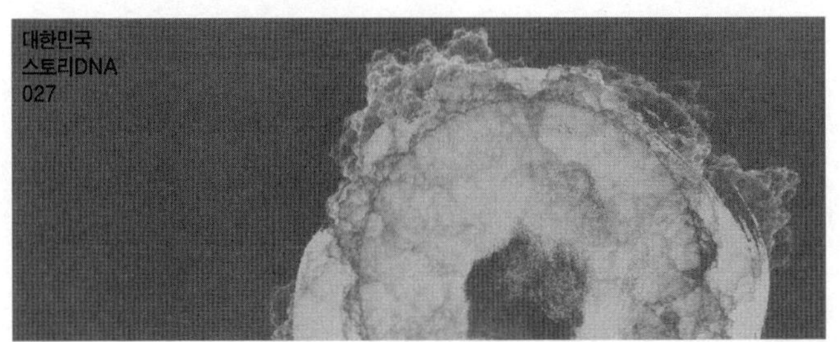

무궁화꽃이 피었습니다 2

김진명 장편소설

새움

차례

비밀구좌

답답한 심정을 안은 채로 기자실에 돌아오니 시계점에서 전화가 와 있었다. 순범은 전화를 하려다가 멀지도 않은 터라 바로 시계점으로 갔다.

다른 일을 하고 있던 수리기사는 순범을 보자 반색을 하며 일어나서는 장황하게 설명하기 시작했다.

「어디서 이 시계를 구하셨어요? 이 시계가 겉으로 보기에는 옛날 시계라 모양만 있고 허술할 것으로 판단했는데, 속이 얼마나 견고한지 뜯는 데만도 두 시간이 걸렸어요. 물은커녕 공기조차 안 들어가게 진공으로 되어 있더군요. 왜 이런 진공 상태가 필요한진 몰라도 하여튼 희귀한 시계임에는 틀림없어요.」

순범은 수리기사가 왜 이렇게 장황하게 호들갑을 떠는지 알 수가 없어 멀거니 서서 그의 설명을 듣기만 했다.

「아까 시계를 떨어뜨려서 고장났을 거라고 말씀하셨죠? 그런데 이 시계는 기가 막히게 방충장치가 잘돼 있어서 떨어뜨린다고 해도 고장나거나 멎거나 하진 않아요. 그런데 뭐가 잘못됐나 하고 살펴보니까, 이 유선이 교묘하게 가느다란 톱 같은 것에 의해 반쯤 잘려져 있었어요. 어느 정도 시간이 가면 유선이 힘을 받아 자동으로 끊어지게 되어 있는 거죠. 그리고는 다시는 못 쓰게 되어 있었어요. 저는 놀라서 더 이상 손을 안 대고 바로 전화를 드렸던 겁니다.」

수리기사는 자신의 실수로 시계가 고장났으니 물어내라고 할까 봐 신경을 곤두세우고 있는 것 같았다.

「그러니까 이 시계는 처음으로 태엽을 감고 나서 어느 정도 시간이 지나면 자동으로 끊어지게 되어 있단 말입니까?」

「그렇습니다.」

「어느 정도 시간이라면?」

「약 열흘 정도입니다.」

열흘 정도라면 미국에서 미현이 자신에게 주기 직전에 태엽을 감았다고 볼 수 있었다. 미현은 이 시계를 목사에게 맡겨놓고 있었다고 했다.

「그런데 이상한 것은 말입니다, 시계 부속품 사이에 제법 넓은 공간이 있고 거기에 이게 끼워져 있었어요.」

수리공이 내놓은 것은 알루미늄 은박으로 정교하게 봉함이 되어 있는 작은 물체였다. 순범이 넘겨받아 만져보니 물렁물렁한 게 무슨 종이 같은 것이 들어 있는 것 같았다. 수리기사의 칼을 빌려 찢어보는 동안 순범의 머리에는 여러 가지 생각이 한꺼번에 떠올랐다. 혹시 이용후 박사가 이 시계 속에 무언가를 넣어두었던 것은 아닐까? 알루미늄 은박이 벌어지면서 뭔가 하얀 것이 조금 보였다. 역시 종이였다. 오랜 세월이 지났음에도 종이는 새것처럼 잘 보존되어 있었다.

무엇인지 선뜻 알아볼 수는 없었지만, 아래쪽에는 영문으로 스위스 로열은행이라는 로고가 찍혀 있었다. 여느 은행의 용지와는 사뭇 다른 이 종이는 모두 영문과 숫자로만 기록되어 있어 당장 알아볼 수가 없었다. 순범은 종이를 호주머니에 넣고 시계를 도로 조립하도록 한 다음 아예 집으로 향했다. 집에서 차분하게 들여다보자는 심산이었다. 무언지 모르지만 이 종이로 인해 이제까지의 무력감과 절망감을 떨쳐버릴 수 있을 것 같은 기분이 들었다. 적어도 이것은 이용후 박사가 직접 준비해둔 것이 아닌가?

예금주 : 이용후

예금액 : $60,000,000

예금일 : 1978년 7월 25일

종이는 스위스 로열은행의 입금확인증이었다.

기대는 어긋나지 않았다. 분명히 이용후의 이름 석 자가 들어간 은행의 입금표였다.

「음, 그랬구먼.」

이용후 박사의 이름으로 예금된 이 거액은 무엇을 의미하는가? 아마도 박정희 대통령과 이 박사가 극비리에 추진하던 일과 상관이 있을 것이 틀림없었다. 이것을 추적하면 틀림없이 무엇인가 얻어낼 수 있을 것이었다.

그러나 스위스 로열은행의 비밀구좌는 말 그대로 비밀을 보장하는 것으로 유명하다. 비밀번호는커녕 계좌번호조차 모르는 상황에서 도대체 어떻게 은행 측과 접촉할 수 있을 것인가?

「그러니까 유언장에 대해 국제인증을 받으면 된단 말이지? 호적등본과 사망증명서를 첨부해서 제출하고, 저쪽의 내부심사를 기다리라구?」

「그렇지, 아마 은행 간부에게 약을 좀 쓰면 일은 의외로 간단할지도 몰라. 물론 유언장이 없어도 일은 되지만, 유언장을 첨부하면 대단히 빠르지. 민법상 권리 관계의 이동은 국제사법에서도 그대로 인정되거든.」

「그럼 자네가 그 유언장을 써주겠나?」

「하하, 이 사람. 나는 안 되지. 13년 전에 사망한 사람의 유언장에 이제 개업한 지 5년밖에 안 된 내가 서명할 수야 있나? 내가 개업한 지 오래된 다른 변호사 이름으로 만들어줄 테니까 서류만 제대로 챙겨서 갖다 주게.」

「알았네. 수고하게.」

변호사 친구의 사무실을 빠져나온 순범은 지체없이 미국의 미현에게 전화를 걸었다. 미현은 잠들어 있다가 전화를 받은 듯 목소리가 잠결에 취해 있었다.

「헬로우.」

「안녕하십니까? 이미현 씨죠?」

「누구세요?」

「한국의 권순범입니다.」

「무슨 일이 있으신 건가요?」

간결한 미현의 어조는 전파로 변해서 태평양을 건너와도 조금도 변함이 없었다. 순범은 새삼 미현과 처음 만나던 일이 생각나 고소를 금치 못했다.

「내일 서울로 오실 수 있겠어요?」

「무슨 일이신데요?」

「놀라지 마십시오. 미현 씨가 주신 그 아버님의 시계 속에서 엄청난 것이 발견되었습니다.」

「엄청난 거라뇨?」

「그대로 있는지 아니면 없어져버렸는지는 알 수 없지만, 아버님이 스위스 은행의 비밀구좌에 거액을 예치해둔 사실이 밝혀졌습니다.」

「그런 일이라면 저는 가지 않겠어요. 그 시계는 이미 권 기자님께 드린 거니까 마음대로 처리하세요.」

「아니, 그런 게 아니고 그 입금표가 이 박사님 사건을 푸는 열쇠가 될 것 같다는 얘깁니다. 일단은 은행에 여러 가지 내용을 알아봐야 하는데, 이 일은 미현 씨만이 할 수 있습니다.」

미현은 잠시 생각하는 모양이었다.

「항공편을 알아보고 바로 가겠어요.」

「비행기표는 지금 여기서 예매해둘 테니 내일 아침 공항에 가서 유나이티드 에어라인 발매소를 찾아가시면 될 겁니다.」

「그럴 필요 없어요. 제게도 비용은 있어요.」

「제 말대로 하십시오. 의당 제가 할 일입니다.」

「아니에요. 그러지 마세요.」

「알겠습니다. 그럼 내일 뵙겠습니다.」

전화를 끊는 순범의 얼굴이 오랜만에 환히 펴졌다. 이제야 미래가 보이는 느낌이었다.

다음날 오후 순범은 미현을 마중하기 위해 김포공항으로 나갔다. 항공사에 승객 명단을 확인하니, 미현은 보스턴에서 아침 일찍 출발하는 비행기를 타고 뉴욕에서 갈아타고 오는 중이었다.

그녀는 전처럼 검고 긴 머리를 뒤로 묶어 늘어뜨린 채, 흰 셔츠에 노란색 재킷과 바지를 입고 있었다. 승객들 중 맨 먼저 나오는 것으로 보아 들고 있는 손가방 말고는 다른 짐은 없는 모양이었다. 약 2주일 만에 보는 미현의 모습은 전혀 변한 것이 없었지만, 한국에서 초청하는 입장이 된 순범은 보통 신경이 쓰이는 것이 아니었다. 이 박사가 가정의 행복을 포기하고 나라를 위해 일하다 유명을 달리한 이상은, 그 외동딸인 미현에게 잘해주어야 하는 것이 순범에게는 의무로 생각되었다. 그러나 어떻게 해주는 것이 잘해주는 것인지 알 수 없어 순범은 몹시 신경이 쓰였다. 여느 여자 같으면 난생처음으로 부모의 나라를 방문하는 감격에 겨워 얼굴이 상기된다든지 가슴이 뛴다든지 할 것이지만, 미현은 마치 이웃 도시에 볼일이라도 보러 온 듯한 표정이었다. 미현이 이런데 순범 쪽에서 요란하게 대하는 것도 우습게 생각되어, 순범은 조용하게 미현을 맞았다.

「힘드셨죠. 갑자기 오시라고 해서 미안합니다.」

「제 아버지 일인데요.」

예의 그 간결한 답변이었다. 그러고 보면 미국에 가서 이 여자와 같이 식사를 하고 시계까지 받아온 것은 보통 일은 아닌 셈이었다.

「미안합니다. 무척 급했어요.」

김포공항을 빠져나오는 승용차 안에서 미현은 밖을 내다보며 처음 보는 부모의 나라 풍경에 초점 없는 눈길을 내던지고 있다가 불쑥 물었다.

「국립묘지로 가시는 건가요?」

「어떻게 하는 것이 좋겠습니까?」

「바로 갔으면 좋겠어요.」

「참배시간이 지났을 것 같군요.」

「…….」

「오늘은 호텔로 가시고 내일 아침 일찍 가시죠.」

「네.」

순범은 미현을 자신의 아파트와 가까운 호텔로 데려갔다.

「아버지께서 스위스 로열은행의 비밀구좌를 갖고 계셨다는 것이 선뜻 이해가 되지 않는군요.」

미현은 아마도 이 박사가 맡겼다는 돈이 한국에서 일을 할 때의 돈이라는 것을 생각하고, 이것을 시계에 넣어 미국으로 보낸 것에 오해의 소지가 있을까 봐 염려하는지도 몰랐다.

「내 짐작으로는 이 박사께서 그때 이미 뭔가 이상한 분위기를 알아차리고 나름대로 대비해둔 것 같습니다. 한국 남자와 결혼하면 시계를 주라고 한 것은 어떤 상징적인 의미가 있지 않을까요?」

가볍게 고개를 끄덕이며 듣고 있는 미현도 뭔가 느껴지는 게 있는 모양이었다. 호텔에 도착해서 미현이 짐을 풀고 샤워를 하는 동안 순범은 로비에서 기다렸다. 미현은 수고를 끼치는 게 싫어선지 아니면 방해받는 것을 원치 않아선지 순범에게 가라고 했지만, 첫날 저녁만큼은 자신이 안내하고 싶은 것이 순범의 솔직한 심정이었다.

「고국의 첫인상이 어떻습니까?」

「활기차 보이는군요.」

32층의 식당에서 창밖으로 보이는 자동차의 물결을 보며 미현은 담담하게 말했지만, 가끔 밖을 내다보며 살피는 것이 미현도 역시 처음 와본 조국의 밤이 여느 때와 같지는 않은 모양이었다.

다음날 아침 국립묘지를 찾아간 미현은 이용후 박사의 묘역에 도착하자 순범더러 비켜달라고 했다. 눈물을 보이기 싫어서인 모양이라고 생각한 순범은 부근에서 기다리다가 몇 번씩이나 올라가보곤 했다. 거의 점심때가 다 되도록 이 박사의 묘비를 부여잡고 오열하는 미현이 실신이라도 하면 어쩌나 해서였다.

묘지에서 내려온 미현은 언제 그랬느냐는 듯 별로 표정을 담지 않은 얼굴로 앞장서서 걸어갔다. 국립묘지에서 나와 작성한 서류를 변호사 사무실에 맡기고 호텔로 돌아가는 차에 타서야 미현은 이 박사에 대한 얘기를 꺼냈다.

「국립묘지는 제사를 어떻게 지내나요?」

전혀 뜻밖의 질문이었다.

「묘지 관리는 국가에서 하지만 제사는 연고자가 하지요.」

미현은 가슴이 아픈 모양이었다. 한동안 말이 없이 차창 밖만 내다보고 있는 것이 안돼 보여 순범이 불쑥 한마디 했다.

「앞으로는 제가 찾아뵐 생각입니다.」

이 말을 들은 미현이 흠칫 놀랐다. 무슨 생각을 하고 있었는지는 모르겠지만 순범은 미현이 이렇게 놀라리라고는 생각하지 못했다.

다음날 아침 미현은 국립묘지에 잠시 들렀다가 미국으로 돌아갔다. 스위스 은행에서 소식이 오면 순범이 다시 연락하기로 하고, 그녀는 올 때와 마찬가지로 담담한 표정으로 떠났다. 공항에서 미현은 짤막하게 고맙다고만 얘기하고 뒤도 안 돌아보고 게이트로 들어가버렸지만, 순범은 미현이 자신을 대하는 태도에 전과는 다른 어떤 변화가 있는 것을 느낄 수 있었다.

스위스 은행에 서류를 보내놓고 회신을 기다리는 동안은 마음이 편했다. 결과가 어떻게 나올지는 알 수 없었지만, 할 일은 다 해놓고 기다리는 것이니까 일의 진전이 없는 데서 오는 조바심 같은 것은 없었다. 예전 같으면 이런 때에는 시간적 여유도 많고 마음도 여유가 있어 적당한 술자리라도 찾아 기웃거렸을 순범이었지만, 이제는 자신이 무척 할 일이 많다고 생각되었다. 이 박사 사건에 매달리는 동안 순범은 시간이 갈수록 점점 달라져가고 있었다. 자신의 주위에서 일어나고 있는 일들의 의미를 이해하기 위해서는 공부도 하고 전문가를 만나 얘기도 듣고 해야 한다고 생각했다. 단순한 기자의 감각과 순발력만으로는 조국과 민족의 문제를 이해하고 그 의미를 규정짓는 데 한계가 있다는 것을 순범은 절감하고 있었다.

보이지 않는 전쟁

순범은 박 주임에게 전화를 했다. 한사코 바쁘다며 몸을 빼는 박 주임을 겨우 만나기로 하고 순범은 시경을 나섰다. 틀림없이 박 주임은 무언가를 알고 있는데 그것을 털어놓게 하기가 순범으로서는 여간 어려운 일이 아니었다.

일단 다방에서 박 주임을 데리고 나온 순범은 부근의 소줏집으로 들어갔다. 안주를 시키고 술이 두어 순배 돌아갈 때까지 두 사람은 아무 말이 없었다. 박 주임도 오늘은 권 기자가 결코 그냥은 돌아가지 않을 것이라고 생각하는지 얼굴을 펴지 않은 채 긴장하고 있는 듯했다.

정보를 얻으려는 자와 주지 않으려는 자 사이의 대치는 이루 말할 수 없이 복잡하다. 비밀을 지키려면 처음부터 아예 입을 꾹 닫고 상대가 뭐라 하더라도 오불관언 식으로 나가는 것이 가장 좋지만, 정작 그렇게 한다는 것이 인간으로서는 거의 불가능한 일인지도 모른다. 무엇보다도 소중하게 생각하는 자신의 인격이 매도되어버리는 것이 비밀을 지키는 것보다 더 참지 못할 때가 많기 때문이다. 이런 경향은 자신이 뭔가를 가졌다고 생각하는 사람일수록 더한 법이었다. 인격이 높거나 자신이 성공했다고 믿는 사람에게 비밀을 지켜달라고 말하는 것처럼 어리석은 일도 없을 것이다.

박 주임은 전에 순범이 청렴결백하고 유능한 공무원으로서의 자신을 존경한다는 말에 그만 참지 못하고 몇 마디 순범에게 발설한 것이 생각났다. 그때에는 별것이 아니려니 했는데 오늘 순범이 집요하게 자신을 만나자고 하는 것이나, 만나서 술집으로 데리고 와 아무 말 없이 술만 따르고 있는 것이 보통 일은 아니지 싶었다.

「박 주임, 우리 솔직하게 얘기합시다. 전에 사건이 발생했을 때 모든 언론에서 박 주임이 홍성표에게 거액을 받고 놓아줬을 것이라고 추측기사를 내보내려 할 때 내가 앞서서 막았소. 한 성실한 공무원의 일생이 걸린 일을 그렇게 경솔하게 처리해서는 안 된다고 내 일처럼 막았소. 나는 지금도 그때 내가 잘했다고 생각하고 있소. 즉, 박 주임은 무슨 일이 있어도 그럴 사람이 아니라는 것을 나는 확신하고 있기 때문이오. 박 주임은 내가 경찰기자를 10년간 하면서 봐온 성실한 경찰관 중에서도 손가락에 꼽을 수 있는 분인데, 신문에서 그런 추측기사가 나가 가족이 보기라도 한다면 그것은 나의 책임이라고 생각했기 때문이오. 박 주임을 잘 아는 내가 믿고 지켜주지 않을 수는 없다고 생각했고 지금도 그런 생각은 변함이 없소.」

「권 기자의 말은 알아듣겠소. 그러나 나는 아무런 말도 할 수 없소. 전에 얘기한 대로 내가 실수한 것으로 해둡시다.」

「박 주임의 기록을 보고 오는 길이오. 지난 20년간 사소한 실수조차도 기록된 것이 없었소.」

「실수했다는 것이 아니오. 그냥 실수한 것으로 해두자는 거지.」

「이런 일을 실수한 것으로 해두자는 정도로 넘어갈 수는 없는 일이오.」

「어쨌든 나는 얘기할 수 없소. 권 기자도 내 성격 알지 않소? 이제 더 이상 그 얘기 꺼내면 나는 나가버리겠소.」

예상했던 대로 박 주임은 완고했다. 그러나 박 주임이 완고할수록 순범은 이것이 예삿일이 아니라는 생각이 더욱 강하게 들었다. 그러나 이제는 방법을 바꿔야 했다.

「이봐요, 박 주임. 단순한 일 같으면 내가 박 주임을 다시 만나자고 해서 이렇게 물을 리가 있겠소? 사실은 박 주임도 속고 있을지 모른다는 생각이 들어서 그러는 거요.」

「도대체 무슨 소리요? 무슨 말을 해도 내 입에서 더 이상 다른 말이 나갈 것이라고는 기대하지 마시오.」

「내 짐작으로는 박 주임이 그렇게 입을 봉하려는 것으로 봐서는 상부의 지시를 받고 움직인 것 같은데, 그것이 정말 상부의 지시라고 생각했단 말이오?」

「무슨 말이오?」

박 주임이 약간 관심을 보이는 것으로 보아 상부의 지시임이 틀림없는 것 같다고 판단한 순범은 기세가 올라 자신 있게 다음 얘기를 꺼냈다.

「박 주임을 지시한 사람은 아마 극비라고 하면서 다른 사람, 심지어는 박 주임의 직속 상관들도 모르게 일을 지시했을 것이오. 물론 그러기 위해서는 상대방은 상당한 신분이어야 하겠지. 일의 성격상 여러 사람에게 알려져서는 안 된다는 그 사람의 말에 동감한 박 주임은 자신이 모든 것을 덮어쓰고라도 그 사람이 하는 일이 의미 있다고 판단하지 않았겠소?」

여기까지 말하고 순범은 다시 한 잔을 따라 박 주임에게 권하며 기색을 살폈다. 그의 얼굴에는 순범의 얘기에 흥미를 느끼는 표정이 나타나 있었다.

「그런데 그 사람이 박 주임을 속였다면 어떻게 하겠소?」

「속이다니?」

「박 주임의 애국심을 이용한단 말이오.」

「그게 무슨 말이오?」

「박 주임에게 지시를 한 자가 야쿠자와 미리 내통이 되어 홍성표를 보호하고 있었단 말이지. 그러던 중 그를 덮치려는 다른 수사관들의 동태를 파악하고는 박 주임을 이용하여 그를 먼저 체포했다가 놔준단 말이오.」

「하하, 권 기자. 우리 이러지 맙시다. 내 말문을 열기 위해 별 생각을 다 한 모양인데 이제 그만 끝냅시다.」

역시 박 주임은 입이 무거운 자였다. 이렇게까지 말하는데도 꿈쩍 하지 않을 정도라면, 박주임에게 일을 시킨 자도 보통은 아니겠다는 생각이 들었다. 그러나 여기서 물러설 순범이 아니었다.

「박 주임은 어떻게 생각하고 있을지 모르지만 내게는 확실한 증거가 있단 말이오.」

「무슨 증거?」

「박 주임을 지시한 자에게 가서 가네히로에 대해 설명해달라고 하시오. 그러고 나서 우리 다시 만납시다.」

순범은 박 주임의 잔에 술을 따랐다. 가네히로란 말을 듣고도 박 주임의 표정에 아무런 변화가 보이지 않는 걸로 봐서, 그는 홍성표의 일에 대해 구체적으로는 알지 못하는 모양이었다.

대답이 올지 안 올지는 모르지만 순범으로서는 박 주임으로부터 연락이 오기를 기다릴 수밖에 없었다.

며칠이 지나도록 박 주임으로부터는 연락이 없었다. 그동안 순범은 국방부 출입기자인 박상훈으로부터 핵 관계 정보를 얻는 데 몰두해 있었다. 가끔 개코와 통화를 하기는 했지만 특별히 만날 일은 없었다. 그렇지만 이틀 전의 전화 통화에서 개코는 그답지 않게 매우 신중한 목소리로, 며칠 내로 엄청난 사실을 알려주겠다고 했다. 순범이 무슨 일이냐고 물어도 그는 대답 없이, 그때 가면 개코 형사를 다시 보게 될 것이라고만 했다. 여느 때 같으면 쫓아가서 만나볼 것이었지만, 순범도 몇 개의 엄청난 일 사이에 끼어 있어 정신이 없었다.

순범은 미국에서 돌아온 후 윤미와는 여러 번 전화 통화만 했다. 보고 싶은 마음은 있었지만, 일없이 만나기 시작하면 그냥 빠져버릴 것 같은 두려움이 앞섰기 때문이었다. 그 외에도 이 박사 사건을 어느 정도는 해결하고 만나야 할 것 같은 기분이 들기도 했다.

순범은 몇 번이나 망설이며 전화기를 들었다 놨다 했지만 막상 다이얼에는 손이 가지 않았다. 그때 전화벨이 울렸다.

「권순범입니다.」

「알려드릴 일이 있어서요.」

윤미였다. 순범은 늘 만나던 프라자호텔 커피숍으로 나가면서 무슨 일일까 몹시 궁금했다. 이 박사 사건과 관련하여 생각난 것이 있어서일까, 아니면 박성길 살해사건일까?

언제나 그렇듯 낮에 보는 윤미는 청초한 모습이었다. 온순한 미소와 부드러운 눈매가 역시 순범을 편안하게 해줬다. 순범은 미현의 냉랭하고 날카로운 분위기와 윤미의 부드럽고 잔

잔한 분위기가 상반되면서도 어딘가 비슷하다고 생각되었다.

「마음에 들지 모르겠어요.」

순범이 공항의 면세점에서 산 스카프를 내밀자 윤미가 가볍게 웃었다. 그것을 목에 감아보기도 하고 머리에 써보기도 하고 어깨에 둘러보기도 하는 것이 무척 마음에 들어 하는 눈치였다. 그 모습을 바라보는 순범의 입가에 미소가 번졌다.

「정신이 없었을 텐데 언제 이런 걸 사셨어요?」

「진작 드리려고 했는데 일부러 연락하기도 뭣하고 해서요.」

「그러고 보니 선물 받아본 지가 꽤 오래된 것 같아요.」

윤미는 스카프보다 순범의 정성에 기뻐하는 것 같았다. 스카프를 잘 개어 옆에 놓으며 윤미는 조용한 목소리로 말문을 열었다.

「사실은 요즘 오는 손님들의 이야기를 듣다 보니 권 기자님께 몇 마디 전해드려야겠다는 생각이 들어서요.」

순범은 삼원각이 국제정치의 무대요, 고급 정보의 안테나라고 하던 것이 생각났다.

「…….」

「네버 국장이란 미국인이 최근 자주 왔어요. 일주일 사이에 여러 번 왔었는데 어제가 마지막인 모양이에요. 오늘 미국으로 돌아간다고 하더군요. 이 사람이 올 때면 늘 한국의 고위관리들이 같이 오곤 했어요. 사람은 매번 바뀌더군요.」

「그 사람은 무슨 국장입니까?」

「그건 잘 모르겠지만 같이 온 한국 사람들이 그렇게 부르더군요. 아마 얼핏 듣기에는 군축국장인가 하는 것 같았어요.」

「그래서요?」

「처음에는 청와대의 김종휴 특보와 같이 와서 술을 마셨어요. 술이 거나해지자 김 특보가 잘 왔다고 하면서, 외무부는 잘 따르는데 국방부의 말썽꾼들이 문제라며 그들을 어떻게 해야 할지 모르겠다고 하더군요.」

「국방부의 말썽꾼들?」

「그래요. 그러니까 이 말을 듣고 있던 네버 국장이 손을 목에 갖다 대고 자르는 시늉을 하며 '스틱 앤 캐럿'이라고 하더군요. 처음에는 무슨 말인지 못 알아들었는데, 그 말을 여러 번 반복했어요. 그러자 김 특보가 '아이 어그리, 잇스 디 온리 초이스'라고 하더군요. 김 특보의 말은 동감이오, 그게 유일한 선택이오 하는 것으로 알아들었는데 스틱 앤 캐럿은 무슨 말인지 못 알아듣겠더군요. 권 기자님은 무슨 말인지 아시겠어요?」

순범은 다시 한 번 속으로 놀라고 있었다. 이제 보니 그 둘은 영어로 대화를 했다는 얘기가 아닌가? 윤미는 그 말을 알아듣고 자신에게 알려주고 있는 것이었다. 대체 윤미의 어디에서 그런 총명함이 나오는 것일까? 순범은 윤미를 재발견하는 느낌이었다. 이런 여자가 공부를 했다면, 아마 모르긴 몰라도 어렵지 않게 박사학위 정도는 받았을 것 같았다. 이런 생각이 들자 머리에 다시 미현이 떠올랐다. 이미 의과대학 교수가 되어 있는 여자. 두 사람은 전혀 다르면서도 아주 비슷했다. 그 비슷한 점이 꼭 집히지는 않았지만, 아마도 남에게 부담을 주지 않는 깔끔함과 현명함 같은 것이 아닐까 생각되었다.

「스틱 앤 캐럿은 채찍과 당근이라는 말입니다. 즉, 말을 안 듣는 자들은 때리고 말을 잘 듣는 자들은 먹을 것을 준다는 뜻이죠.」

「그러면 이제 저는 더 말할 필요가 없겠네요.」

「왜요?」

「그대로 되었으니 말이에요.」

「그대로 되다니요?」

「그 다음에 한국 관리들과 왔을 때에 무슨 선언문인가를 작성하는데 반대하던 자들은 거의 몰아냈다고 하는 것 같았어요. 네버 국장이 읽어보고 미흡한 부분은 직접 고치기도 했다는 거예요. 그리고 국방부 내에서 그 일과 관련하여 적극적으로 일한 사람들은 모두 일 계급씩 특진시키기로 했다나 봐요.」

「무슨 선언문인지는 몰라요?」

「그건 모르겠어요. 다들 선언이라고만 했지 구체적으로 얘기한 사람은 없었거든요.」

사실은 윤미에게 물어볼 필요도 없는 일이었다. 순범은 짚이는 것이 있었다. 앤더슨 정과 국방부에 출입하는 박 기자가 얘기하던 선언이라는 것이 바로 이것이 틀림없었다. 그렇다면 국방부에서 기안해서 대통령이 발표하는 형식으로 되어 있는 것이 사실은 이 네버인지 뭔지 하는 미국 관리가 다 만들어놓고 떠나는 것이란 얘기였다.

박 기자는 분명 북한의 핵개발을 저지하기 위한 선언문이라 했다. 공동선언문이라면 미국의 관리가 와서 협의도 하고 뜯어고칠 수도 있는 것이겠지만, 한국의 독자적인 선언문을 미국의 관리가 와서 만들어놓고 그것을 발표만 한다는 것은 있을 수 없는 일이었다. 그것도 대통령이 직접 발표한다는 것은 국가 자존의 문제였다.

「정말 고맙습니다. 윤미 씨의 얘기는 제게 참으로 도움이 되는 것입니다.」

「남의 얘기를 고자질한다는 것은 나쁘지만, 듣고 있자니 뭔가 옳지 못한 것 같아서 전화를 했던 거예요.」

「오늘은 제가 점심을 한번 거하게 사야겠군요.」

「아니에요. 선물도 받고 했으니 제가 사야죠.」

「누가 사든 간에 좌우간 윤미 씨 좋아하는 걸로 먹으러 갑시다.」

윤미와 헤어진 후, 순범은 마음이 홀가분했다. 박성길이 살해되고 나서 뭔가 께름칙한 기분이 남아 있던 것이 완전히 사라지는 느낌이었다.

기분이 한껏 좋아진 김에 순범은 개코에게 전화를 했다. 저녁에 만나 오랜만에 소주나 한잔 나누며, 개코가 말한 엄청난 것에 대해 얘기를 듣고 싶었다. 그러나 개코는 출타 중이었다. 형사계 당직을 하고 있던, 순범도 잘 아는 최 형사가 전하는 말로는 개코가 요즘 무슨 일엔가 매달려서 정신없다는 것이었다. 오늘은 아침부터 청주에 간다며 나갔다고 했다.

순범은 개코가 초년병의 자세로 다시 뛰겠다는 얘기를 한 것이 생각났다. 청주에는 박성길 사건으로 간 모양인데, 며칠 전 통화에서 엄청난 것을 밝히겠다고 한 것과 관련해 무슨 성과라도 있는 모양이었다.

순범은 개코가 오면 자신에게 연락해달라고 해놓고선 전화를 끊었다. 퇴근할 무렵까지 전화가 오지 않아 순범은 신문사 동료들과 귀국 축하 명목의 술자리를 갖기로 했다. 신문사의 술꾼들은 순범이 요즘 와서 달라졌다고 입을 모았다. 술 없으면 죽고 못 살듯 하던 순범이 요즘 와서는 술을 입에 잘 안 대는 것은 말할 것도 없고, 항상 책을 보거나 참고 자료를 스크랩하거나 전문가에게 도움말 듣기를 즐기는 것이 이해하기 힘들 정도라는 것이다.

오랜만에 동료들과 하는 자리라 순범은 취하도록 마셨다.

자리가 파하고 몇몇 꾼들과 예정된 코스로 3차까지 밟고 나서 집으로 돌아온 순범은 옷도 벗지 않은 채로 침대에 대자로 쓰러졌다. 이렇게 한번 잠이 들면 아침 8시가 되어야 깨는 것이 순범의 몸에 젖은 습관이었다. 과거 신참 기자 시절에는 그럴싸한 사건만 났다 하면 한밤중이고 새벽이고 관계없이 울어대는 전화벨 소리에 잠을 깨곤 했었다. 그러나 지금은 한 달 내내 출동전화 따위는 걸려오지 않았다. 10년 경력이라는 것이 결코 만만한 것은 아닌 모양이었다.

개코의 죽음

때르르릉.

순범은 손을 뻗어 전화기를 집었다. 아무리 술에 취했어도 전화기에는 본능적으로 손이 가게 되는 것이 사건기자의 생리였다. 요즘 와서 한동안 심야 전화를 안 받았다고 해서 본능적으로 굳어진 습관이 사라졌을 리는 없었다. 수화기를 들면서 순범은 시계를 들여다보았다. 이것도 역시 본능적 습관. 새벽 1시였다.

「권 기자요? 나 종로경찰서의 최 형사요.」

「최 형사? 아, 최 형. 그래 무슨 일이오? 이 시간에.」

「박 형사가 죽었소.」

「박 형사라니? 박 형사가 누구요?」

「박준기 형사 말이오.」

「뭐, 개코가? 최 형 지금 무슨 소리를 하고 있는 거요?」

「박준기 형사가 죽었단 말이오.」

「언제, 어디서?」

순범은 개코가 죽었다는 말을 듣자, 가슴속에서 뭔가가 훅 하고 치밀어 올라오는 것 같았다.

「고속도로 순찰대에서 우리 서로 연락이 왔는데, 밤 11시 30분에 천안 인터체인지 부근에서 자동차 추돌사고로 죽었다는 거요. 지금 천안 한국병원 영안실로 우리 직원들이 내려가려는 참인데, 권 기자도 같이 가려면 갑시다.」

그러나 최 형사는 대답을 들을 수가 없었다. 그 말을 듣는 순간, 순범은 전화기를 집어던진 채 문을 박차고 밖으로 뛰쳐나갔다.

'개코가 죽어? 어떻게 이런 일이 생길 수 있어.'

흥분하여 미친 듯이 고함을 지르던 순범은, 주차장에 세워둔 차를 뽑아서 무서운 기세로 고속도로로 들어섰다. 순범은 시간이 흐름에 따라 점차 냉정을 되찾아갔다. 그의 복잡한 머릿속도 빠르게 돌아갔다.

개코가 11시 30분에 천안 인터체인지 부근에서 사고가 났다면 11시경에 청주에서 출발했다는 얘기다. 그렇다면 개코는 그렇게 늦게까지 청주에서 무엇을 했단 말인가? 박성길의 살해에 관한 조사를 하고 있었을 것은 틀림이 없는데, 무슨 단서라도 잡지 못했다면 그렇게 늦게까지 청주에 있었을 리는 없다. 그러나 청주에서 할 일이란 게 뭐가 있었을까?

한 시간도 채 못 되어 천안의 한국병원에 도착한 순범은 바로 영안실로 가 개코의 시체를 확인했다. 머리와 얼굴이 깨진 채로 피범벅이 되어 있었고, 승용차의 엔진이 튀어나와 개코를 받았는지 가슴에는 심한 화상을 입고 있었다. 눈을 뜨고 주먹을 꽉 쥔 채로 죽은 걸로 봐서는 죽는 순간까지도 뭔가를 위해 애를 쓴 것 같았다.

순범의 머리에는 개코의 아이들이 떠올랐다. 엄마도 없는 아이들을 남겨두고 죽기가 얼마나 고통스러웠을까? 그 언젠가 순범이 사준 통닭을 아이들이 잘 먹는 것을 보고, 왜 진작 사주지 못했는지 모르겠다며 자책하던 개코의 표정……. 그리고 신참 수사관으로 새로 출발하겠다며 겸허하게 자신을 추스르던 개코의 모습……. 순범은 끝내 울음을 터뜨리고 말았다.

언제 도착했는지 종로경찰서의 최 형사를 비롯한 형사 몇이 순범의 곁에 다가와 개코의 시체를 보고는 눈을 돌려버렸다. 늘상 시체를 봐오던 그들도 몸이 완전히 으깨져버린 개코의 모습에는 차마 눈을 뜰 수가 없는 모양이었다.

입구에서 자동차 멎는 소리가 나더니 정복을 입은 경찰관 두 사람이 들어왔다.

「사고 경위는 어떻게 된 거요?」

「사망자와는 어떻게 되는 사입니까?」

「동료 형사요.」

이 말을 들은 정복은 일단 경례를 했다. 죽은 사람이 형사라 남의 일 같지 않게 생각된데다가, 서울에서 내려온 서너 명의 형사를 보자 자신도 모르게 손이 올라간 것이었다.

「천안 조금 지나서 아주 긴 내리막길이 있습니다. 이 내리막길에서 맹렬한 속도로 달려가다 앞에 가던 대형 트럭을 들이받았습니다. 아마 어두워서 미처 보지 못했거나 다른 생각에 깊이 빠져 있다가 그대로 부닥쳐버린 것 같습니다. 브레이크를 잡은 흔적이 없습니다.」

「트럭은 어떤 종류였소?」

「짐을 가득 실은 11톤 화물트럭이었습니다.」

「운전사는 어디에 있소?」

「그게 이상한 것이, 운전사가 행방불명입니다. 자신의 잘못이 없어 사라질 필요가 없는데도 운전사는 사고 현장에 차만 버려두고 없어졌습니다.」

이 말을 들은 순범의 눈이 번쩍 뜨였다.

「뭐라고? 운전사가 없다고!」

「그렇습니다.」

「그 화물자동차 회사로 연락해보시오. 운전기사가 누구였는지.」

「내일 아침이나 돼야 통화가 될 겁니다.」

「그러면 그 트럭의 바퀴자국은 조사해봤소?」

「네, 추돌당하는 순간 급정거를 했더군요. 바퀴자국이 오십미터 가량 뻗어 있었어요.」

「추돌당하는 순간 급정거라구요?」

이 대목이 순범에게는 그냥 넘어가지지가 않았다. 추돌사고라는 것이, 뒤에서 들이받은 차가 급브레이크를 잡았다면 이해할 수 있겠지만, 전혀 상황을 모르고 앞서 가던 차가 뒤를 받히자마자 바로 급정거를 한다는 것이 상식적으로 납득이 되지 않았다. 더군다나 운전사가 사라지고 없다는 것은 더욱 의심을 불러일으켰다. 추돌당한 차의 운전사가 잘못한 것이 하나도 없다면 왜 사라져버렸을까?

순범은 누군가가 개코를 살해한 것이라는 느낌이 들었다. 개코의 시체를 들여다보고 있는 동안 이 느낌은 점점 확신으로 다가왔다. 같이 청주에 내려갈 때 자신의 과속에 대해 개코가 보이던 조바심이나 평소 개코의 신중함을 생각할 때, 아무래도 달리는 차를 들이받고 죽을 개코는 아니었다.

「내 생각에 이것은 교통사고를 가장한 살인사건이오.」

「네?」

정복의 눈이 휘둥그레지며 놀랐다.

「이 사람이 들이받은 것이 아니고, 그 트럭이 추돌하도록 유도했단 말이오.」

「그러면 트럭이 일부러 급정거했다는 얘기입니까?」

「그렇소. 트럭은 이 사람이 운전하던 승용차를 맹렬한 속도로 추월하자마자 주행선으로 들어가 급정거를 한 것이오. 그래서 브레이크를 밟을 여유도 없이 그냥 추돌하고 만 것이오.」

정복은 순범의 설명에 일면 수긍하는 듯하면서도 좀처럼 믿으려 하지 않았다. 하긴 웬만큼 상상력 있는 사람이 아니고서는 고속도로에서 달리는 자동차를 이용해 살인했다는 사실을 받아들이기는 어려울 것이었다.

「이상한 일이 있었습니다.」

「무슨 일입니까?」

「우리는 마침 사고 장소로부터 멀지 않은 곳에 있었기 때문에 목격자의 신고를 받고 바로 현장에 도착했죠. 자동차 몇 대가 멈춰 있고 사람들이 문을 열고 박 형사를 꺼내려 하고 있더군요. 우리는 신원을 확인하려고 옆자리에 있던 잠바를 집어 들었습니다. 지갑을 보니 경찰관 신분증이 있어 바로 연락을 했죠. 그런데 이 잠바를 보니 핏자국으로 쓴 무슨 글씨 같은 것이 있지 않겠어요. 박 형사님은 차 밖으로 나오자마자 이내 운명하셨는데…… 출혈이 무척 심했어요. 그러니까 사고 직후 얼마 동안 숨이 붙어 있을 때 필사의 힘을 다해 쓴 것 같았어요.」

순범의 귀가 번쩍 뜨이면서 숨이 가빠왔다.

「그 잠바 어디 있어요? 뭐라고 쓰여 있습니까?」

「차에 있습니다.」

정복은 차에 가서 개코의 잠바를 가지고 왔다. 그가 가지고 온 회색 잠바는 틀림없이 개코가 자주 입고 다니던 것이었다. 아내가 없는 개코는 옷을 자주 갈아입는 편이 아니어서, 이 잠바는 한여름이나 한겨울을 빼고는 개코가 늘 애용하던 것이었다. 순범을 비롯한 형사들은 잠바를 보는 순간 다시 한 번 코끝이 찡해왔다.

순범이 잠바를 받아들고 이리저리 살펴보니 뒤쪽에 검붉은 핏자국이 묻어 있었다. 바탕이 회색이라 선명하게 보이는 핏자국은 글씨 같았다. 매우 힘들여 쓴 듯 글씨는 균형을 잃고 길게 늘어져 있었다.

첫 자는 틀림없는 '신' 자였고 다음은 매우 흐리고 길게 늘어져 있는 것으로 봐서 개코는 이 글자를 쓰다가 숨을 거둔 것으로 보였다. 두 번째 글자는 'ㅁ'이었다.

이 글자가 눈에 들어오는 순간 순범은 숨이 멎는 것 같았다. 가슴에 심한 압박감이 느껴지며 숨쉬는 것조차 어려워졌다. 이루 형언할 수 없을 정도의 강렬한 감정이 가슴 밑바닥에서부터 거세게 소용돌이치며 올라오고 있었다. 이 글자는 무엇을 뜻하는가? 개코가 죽어가면서 사력을 다해 쓰려고 했던 것은 무엇인가? '신ㅁ'이란 무엇을 뜻하는 말인가? 개코는 분명히 며칠 후면 엄청난 사실을 알려주겠다고 했다. 그 엄청난 일은 과연 무엇이란 말인가? 개코가 죽으면서까지 글씨를 써서 무언가를 알리려고 했다면, 분명히 그는 결정적인 무엇인가를 알아낸 것이 틀림없었다. 어쩌면 이 박사의 죽음에서부터 박성길의 죽음, 그리고 개코의 죽음까지가 모두 이 '신ㅁ'이라는 문자에 들어 있을지도 몰랐다.

「신 마담…….」

순범은 입 안에서 몇 번 혀를 굴려보았다. 개코는 신윤미를 신 마담이라고 불렀었다. 개코는 죽음 직전 사력을 다해 신 마담이라고 쓰려다가 '신ㅁ'까지만 쓰고 숨을 거뒀다…….

불현듯 순범의 몸이 떨려왔다. 그렇다면, 이 모든 의문을 감췄던 자는 결국 신윤미였다. 순범은 허탈한 마음과 뼈를 깎는 후회에 뒤이어 피를 끓게 하는 복수심이 이는 것을 느꼈다.

'아, 내가 눈이 멀어 개코를 죽게 하고 말았구나. 진작에 개코와 최 부장의 말을 듣고 신윤미를 닦달했어야 했다. 그랬더라면 모든 것이 해결되고 개코도 죽지 않았을 것이다. 그런데 세상에 이렇게 사악한 여자가 있을 수 있다니……. 그토록 현명하고 순수해 보이는 여자가 어떻게 이런 일을 할 수 있단 말인가?'

순범은 공중전화 앞으로 가서 전화기에 동전을 집어넣었다. 수첩을 꺼내 최 부장의 집 전화번호를 확인한 후 전화를 걸었다. 빨리 손을 쓰지 않으면 신윤미는 잠적할지도 모르는 일이었다. 수화기 속 신호음을 들으며 순범은 새삼 개코의 값진 죽음에 눈시울이 뜨거워졌다. 죽으면서까지 범인을 알리는 것은 소설에서나 봄직한 것이었는데, 그것이 이렇게 현실로 나타나고 있었다. 그것도 개코에 의해.

'그래, 개코. 며칠 후면 진면목을 보이겠다고 했던 약속을 자네는 결국 지켜내고 말았어. 당신이야말로 최고의 수사관이야.'

최 부장은 전화를 받지 않았다. 아마 전화기 코드를 빼놓고 자는 모양이었다. 순범은 당황했다. 하필 이런 순간 불통이라니. 신윤미의 신병을 확보하려면 최 부장밖에는 없지 않은가? 시간이 없다고 생각되자 더욱 조바심이 났다. 순범은 일단 신윤미의 집으로 전화를 했다. 잠적했는지 집에 있는지를 확인해봐야 할 것이었다.

여러 번 전화벨이 울리는데도 신윤미는 전화를 받지 않았다. 여느 때라면 지금쯤 삼원각에서 일을 마치고 집으로 돌아왔을 시간이었다. 전화를 받지 않는 걸로 봐서는 벌써 몸을 숨겼을지도 몰랐다. 그런데 수화기를 내려놓으려는 순간 윤미의 목소리가 들려왔다.

「여보세요.」

순범은 놀랐다. 집에 없을 것으로 생각했던 윤미가 전화를 받았고 목소리도 보통 때와 다름없이 지극히 안정된 것이었다. 극히 찰나적이지만 순범의 사고체계에 혼란이 왔다. 물론 윤미가 전화를 받는 것이 이상스러울 것은 없었다. 개코가 그렇게 써놨다 하더라도 그녀로서는 얼마든지 부인할 수 있는 것이고, 그것만으로는 증거가 될 수 없었다. 무엇보다도 그녀는 개코가 그런 것을 써놓고 죽었다는 사실을 모를 것이었다. 그러나 이런 추리를 뛰어넘는 육감이 순범의 내부에서 강하게 솟아올랐다. 그동안 몇 번이나 의심스러운 경우가 있었지만, 자신은 그녀가 범죄와는 무관하다고 결론지어왔다. 이번 경우도 어쩌면 자신이 좀 더 신중해야 하지 않을까 하는 생각이 얼핏 들었던 것이다. 윤미는 극히 의심스럽다가도 막상 얼굴을 대하거나 목소리를 들으면 그 의심을 말끔히 씻어버리는 알지 못할 힘을 가지고 있었다. 그런 힘은 오직 진실에서만 올 수 있는 것이었다.

순범은 손에 힘이 빠지는 것을 느끼며 수화기를 도로 내려놓고 말았다. 좀 더 신중해야 한다고 생각하자 마음이 편해졌다. 일단 서울로 올라가 모든 상황을 종합하고 확실한 결론을 내린 후에 윤미를 추궁해도 해야 할 것이었다. 어쩐지 윤미가 잠적할 것 같지는 않았고, 무엇보다도 관련이 없을 것 같은 생각이 강하게 생겨나는 것이었다. 그렇다면 이 '신ㅁ'은 과연 무엇을 뜻하는 글자란 말인가?

아침이 되자 모든 상황은 분명해졌다. 트럭은 짐을 실은 채로 도난당한 것이었다. 스키드 마크를 조사한 결과 순범의 추리가 맞는 것으로 판명됐다. 트럭은 개코의 승용차를 추월해서는 갑자기 앞으로 꺾어들면서 급브레이크를 밟았고, 개코는 브레이크도 밟지 못한 채 변을 당했던 것이다. 순범은 개코의 행적을 알아보러 다녔다. 개코가 청주에 내려갔다면 무엇보다도 교도소에 갔을 것이었다.

순범이 교도소에 가서 확인해보니 과연 개코는 며칠간이나 계속해서 박성길과 같은 방에 있던 복역자들을 빠짐없이 만나 박성길에 관한 것을 샅샅이 물었다는 것이었다. 얘기를 듣다 보니 한 번도 아니고 몇 번씩이나 청주까지 내려와 애쓴 개코의 집념이 역력히 느껴져 순범은 가슴이 아팠다. 자신이 이 박사 사건에 끌어들이지 않았다면 개코가 이렇게 죽지는 않았을 거라고 생각하자, 기필코 사건의 전모를 밝혀내 개코의 복수를 해주어야 한다는 사명감 같은 것이 강하게 생겨났다. 교도소에서 나온 개코는 청주경찰서로 간 것으로 확인됐다. 거기서 박성길의 유품을 확인하고 오후 늦게 나갔다는 것이다.

일단 여기까지 알아본 순범은 서울로 돌아왔다. 모든 상황을 종합해보고 나서 자신도 개코가 밟았던 조사 과정을 그대로 답습할 생각이었다. 그 방법이 개코가 어느 단계에서 무슨 생각을 했는지를 알아내는 데 가장 좋을 것이었다. 개코가 17년의 수사관 경력에서 오는 자만심을 버리고 겸허한 자세로 출발하여 무언가를 알아냈다면, 자신도 개코와 마찬가지의 겸허한 자세로 시작해야 할 것이었다. 그러자면 모든 선입견을 버리고 현장 위주의 조사를 하지 않으면 안 되었다. 최 부장에게는 당분간 개코가 남겨놓은 문자에 대해 얘기하지 않기로 했다. 그가 이 문자를 알게 되면 틀림없이 신윤미를 연행하여 조사하려고 할 것이 뻔하기 때문이었다.

시경에 돌아와 경찰 간부들과 종로경찰서장에게 개코가 순직했음을 설명하고, 장례를 종로경찰서장으로 해줄 것을 간곡하게 부탁하고는 부근의 목욕탕에서 뜨거운 물에 몸을 담근 채 순범은 깊은 생각에 빠져들었다.

개코는 무엇에 착안했을까? 그가 박성길의 동료 복역수들을 상대로 세세한 것까지도 남김없이 질문을 했다면, 그것은 박성길의 신상에 무슨 변화가 있었는가를 조사하기 위해서였을 것이다. 박성길에게 변화가 없고서야 그를 죽여야 할 이유가 없었을 것이 아닌가?

역시 문제의 핵심은 박성길을 죽여야 하는 이유에 있는 셈이었다. 어떤 변화가 있었기에 박성길은 죽어야 할 이유를 갖게 된 것일까? 순범은 일단 자신의 판단을 유보했다. 청주교도소에 가서 사람들의 이야기를 들어보고 판단해야 할 것 같았다.

다음날 종로경찰서에서 거행된 개코의 장례식에 참석한 순범은, 개코의 남겨진 아이들을 보고는 또다시 눈물을 흘리고 말았다. 아직 아빠의 죽음이 무언지 모르고 투정하는 동생 때문에 마음 놓고 울지도 못하는 큰딸의 모습은 많은 사람들의 눈시울을 적시게 했다. 저 남겨진 아이들을 어떻게 할 것인가?

순범은 장례식이 끝난 후 이리 뛰고 저리 뛰고 하면서 아이들의 생활비와 학비 문제를 해결하려고 노력했다. 다행히 경우회라는 경찰 출신들의 상조회가 있었고 현직 경찰관들의 장학회 같은 것도 있어, 처음에 우려했던 것과는 달리 썩 어렵지 않게 문제를 해결할 수 있었다. 박봉에 시달리는 경찰관들이 동료의 불행을 못 본 체하지 않고 모두 호의적으로 나서는 것을 보면서, 순범은 경찰의 동료애가 남다르구나 하는 생각이 들었다. 역시 위험한 일을 많이 겪다 보니 그만큼 의리도 깊어지는 모양이었다.

장례식이 끝나고 시경으로 돌아와 자리에 앉자마자 전화벨이 울렸다. 순범이 받으니 전화는 뜻밖에도 윤미였다.

「마침 계셨군요. 저녁에 그 근처에 잠시 들를 일이 있어서요. 바쁘시지 않으면 잠시 만났으면 해요. 뭘 좀 산 게 있거든요.」

수화기를 들고 있는 동안 묘한 기분이 든 순범은 잠시 어떻게 할까 망설였다. 개코의 장례식날 개코를 죽였을지도 모르는 여자를 만난다는 것이 내키지 않았지만, 어쩐지 거절하고 싶지는 않았다.

전화를 끊고 나서는 울적한 기분에 사무실에 더 앉아 있을 수가 없어 밖으로 나왔다. 이런 날 윤미를 만나도 되는 건가 하는 자책감이 들었다. 순범은 약속을 취소하기 위해 윤미의 집에 전화를 걸었으나 아무도 받지 않았다. 괜히 약속을 했다는 후회가 생겼다. 맑은 정신으로 윤미를 만나고 싶지 않은 기분이 들어 순범은 눈에 띄는 술집에 들어갔다. 처음엔 많이 마실 생각이 아니었지만 몇 잔 마시지 않아 금방 취했고, 취하다 보니 점점 더 많이 마시게 되었다.

자리에서 일어날 즈음 순범은 거의 제정신이 아니었다. 옛날 대학 시절, 무언가 절박한 분위기로부터 도피하기 위해 미친 듯이 술을 마시던 때에 가끔 나타나곤 하던 망각과 몽유의 상태에 빠져버린 것 같았다. 흔히 필름이 끊어졌다고 말하는 바로 그 상태가 되어서도 순범은 용케 윤미와 약속한 장소를 찾아갔다. 윤미는 순범의 만취한 모습을 보고 적잖이 놀라는 눈치였다.

「무슨 일이라도 있었나 보죠. 너무 취하셨어요.」

「당신이 신윤미, 아니 신 마담이야?」

순범이 쓰러질 듯 비틀거리며 윤미를 보고 큰 소리로 마담이라고 하자 주위의 다른 사람들이 모두 쳐다봤다. 윤미는 얼굴이 약간 상기되면서도 일어나 순범을 부축하려 했다. 순범은 윤미의 손을 거칠게 뿌리치며 다시 큰 소리로 물었다.

「당신이 신 마담이냐구? 내 친구를 죽인 신 마담이 틀림없어?」

이쯤 되자 다방 안에 있던 모든 사람들의 시선이 두 사람에게 쏠렸다. 윤미는 당황스런 기색을 애써 감추고 잘 포장된 물건을 순범의 앞에 내놓았다.

「전복 내장이에요. 일전에 좋아하신다기에 사왔어요. 오늘은 너무 취하신 것 같으니까 저는 이만 가겠어요.」

서둘러 일어나는 윤미에게 순범은 차갑게 내뱉었다.

「구미호 마담, 이제까지 얼마나 많은 사람에게 이런 선물을 내밀었어?」

이 말을 듣는 순간 윤미의 눈가에 눈물이 핑 돌았다. 어쩔 줄을 모르고 서 있던 윤미의 눈에서 드디어 눈물방울이 뚝 떨어졌다. 이 눈물방울을 보는 순간 순범은 정신이 퍼뜩 들었다.

「역시 저를 그런 여자로 보셨군요.」

순범은 벌떡 일어나며 윤미를 잡으려 했으나, 그녀는 이미 밖으로 나가고 있었다. 급히 따라 나가려던 순범은 의자에 발이 걸려 앞으로 넘어지고 말았다. 사람들의 조롱 섞인 웃음과 함께 끝없는 낭패감이 몰려왔다.

다음날 아침 무거운 머리로 깨어나면서 순범은 윤미의 집으로 전화를 했다. 짐작했던 대로 윤미는 전화를 받지 않았다. 뼈저린 후회를 가슴에 묻으며 순범은 청주로 출발했다.

청주교도소에서 순범은 박성길의 동료 복역수들을 상대로,

개코가 그랬던 것처럼 박성길의 평소 행동 및 변화에 대해 꼬치꼬치 캐물었다. 그러나 먼젓번과 마찬가지로 복역수들은 박성길에게 별다른 변화는 없었다고 말했다. 교도관들도 마찬가지였다. 하루 종일 교도소에 머물면서 물어보아도 별 도움되는 얘기를 들을 수는 없었다. 개코는 무엇을 생각했을까?

올라오는 길에 청주경찰서에 들러 박성길의 유품을 살펴봐도 특별히 주의를 끌 만한 것은 없었다. 염주와 내의, 세면도구, 목각인형, 도장 따위의 평범한 물건들뿐이었다. 서울로 올라오는 길에서나 집에 돌아와서 잠들 때까지 생각을 해봐도 개코가 청주에서 무엇을 찾아냈는지 짐작조차 되지 않았다. 순범은 이제야 비로소 개코의 진면목을 확인하는 셈이었다. 이 빈약한 상황 속에서 개코는 무엇을 알아냈기에 순범에게 엄청난 것을 가르쳐주겠다고 했던 것일까?

가네히로의 정체

다음날 아침, 순범이 시경에 출근하자마자 전화가 걸려왔다.

「권 기자시죠? 옆의 다방에 와 있는데…… 만나야 할 일이 있으니 잠시 나오시죠.」

목소리가 공손하면서도 나지막한 것이 만만치 않은 사람 같았다. 혹시 박성길의 조직원이 아닐까 생각을 하며 순범은 자리에서 일어났다. 박성길의 조직원이라면 도움되는 정보를 줄지도 모를 일이었다.

다방 문을 열고 들어서자 사십대 초반의 두 사나이가 손짓을 하는 것이, 대번에 순범을 알아본 모양이었다. 역시 짐작대로 상대방들은 어딘지 모르게 강한 이미지를 풍겼다. 부드러운 표정으로 순범에게 자리를 권한 이들은 차를 시키고 담배를 한 대 권한 후 종업원이 차를 가져올 때까지 아무런 말도 꺼내지 않고 있었다. 순범은 이들이 습관적으로 말을 조심하는 사람들이라고 생각했다. 차를 한 모금 마시고 나자, 이들 중 나이가 조금 더 들어 보이는 사람이 말을 꺼냈다.

「바쁘실 텐데 이렇게 나오시게 해서 죄송합니다. 저희 사장님께서 만나보고 싶어 하시니 잠시 시간을 내주셨으면 합니다.」

「사장님? 어디서 오신 분들인가요? 먼저 신분을 밝히는 게 도리가 아닌가요?」

그러나 사나이는 자신의 신분을 밝히지 않은 채 다시 말했다.

「가네히로에 대해 관심이 있으시다면 같이 가보시는 게 좋을 것입니다.」

순범은 깜짝 놀랐다. 박성길의 조직원일 것으로 생각한 이들이 가네히로를 들먹이고 있었다. 그렇다면 이들은 박 주임으로부터 얘기를 듣고 온 사람들인 모양이었다. 잠시 생각하던 순범은 이들을 따라나서기로 결심했다.

「좋습니다. 나갑시다.」

순범을 태운 이들의 승용차가 고려대학교 앞을 지나칠 때 순범은 적잖은 의심이 생겼다.

'내가 너무 경솔했던 것이 아닐까? 만약에 이들이 홍성표의 부하들이라면 일본에 있는 그의 존재를 숨기기 위해 나를 살해할 수도 있을 것이다.'

이런 생각이 들자 순범은 다시 한 번 사나이들의 옆모습을 훑어봤다. 운전하는 자까지 모두 세 명. 내릴 때까지도 상황을 이 확실치 않으면 이들에게 기습을 가하고 달아나야 하는 것은 아닐까? 비록 세 명이라고 해도 평범한 사람이라면 기습을 가하고 달아날 수 있겠지만, 이들의 얼굴에 서려 있는 범상치 않은 기색이 마음에 걸렸다. 이런 정도 분위기를 풍길 수 있는 자들이라면, 결코 만만치 않을 것임은 분명한 사실이었다. 만약의 경우를 대비하여 순범은 한두 마디 붙여두어야 하겠다고 생각했다.

「어디로 가는 겁니까?」

그러자 앞에 앉은 사나이가 뒤를 돌아보며 순범의 옆에 있는 사나이에게 가볍게 턱짓을 했다.

「머리를 무릎 사이에 묻어.」

순범은 아차 했다.

순범은 일부러 못 알아들은 듯이 옆의 사나이에게 물었다.

「어디로 간다구요?」

「머리 박아, 이 자식아! 죽어야 정신을 차리겠어?」

앞의 사나이까지 몸을 뒤로 돌리고 있는 상황에서 이 좁은 차 안에서는 아무것도 할 수 없을 것 같았다. 순범은 괜히 섣불리 문제를 일으켰다가 나중의 기회도 놓치게 될까 봐 순순히 고개를 숙였다.

순범이 고개를 숙이자 옆의 사나이가 주머니에서 검은 천을 꺼내 순범의 눈을 가렸다.

'이놈들이 눈을 가리는 걸로 보아서는 죽일 생각은 없는 모양이군.'

순범은 위기 속에서도 내심 안도하며 도대체 이들의 정체가 무엇일까 궁금해했다. 자동차는 이윽고 목적지에 다다른 듯 천천히 멈추더니 옆의 사나이가 순범을 데리고 내렸다. 건물 안에 들어서자 바로 계단을 내려가는 것이 지하실로 가는 모양이었다. 순범은 상황을 알 수 없어 궁금했지만 참는 수밖에 없었다.

목적지에 도착했는지 순범의 눈가리개가 풀어졌다. 주위가 컴컴한 것이 지하 창고나 주차장 같았다. 앞에는 무지하게 생긴 사나이 하나와 덩치가 좋은 사나이 둘이 버티고 서 있었다. 순범은 일이 잘못됐다고 생각했다. 이 정도라면 아까 차에 타고 있던 사나이들하고 일을 벌이는 편이 훨씬 나을 것이었다.

「솔직히 얘기를 하면 그냥 돌려보내 주겠다. 그러나 만약 거짓말을 했다간 너는 여기서 죽을 거야. 나는 긴말은 싫어하는 사람이니 알아서 하도록 해.」

순범은 난감했다. 이들의 하는 짓이나 모양새로 보아서는 홍성표와 연계된 조직의 일원이 틀림없었다. 설사 자신이 여기서 죽는다 해도 아무도 아는 사람이 없을 것이었다. 섣불리 따라온 자신이 경솔하게 생각돼 무척 후회스러웠지만, 지금은 후회나 하고 있을 때가 아니었다. 이런 상황에서는 무엇을 감추고 말고 할 계제가 아니지만, 실제 순범은 감출 것도 없는 입장이었다. 일본에서 홍성표를 보게 된 것밖에는 아무것도 없지 않은가? 그러나 순범은 이런 폭력조직에 끌려와 위협을 받고 있다는 사실이 못 견디게 불쾌했다. 어떻게 해야 하나? 생각하는 사이 질문이 날아들었다.

「가네히로를 어떻게 아나?」

「그 전에 당신들의 정체부터 알아야겠어. 당신들은 홍성표의 조직원인가?」

「그렇다.」

「그렇다면 그가 야쿠자의 자금을 받아 조직을 관리해왔다는 사실도 알고 있겠지?」

「물론.」

「결국 너희들도 야쿠자의 하수인이란 말이군. 그렇다면 나는 아무 말도 할 수가 없어. 이 권순범이가 너희 같은 쓰레기들의 협박에 못 이겨서 얘기할 걸로 생각했으면 큰 오산이야. 기왕 오늘은 무사하지 못할 것 같으니 한번 걸판지게 싸움이나 해보자.」

말을 마침과 동시에 순범은 옆에 서 있는 덩치의 복부를 내질렀다. 전혀 예상을 못하고 있다가 일격을 받은 덩치는 앞으로 고꾸라지고 말았다. 순범은 번개같이 몸을 돌려 주먹으로 나머지 한 명의 얼굴을 가격했지만, 사나이는 날쌔게 고개를 숙여 주먹을 피했다. 다시 뛰어오르며 가슴을 찼으나 상대는 이번에도 슬쩍 몸을 돌려 피했다. 역시 예상대로 보통이 아니었다. 순범은 일이 잘못됐다고 생각했다. 기습으로 둘을 쓰러뜨리면 달아날 수 있을 것으로 생각했는데 이렇게 되면 어려웠다. 그때 먼저 고꾸라졌던 사나이도 몸을 일으키고 있었다. 순범은 다시 앞의 사나이를 후려치는 듯하다가 몸을 돌려 미리 보아둔 계단 쪽으로 뛰었다. 전력을 다해 비상구에 다다라 손잡이를 돌렸으나 문은 열리지 않았다. 순범은 문에 등을 기대고 돌아섰다. 하찮은 일로 여기서 죽을지도 모른다고 생각하니 억울하기 짝이 없었다.

부모님의 얼굴과 이 박사와 개코, 윤미, 미현의 얼굴이 한꺼번에 떠올랐다. 사나이들은 점점 다가오고 있었지만 달아날 길이라곤 없었다. 조심스레 방어자세를 취하고 있는 순범은 처음보다 많이 위축되어 있었다. 달아날 곳이 없다면 여기서 싸우다가 쓰러질 수밖에 없을 것이기 때문이었다. 그러나 의외로 사나이들은 무지막지하게 공격해오지는 않았다.

「권 기자, 우리는 당신을 해치고 싶지 않아. 다만 어떻게 가네히로를 아는지만 말하란 얘기야. 당신이 제대로만 말하면 우리는 당신을 돌려보내 주겠어. 그걸 말하는 건 별것 아니잖아?」

「그걸 말하는 것 자체는 별것 아니지만, 야쿠자의 하수인 노릇을 하는 자들에게 말을 할 수는 없는 노릇 아니오?」

순범은 약해지고 있었다. 달아나기도 틀렸고 목숨을 걸 만한 가치가 없는 일이라 생각되자 본능적으로 타협하고 싶은 생각이 들었다. 별것 아닌 일로 이렇게까지 위험한 지경에 처하는 것은 결코 순범이 원하는 바가 아니기 때문이었다. 순범은 상대가 야쿠자와는 관계가 없다고 얘기해주기를 바랐다. 이것은 순범이 타협할 수 있는 최소한의 조건이었다. 그러나 상대는 순범을 편하게 해주지 않았다.

「야쿠자와 같이 일하는 게 뭐가 어때서 자꾸 그러는 거야? 모든 게 국제화 시댄데 우리도 서로 협력하고 살 수도 있는 일이잖아. 그놈들 돈 좀 가져다 쓰는 게 나쁠 게 뭐 있어?」

「문제는 당신들의 자세에 있지. 그놈들 돈을 가져다 결국 울리는 게 누구냔 말이야. 한 핏줄을 나눈 동포가 아닌가? 아무리 당신들이 양심을 잃고 산다고 해도 외국의 검은돈을 가지고 동포를 울린다는 것은 있을 수 없는 일이야. 게다가 어디 무릎 꿇을 데가 없어서 일본 깡패들에게 무릎을 꿇느냔 말이야. 당신들 아버지, 할아버지가 저승에서 얼마나 가슴을 치고 계실 것인지 생각해봤어?」

「내 아버지는 아직 저승에 안 가셨어.」

「그러면 당신 아버지에게 가서 물어봐. 잘하는 짓인지 어떤지를…….」

이 말을 듣자 사나이들은 웃었다. 순범도 이들과 몇 마디 얘기를 하다 보니 썩 위험한 것 같지는 않다는 생각이 들었다. 적어도 이들이 자신을 해치려 하는 것 같지는 않았다. 자신에게 일격을 맞고 일어난 사나이조차 독기를 품고 달려들지 않는 것으로 보아, 그들의 말과는 달리 애초부터 자신을 죽이려는 의도는 없었던 듯했다.

「잠깐 기다리시오.」

사나이들은 순범을 혼자 지하실에 놔두고 밖으로 나갔다. 조금 있다가 다시 들어온 이들 중의 한 사람이 순범을 데리고 나갔다. 꽤 긴 복도를 지나는 동안 많은 문이 있었는데도 문에는 아무런 표시가 붙어 있지 않았다.

순범은 이들의 정체가 무언지 점점 궁금해졌다. 이윽고 복도의 맨 마지막 문 앞에서 사나이는 옷깃을 여미고는 노크를 했다.

「들어오세요.」

「모셔왔습니다.」

「수고했어.」

책상 앞에 앉아 있다가 일어나는 사나이는 오십대 초반의 점잖아 보이는 사람이었다. 그는 순범에게 소파를 권하며 맞은편 자리에 앉았다.

「뭐라고 사과를 해야 할지 모르겠군요. 대단히 중요한 일이라 한 가지 확인할 일이 있어 그랬던 것인데 제가 사과를 하겠습니다.」

「도대체 어떻게 되어가는 영문인지 모르겠군요.」

「거듭 미안합니다. 다시 한 번 사과드립니다.」

순범은 점잖게 생긴 이 사람이 정식으로 사과를 하자 약간 마음이 풀렸다. 사실 지금 순범의 마음은 우선 살아난 데 대한 기쁨과 내용도 모르고 전력을 다해 사나이를 가격한 데 대한 미안함이 교차하고 있었다.

「저는 처음에는 무슨 폭력조직에 납치당한 것으로 생각했었습니다.」

「미안합니다. 제가 자초지종을 설명해드리겠습니다.」

사나이는 인터폰을 눌러 여비서에게 차를 가져오도록 지시했다. 차를 권하며 사나이가 얘기하는 것은 실로 놀라운 내용이었다.

「저는 국가안전기획부 제1국장입니다. 박진헌이라고 하지요.」

순범은 깜짝 놀랐다. 그렇다면 가네히로 아니 홍성표 사건에 안기부가 개입했단 말인가?

「권 기자님에 대해서는 익히 알고 있습니다.」

순범에게 꼬박꼬박 경어를 사용하는 박 국장은 매우 치밀하고 섬세한 성격의 소유자로 생각되었다.

「저는 권 기자님이 박 주임을 추궁했다는 보고를 듣고 깊은 생각에 빠졌습니다. 어떻게 해야 할 것인지 결정하기가 매우 어려웠습니다. 여러 가지 방법을 놓고 생각을 거듭하다 결국 저는 권 기자님께 모든 것을 말씀드리고 협조를 얻는 방법을 택했습니다.」

'그러니 박 주임이 입을 열지 못했군…….'

「이 일의 내막에 대해 권 기자님께 얘기를 한다는 것이 저로서는 대단한 결심을 한 것임을 알아주시기 바랍니다.」

일부러 뜸을 들이거나 할 성격이 아닌 것 같은 이 사람이 이렇게까지 신중하게 서두를 끄집어내는 것을 보면 예삿일은 아닌 모양이라고 생각하면서, 순범은 고개를 끄덕여 보였다.

「안기부의 제1국은 다른 어느 부서보다도 중요합니다. 사실 안기부의 얼굴이라고도 할 수 있고, 안기부가 해야 하는 본연의 역할을 책임지고 수행하는 부서입니다.」

순범은 뭔지 모르지만 박 국장이 안기부의 역기능에 대해 거부감을 갖고 있다는 느낌을 받았다. 그의 얘기는 자신들은 진정한 안기부맨이라는 데 대한 긍지 같은 것을 담고 있었다.

「우리는 미국, 일본을 비롯한 전세계의 정보를 입수하여 분석하고, 우리나라의 이익을 위해서 그에 상응하는 조치를 취하기도 하고, 해당 부서에 알려주기도 하는 일을 하고 있습니다.」

그러니까 1국이라는 것이 해외 정보 및 공작을 담당하는 부서라는 얘기였다. 순범은 기자인 자신이 이미 알고 있는 사실을 박 국장이 일부러 꺼내는 것은 얘기의 줄기를 잡아가기 위한 것으로 느꼈다.

「최근 2년간의 국내외 마약 거래 상황을 추적하다 보니 대단히 이상한 흐름을 잡아낼 수 있었습니다. 예전에는 히로뽕 등의 마약이 국내에서 제조되어 일본으로 넘어갔는데, 지금에 와서는 오히려 일본에서 제조되어 한국으로 넘어오고 있었습니다. 잘 아시겠지만 이 마약이라는 것은 그 복용자를 색출해내기가 대단히 어려운 일이라서, 밝혀져 있는 수치는 빙산의 일각에 불과한 실정이죠. 한때는 일본과 왕래가 잦은 일부 지역의 적지 않은 룸살롱이나 카페 쓰레기통에서 일회용 주사기가 수십 개씩 발견되기도 하는 등 일반 국민 누구라도 마음만 먹으면 일본에서 들어온 마약을 살 수 있는 상황이었습니다. 우리는 즉각 이러한 사실을 관계 부서에 통보하고 그 원인을 분석했습니다.」

「보사부 소속 마약단속반이 법무부 소속으로 바뀌고 대검에 마약 담당부서를 신설하는 등 그 당시의 상황에 대해서는 저도 알고 있습니다.」

「그렇지요. 그런데 그 원인을 분석하다 보니, 이 마약 흐름의 역조에 일본의 한 거대한 야쿠자 조직이 있는 것이 드러났습니다. 야쿠자 조직이 있는 것 자체는 이상할 것이 없는데, 문제는 이들이 밑지는 장사를 하고 있는 것이었습니다.」

「밑지는 장사요?」

「그렇습니다. 우리나라에 넘어오는 가격이 일본 국내 가격의 절반도 안 되는 것이었습니다. 운반의 위험을 고려하면 그 가격은 상식적으로 도저히 납득할 수 없는 가격이죠. 일반 상품이든 마약이든 남아야 거래가 원활하게 이루어지는 법인데, 밑지는 장사를 하면서도 거래가 끊기지 않고 날이 갈수록 그 양이 많아지는 것이 우리로 하여금 신경을 몹시 곤두서게 했습니다.」

「그건 정말 이상하군요.」

「장사를 하는 사람들이 일시적으로 물건을 밑지고 팔 때는 있습니다. 그러나 이렇게 장기적으로 밑지고 판다는 것은 다른 이유가 있지 않고는 불가능한 일이죠.」

「다른 이유라면?」

「분석 결과 두 가지의 가능성을 마지막으로 남겨두고 있습니다. 하나는 수요를 창출하기 위한 것이죠. 미국이 처음에는 중국 대륙에 콜라를 거저 주다시피 하지 않았습니까? 얼마 후 콜라에 길들여진 중국인들이 너나 할 것 없이 콜라를 찾게 된 것과 같은 방법이죠.」

「무서운 일이군요.」

「그러나 더 무서운 건 따로 있습니다.」

「네?」

「바로 또 하나의 가능성이죠.」

순범은 놀라지 않을 수 없었다. 마약의 수요를 창출하기 위해 장기간 밑지고 파는 야쿠자들의 계산보다 더 무서운 것이 있을 수 있는가?

「권 기자님은 혹시 고스톱을 칠 줄 아십니까?」

「네, 압니다마는…….」

순범은 박 국장이 무슨 이유로 이렇게 묻는지 알 수 없었으나 일단 사실대로 대답했다.

「고스톱, 즉 화투의 유래도 아십니까?」

「글쎄요, 일본에서 건너왔다는 것만 알 뿐 자세한 것은 잘 모르겠군요.」

「저는 일본 출장을 자주 가는 편인데 보통의 일본인들이 화투를 치는 것을 본 적이 없습니다. 아마 건달과 기생만이 친다고 하는 것 같더군요. 그런 것이 한국에서는 어째서 저렇게도 성황일까 생각하며 나름대로 자료도 좀 찾아보려 했으나 확실한 기록은 없더군요. 그러나 오랫동안 생각해본 결과 이런 결론을 얻었습니다.」

이 사람은 참 별것을 다 연구했구나 싶어 순범은 박 국장의 화투 이야기에 흥미가 당겼다.

「어떤 결론입니까?」

「일본이 우리나라에 대한 야욕을 불태우며 호시탐탐 기회만 엿보고 있던 시절, 그들은 눈에 보이는 침략에 앞서 우리나라를 정신적으로 황폐화시키는 것이 필요하다고 생각했습니다. 그래서 택한 방법 중 하나가 화투일 것이라는 생각이 들었습니다. 그들은 사람들을 우리나라에 보내 각 지방을 돌아다니며 화투를 배워주고 화투 치는 사람들에게 돈을 대주었습니다. 사람들이 흥미를 느끼고 빠져들지 않을 수 없도록 갖은 방법을 다 동원하여 화투를 성행시켰을 것입니다. 그리고는 일제강점기에 본격적인 지배를 하면서 더욱더 화투를 퍼뜨렸습니다. 특히 일제강점기부터 전국에 화투로 집과 전답을 잃은 농민들의 수가 급증하고 있는 것은 바로 이런 사실을 말하는 것이 아닙니까? 이 망국의 병은 해방 후 지금에 이르기까지 잡히지 않고 있지만, 그 근원에는 이런 무서운 흉계가 있었음을 우리가 간과해서는 안 될 것입니다.」

순범은 박 국장의 이야기를 들으면서, 영국 정부가 중국인의 정신을 황폐화시키기 위해 아편을 택했듯이 일본이 한국인의 정신을 황폐화시키기 위해 화투를 유행시켰을 가능성도 충분하다고 생각했다.

「바로 이것이 또 하나의 가능성입니다. 지금 야쿠자의 거대 조직들의 배후에는 우익 정치인들이 있습니다. 우리는 야쿠자들의 비상식적인 거래의 배후에 혹시 이들 우익 정치인들이 개입하고 있지 않은가 알아보고 있습니다.」

「설마 그럴 리가?」

「일본의 야쿠자들은 무섭습니다. 그들이 정치에 개입해온 역사는 이미 수백 년이 넘었습니다. 태평양전쟁 이후 어느 때보다도 우익 보수주의자들이 득세하고 있는 지금 일본은 광범위하게 변하고 있습니다. 이런 변화의 시대에는 특히 야쿠자들의 입김이 거세지곤 하던 것이 일본의 근대사와 현대사입니다. 특히 일반인들이 정치에 대한 관심을 점점 잃어가고 있는 요즈음 일본 정치에는 유달리 우익이 바람을 일으키고 있습니다. 물론 방금 말씀드린 것과 같은 일은 없어야 하겠지만, 우리는 설마 하고 그냥 지나가버릴 수는 없습니다. 특히 안기부 제1국에서는 말입니다.」

「그래야 할 것 같군요.」

응대를 하면서 순범은 홍성표와 안기부의 이 작업이 무슨 관계가 있을까 생각하고 있었다.

「우리는 효율적으로 이 작업을 수행하기 위해 야쿠자 조직 내에 우리의 정보원을 심어놓아야겠다는 생각을 했습니다. 정치가들과의 연계를 알아내기 위해서는 상당한 위치의 간부가 있어야 하는데, 일본에서 야쿠자 조직의 간부를 매수하는 것은 매우 위험한 일입니다. 이중첩자가 될 우려도 있고, 한 번 실패하면 앞으로는 매수 작전이란 불가능할 것이기 때문입니다. 생각 끝에 우리는 야마구치의 후계자로 지목받고 있는 마사키가 적극적으로 뒤를 봐주고 있는 홍성표를 지목했습니다.」

홍성표라는 이름이 박 국장의 입에서 나오자 순범은 아연 긴장했다.

「그가 국내에는 발을 붙이지 못할 상황을 만들어 가장 자연스럽게 일본으로 도피하는 모양새를 만들기 위해서는 경찰의 습격과 그의 영웅적 도주가 필요했던 것입니다. 우리는 오랫동안 홍성표를 면밀히 관찰했습니다. 그의 성격과 사상, 가족관계 등을 세밀히 분석한 결과 그가 야쿠자 자금을 얻어 쓰고 있기는 하지만 의외로 민족정신이 있는 사람이란 걸 알아냈습니다. 특히 그는 외아들에 대한 절대적인 사랑을 갖고 있었습니다. 일이 생각보다 쉽게 풀리더군요. 우리는 홍성표를 설득하기 위한, 아니 그를 개조하기 위한 작업을 철저히 준비했습니다. 그 일은 최단시간 내에 하는 것이 무엇보다도 중요했습니다. 경마장에서 위장 탈주극을 벌이고는 바로 안가로 데려와서 우리의 모든 힘을 다해 그를 설득했습니다. 물론 협박할 수도 있었지만, 우리는 진심으로 그를 설득했습니다. 특히 당신의 매국 행각이 밝혀지면 아들이 어떻게 고개를 들고 살아가겠느냐고 했더니, 그는 죽여도 좋으니 아들에게만은 비밀로

해달라고 눈물로 호소하더군요. 설득은 성공했습니다. 우리는 그로 하여금 바로 마사키에게 연락하도록 했고, 마사키는 그를 밀항시켜 일본으로 데리고 갔습니다.」

「아니, 잠깐.」

순범이 박 국장의 말을 끊었다. 박 국장이 의아한 눈으로 순범을 쳐다봤다.

「경마장에 미리 대기시켜놨던 승용차는 마사키에게 어떻게 설명할 수 있었나요?」

「그건 만약의 경우에 대비하는 홍성표의 용의주도함으로 얘기할 수 있었습니다. 그리고 무엇보다도 홍성표가 마사키에겐 없어선 안 될 심복이었기에 그는 더 이상 묻지 않았던 겁니다.」

순범은 박 국장의 설명에 고개를 끄덕였다.

「일본에서는 다시 한 번 세상을 깜짝 놀라게 하는 각본이 기다리고 있었습니다. 마사키에 의해 와해된 시모노세키파의 잔당이 마사키를 급습하는 상황이 벌어진 거죠. 그 내막을 미리 알고 있던 홍성표, 즉 가네히로는 칼에 찔리면서까지 전력을 다해 마사키를 보호했습니다. 물론 시모노세키파의 잔당이 급히 모집한 행동대원 중에 끼여 있던 우리 요원과의 약속된 칼부림이었습니다. 마사키 피습사건으로 가네히로는 일약 야마구치파의 간부로 올라섰습니다. 이것이 바로 홍성표 탈주

사건의 비밀입니다.」

「상상도 하지 못했던 얘기군요.」

순범은 깜짝 놀라고 있었다. 뭔가 있으리라고 짐작은 했지만 이렇게까지나 엄청난 계략이 숨어 있으리라고는 생각도 하지 못했던 일이 아닌가? 박 국장은 순범의 표정이 변하는 것을 보며 말을 덧붙였다.

「이 작전이 성공하기 위해서는 무엇보다도 가네히로의 정체가 비밀에 부쳐져야 합니다. 그런데 권 기자님이 박 주임을 집요하게 추궁하자 박 주임은 견딜 수가 없었던 모양입니다. 그는 내막도 모르는 채 우리 직원의 부탁을 받고 탈주극을 연출했을 뿐인데, 권 기자님의 추궁을 받고 무척 괴로워했습니다. 그 자신은 끝까지 비밀을 지킬 사람이었지만, 권 기자님으로부터 가네히로라는 이름을 들었다는 얘기를 했기 때문에 우리는 소스라치게 놀랐던 것입니다. 그래서 고심 끝에 모든 것을 다 밝히고 권 기자님의 협조를 얻기로 했던 것입니다.」

「그랬군요.」

순범은 가네히로라는 이름을 들었을 때 이 사람들이 얼마나 놀랐을까 생각하니 쓴웃음을 짓지 않을 수가 없었다. 우연히 마주친 홍성표가 내뱉었던 한마디, 가네히로라는 이름을 들먹거린 것이 이렇게 엄청난 비밀을 듣게 될 줄은 생각지도 못했던 일이었다. 순범은 그러나 이 비밀은 지켜주어야만 한다는 생각이 들었다.

「무슨 말씀이신지 잘 알겠습니다. 이제 다 알았으니 박 주임을 추궁할 필요도 없겠군요.」

「한 가지 궁금한 것이 있습니다.」

「뭔지 알겠습니다. 어떻게 가네히로가 홍성표인 줄을 알았느냔 말이죠?」

「그렇습니다.」

「사실은 아주 우연한 일이었습니다.」

순범은 도쿄에서 있었던 일을 설명했다. 순범의 얘기를 다 듣고 난 국장은 무릎을 쳤다.

「그런 일이 있었군요. 우리는 혹시 다른 경로로 그의 정체가 누설되었을까 봐 밤잠을 자지 못하고 고민했습니다. 그건 그렇고 권 기자님도 대단하시군요. 어떻게 그 국토관의 깡패들을 상대로 그런 활극을 벌였습니까?」

깊은 비밀 얘기가 끝나자 대화는 화기애애한 분위기 속에서 이어졌다. 박 국장은 순범의 얘기를 듣고는 흐뭇해하며 순범을 다시 보는 듯한 기색이 역력했다. 문약한 기자로만 생각했던 순범의 강단이 보통이 아닌 것에 놀란 모양이었다. 대화가 끝나고 일어설 때 박국장은 다시 한 번 순범에게 다짐을 두었다.

「권 기자님, 이 일의 성패는 오로지 비밀 유지에 달려 있습니다.」

「걱정 마십시오.」

「앞으로 혹시 제가 도움이 될 일이 있으면 언제라도 찾아주십시오.」

「감사합니다.」

박 국장이 내주는 차를 타고 시경으로 돌아오는 순범의 마음은 가벼웠다. 엄청난 비밀을 들은 것도 그렇지만 무엇보다도 한심하게만 생각했던 우리나라 정부의 어느 한 곳에서 이런 일을 하는 사람들이 있다는 데 대한 자부심 같은 것이 은연중에 생겨나고 있었기 때문이었다.

의혹

시경으로 돌아온 순범은 다시 개코의 사건에 매달렸다. 그러나 일주일이 다 가도록 순범은 개코가 무엇에 착안했었는지 알 수가 없었다. 그가 신윤미를 지목했다면 반드시 단서나 근거가 있을 텐데 순범은 그것을 도저히 찾을 수 없었다.

며칠이 지나도록 갑갑한 마음을 어쩌지 못한 채 집으로 돌아오던 순범은, 아파트의 우편함에서 자신 앞으로 배달되어 온 한 통의 국제우편을 발견했다. 편지는 스위스 로열은행에서 온 것이었다. 미현의 주소를 순범의 집으로 해두었기 때문에 은행에서 이리로 보내온 것이다.

이미현 씨 귀하.

이용후 손님의 예금에 대한 귀하의 주장을 검토한 결과, 저희 은행에서는 제네바 국제합동법률사무소의 견해를 받아들여 귀하에게 예금 전액을 지불하기로 결정하였습니다. 그러나 저희 은행에서는 출금에 대한 사실 확인을 위해 모든 출금 업무를 한국 외환은행 영업2부에 위탁하였으니 외환은행에서 예금을 인출하시기 바랍니다.

'됐어. 모든 게 정확하게 생각대로 진행되었어. 이제 미현을 부르기만 하면 되는 거야.'

순범은 바로 미국의 미현에게 전화를 걸어 즉시 한국으로 오도록 했다. 이 박사의 예금이 사실인 것으로 밝혀지고 그것을 찾을 수 있다는 사실에 미현은 다소 의외라는 반응을 보이면서도, 아버지의 자취를 찾을 수 있다는 것에 대해서 반가워하는 기색이었다. 개코 사건이 마음에 걸리긴 했지만, 일단은 이 박사의 행적을 추적하는 것이 시급한 일이었다.

미현은 지난번과 마찬가지로 아침 일찍 출발하여 김포공항에는 오후에 도착했다. 미현의 태도는 여전했다. 남녀를 불문하고 거액의 비밀 예금을 찾게 된 사람이 흔히 보일 법한 것과는 거리가 먼, 냉정한 태도였다. 하긴, 어제 전화에서도 미현은 거액의 예금보다도 이 박사의 행적을 찾을 수 있을 가능성에 더 신경을 쓰고 있는 눈치였다. 격식에 별로 구애받지 않는 미현은 순범을 보자 가볍게 눈을 마주치는 것으로 인사를 대신했다.

「외환은행으로 가봅시다.」

순범도 몇 차례 미현을 만나는 동안 그녀의 방식에 길이 들었는지, 먼 길을 온 손님인데도 불구하고 별로 요란한 인사 없이 간단하게 본론을 말했다. 이런 면에서는 미현이라는 여자는 오히려 편한 데가 있었다. 윤미가 그때그때 분위기를 흡수하여 순범을 편안하게 해주는 편이라면, 미현은 구조적으로 편안한 틀을 갖고 있었다. 그녀의 말과 행동은 항상 간결할 뿐 군더더기가 없었다. 그렇다고 해서 메마르거나 하지는 않았다.
순범은 은행으로 가는 차 안에서 미현에 대해 이모저모 생각하다가 불쑥 물었다.

「이번에는 시간을 좀 가지고 오셨는지요?」

「저는 강의가 전문이 아니에요.」

「교수가 강의를 하지 않을 수도 있단 말입니까?」

「강의가 있긴 하지만 연구를 주로 하거든요.」

미현의 말은 자신이 연구 전문 교수라는 뜻이었다. 이 어린 나이에 연구를 주로 하는 교수라면, 그녀는 순범의 상상 이상으로 인정을 받고 있다는 얘기였다. 순범은 새삼스레 미현이 경이롭게 보였다.

외환은행 본점에 도착하자 순범은 스위스 로열은행에서 부쳐온 회신 내용을 내밀었다. 은행의 담당자는 친절이 몸에 배어 있기는 했지만, 순범과 미현 두 사람에 대해 살피는 기색이 역력했다. 하긴, 말로만 듣던 비밀구좌로부터 거액을 인출하려는 사람에 대한 관심이 유별나지 않을 수가 없었다. 더군다나 그 인출자가 젊은 여자인 데에 놀라움은 더할 것이다.

「이미 스위스 로열은행으로부터 대체결제에 대한 위탁을 받았습니다. 고문 변호사와 함께 본인 확인 절차를 거친 결과 지불에 아무런 하자가 없음도 확인했습니다. 그럼 여기 계산서를 확인해주시겠습니까?」

담당자가 내민 계산서의 내용은 아무도 확인할 방법이 없었지만, 돈이 문제가 아니라 이용후 박사의 활동 내용을 알아볼 수 있는 실마리를 찾아낸 것만으로도 노력 이상의 보람과 성과가 있었기 때문에 달리 이의를 제기하지는 않았다.

계산서

입금 일시 : 1978. 7. 25.

최초 입금액 : 육천만 달러($60,000,000)

인출 금액 : 삼천오백만 달러($35,000,000)

현재 잔액 : 이천오백만 달러($25,000,000)

수수료 : 보관수수료…….

「인출자 내역을 알 수 있겠습니까?」

「네, 잠시만 기다려주십시오.」

은행의 담당자는 잠시 후 컴퓨터 프린터로부터 서류 한 장을 뽑아서 순범에게 건네주었다.

인출내역서

인출 금액 : 삼천오백만 달러($35,000,000)

인출자 : 인도 뉴델리시…… 라프르 간다

인출 일시 : 1978. 10. 13.

「본인이 직접 가지 않아도 인출이 가능합니까?」

「그렇습니다. 스위스 로열은행 비밀계좌는 도장이나 통장이 없어도 원입금자가 전화로 인출 신청을 하고, 인출자에게 일회용 비밀번호를 주면 누구든 약속된 금액을 인출할 수 있습니다.」

「감사합니다. 수수료를 뺀 나머지 금액은 외환은행의 다른 통장으로 이체해주십시오.」

「대단히 고맙습니다.」

은행에서 통장을 받아가지고 나온 두 사람은 근처의 조용한 커피숍에 마주 앉았다. 엄청난 돈의 액수가 어깨를 짓누르는 기분이었지만, 비록 이용후 박사가 죽음과 맞바꾼 것이라 하더라도 돈이란 언제든지 주인에게 돌려주겠다고 생각하면 홀가분해질 수도 있을 터였다. 순범은 무엇보다도 돈에 대해서는 일언반구도 없는 미현의 태도에 놀라고 있었다. 2천5백만 달러라는 거액에는 눈도 돌리지 않은 채, 이 박사의 행적을 알아볼 수 있는 근거가 생긴 것에 대해 몹시 감격스러워하고 있는 것 같았다.

「통장을 받아두시지요.」

순범은 일단 통장을 내밀었다. 물론 순범도 이 돈이 이 박사 개인의 재산일 것이라고 생각하진 않았지만, 내막이 확인되지 않은 상황에서 자신이 미현 명의의 통장을 넘겨주지 않고 가지고 있을 수는 없는 일이었다.

「권 기자님이 알아서 처리하세요.」

「그럴 수는 없는 일입니다.」

「아마 그 돈은 아버지의 돈이 아닐 거예요. 아버지는 평생 돈을 모르시는 분이었으니까요. 그런 큰돈이 생길 이유도 없구요. 아마 한국 정부의 돈이기 쉬울 거예요.」

「그러나 확인될 때까지는 미현 씨가 갖고 계세요. 미현 씨 명의로 되어 있지 않습니까?」

「저는 이미 아버지가 그 시계를 한국 남자와 결혼하거든 주라며 목사님에게 부쳐왔다는 말을 들었을 때부터 사연이 있을 거라고 생각했어요. 권 기자님이 찾아왔을 때 바로 이분에게 드리라는 말씀이었구나 하고 느낄 수 있었어요. 이 돈은 권 기자님이 처분하세요.」

미현은 이미 순범의 사람됨을 파악하고 있는지, 아니면 자신으로서는 정말 이 돈이 정부로 들어가든 순범이 개인적으로 소유하든 관계치 않는지 모든 것을 순범에게 일임해버렸다. 순범은 말없이 통장을 집어넣었다. 이 박사 사건의 전모가 밝혀진 후에 처리하는 것이 나을 것이라고 생각했기 때문이었다.

「돈도 돈이지만 그야말로 천신만고 끝에 아버님의 행적을 알 수 있는 실마리를 찾아낸 셈입니다. 3천5백만 달러를 인출한 이 인도인은 박사님을 잘 알고 있을 것이 틀림없습니다. 이제 나는 준비가 되는 대로 인도로 가겠습니다. 미현 씨는 미국으로 돌아가 계십시오.」

「아니에요, 저도 가겠어요.」

순범은 놀랐다. 자신과 자주 만나는 것조차 별로 달가워하지 않는 것 같은 이 여자가 인도까지 따라가겠다는 것이 도저히 믿어지지가 않았다. 그러나 그녀가 자신의 아버지의 죽음과 행적을 파헤치는 일에 빠지지 않으려고 하는 것은 어쩌면 당연할지도 몰랐다. 그렇다고 해도 미현의 결단은 너무나 신속하고 단호했다.

순범은 일단 미현을 호텔에 바래다주고 자동차를 미아리로 몰았다. 오늘은 개코의 아이들에게 저녁을 사주기로 약속한 날이었다.

개코의 아이들은 가난하게 자랐음에도 불구하고 전혀 때가 묻어 있지 않았다. 특히 이제 중학교 2학년인 개코의 딸은 보기만 해도 대견하기 짝이 없을 정도로, 어린 동생에게 부모의 역할을 톡톡히 하고 있었다. 아이들이 좋아하는 양식을 사주기 위해 돈암동 부근의 레스토랑을 찾아 들어간 순범은, 주문한 돈가스가 형편없어 보여 속이 상했지만 너무 맛있게 잘 먹는 아이들을 보고 가슴이 저려왔다.

'이 바보가 아이들 외식이나 가끔 시켜줄 일이지.'

개코의 박봉에는 엄두도 못 낼 일이었겠지만, 기실은 순범 자신의 슬픔을 억누를 수 없어 부질없이 해보는 원망이었다. 순범은 모처럼 양식을 먹었다고 좋아하는 개코의 아이들에게 선물까지 들려주었다.

비탈길이 몹시 길었지만 아이들은 조금도 힘들어하지 않고 열심히 올라갔다. 순범이 옆에서 같이 가주는 것이 마냥 즐겁기만 한지 막내는 노래를 부르고 고함도 지르고 했다. 중학생인 맏이는 순범의 친절에 눈물이 나는 모양이었다.

「아저씨는 식사를 안 하셨죠? 집에서 제가 저녁을 지어드릴게요.」

「아니야. 나는 생각이 없어. 아빠는 늘 집에서 식사를 했니?」

「술을 안 잡숫고 들어오실 때면 늘 김치찌개나 된장찌개를 드시곤 했어요. 동생을 무릎에 앉히고 제가 끓인 맛도 없는 찌개를 세상에서 제일 맛있는 찌개라고 하시면서 일부러 한 그릇을 다 비우곤 하셨죠. 동생이 울 때면 엄마처럼 업어주며 달래다가 잠이 들면 자리에 뉘어놓고 혼자 밖에 나가 먼 곳을 바라보곤 하셨어요. 엄마를 그리도 끔찍이 그리워하셨는데 이젠 좋으실 거예요. 우리를 남겨놓아 목이 메시겠지만요.」

만이의 얘기를 듣자니 언젠가 개코가 아이들 때문에 새장가들 마음이 안 생긴다고 하던 게 생각나 가슴이 저려왔다.

「아찌, 우리 아빠 어디 갔어? 엄마 만나러 갔어?」

막내가 신이 나서 떠들다가 누나의 얘기를 듣고는 약간 시무룩해진 표정으로 물었다.

「…….」

「얘는, 이제 몇 밤만 더 자면 오신다니까…….」

대신 대답하는 만이의 목소리 끝에 울음이 묻어났고, 그 소리를 들은 순범은 코끝이 찡해왔다.

집 가까이 오자 막내는 자기 또래의 아이들이 놀고 있는 것을 보고는 금방 얼굴에 생기가 돌며 자랑스럽게 외쳤다.

「난 아빠 친구가 돈가스 사줬다.」

순범은 감정을 추스르며 만이에게 물었다.

「아빠 친구들이 가끔 찾아오니?」

「네, 같이 계시던 형사 아저씨들이 아줌마와 함께 순번을 정해서 한 달에 한 번씩 찾아오기로 하셨대요.」

그 말을 들은 순범은 오히려 서민들이 살아가는 모습이 더 인간적이라는 생각이 들었다. 박봉과 격무에 시달리는 형사들이 부부 동반으로 죽은 동료의 아이들을 찾아보기로 계획까지 짰다는 것이 그렇게 고맙게 들릴 수가 없었다. 가짜 애국자, 가짜 독립유공자들의 후손이 떵떵거리고 살면서도 힘과 돈으로 자신의 조상을 미화하여 보훈금까지 타먹는 썩은 세상에 이런 조용한 서민의 손길이 있는 것이 얼마나 고마운지 몰랐다.

아이들과 같이 집에 도착한 순범은 맏이의 간청에 못 이겨 집에 들러 차 한잔을 마시고 가기로 했다. 개코는 소주를 마시고 오면 언제나 맏이에게 커피를 한잔 타오라고 했다는 것이다. 그것은 아마 개코의 유일한 호사취미였을 것이다.

맏이가 커피를 타는 동안 개코가 남긴 자취를 이것 저것 살피던 순범의 눈에 두툼한 서류파일이 들어왔다. 무심코 펼쳐보니 수십 장의 암기용 카드가 있었다. 과거 고등학교 다닐 때 이런 카드에 영어단어를 써놓고 열심히 암기하던 생각이 나 순범은 웃음을 지었다.

'개코가 뒤늦게 승진시험 공부라도 하고 있었던 모양이군.'

이렇게 생각하며 카드의 앞면을 들쳐본 순범은 거기에 자신의 이름이 적혀 있는 것을 보고는 궁금한 생각이 들었다. 개코가 자신의 이름을 잃어버릴까 봐 적어둔 것은 아닐 테고, 반드시 무슨 까닭이 있을 것이었다. 그 다음 카드를 넘겨보니 카드

하나에 한 사람씩의 이름과 그가 말하거나 행동한 내용, 혹은 자기가 겪은 상황이나 본 물건들의 이름이 적혀 있었다.

모두 50여 장에 달하는 카드를 전부 펼쳐놓고 보니 그중에 순찰차, 신분증, 교도소 정문 등이 쓰여 있는 것으로 봐서 개코는 순범과 같이 청주에 내려가던 날 보고 만났던 모든 사람들의 이름과 보았던 물건들, 그리고 겪었던 일과 대화 내용을 생각나는 대로 써놓았다는 것을 알 수 있었다. 순범의 이름이 맨 앞에 있고 종로경찰서가 맨 마지막에 있는 것으로 보아 개코는 순범의 전화를 받고부터 서울로 돌아와 종로경찰서 앞에서 헤어지기까지의 과정들을 생각나는 대로 모두 적어둔 모양이었다. 그것은 아마도 개코 나름의 방법인 것 같았다. 순범이 카드를 한 장씩 넘기며 하나하나 짚어나가고 있을 때 만이가 커피를 들고 들어왔다.

「아저씨도 아버지하고 똑같이 하시는군요. 아버지는 돌아가시기 전날까지 매일 밤 그 카드를 펼쳐놓고 생각에 잠기곤 하셨어요.」

개코는 이것을 보며 무엇을 생각했을까? 순범은 더욱 신경을 집중하면서 카드를 훑어나갔다. 어쩌면 여기서 신윤미에 대한 결정적 증거를 포착할 수 있을지도 모를 일이었다. 자신이 신윤미에게서 보지 못했던 무엇을 개코는 보았던 것일까? 그러나 뜻밖에도 개코의 카드 그 어디에도 신윤미의 이름은 들어 있지 않았다.

이것이 도대체 어떻게 된 일인가? 그렇다면 개코는 왜 죽으면서까지 신 마담이라는 글자를 써놓으려고 했던 것일까? 혹시 개코가 쓰려고 했던 글자는 신 마담이 아닌 다른 글자가 아닐까? 그렇다면 '신ㅁ'으로 시작되는 어떤 다른 글자가 있단 말인가?

개코의 카드를 다시 한 번 꼼꼼하게 훑어보는 순범의 눈에 박성길의 유류품이라고 쓰여진 것이 들어왔고 거기에는 수건, 치약, 칫솔, 비누, 소설책, 신문, 내의, 염주, 양말이 적혀 있었다. 개코는 단 하나도 빼놓지 않고 모두 적어둔 모양이었다. 개코가 쓴 모든 글자 중에 '신ㅁ'으로 시작하는 것은 신문이라는 글자밖에 없었다.

'신문이라, 신문이 무슨 단서가 될 것인가? 개코가 설마 이 신문을 얘기하려고 했던 것은 아니겠지.'

순범이 나머지 카드를 아무리 찾아봐도 '신ㅁ'으로 시작하는 이름이나 단어는 없었고, 자신이 아는 것 이외의 다른 특별한 내용이 있는 것도 아니어서 파일을 덮었다. 덮으면서 보니 파일의 앞면에는 한마디 경구가 붙어 있었다.

'열쇠는 현장에 있다.'

개코의 꼼꼼함에 혀를 내두르면서도 신문에는 별로 주목하지 않으려던 순범에게 이 경구는 천둥소리가 되어 귀를 때렸다.

'아, 내가 너무 경솔했구나. 어쨌거나 개코는 무언가를 찾지 않았던가? 그는 자신의 방법으로 단서를 찾았고 죽으면서까지 알리려 했는데, 도대체 나는 왜 현장에 있던 신문을 속단만으로 무시하려고 했던 걸까? 혹시 나는 신윤미에게 내가 저지른 잘못을 인정하지 않기 위해, 개코가 쓰려고 했던 글자가 신마담이기를 바라고 있었던 것은 아닐까?'

개코의 집에서 나와 잠실의 아파트로 돌아가는 동안 윤미의 얼굴이 계속 떠올라 순범을 괴롭혔다.

'역시 저를 그런 여자로 보셨군요.'

윤미의 마지막 절규와 절망의 나락으로 떨어져가던 얼굴이 떠올라 순범은 도무지 운전에 집중할 수가 없었다. 순범은 차를 길 옆으로 붙이고 핸들에 얼굴을 파묻었다. 개코가 쓰려고 했던 것이 신문이라면 자신은 이 세상에서 가장 현명하고 착한 여자의 마음에 못을 박아버린 잔인한 놈이 되고 마는 것일 터였다. 그렇게 생각하니 미칠 것만 같았다.

'그러나 신문이 어째서 단서가 될 수 있단 말인가?'

아직 결론은 확실한 것이 아니었다. 그러나 다시 차에 시동을 거는 순범의 마음은 어딘지 모르게 허탈하기만 했다.

다음날 아침 순범은 미현에게 지방에 다녀오겠다고 전화를 하고는 서둘러 청주로 출발했다. 미현은 국립묘지에 갔다가 지난번에 하지 못한 서울 구경을 하겠다면서 언제 인도로 출발하느냐고 물었다. 확실한 대답을 하지 못하고 전화를 끊은 순범은 난감한 생각이 들었다. 시경에 나와 있는 사회부 기자로서는 아무리 머리를 짜내봐도 인도 출장의 빌미를 만들 수가 없었다. 그렇다고 신문사라는 직장이 여느 직장처럼 연차 월차에 휴가 보태고 어쩌고 해서 한 열흘 얼렁뚱땅 틈을 만들어 낼 수 있는 곳도 아니었다. 어떻게 보면 근무시간에 구애 안 받고 지독하게 할 일이 없는 것처럼 보이는 게 신문사지만, 또 한편으로는 하루 몸 빼기가 그렇게 어려울 수 없는 게 신문사였다. 어쨌든 청주에서 올라오는 대로 확실한 일정을 잡아야만 했다.

순범은 청주경찰서에 도착하여 담당형사에게 박성길의 유류품을 보여달라고 했다.

「서울 사람들은 보는 게 똑같은가 봐요. 얼마 전에도 종로경찰서 형사가 와서 유류품을 보자고 하더니, 오늘도 똑같아요. 그럼 이제 신문은 어디 갔느냐고 묻겠군요.」

「뭐라구요?」

순범은 이내 담당형사가 무슨 말을 하는지 알 수 있었다. 그가 가져온 유류품 중에는 신문이 없었다.

「신문은 어디 갔어요?」

「거봐요, 똑같은 질문이잖아요. 신문은 그때 오셨던 그 부장검사님이 지저분한 건 버리라고 하셔서 신고 난 양말이나 내의 등을 싸서 같이 버렸어요. 냄새가 심했거든요. 버리기 전에 혹시 무슨 낙서라도 된 것이 없나 싶어 샅샅이 살펴봤지만 아무것도 없었어요. 그런데 그 신문은 왜 묻습니까?」

「아니, 아무것도 아닙니다. 그런데 그 신문은 뭐였습니까?」

「뭐였다니요?」

「언제 신문인지 무슨 신문인지 기억이 나지 않아요?」

「서울신문이었어요. 교도소에서는 서울신문을 많이 보죠. 날짜는 사건 발생 3일 전 것이었어요.」

「그러니까 낙서나 메모 같은 것이 전혀 없었단 얘기죠?」

「그렇습니다.」

「잘 알겠습니다. 고맙습니다.」

순범은《서울신문》청주보급소에 들러 박성길이 죽기 3일 전의 신문을 샅샅이 훑어봤다. 그러나 특기할 만한 기사는 전혀 없었다. 광고도 빠짐없이 살폈으나 의심스런 것은 없었다. 따지고 보면 무엇이 특기할 만하고 무엇이 의심스런 것인지조차 감을 잡을 수 없었지만, 어쨌든 신문은 보통의 것들과 별다르지 않았다. 순범은 허탈한 마음으로 서울로 올라올 수밖에 없었다.

'역시 신문은 지나친 비약이었어. 신문보다는 신 마담이라고 쓰려고 했겠지.'

애써 그렇게 결론을 내리려 해도 뒤끝이 깨끗하지 못한 기분은 어쩔 수 없었다. 다시 한 번 신문의 기사를 생각해봐도 박성길과 연결시킬 만한 고리는 하나도 없었다. 아파트 부지 사기사건에 대한 기사가 넘쳐흐르고 있었지만, 그것이 박성길과 연관이 될 리는 만무했다. 대형 부정 사건으로 시국이 어지러워 대통령이 개각을 한다는 기사나, 민자당이 김영삼 씨 위주의 당 운영을 하기로 했다는 기사나, 국산 제품의 국제 경쟁력이 어떻다는 기사들이 도대체 박성길과 무슨 연관이 있을 것인가? 톨게이트에 도착할 즈음 순범은 신문에서 무언가를 찾겠다는 생각은 아예 떨쳐버리고 없었다.

회사에 도착한 순범은 부장에게 가서 다짜고짜 일주일간의 휴가를 청했다. 부장은 무슨 일이냐고 꼬치꼬치 물어왔지만 순범은 인도에 갈 것이라고는 얘기하지 않았다. 왠지 모르지만 이 박사의 일을 알게 된 다음부터는 가급적 남들에게 얘기하지 않아야 한다는 생각이 들었기 때문이었다. 역시 부장은 곤란하다는 듯한 표정을 지었다. 그러나 그대로 물러나올 순범이 아니었다. 아니, 이번 일은 직장을 그만둘지언정 포기할 수 없는 일이었다. 내용을 밝히지도 않으면서 일주일 휴가를 요청하는 순범에게 다소 화를 내는 기색이긴 했지만, 부장은 종내는 허락해주었다. 미안한 생각이 들었지만 현재로서는 어쩔 수 없는 일이라고 생각한 순범은 부장에게 정중하게 인사하고 나오는 수밖에 없었다.

여행사에 전화를 걸어 항공권과 호텔을 예약한 후 미현이 머물고 있는 호텔에 도착했을 때는 저녁 무렵이었다. 로비에서 전화를 하니 미현도 방금 돌아왔다며 곧 내려오겠다고 했다. 순범이 미현을 만나 내일 인도로 출발하게 되었다고 말하자, 미현은 기뻐하면서도 결연한 기색을 보였다. 어린 자신을 남겨두고 죽음을 맞아야 했던 아버지의 행적을 더듬는 일이 미현에게는 남다른 감정을 솟구치게 하는 모양이었다.

드러나는 그림자

「과장님, 대단한 정보가 하나 들어왔습니다.」

「뭔데?」

「스위스 은행의 비밀구좌에서 2천5백만 달러를 인출한 여자가 있습니다.」

「몇 살인데?」

「스물여섯 살입니다.」

「어떻게 알게 됐어?」

「어제 외환은행을 담당하는 오경식이가 갖고 왔습니다.」

「조사해봤어?」

「네, 지난 1978년에 이용후라는 자가 예금한 것을 딸인 이 여자가 상속하여 돈을 찾은 것입니다.」

「그러면 그 아버지라는 자는 죽었단 말인가?」

「그렇습니다.」

「언제?」

「1978년에 죽었습니다.」

「그런 걸 왜 이제야 찾아?」

「제 생각으로는 아마 그동안은 모르고 있었던 것이 아닌가 싶습니다.」

「10여 년간이나 모르고 있다가 이제 와서 찾는다? 이건 뭔가 냄새가 이상하잖아?」

「그래서 지금 저희 팀에서 조사 중입니다.」

「그 여자는 어디 있어?」

「호텔에 투숙하고 있습니다.」

「뭐하는 여자야?」

「본래 미국에 살고 있던 여자입니다. 미국 시민권을 갖고 있습니다.」

「돈은 어디에 있나?」

「외환은행에 입금되어 있습니다.」

「누가 돈을 찾아주었나? 여자 혼자 하지는 않았을 테고…….」

「애인으로 보이는 자가 같이 왔었다고 하더군요. 금액이 워낙 크고 대체결제이기 때문에 은행 측에서 이 친구의 사실관계 보증을 받아두었다고 합니다. 여기 보니까 반도일보 기자로 되어 있군요.」

「기자? 음, 어쨌거나 신속히 조사해봐. 틀림없이 문제 있는 돈이니까 철저하게 조사해봐.」

「잘 알겠습니다.」

「그리고 그 기자도 무슨 관계가 있는지 알아봐.」

「예, 알겠습니다.」

보고하던 사람이 나가고 나자 과장은 안락의자에 몸을 깊숙이 파묻고 생각에 잠겼다. 1978년도라면 외환관리법상 외국에 투자를 할 경우에도 10만 달러 이상의 반출에 대해서는 대단히 복잡한 허가과정을 거쳐야 했고, 그나마 개인이 반출한다는 것은 꿈도 꾸지 못할 일이었다. 스위스 은행의 비밀구좌에 개인이 입금을 하고 그만한 거액이 13년간이나 버려져 있었다는 것은 도저히 납득할 수 없는 일이었다. 과장은 벌떡 일어나 보고서를 작성한 다음 3국장실의 문을 두드렸다.

제3국장 이동환.

중앙정보부 시절부터 남산에서 잔뼈가 굵어온 이 사나이는 12·12 사태 후 중앙정보부의 국장급 이상이 모두 사표를 제출했을 때도 순수 정보부 출신이라는 강점을 앞세워 결국은 국내담당인 3국의 책임자까지 올라온 사람이었다. 대담하고 의리가 강하며 입이 무거운 사람으로 정평이 나 있었으며, 부내에서도 영향력이 있는 인물이었다. 국내에서 발생하는 크고 작은 사건 중 그의 손을 거치지 않는 것이 한 건도 없을 정도로 그는 영향력을 발휘했다.

안기부는 그 조직의 특성상 부장이 반드시 수직적 계통을 밟아서 일을 시키지는 않는다. 때로는 한 명의 계원만을 불러 은밀히 일을 시키고 그 비밀은 부장과 담당자만이 아는 것으로 끝나는 경우도 있었다. 실제로 부장 바로 아래인 차장의 자리에 있으면서도 철저히 따돌림을 받다가 다른 데로 가버리는 사람이 있는가 하면, 과장에 불과한 사람이 부장과 같이 막중한 국가 대사를 이끌어가는 경우도 허다했다.

눈을 감은 채 과장의 보고를 듣고 있던 그는 부드럽고 낮은 목소리로 말했다.

「강 과장, 그 이용후라는 사람에 대해서는 조사를 좀 해봤소?」

「국내에 전혀 이름이 알려져 있지 않아서 지금 미국에서부터 거꾸로 더듬어오고 있습니다.」

「아까 그 여자가 미국 시민권을 갖고 있다 그랬소?」

「그렇습니다. 이용후도 그렇고 그 딸도 미국 시민권을 갖고 있습니다.」

「강 과장, 내 생각에는 말이오, 이 일은 우리가 신경 쓸 일이 아닌 것 같소. 한국인 중에도 스위스 은행의 비밀구좌를 이용하는 사람이 있는지는 모르겠지만, 적어도 그 돈을 한국에서 찾을 사람은 없지 않겠소? 이것은 틀림없이 미국 돈이 이리로 넘어온 거요. 경위가 어떤지는 알 수 없지만, 하나 확실한 것은 엄청난 액수의 외화가 우리나라에 들어오지 않았소? 쓸데없이 말썽을 일으켜 소문이 나거나 하면 미국에서 이 돈을 주시하게 될 것이고, 그렇게 되면 돈은 고스란히 미국으로 빠져나갈 공산이 크지 않겠소? 미국 국세청만 좋은 일 시켜주는 결과가 될 것이오. 어찌 되었든 좀 더 추이를 지켜보도록 하고, 내 강 과장을 영국 파견근무 발령을 낼 테니까 이제부터는 그쪽으로 신경을 좀 쓰도록 하시오. 하찮은 것 같지만 영어 공부도 좀 열심히 하고, 영국 문화에 대해서도 미리 좀 익혀두도록 하시오. 해외 나가는 직원들이 영어 한마디 못해서 외환은행이나 대한항공 직원들 불러 통역이나 시키고 하니 창피한 일 아니오? 가끔 들어오는 대사들마다 영어 공부 좀 시켜서 내보내달라고 하소연을 한답디다.」

강 과장으로서는 눈이 번쩍 뜨이는 얘기였다. 강 과장은 오래전부터 해외근무를 원했었다. 그로서는 여러 가지 정황으로 미루어봤을 때 앞으로 안기부에서 장수하려면 아무래도 해외근무 경력을 쌓아두어야만 한다고 절실히 느끼고 있던 터였다. 사실 얼마 전부터 국장에게 은근히 부탁하고 있긴 했지만 해외담당 부서 직원도 아닌 자기가 나가는 것은 몹시 어렵던 처지였었다. 그런데 이제까지 아무 말도 없던 국장이 갑자기 해외근무 결재를 내겠다고 하니 그로서는 이것저것 생각할 여지가 없었다.

「국장님, 감사합니다. 정말 열심히 일하겠습니다. 물론 영어 공부도 열심히 하겠습니다.」

「괜히 미국 시민권 가진 사람들을 조사한다든지 해서 말썽 일으키지 말고 방금 얘기한 일은 싹 잊어버려요. 처음에 이 일을 누가 가져왔다고 그랬지?」

「외환담당 오경식이가 가져왔습니다.」

「모든 조사를 중단시키고 관련서류 일체를 내게 가져오시오. 외환은행에서도 서류 몽땅 챙겨오고. 앞으로 이 건에 대해서는 절대 함구시키시오. 괜히 이런 게 빌미가 돼서 전폭적 금융개방의 압력이 온다든지 하면 국가적 손해가 얼마나 큽니까? 그렇지 않다 하더라도 이제 우리 안기부는 달라져야 합니다. 남의 약점이나 잡고 비밀이나 캐내는 일 따위는 이제 모두 없어져야 해요. 세계는 넓고 할 일은 많다고 하지 않아요? 그러니 강 과장, 영국 나가면 열심히 한번 뛰어봐요. 앞으로는 내가 뒤를 좀 봐줄 테니까 소신껏 일해봐요.」

「네, 잘 알겠습니다. 국장님 은혜는 죽어도 잊지 않겠습니다.」

과장이 나가고 나자 이 국장은 의자에서 일어나 남산 쪽을 향해 탁 트인 창 앞에 섰다. 이미 늦가을의 풍경이 완연한 남산 기슭의 숲에는 낙엽이 소복히 쌓여가고 있었다. 어디서 나타났는지 다람쥐 한 마리가 날랜 걸음으로 쓰러져 있는 나무

등걸을 타고 쪼르르 왔다가 도토리 한 알을 입에 물고는 사라졌다.

'이용후의 딸이라…….'

그날 밤 성북동의 유서 깊은 요정 대원각 깊숙한 방에서는 두 사람의 사나이가 누군가를 기다리고 있었다.

「국장님이 늦으시는군.」

「먼저 한잔하고 있을까?」

「연락도 없는 걸로 봐서 차가 많이 막히는 모양이니 조금만 더 기다려보지.」

이 말이 채 끝나기도 전에 문이 열리며 종업원이 전화를 넣어주었다.

「아, 국장님이세요? 그러면 못 오시겠군요. 아닙니다. 국장님 오시면 시작하려고 기다리고 있었습니다. 네, 그럼 제가 국장님 대신 얘기하겠습니다.」

전화를 끊은 사나이가 주문을 하자 호화로운 술상과 함께 마담이 들어왔다.

「애들은 이따 부를까요?」

「그렇게 해.」

마담이 따르는 술이 몇 순배 돌자 맞은편의 사나이가 말문을 열었다.

「그러니까 그때 그놈의 딸이 나타났단 말인가?」

「그래, 그놈의 딸이 나타났어.」

「딸이 어디서 그렇게 뚱딴지 같이 나타났단 말이야?」

「미국에 살고 있었지. 그런데 어떻게 알았는지 기자라는 놈하고 같이 나타나서는 그 엄청난 돈을 찾았어.」

「기자?」

「그래, 반도일보의 권순범이란 놈인데, 이놈이 아무래도 마음이 안 놓여.」

「음, 더러운 놈이 붙었군.」

이것저것 안주를 챙기며 술을 따른 후 대충 분위기만 잡아주고 막 밖으로 나가려던 마담은 도로 자리에 주저앉았다. 그리고는 더욱 아양을 떨며 교태를 부렸다.

「아이, 재미있는 얘기 좀 해요. 술집에 와서 웬 재미없는 얘기만 그렇게 하는 거예요?」

「아, 마담은 잠시 나가 있어요. 우리 얘기 다 끝나면 부를 테니.」

「아이, 술 먹는 자리에서 하는 얘기치고 제대로 된 얘기 있나요? 다음날 술만 깨면 다 없어져버리는 얘기죠. 얼른 얘기들이나 끝내고 술 드세요. 저는 빨리 아가씨들 준비해야 하니까 신경 쓰지 마시구요. 요즘은 손님들이 많아 아가씨를 미리 불러놔야지 잘못하면 한참이나 기다려야 한단 말이에요.」

휜소리를 해가며 마담은 윗목에 있는 인터폰을 붙잡고 예쁜 애들 둘을 딴 방에 보내지 말고 대기시키라고 소리쳐댔다.

마담의 말대로 얼른 얘기를 끝내려는지 사나이의 말이 빨라졌다.

「사건왕이라는 별명이 붙은 놈인데, 이놈이 청주 박성길이 건도 캐고 있어.」

「박성길을 캐던 놈이 그 형사놈 말고 또 있었단 말인가?」

「이놈도 알고 있어. 이놈이 박성길이 건도 알고 딸도 데리고 와서 돈을 찾았다면 무언가를 더 알고 있을 가능성이 대단히 커.」

「보통 일은 아니겠는데.」

「그러니까 그게 불안한 거 아닌가? 아까 얘기했던 외환 건도 그래. 다행히 국장님이 있었으니 망정이지, 강 과장이란 놈이 더 깊이 조사해 들어가기라도 했으면 문제가 생길 수도 있었지.」

「어쨌거나 이들을 그냥 두면 안 되겠군.」

「사실은 그래서 자네를 만나자고 한 거야. 국장님은 아마 자네가 알 거라고 하던데.」

「뭐 말이야?」

「인도에 깨끗하게 처리하는 놈 있잖아?」

「있지.」

「바로 연락이 되나?」

「응, 될 거야.」

「이 기자라는 놈하고 딸이 인도에 간다는군.」

「그렇다면 더할 나위 없이 잘됐군. 갠지스의 노인이란 놈에게 시키면 되겠군.」

이들의 대화가 끊어지자 부산을 떨던 마담은 바로 문을 열고 손뼉을 쳐서 아가씨들을 불러들였다.

다음날 아침 김포공항을 떠난 순범과 미현은 홍콩을 거쳐서 인도의 뉴델리에 도착하기까지 모처럼 즐거운 기분으로 제법 많은 얘기를 나눴다. 아버지의 죽음의 비밀을 파헤치기 위한 여행이라 그런지 미현의 얼굴은 때때로 결연한 기색을 보이긴 했지만 만족스런 얼굴이었다.

「미현 씨의 전공이 뭐라고 했죠?」

「정신분석이에요. 특별히 범죄심리 치료도 연구하고 있어요.」

「범죄심리 치료, 그게 뭔데요?」

「범죄자의 심리를 분석해서 범죄를 저지르는 동기를 발견하고 해소해주는 거예요. 치료법은 여러 가지가 있지만 언어치료법도 대단히 효과적인 한 방법이에요.」

「특수한 분야 같군요.」

「그런 셈이죠.」

대화가 끊어지자 기내에서 제공되는 신문을 펴본 순범은 1면의 기사를 보고는 깜짝 놀랐다.

「세상에, 이런 일이!」

자신도 모르게 주먹을 쥔 순범의 가슴이 두근거렸다. 옆에 있던 일본인 부부가 순범의 기색을 느끼고 슬쩍 곁눈질했다.

'한국의 대통령, 한반도 비핵화 선언!'

이런 제목 밑에는 동북아의 평화와 북한의 핵개발을 막기 위해서 한국은 우라늄 농축 및 재처리 시설을 포함하는 모든 핵 관계 설비의 건설을 포기한다는 기사가 실려 있었다. 그 옆에는 마치 비교라도 하는 듯이, 일본이 영국과 프랑스로부터 플루토늄 80톤을 향후 10년에 걸쳐 사들이고 우선 1톤을 곧 수송한다는 기사가 실려 있었다.

'이런 엄청난 왜곡과 굴곡된 시각이 있을 수 있나? 동북아의 평화를 위해 플루토늄을 포기하는 것이 남북한이 해야 할 일이라면, 일본의 엄청난 플루토늄 보유는 무엇을 위한 것인가?'

이런 것을 선언이라고 내놓는 정부와 나라의 앞길을 생각하니 순범은 현기증이 날 지경이었다. 북한의 핵개발에 대한 정보가 철저하게 미국의 정보계통에서 흘러나오고, 아직 북한의 핵개발 상황이 명명백백하게 밝혀지지 않은 이상 이러한 선언은 위험천만한 것이었다. 만약에 미국이 북한의 불분명한 상황을 자국의 목적에 따라 핵개발이 임박한 것으로 왜곡하여 알려주는 것이라면, 우리나라의 핵포기 선언이라는 것은 얼마나 우스꽝스러운 일인가? 한국 정부는 핵 포기 선언의 대가로 무엇을 얻어낼 수 있겠는가? 오로지 북한만을 의식해 눈앞의 고식적 조치에만 급급한 정부의 핵 포기 선언은 결국 국가의 주권을 포기하는 것과 다름없었다.

신문에 나란히 실려 있는 일본의 대규모 플루토늄 확보 계획에 대한 대응은 어떤 것이란 말인가? 이러한 선언문을 한국인이 기초할 수 있단 말인가? 그리고 한국인이 선언할 수 있단 말인가?

순범의 뇌리에 윤미가 얘기하던 네버 국장이라는 자가 떠올랐다. 앤더슨 정이 얘기하던 미국 영주권을 가진 대통령 특보도 생각났다. 한국의 핵 정책을 주도한다는 그의 작품이 바로 이것이었던가 싶었다. 원자력 에너지의 평화적 이용이라는 측면에서만 보더라도 앞으로 우리나라는 핵폐기물을 처리하기 위해, 그리고 효율적인 에너지 이용을 위해 농축 및 재처리 시설을 반드시 갖춰야만 할 처지였다. 그런데 핵폐기물 처리장을 구하지 못해 쩔쩔매면서, 연간 수천억 원의 돈을 농축 비용으로 외국에 지불하면서, 이런 시설의 보유를 포기한다는 것은 도대체 무슨 소리인가? 비핵화 선언으로 지구상에서 스스로 핵 능력을 포기한 유일한 국가가 되어버린 것이 얼마나 우스운 꼴인가를 정부는 아는지 모르는지 참으로 한심했다. 여기까지 생각이 미치자 순범은 아득한 기분이 들었다.

'내 편은 어디에 있는가? 나를 도와줄 사람은 어디에 있는가?'

박정희 대통령이 그토록 지키려 했던 이 박사를 거리낌없이 살해하고 구치소에 있던 박성길도 살해할 수 있는 이 거대한 음모에 맞서야 하는 자신을 도울 사람은 이 세상에 자취조차 찾을 수 없을 것 같았다. 상대의 정체는 무엇인가? 뒤에 미국이 있다는 것은 이제 분명해졌지만, 미국의 앞잡이가 되어 움직이는 자들은 그림자조차 보이지 않았다. 답답하고 미칠 것만 같은 기분이 들어 짐승처럼 포효라도 하고 싶은 순범은 그러나 다음 순간 어느새 냉정한 자세로 돌아와 있었다.

이럴 때일수록 더욱 차가워져야 했다. 이 박사의 행적을 파헤치고 외국의 앞잡이가 되어 진정한 민족의 길을 가리고 있는 자들을 뿌리 뽑으려면 결코 흥분해선 안 되었다.

뉴델리공항에 내린 두 사람은 타지마할호텔로 향했다.

타지마할호텔은 인도의 전통적인 건축양식에 현대적인 시설을 더한 아늑하고 깨끗한 호텔이었다. 가난한 나라이기 때문에 호텔도 별로 신통한 것이 없겠거니 하고 생각했던 두 사람에게는 정말이지 환상의 나라에나 있는 호텔처럼 여겨졌다.

종업원들도 모두 친절했고, 시설도 한국이나 미국의 일류 호텔과 비교해서 조금도 뒤떨어지지 않았다. 특히 두 사람이 묵고 있는 8층을 담당하는 15세 가량의 소년은 말할 수 없이 상냥하고 친절했다. 목이 좁은 인도 국민복을 깔끔하게 차려입고 네루 모자를 옆으로 약간 비스듬하게 눌러쓴 이 소년의 이름은 라이였다. 라이가 크고 새까만 눈을 깜박거리며 아직 변성도 되지 않은 목소리로 예스 써 하고 대답하면서 종종걸음으로 심부름을 다닐 때면 동화 속에 나오는 아이처럼 보였다.

호텔에 짐을 푼 두 사람은 라이의 도움으로 뉴델리시의 전화번호부를 뒤져 라프르 간다의 전화번호를 알아냈다. 다행히 인도에서도 희귀한 성이었기에 주소와 대조하여 금방 찾을 수 있었다.

라프르 간다와 다음날 만나기로 약속을 한 다음 순범과 미현은 서커스 구경을 나섰다. 중요한 일 때문에 오기는 했지만 인도까지 와서 세계적으로 유명한 인도 서커스를 놓친다는 것은 바보 같은 일이었다.

주로 코끼리를 이용한 묘기를 재미있게 보던 순범과 미현은 서커스 천막을 나와 부근에 형성된 야시장의 풍경을 구경하면서 천천히 걸었다. 그들은 마녀점을 치는 여인을 발견하고는 그 앞에 앉았다.

순전히 흥밋거리였지만, 불과 10루피의 돈을 받은 마녀는 굉장히 오랫동안 주문을 외고 순범과 미현의 얼굴을 뜯어보곤 하면서 나름대로는 더 이상 신중할 수 없는 태도를 보였다. 나이도 얼마 들어 보이지 않고 얼굴도 매우 예쁜 여자가 왜 이런 마녀 행색으로 점을 치고 있을까 궁금했다. 이것저것 살피던 순범은 마녀의 등 뒤에 쓰여 있는 영문 선전문을 보고서야 그녀에 대해 이해할 수 있었다.

이 여자는 네팔의 쿠마리 출신이었다. 순범은 언젠가 네팔에서 살아 있는 여신으로 신성시되다가 초경이 시작되면 다른 어린 소녀로 교체되어야 하는 운명의 쿠마리에 대해서 읽은 적이 있었다. 쿠마리에서 쫓겨난 소녀는 고향에 머무르지 못하고 타지를 전전하면서 주로 창녀가 되거나 비참하게 생활하다가 죽는다고 했다. 어떤 남자도 쿠마리 출신에게는 장가를 들지 않는다고 했다. 그러나 이 쿠마리 출신의 마녀는 순범이 이런 생각을 하고 있는 것을 아는지 모르는지 열심히 주문을 외고 얼굴을 찌푸리며 무언가를 생각하는 듯하더니 이윽고 눈을 뜨며 외쳤다.

「오! 처녀여, 그대에게 찾아온 이 위기를 잘 넘기고 나면 곁에 있는 남자로부터 청혼이 있을 것이니 받아들여라. 아이를 한 다스 낳고 잘살 것이다.」

두 사람은 마주 보고 웃었다. 갑자기 두 사람이 웃음을 터뜨리자 영문을 모르는 마녀는 약간 화가 난 듯한 표정으로 쏘아봤다. 순범이 좋은 말을 들으면 크게 웃는 것이 한국의 풍습이라고 영어로 말하자, 그제서야 마녀도 따라 웃었다. 100루피를 주어도 아깝지 않은 재미있는 점이라고 생각하면서, 순범은 미현과 호텔로 돌아오는 길을 걸었다.

'미현의 기분은 어땠을까?'

우스개 점이긴 했지만 자신은 마녀의 점괘를 들었을 때 내심 매우 흐뭇했었다. 마녀의 점괘대로 자신이 미현과 결혼하는 일이 생길 수 있는 걸까? 보통 사람과는 전혀 다른 이 여자를 어쩌면 자신은 좋아하고 있는 것이 아닐까? 이 여자도 자신을 좋아할 수 있을까? 이런 생각들이 이어지고 있었지만 옆에서 걷고 있는 미현은 순범이 무슨 생각을 하는지 모르는 듯 잠자코 걷고만 있었다. 여느 때와 다름이 없는 그녀의 무표정한 얼굴은 순범에게 미현은 역시 가까우면서도 먼 여자라는 마음이 들게 했다. 이 천재 미녀는 이성에 대한 흥미를 전혀 가지고 있지 않은 것 같았다.

다음날 라프르 간다를 만나러 간 두 사람은 실망할 수밖에 없었다. 그는 이용후 박사는커녕 한국이라는 나라에 대해서도 알지 못하는 사람이었다.

순범이 이용후 박사에 대해 설명을 하자 그는 그제서야 알겠다는 듯이 얼굴에 환한 빛을 띠며 반갑게 대답했다.

「아마 나의 형을 찾는 모양이군요. 나는 라프르 간다 원이라는 사람이고, 형님은 라프르 간다 싱이라고 하지요.」

「형님이 계신 곳은 어디입니까?」

「형님은 인도에 계시지 않아요. 프랑스에 머무르고 계시죠.」

순범은 허탈했다. 그 형에 대해 자세히 물어본 결과, 유명한 학자로 존경을 받고 있지만 시크교도인 그는 인도에서의 종교적 반대파에 의한 견제가 싫어 파리에서 지낸다고 했다. 할 수 없이 순범은 그의 주소만을 받아 나올 수밖에 없었다. 허탈했지만 어쩔 수 없이 다시 파리로 가야만 했다. 순범은 미현을 먼저 호텔로 돌아가 있게 하고 자신은 프랑스대사관을 찾아갔다. 프랑스와 비자 면제협정이 되어 있는 미국과는 달리 한국인인 자신은 입국비자를 받아야 했기 때문이었다.

미현은 벨이 울리자 렌즈를 통해 밖을 내다봤다. 라이가 상냥한 얼굴로 미소 짓고 있었다. 미현은 스스럼없이 문을 열었다.

「어서 들어와, 라이.」

라이는 접시를 들고 있었다.

「저희 호텔의 서비스인데 드셔보세요. 시원할 거예요.」

미현이 보니 야채즙이었다.

「고마워 라이, 이따가 먹을게.」

미현은 접시를 받아 탁자 위에 놓았다. 그러나 갑자기 라이의 얼굴이 굳어지는 것을 보고 미현은 깜짝 놀랐다. 무언지 모르게 음산한 기운이 풍겨나오는 것 같아 라이의 얼굴을 자세히 살피던 미현은 소스라치게 놀랐다. 15~16세의 소년에 불과했던 그의 피부가 탄력을 잃으며 거무튀튀하게 변하고, 크고 새까만 눈을 반짝이던 얼굴도 점점 이상하게 변하고 있었다. 입을 벌리고 활짝 웃는 표정이 징그럽게 느껴지는 순간, 미현은 비명을 지르며 뒤로 돌아섰다. 그의 얼굴은 보기에도 소름이 끼치는 것이어서 미현은 두 손으로 얼굴을 가렸다. 이때 찌익 소리와 함께 미현이 입고 있던 원피스의 지퍼가 내려갔다.

「어머나!」

미현은 소스라치게 놀라 비명을 질렀다.

「얌전히 있어.」

지퍼를 올리려던 미현의 가느다란 팔은 뒤로 꺾였고 원피스의 소매로 등 뒤에서 결박당했다. 다시 라이는 미현을 뒤에서 밀어 바닥에 꿇어앉힌 다음 날이 새파랗게 선 면도칼을 꺼내 브래지어를 끊었다. 놀랍기도 하고 부끄럽기도 하여 미현은 현기증이 날 지경이었지만, 정신을 차려야 한다고 생각하며 이를 악물었다.

「흐흐흐. 유리처럼 깨끗한 몸이군. 야채즙을 안 먹길 잘했어. 너의 미모를 보니 내 마음이 달라졌거든. 이제 너는 세상에서 제일 행복한 여자가 될 거야. 이 세상에서는 도저히 맛볼 수 없는 쾌락의 절정을 느끼며 죽여달라고 몸부림치게 될 거야.」

그는 꿇어앉은 미현의 얼굴 앞에 서서 옷을 벗기 시작했다. 끓어오르는 분노와 모욕감을 어쩌지 못해 몸을 떨면서 미현은 눈을 감았다. 가늘게 떨리는 눈꺼풀 위로 눈물이 배어나오는 것을 느끼며 미현은 이를 악물었다.

옷을 다 벗은 라이는 미현이 눈을 감고 있는 것을 보고 기분이 상하는 듯 그녀의 머리채를 휘어잡았다.

「눈을 떠. 이제 카마수트라에 있는 온갖 방법으로도 다다를 수 없는 쾌락의 세계를 내가 가르쳐줄 테니까. 절정의 순간을 바로 죽음으로 이어주지. 이 쾌락의 한가운데서 맞이하는 죽음이야말로 최고의 기분이지. 나는 칼리의 여신에게 밤마다 물어보곤 했지. 칼리의 여신은 내게 대답했어. 내 손에 죽은 여자들은 늘 행복하다는 거였지.」

그는 미현의 머리채를 끌고 침대로 데려갔다. 거기서 미현의 두 발과 두 손을 침대의 네 귀퉁이에 묶었다. 어느 틈에 꺼냈는지 아까의 그 면도칼이 아닌 예리한 칼로 미현의 허리에 걸쳐져 있는 원피스를 잘라내어 끌어당기자 눈처럼 하얀 미현의 하반신이 그대로 드러났다.

「눈을 뜨고 입을 벌려.」

음탕한 목소리와 함께 라이는 마지막 남은 미현의 속옷에 손을 뻗쳤다. 라이의 손끝이 허리에 닿자 미현은 반쯤 실신 상태에 빠져 몸을 떨었다. 어리게 보이기 위해 얼굴에 수은 주사를 맞은 라이는 약 기운이 떨어지자 두 번 다시 보고 싶지 않은 징그러운 얼굴이 되어 있었다. 라이는 혓바닥을 날름거리며 미현의 가슴에 천천히 얼굴을 들이댔다. 동시에 힘을 주어 미현의 속옷을 잡아챘다.

「아버지…….」

신음과도 같은 소리를 끝으로 혀를 깨물려는 순간, 미현은 귀에 익은 목소리를 들을 수 있었다.

「라이, 옷을 입어.」

순범이었다.

라이는 번개 같은 동작으로 칼이 놓여 있는 곳으로 손을 뻗쳤다. 순범은 시트로 미현의 몸을 덮으며 방 안의 사정을 더듬었다. 칼을 손에 쥔 라이는 능글맞은 미소를 띠며 순범의 앞으로 다가왔다.

「흐흐, 나는 한 번 목표한 여자는 놓치지 않지.」

칼이 순범의 얼굴을 후려왔다. 순범은 첫눈에 이자의 공격이 결코 예사롭지 않은 것이라는 걸 느낄 수 있었다. 베어오는 각도나 속도가 전문가의 경지였다. 순범은 눈앞에서 어른거리는 칼날에 현혹되면 안 된다는 생각이 본능적으로 떠올랐다.

'눈을 보아야만 한다.'

칼끝을 보면 그 변화에 현혹되고 교란되어 반드시 실수를 하게 마련이다. 칼끝의 공포는 사람의 오관을 마비시킨다. 순범은 상대의 눈을 보았다. 라이의 칼이 순범의 눈앞을 어른거렸지만 순범은 동요하지 않았다. 목숨이 걸려 있다는 절박함이 순범으로 하여금 생각지도 못했던 침착함을 유지하게 했다. 순범은 천천히 옷을 벗어 들었다. 라이의 칼이 순범의 가슴을 스치자 이내 피가 배어나왔다. 다시 한 번 칼이 공중에서 춤추려 할 때 순범은 들고 있던 옷을 날렸다. 넓게 펼쳐진 옷이 라이의 시야를 가리는 순간, 순범은 뛰어들며 라이의 가슴을 발로 찼다. 그러나 라이는 민첩하게 몸을 돌려 피했다. 다시 순범이 돌아서며 주먹을 날렸으나 라이는 엎드렸다 일어나는 반동으로 칼을 날렸다. 불과 1센티미터의 차이로 스치는 칼을 겨우 피한 순범은 절망감에 사로잡혔다. 라이는 도저히 순범의 상대가 아니었다.

「흐흐흐, 이제 잔꾀도 없어졌군. 오랜만에 피맛을 한번 보겠는데.」

라이의 기괴한 얼굴에 스치는 살기를 보며 순범은 팔다리에 힘이 빠지는 것을 느꼈다. 도망가는 것밖에는 길이 없었지만, 그러면 상대는 미현의 목숨을 끊고 달아날 것이었다. 라이는 한 발짝 한 발짝 다가왔고 순범은 벽으로 밀리고 있었다. 인도의 전통무술을 익힌 듯한 라이의 재빠른 몸놀림이나 칼 쓰는 법은 순범으로 하여금 함부로 몸을 놀리지 못하게 했다.

순범은 어떤 동작을 취해야 할지 몰라 뒷걸음질만 쳤다. 이제 라이의 손이 떨어지면 최후를 맞는 수밖에 없다고 생각되었다. 그때 순범의 손에 야채즙의 접시가 닿았다. 접시를 잡으려고 하면 상대가 먼저 칼을 휘두를 것이라 생각한 순범은 라이에게 말을 걸었다.

「도대체 왜 그러는 거야, 라이?」

「나도 몰라. 다만 너희들의 운명을 탓할 수밖에.」

두근거리는 가슴을 억지로 진정하자니 호흡이 거칠어져왔지만, 접시에 손을 조금씩 접근시키면서 순범은 다시 물었다.

「우릴 살려주면 네가 달라는 만큼의 돈을 주겠어. 통장은 지금 보여줄 수 있어.」

순범은 라이가 살인청부업자라면 거액의 돈으로 마음을 돌려놓을 수 있을지 모른다고 생각했다. 그러나 그것은 오산이었다.

「우리는 부탁받은 것을 바꾸지 않지. 설사 목숨을 잃는 한이 있더라도 말이야.」

순범이 접시를 제대로 잡았다고 느끼는 순간, 라이의 칼이 접시를 잡은 팔을 향해 전광석화처럼 날아들었다. 본능적으로 팔을 뺐으나 이미 라이의 칼은 순범의 팔을 정확히 찔렀다. 비명을 지르며 쓰러진 몸 위로 다시 날아드는 날카로운 칼끝이 순범의 목젖을 정확히 꿰뚫기 직전 한 발의 총성이 울려퍼졌다.

「읔!」

단말마의 비명을 지르며 쓰러지는 라이의 몸을 향해 다시 한 발의 총알이 발사되었고, 라이는 그 자리에서 숨이 끊어지고 말았다. 죽음의 문턱까지 갔던 순범은 지금 도대체 무슨 일이 벌어지고 있는지 알 수 없었다. 간신히 정신을 차린 순범은 두 사람이 방에 들어와 있는 것을 보았다. 그중 한 사람이 아직도 권총을 들고 있는 것으로 보아 총은 그 사람이 쏜 것임에 틀림없었다.

「많이 놀라셨죠? 여자분은 괜찮습니까?」

순범이 급히 일어나 미현에게로 가니 미현은 그제서야 정신을 차리는 모양이었다. 두 사람이 잠시 방 밖으로 나간 사이 순범은 미현의 결박을 풀었다. 미현은 순범의 목소리를 듣는 순간 반쯤 실신했다가 순범이 결박을 풀고 시트로 몸을 덮어주자 그제야 정신이 드는 모양이었다. 미현은 공포에 젖었던 기억을 떨치려는 듯 순범의 가슴에 고개를 묻고 좌우로 흔들어댔다.

「미현 씨, 이제는 안심하세요.」

「어떻게 이렇게 일찍 돌아올 수 있었어요?」

「항공권을 구입하려면 미현 씨의 여권번호를 알아야겠기에 전화를 했었죠. 전화를 안 받아 교환에게 물었더니 코드가 뽑혀 있더군요. 당번인 라이를 찾아도 없기에 불길한 생각이 들어 바로 달려온 길입니다.」

미현은 총소리에 정신이 들긴 했지만 사태가 어떻게 진행되었는지 알 수가 없었다. 순범이 문을 열자 한국인 두 사람을 비롯하여 경찰관 여러 명이 방 안으로 들어왔다. 경찰관들은 총에 맞은 라이의 시체를 보자 모두를 연행하려 했다.

「당신들 모두 경찰서로 갑시다.」

「잠깐, 우리는 한국대사관 직원이오. 여기 외교관 신분증이 있소. 이자는 살인청부업자요. 우리 국민을 살해하기 직전 내가 사살했소. 만약에 그러지 않았다면 우리 국민들이 귀국의 살인청부업자에게 무참하게 희생되어 커다란 외교 문제가 생겼을 거요. 경찰서에는 나중에 출두할 것이니 지금은 현장조사만 해주시오. 필요하다면 경찰국장에게 전화를 하겠소.」

대사관 직원의 당당하고도 자신에 찬 태도는 경찰관들을 압도했다.

「권 기자님, 대단히 미안합니다. 여기는 복잡하니 로비에 내려가서 얘기를 나누실까요?」

「출국할 예정이었는데 짐을 가지고 나가도 될까요?」

「그렇게 하십시오. 경찰의 문제는 나중에 우리가 처리하겠습니다. 밑에 참사관님께서 기다리고 계십니다.」

「우선 호텔 응급실에 가서 응급처치를 하고 가겠습니다.」

상처는 생각보다 깊지 않았다. 순범이 다친 팔을 싸매고 로비에 내려오자 매우 점잖은 모습의 신사가 기다리고 있다가 두 사람을 보고는 잰걸음으로 다가와 인사를 건넸다.

「얼마나 놀라셨습니까? 죄송합니다.」

「아닙니다, 참사관님. 저야말로 정말 고맙습니다.」

뜻밖에도 참사관이 매우 미안한 표정으로 공손히 대하는 것을 보고 순범은 의아한 생각이 들었다. 참사관이라면 대사관에서도 높은 직책이 아닌가? 그런 사람이 직원들을 데리고 와 위기에서 구해주고도 오히려 고개를 숙이는 것이나, 자신들의 방을 찾아온 것이나, 자신의 이름과 신분을 아는 것이나, 모든 게 궁금하기 짝이 없는 일이었다.

「권 기자님, 정말 죄송합니다. 어떻게 사죄를 해야 할지 모르겠습니다. 부디 돌아가시면 잘 좀 말씀드려주십시오.」

「누구에게 말씀을 드린단 말입니까?」

「그럼 권 기자님은 모르고 계신단 말입니까?」

「무슨 말씀을 하시는 겁니까?」

「저희들은 권 기자님을 보호하라는 본국의 훈령을 받고 있습니다.」

「본국의 훈령이요?」

「예, 그렇습니다.」

「본국의 누구에게 훈령을 받았단 말씀입니까?」

「안전기획부장님으로부터의 훈령이었습니다.」

「안기부장?」

대사관 직원들이 공항까지 바래다주겠다는 것을 극구 사양하고 공항으로 향하는 순범의 머리에는 온갖 생각이 다 떠올랐다. 안기부장이 어떻게 알고 자신과 미현을 보호하도록 훈령을 내렸단 말인가? 최 부장은 물론 아무에게도 자신의 인도행을 알리지 않았는데 이것이 도대체 어떻게 된 일인가? 그리고 라이는 왜 자신들을 죽이려고 했을까? 아까의 일을 생각하자 순범은 다시 한 번 섬뜩한 기분이 들었다. 이것이 만약 청부에 의한 것이라면, 살인자들은 그야말로 보통 힘을 가진 자들이 아니지 않은가? 하긴 박 대통령이 시퍼렇게 눈을 뜨고 있는 앞에서 이 박사를 살해할 정도니, 이것은 약과인지도 몰랐다. 위기를 겪어서 그런지 순범은 미현이 더욱 가깝게 생각되었다. 앞으로도 미현을 자신이 계속 보호해야 한다는 생각이 들자 순범의 가슴속에 어떤 뿌듯함 같은 것이 생겨나고 있었다.

두 사람은 공항의 에어프랑스 카운터에서 행선지를 은폐하기 위해 컴퓨터에 기재되지 않도록 특별히 부탁하고 즉석에서 항공권을 구입했다. 파리에 도착하는 시간이 한밤중이라 호텔까지 예약하고 미리 에어프랑스 점보기에 들어오니 비로소 마음이 놓였다. 미현은 아까의 충격이 가시지 않았는지 좌석에 앉자마자 두통을 호소하더니, 승무원으로부터 약을 얻어먹고 의자에 기대 눈을 감자 이내 잠이 드는 것 같았다.

비행기의 창을 통해 내다보이는 인도양에 멍한 시선을 던지고 있는 동안 순범은 착잡한 생각이 들었다. 이제야말로 아주 가까이까지 다가온 위험의 실체를 어렴풋이나마 짐작할 수 있었다. 13년 전에 이 박사를 살해했던 그들이 또다시 미현과 자신을 노리고 있는 것이다. 그러나 적은 여전히 그림자조차 드러내지 않고 있는 반면, 목표가 되고 있는 이쪽은 일거수일투족이 빠짐없이 노출되어 있다고 생각하니 불안감이 온몸을 엄습해왔다.

순범은 옆에 잠들어 있는 미현의 얼굴을 들여다보았다. 인도에서 겪었던 공포에도 아랑곳하지 않고 미현은 깊이 잠들어 있었다. 인도에서는 위기를 넘겼지만 앞으로도 결코 안심할 수 없었다. 인도에까지 뻗쳤던 마수가 프랑스라고 뻗치지 말란 법은 없을 터였다. 이미 상대는 자신의 행적을 손바닥 안에 놓고 환히 들여다보고 있을지 몰랐다. 뉴델리공항에서 행선지를 컴퓨터에 입력시키지 않은 것쯤은 아무 의미가 없을지 몰랐다. 도움을 청할 사람도 없고 오직 정신을 차리는 것밖에는 달리 방법이 없을 것이었다. 비행기는 정시에 파리에 도착했다.

인도의 영웅

'여자가 있군.'

킬러는 기분이 별로 좋지 못했다.

'여자가 있으면 재미가 없다. 여자, 특히 사랑하는 여자와 함께 있는 남자를 죽이는 건 너무 쉽다. 그들은 늘 정신의 반쪽은 빼놓고 다니기 때문에 일에서 오는 긴장도 기쁨도 성취감도 없다. 그들 옆에 있기만 하면 그들은 그저 불을 보고 덤비는 불나방처럼 내게로 와서 죽어주지 않았던가?'

샤를드골공항을 빠져나오는 택시의 뒤를 따르며 메르세데스 벤츠 600의 푹신한 의자에 몸을 파묻고서 일을 생각하던 킬러는 그야말로 김이 빠지는 기분이었다. 돈을 받았으니 일은 해야 할 것이었지만 핸들을 쥐고 있는 손에는 힘이 빠질 대로 빠져 있었다.

'저 왜소하고 간단한 의사 표시도 제대로 못해 쩔쩔매는 동양에서 온 벌레들에게 손을 써야만 하는가?'

킬러는 그러나 예전에 일을 부탁했던 바로 그자의 후한 사례를 기억하며 그나마 위안을 삼고 있었다.

저녁을 호텔 2층의 뷔페 식당에서 먹고 난 후 순범과 미현은 가볍게 호텔 주변을 산책했다. 위험은 도처에 있는 것이었지만 어차피 방 안에 웅크리고 있는 것보다는 사람이 많은 곳을 자연스럽게 다니는 것이 나을 것 같아 두 사람은 호텔을 나섰던 것이다.

미현이 순범의 팔짱을 꼈다. 곤두서 있던 순범의 신경이 가라앉는 것 같았다. 두 사람은 호텔 주변의 숲과 근세 건축양식으로 지어진 교회를 구경했다. 순범은 도시 전체에 빽빽한 숲을 보며 프랑스의 힘은 숲에서 나오는 것이라고 생각했다. 푸르다 못해 검은 색깔이 나는 숲은 온 도시를 둘러싸고 있는 것 같았다.

날이 어두워지자 순범과 미현은 불안한 마음으로 호텔로 돌아왔다. 두 사람은 호텔 1층의 바에 앉아 맥주를 마시기로 했다. 될 수 있는 대로 많은 사람 속에 있는 것이 조금이나마 나을 것 같아서였다.

순범은 바를 한번 둘러보았다. 관광객들로 보이는 남녀 예닐곱 명 정도가 편한 자세로 담소를 즐기고 있었다. 느슨한 분위기로 보아 위험한 일은 없을 듯했다.

두 사람은 마주 앉아 포도주를 주문했다. 은은한 조명 아래서 포도주 잔을 기울이는 미현은 여유를 찾은 듯이 주위를 둘러보며 곁에 앉은 노부부와 눈인사도 교환했다.

새벽 1시가 다 되어서야 두 사람은 바를 나왔다. 복도에는 붉은 제복을 입은 흑인 종업원 외에는 아무도 없었다. 두 사람은 엘리베이터에 올라 6층 버튼을 눌렀다. 3층에 이르러 엘리베이터가 멈추고 문이 스르르 열렸다. 긴장한 순범은 본능적으로 미현을 자신의 몸으로 가렸다. 관광객인 듯한 잘생긴 노부부가 인사를 건네며 올라탔고, 순범은 안도의 숨을 내쉬었다. 6층에 내려 호텔 방에 들어서자 불이 확 켜졌다. 순간 순범은 화들짝 놀랐다. 그러나 문이 열리는 동시에 자동으로 불이 켜졌던 것뿐이었다. 미현은 여태 참았던 피로가 엄습하는지 침대에 그대로 털썩 드러누웠다. 순범은 욕실 문을 열고, 커튼을 열고, 욕조를 들여다보고, 침대 밑까지 들여다본 후에야 의자에 앉았다.

미현은 곧 잠이 들었다. 순범은 미현의 구두와 옷을 대충 벗겨주고 편하게 눕혀주었다. 순범은 불을 끈 다음 커튼을 열고 창밖을 내다보았다. 조금 전까지는 내리지 않던 비가 내리고 있었고, 승용차 한 대가 빗길을 지나가고 있었다. 과연 내일은 뜻한 대로 라프르 간다를 만날 수 있을까? 그리고 그 돈의 수수께끼도 풀 수 있을까? 얼마 전까지만 해도 상상조차 할 수 없었던 일들이 주변에서 일어나고 있었다. 어쩌면 여기 파리

한구석에서 쥐도 새도 모르게 죽을지도 모를 일이었다. 그럴 리는 없을 것이라고 생각하면서도 불안감이 사라지지 않았다. 순범은 잠을 이룰 수가 없어 테이블에 팔을 얹고 고개를 파묻었다.

「한잔하겠나?」

개코 형사였다. 반가운 마음에 순범은 손을 내뻗어 그의 어깨를 잡으려 했다. 다음 순간, 그는 개코 형사가 아니라 라이였다. 괴상한 표정으로 히죽 웃으며 라이가 순범을 쏘아보고 있었다. 순범은 비명을 지르며 잠이 깼다. 이마에 식은땀이 솟았다.

'정말 여기서 아무도 모르게 죽을 수도 있다.'

밖에서 문을 여닫는 소리가 들려왔다. 순범은 다시 긴장했으나 밖은 곧 잠잠해졌다. 외출에서 돌아온 투숙객인 듯했다. 얼마나 시간이 흘렀을까? 테이블에 엎드려 잠이 들었던 순범은 흠칫 놀라 잠이 깼다. 또 밖에서 문을 여닫는 소리가 들려왔던 것이다. 꽤 부지런한 사람들 같았다. 커튼을 들춰보니 희미하게 동이 트고 있었다. 도시는 잠에서 서서히 깨어나고 있었고, 조금씩 거리가 동요하기 시작했다. 미현은 아직도 곤히 자고 있었다. 순범은 욕실로 가서 옷을 벗었다. 거울에 자신의 초췌한 얼굴이 비쳐졌다. 뜨거운 물로 샤워를 하고 나니 정신이 드는 듯했다.

6시. 미현은 아직도 잠들어 있었다. 어린아이처럼 평온한 표정이었다. 순범은 한동안 그녀를 가만히 들여다보고 있었다. 그녀의 잠든 얼굴에 그대로 끌려 들어가는 느낌이었다.

'이대로 영원히 있었으면…….'

자신도 모르게 순범은 그녀의 이마에 입을 맞췄다. 그때 미현이 눈을 떴다. 몇 번인가 눈을 깜빡이다가 이내 몸을 일으키며 잘 잤느냐는 인사를 했다. 순범이 잘 잤다고 대답하자 그녀는 꼬박 밤을 새운 사람 같다고 말하며 웃었다.

미현이 샤워를 마친 후 두 사람은 3층 식당으로 내려갔다. 차와 주스, 빵 한 조각과 과일로 아침식사를 마친 후 그들은 공중전화를 통해 라프르 간다의 집에 전화를 했다. 별 어려움 없이 만날 약속을 할 수 있었다. 시크교도인 라프르 간다는 사람에 차별을 두지 않고 모든 사람을 편하게 만난다는 교리에 따라 편한 시간에 집으로 찾아오라고 했던 것이다.

「내가 바로 라프르 간다입니다만, 어디서 오신 분들인가요?」

「처음 뵙겠습니다. 저희들은 한국에서 왔습니다.」

검소한 가운데서 높은 격조를 풍기는 라프르 간다의 집은 첫인상만으로도 주인의 분위기와 취향을 짐작할 수 있었다. 한두 점 걸려 있는 미술품들도 모두 독특한 품격이 있었고, 서재를 가득 채우고 있는 책들도 과학 서적에서부터 문학 고전에 이르기까지 희귀한 서적들이 많았다. 좌상 옆에 쌓인 각국어로 된 철학책들은 라프르 간다의 높은 식견을 짐작할 수 있게 했다.

「무슨 일로 나를 찾아왔소?」

「저희는 어떤 일을 조사하던 중 선생님을 뵙고 가르침을 받아야 할 것이 있어 이렇게 실례를 무릅쓰고 찾아오게 되었습니다.」

「그래요? 이상한 일이군. 나는 여러분을 전혀 알지 못하는데, 무얼 알려 드릴 수가 있겠소?」

「선생님께서는 혹시 10여 년 전에 스위스 로열은행의 비밀구좌에서 돈을 인출하신 적이 있었습니까?」

스위스 로열은행의 비밀구좌라는 말에 라프르 간다의 표정이 급작스럽게 변했다.

「당신들은 대체 누구요?」

간다는 갑자기 조금 전까지의 점잖고 기품 있는 태도를 바꿔 몹시 불쾌한 기색으로 말했다. 두 사람이 놀라서 약간 멈칫하자 그는 큰 소리로 집사인 듯한 사람을 불렀다.

「이분들 나가시게 해라. 다시는 들여보내지 말고.」

「잠깐, 잠깐만 제 얘기를 좀 들어보십시오.」

「얼른 나가시게 해라. 나는 아무것도 들을 말이 없다.」

「저희는 선생님께 여쭤볼 게 있어서 멀리서 찾아왔습니다. 잠시만이라도 얘기를 좀…….」

「카심, 뭘 하고 있느냐, 얼른 내쫓지 않고?」

「잠깐! 혹시 이용후 박사를 기억하십니까?」

그 소리에 라프르 간다는 돌아서려다 말고 흠칫 놀랐다.

「지금 이용후 박사라 했소?」

「그렇습니다.」

「이용후 박사와 당신은 어떤 사이요?」

「이 사람은 그의 딸, 저는 사위입니다.」

순범은 거짓말을 했다. 그러고는 아차 하는 심정으로 미현의 눈치를 살폈으나, 미현은 그냥 담담한 얼굴이었다. 아무리 거짓말이라고는 해도 마음에 없는 소리는 아니었던 것을 눈치챈 것일까? 하지만 이런 절박한 상황에서는 조금이라도 이용후 박사와 가까운 사이라고 해야 도움이 될 것이었다.

「저런! 내가 큰 실수를 저질렀소. 친구의 자식을 내쫓으려 하다니! 카심, 식사를 준비시켜라. 손님들과 함께 식사를 하겠다.」

「고맙습니다.」

「아니오, 내가 미안하오. 그러고 보니 너는 정말 용후와 많이 닮았구나.」

간다는 이 박사와 몹시 가까운 사이인 양 대뜸 말을 낮추었다.

「제 아버지를 잘 아십니까?」

「아다마다. 네 아버지와 나는 아주 친한 친구 사이였지. 너는 기억하지 못하겠지만, 네가 아주 어려서 미국 보스턴에 살 때 내가 너희 집에 찾아가서 너를 자주 안아주곤 했어. 너도 나를 무척 좋아하며 따르곤 했단다.」

「그러고 보니 생각이 나는 듯도 해요.」

「자, 이리 와보거라, 손 좀 잡아보자꾸나. 이런 불쌍한 녀석 같으니라구. 그래도 아주 훌륭하게 잘 컸구나. 하늘에 있는 부모님들도 지금 너를 보면 안심하고 눈을 감겠구나. 저렇게 늠름한 신랑도 있고.」

「13년 전에 한국에서 돌아가신 아버지가 사실은 교통사고가 아니라 살해되었을 가능성이 많아서, 혹시 짚이는 대목이 있으면 여쭤보려고 찾아왔어요.」

「명백한 타살이지. 틀림없이 그놈들 짓일 거야. 안 봐도 뻔한 일이니까.」

「그놈들이라니요? 그놈들이 누군데요?」

「CIA.」

「좀 더 자세히 설명해주십시오.」

「자네 장인과 나는 미국의 연구소에서 함께 일하고 있었지.」

나이가 지긋하다는 느낌만 줄 뿐 정확한 나이는 짐작조차 하기 힘든 라프르 간다는 인생의 경륜과 오랜 칩거를 통해 언은 신중함이 몸에 배어 있었다. 옛날 동료의 자식이 찾아와서 다소 들떠 있는 와중에도, 간혹 폐쇄된 환경 속에서 살아가는 사람 특유의 신경질적인 반응이 나타나곤 했다. 얘기를 계속 해나가는 라프르 간다의 말은 가끔씩 천식으로 인한 기침 때문에 중단되는 일이 많았다. 어느덧 카심이 날라온 식사가 식탁에 차려지고 있었다. 라프르 간다는 이용후 박사와의 관계를 토막토막 늘어놓기 시작했다.

「네 아버지가 펜실베이니아대학에서 박사 과정을 마친 다음부터야. 나도 그 당시부터 연구소에서 일하기 시작했지. 시카고에서 강의를 하면서도 연구소에는 계속 나왔어. 네 아버지는 연구소로서는 물론이고 미국이란 나라에 있어서도 너무나 중요한 사람이었으니까.

네 아버지와 나는 같은 동양인이라는 이유 말고도 똑같이 식민지 지배를 당한 경험이 있는 나라에서 태어났기 때문에 누구보다도 친하게 지냈어. 네 어머니와 할머니도 참 좋은 분이셨지. 미국에서 지내는 동안 우리는 한 가족처럼 지냈고, 참으로 재미있는 시간을 보냈지.

그러던 어느 날 나는 조국의 부름을 받았어. 간디 수상이 미국을 방문했을 때 나를 불러 조국의 어려움을 설명하면서 인도로 돌아와 핵폭탄을 만들어달라고 하더군. 나는 무척 고심하다가 결국 인도로 돌아오기로 마음을 결정했지. 연구소에는 잠깐 다니러 간다고 얘기했어. 연구소가 바로 미국 정부인 셈이니까 곧바로 보고가 됐겠지? 그런데 같이 올 예정이던 하버드대학교의 물리학 박사 아운디는 공항으로 오던 도중 교통사고를 당해 즉사하고 말았지.

대형 덤프트럭 사이에 끼여 비명 한 번 지르지 못하고 죽고 말았어. 나는 직감적으로 그것이 CIA의 음모라고 생각했어. 미국은 제3세계에 핵 기밀이 유출되는 걸 무엇보다도 경계했으니까. 아운디 박사를 설득하다가 뜻대로 안 되니까 죽여버린 거지.

나는 운 좋게 귀국하여 혼신의 힘을 다해서 핵무기를 개발했네. 핵무기를 개발하기 전에 우선 플루토늄을 확보하는 데 전력을 다했지. 왜냐하면 당시만 해도 핵 보유국은 유엔 안전보장이사회의 상임이사국인 미국, 소련, 영국, 프랑스, 중국밖에 없었고, 제3세계 국가가 핵폭탄을 보유한다는 것은 생각지도 못할 때라 플루토늄 생산이 요즘처럼 어렵지 않았지.

나는 많은 양의 플루토늄을 확보하고는 핵폭탄의 제조를 시작했고, 마침내 폭발시험까지 성공적으로 마쳤어. 나의 조국 인도는 5대 강국에 이어 세계 역사상 여섯 번째로 핵무기 보유국이 되었지. 간디 수상을 비롯하여 우리 모두가 감격의 눈물을 흘리며 포옹한 건 말할 것도 없었네.

아운디 박사의 추모식도 갖고 전세계에 인도의 핵 보유 사실을 알렸지. 우리나라를 대하는 세계의 태도가 달라지더군. 당장 우리를 거지 대하듯 하던 미국이 지역 분쟁과 인도양에서의 세력 균형에 대해 회담을 요청해왔어. 인도양에서 소련 해군의 팽창을 경계하기 위한 군사협정을 제의해오고, 막대한 양의 무상 원조까지 제공해왔지. 항상 위협이 되고 있던 파키스탄도 지난날의 잘못을 사과해오는 한편으로 핵무기 개발의 가능성을 비밀리에 타진하고 있다는 소문이 들렸네.

소련도 추파를 던지고 미국에 버금가는 조건을 제시하면서 우호조약을 맺자고 한 건 말할 필요조차 없는 일이지. 내 조국 인도는 세계인들이 멸시하던 거지 나라에서 삽시간에 세계의 강대국으로 일어서게 된 거야. 우리는 곧 제3세계 동맹의 회장국이 되어 세계에 강한 입김을 행사할 수 있었지.

그러던 어느 날 나의 친구 용후가 찾아왔어. 아마도 1978년도 여름쯤이었을 거야. 용후도 나와 같이 조국의 부름을 받았다고 하더군. 핵폭탄을 제조하려고 하는데, 미국의 감시와 압력이 너무 심해서 도저히 플루토늄을 생산할 수 없다고 하면서 한 가지 조건을 제시했지.

그는 우리나라의 비참한 기아 상태를 지적하면서 플루토늄을 일부만이라도 떼어서 판매할 생각이 없느냐고 타진하더군. 마침 그해는 기나긴 한파 후에 갑자기 닥친 홍수로 인도 전역에서 아사하는 사람이 속출하고 있었어. 세계 각국과 유엔에서 보내주는 구호물자는 전혀 도움이 되지 못했네. 용후는 6천만 달러의 예금이 들어 있는 스위스 로열은행의 비밀구좌 통장을 내보이면서 플루토늄을 인도 정부로부터 매입할 수 있게 해달라고 매달리더군. 인도로서는 대단한 유혹이었던 셈이지.

나는 간디 수상을 설득했어. 국민이 굶어서 죽어가고 있는데 그까짓 플루토늄이 대수냐고. 수상은 깊은 고심 끝에 80킬로그램만 판매하기로 결심했고, 물건의 수송과 대금의 수령을 나에게 일임했어. 나는 용후가 미리 입금해둔 스위스 은행의 비밀구좌에서 플루토늄 대금 3천5백만 달러를 인출했어. 문제는 플루토늄의 수송이었지. 아무도 눈치 못 채게 한국으로 보내는 방법을 연구했네. 고심하던 나는 결국 묘안을 짜냈지. 한국으로 보내는 선물을 가장하여 검은 코끼리의 석상을 만들고 그 안에 플루토늄을 집어넣었지. 무엇보다도 플루토늄을 봉하는 게 큰 문제였지만 특수한 설계로 석상을 만들어서는 한국으로 보냈어. 용후로부터 잘 받았다고 연락이 왔더군. 물론 우리는 영원히 아무에게도 이 사실을 얘기하지 않기로 다짐했지. 그러나 이제 용후가 죽고 그 자식이 왔으니 나는 얘기를 해야겠다고 결심한 거야. 이제 다시는 누구에게도 얘기하지 않을 걸세.」

간다가 말을 마칠 즈음 카심이 들어와 뭐라고 했다. 간다는 알았다는 듯이 고개를 끄덕거린 다음 두 사람을 보며 말했다.

「내가 얘기하다 보니 정신이 없었군. 기도 시간이 된 줄도 모르고.」

「혹시 한국에 들어간 플루토늄이 어떻게 되었는지는 모르십니까?」

「그것에 대해서는 얘기를 들은 바가 없네.」

「그 계획에 대해 아는 사람은 누구입니까?」

「한국에서는 대통령과 자기만이 아는 일이라고 용후가 그랬었지.」

그 밖에 특별히 더 물을 것도 없고 기도 시간도 되고 해서 두 사람은 작별인사를 하고 나왔다. 철저한 금욕적 종교 생활에 열중하는 간다 박사는 아쉬운 마음을 누르고 작별인사를 하며 두 사람의 행복을 빌어주겠다고 했다. 간다 박사의 집을 나오는 순범은 들뜬 마음을 어떻게 해야 할지 몰랐다.

'그랬었구나. 이것이 있었기에 1980년 8월 15일에 지하핵실험을 하려는 계획을 세웠었구나. 또 미국이 무엇인가 있을 거라며 찾았다는 것이 바로 이것이었구나. 그렇다면 두 사람이 유명을 달리한 지금 우리나라에는 아무도 플루토늄의 비밀을 아는 사람이 없지 않은가? 내가 이 어마어마한 비밀을 아는 유일한 사람이 아닌가? 이제 나는 어떻게 해야 하는가?'

앞으로 어떻게 해야 할지는 모르겠지만 도저히 이 엄청난 비밀을 정부에 넘겨줄 수는 없는 일이었다. 박정희 대통령과 이용후 박사가 천신만고 끝에 얻은 이 귀중한 결실을 그들에게 넘겨줘봤자 또다시 고스란히 미국으로 흘러들어가고 말 것이었다.

순범은 두 어깨가 무거워지는 기분이었다. 이런 큰일을 도저히 자신이 감당해낼 수 있을 것 같지 않았다. 대통령도 하지 못했던 일을 자신이 한다는 것은 바늘구멍만큼의 가능성도 없는 불가능한 일이 아닐 수 없었다. 그러나 순범의 마음은 활활 타오르고 있었다.

항공권을 예약하고 난 두 사람은 비행기 출발 때까지 공항에서 기다리느니 시내의 카페에서 차라도 한잔 마시자는 데 의견이 일치했다. 프랑스 여행이 처음이었지만 지금 두 사람은 관광을 할 기분은 아니었다. 인도에서의 사고 때문에 한숨도 자지 못하고 미현에게 신경을 써야 했던 순범은 너무 피곤해 어디에라도 앉아서 쉬고 싶은 기분이었다.

싱크로니시티

눈에 띄는 카페를 찾아 뜨거운 차를 한잔 마시자 순범의 눈가에는 졸음이 쏟아져 내렸다. 순범은 의자에 앉은 채로 조는 듯하더니 종내는 스르르 눈을 감아버렸다.

미현은 안쓰러운 마음으로 순범의 잠든 얼굴을 잠시 들여다보았다. 이때 옆에 다가온 카페의 여종업원이 저편에 있는 신사가 전해준 것이라면서 메모지를 건네줬다. 미현은 메모지를 펼쳤다.

'당신은 죽은 마리와 무척 닮았군.'

종업원이 가리키는 쪽을 보니 검정 양복을 깨끗이 받쳐 입고 짙은 선글라스를 낀 남자가 미현을 바라보고 있었다. 미현은 상황이 엉뚱하다고 생각하며 할 일 없는 사람이겠거니 무시하려다, 문득 이상한 예감이 들었다. 아무리 프랑스가 자유분방한 나라라지만 보통의 사람이라면 남자와 같이 있는 자기에게 이런 메모를 쉽게 보낼 리 없었다. 정면으로 남자를 주시하던 미현의 머리에 퍼뜩 킬러라는 단어가 떠올랐다. 두 사람의 운명에 대해 완전한 자신감을 보이는 사나이의 노련한 태도는, 결코 보통 사람에게서는 느껴지지 않는 것이기 때문이었다. 즉시 순범을 깨우려던 그녀는 다음 순간 멈칫했다.

'그는 왜 이런 메모를 보냈을까? 저 사나이의 태도로 보아서는 소리 없이 우리 두 사람을 살해하는 것쯤은 조금도 어려운 일이 아닐 것이다. 그러나 그는 이상한 메모를 보냈다. 지금 권기자를 깨워 그를 자극하면 모든 것은 끝이다.'

퍼뜩 이런 생각이 스치자 미현은 메모의 내용을 분석했다. 저 사람은 단순히 게임을 즐기고 있는 것이 아니다. 무엇일까? 왜 이런 메모를 보냈을까? 미현은 온 정신력을 집중하여 메모를 통해 상대방의 심리를 읽어내려 했다.

'아버지, 제게 힘을 주세요.'

하버드에서 범죄심리를 연구하고 있는 미현의 머리에 희미하게 떠오르는 것이 있었다. 잠시 후 미현은 종업원에게 펜과 종이를 부탁해서 몇 자 적은 다음 그 남자에게 전달해줄 것을 부탁했다.

'마리는 왜 죽었지요?'

미현의 메모를 전해 받은 남자는 손을 들어 반가움을 표시했다. 미현이 그렇게 느껴서 그런지 그의 손짓에 결코 과장된 제스처 같은 것은 없었다. 그는 진심으로 반가워하고 있는 것이었다.

'나 대신 죽어주었소.'

종업원을 통해서 온 답장이었다. 미현은 일단 고개를 끄덕여 유감을 표시했다. 미현은 다시 메모를 보냈다.

'성스러운 인간만이 누군가를 위해 대신 죽을 수 있지요.'

킬러는 다시 손을 들어 반가운 마음을 전했다. 다시 무엇인가를 적어 종업원에게 주고는 지갑에서 지폐를 꺼내 종업원에게 쥐어주었다. 흔치 않은 큰돈을 받았는지 종업원은 활짝 얼굴을 펴며 수백 번이라도 편지를 전해줄 수 있다는 제스처를 해보였다.

'나는 항상 그녀를 생각하고 있소. 나의 영혼은 언제나 고통받고 있소.'

종업원이 아예 옆에서 대기하고 있기 때문에 이제부턴 메모지에 글자만 쓰면 되었다.

'그녀는 항상 당신을 지켜보고 있을 겁니다. 때로는 사람을 보내 당신에게 자신의 모습을 보여주기도 할 거예요.'

'아, 괴롭소. 당신은 마리를 너무나 닮았소.'

미현은 상대가 흔들리기 시작한다는 것을 느끼자 자신감이 생겼다. 지금부터는 자신의 전공인 범죄심리학의 분야였다.

'당신은 왜 저를 죽여야만 하나요?'

'부탁을 받았기 때문이오.'

'누구로부터 부탁을 받았나요?'

'청부한 사람의 정체는 밝히지 않는 법이오.'

'나의 부탁은 받지 않나요?'

'미안하오. 나는 목표가 된 사람의 부탁은 받을 수 없소.'

'당신은 우리를 어떻게 죽일 생각인가요?'

'수백 가지의 방법이 있지만 어떤 것을 택할지는 아직 결정하지 않았소. 다만 조금 전까지는 당신의 남자가 깨어나면 독화살을 쏘려고 했소.'

'그렇다면 지금 쏘세요. 두 발 다 내게 쏘세요. 나는 그를 위해 죽을 결심이 되어 있어요.'

'아! 그럴 수는 없소. 마리, 당신은 내게 너무 큰 괴로움을 주고 있어.'

'마리와 같이…… .마리와 같이……. 마리와 같이…….'

「안 돼.」

킬러는 비명을 질렀다. 비명소리에 놀라 번쩍 눈을 뜬 순범을 미현이 급히 제지했다. 순범은 어떻게 된 상황인지 알아차리지 못하고, 검정 양복의 사나이와 미현의 얼굴을 번갈아 쳐다보았다. 검정 양복의 얼굴에 심한 경련이 일어나고 눈에 흰자위가 덮이는 걸로 봐서, 그가 지금 발작을 하고 있다는 것을 알 수 있었다. 검정 양복은 테이블에 머리를 대고 한참 동안 움직이지 않고 있었다. 그의 어깨가 심하게 들먹거리는 걸로 봐서 감정의 동요가 극심한 것 같았다. 짧은 순간 순범은 미현의 눈빛을 통해서 사태의 심각성을 깨닫고 있었다.

한참의 시간이 흐른 후 검정 양복은 천천히 일어나 손수건을 꺼내 얼굴을 닦고, 두 사람이 있는 테이블로 걸어왔다. 순범과 미현은 아연 긴장했다. 그가 한 발짝씩 옮겨놓을 때마다 그와 둘과의 공간은 얼어붙었다. 아니, 그는 얼어붙어 있는 얼음을 깨며 한 발자국씩 다가오고 있었다. 소리조차도 정지한 듯했다. 극도로 긴장한 순범의 손이 떨리고 있었고, 순범의 팔을 잡고 있는 미현의 손도 떨고 있었다. 순범은 이제는 늦었다고 생각했다. 이젠 일어나도 어떻게 할 수 없었다. 호흡을 놓쳐버린 것이다. 이제 검정 양복이 주머니에서 총이라도 뽑으면 모든 것은 끝이었다. 순범은 입을 조금 벌리고 짧은 한숨을 내쉬었다. 그러나 가까이 다가온 검정 양복의 얼굴에는 격정 뒤에 오는 평화랄까 고요함 같은 것이 드러나 있었다.

그는 두 사람의 자리를 스치며 말없이 입구를 향해 걸어나갔다. 모든 것은 끝난 것인가? 이제 그가 저 문을 나서면 다시는 두 사람과는 얼굴을 마주하지 않을 것인가? 이 숨 막히는 순간, 미현의 입에서 난데없는 소리가 튀어나왔다.

「당신을 보낸 사람은 누구인가요?」

그러나 킬러는 대답을 하지 않았다. 다만 그는 이제 모든 것이 끝났다는 듯 평온한 목소리로 시를 읊조리며 나가버리고 말았다. 그의 허전한 모습 뒤로 힘없는 목소리만이 떨어져 내렸다.

미라보 다리 아래 세느 강이 흐르고
세월도 따라 흐른다.
종소리만 외로이 울려 퍼지고
백작은 말없이 누웠네.

「어떻게 된 일이죠?」

「싱크로니시티죠. 아마 그 자신이 살인자에게 애인을 잃은 적이 있는 것 같아요. 비슷한 상황에서 그녀와 나를 혼동했다고 할 수 있을 거예요.」

한국으로 돌아가는 비행기 안에서도 순범의 어지러운 마음은 좀처럼 가라앉을 줄 몰랐다. 한국에 플루토늄 80킬로그램이 있다는 사실. 그 비밀을 자신과 미현만이 알고 있다는 사실이 마음을 들뜨게 하면서도 한편으로는 머리를 무겁게 짓눌러왔다.

비행기의 창밖으로 보이는 시베리아의 하얀 설원을 내려다보며 순범은 생각을 정리했다. 이 박사의 죽음을 추적하는 과정에서 벌써 몇 번의 살인이 일어났고 몇 번의 위기를 당했다. 플루토늄의 비밀을 알고 난 지금부터의 위험은 이루 말할 수 없을 것이다. 자신과 미현의 생명을 지키는 것만 해도 힘에 겨운데 어디에 있을지도 모르는 검은 코끼리의 석상을 찾아 이 박사의 유업을 완수한다는 것이 과연 가능한 일일까? 순범은 고개를 가로 흔들 수밖에 없었다.

자신도 모르게 깜빡 잠이 들었다가 깨어나면 다시 이런 생각에 잠기곤 했지만, 아무리 생각해도 자신이 생기지 않았다. 짧은 동안이었지만 생명의 위협을 두 번이나 당하고 김포공항에 돌아온 기분은 보통 때 같지 않았다.

「오랜 전쟁에 나갔다가 돌아오는 기분이 이런 것일까요?」

「글쎄요.」

미현은 환하게 웃었다. 활짝 웃는 미현의 얼굴이 눈부시다고 생각했다. 그제야 비로소 순범은 비록 자신들을 기다리는 것은 생명에 대한 위협뿐이긴 하지만, 자신들이 대단한 전리품을 가지고 돌아온 전사라는 생각이 들었다.

불안한 가운데서도 서울은 외국의 도시보다는 훨씬 나았다. 적어도 직업적인 청부업자들이 흔치는 않을 것이고, 수법도 총을 사용한다든지 하는 것은 아닐 것이기 때문에 약간 여유가 생기는 것 같은 기분이 들었다.

서울에 돌아와 하룻밤을 지내고 나서 미현은 미국으로 돌아갔다. 미현을 보내는 순범의 마음은 안심이 되기도 하고 한편으로는 아쉽기도 했다.

대통령의 각서

미현을 보내고 난 후 순범은 검은 코끼리의 석상을 찾는 데 전력을 다했다. 검은 세력을 파헤치는 것도 중요한 일이었지만 당장은 꼬리를 내놓지 않는 그들을 어떻게 할 수 없는 노릇이기도 했고, 무엇보다도 플루토늄이 중요하기 때문이었다. 부산, 인천, 김포 등의 세관 관계자들을 상대로 집요하게 묻고 다녔으나 안다는 사람은 하나도 없었다. 하긴 아무리 일반 선물로 가장한다 해도 일일이 세관 검사를 거치게 했을 리는 없을 것이었다. 다음으로는 국방과 핵과학에 관련되는 정부기관들을 찾아다니며 탐문했으나 역시 아무런 흔적도 찾아낼 수 없었다.

'이용후 박사는 어떤 머리를 썼을까? 박 대통령과 이 박사가 모두 불시에 목숨을 잃었는데도 코끼리상은 온전히 남아 있을까?'

불안하고 조급한 마음에 밤잠을 설치다시피 하면서도 순범은 누구 한 사람 터놓고 의논할 수 있는 상대가 없었다. 신문에 연일 보도되고 있는 북한의 핵개발 가능성과 이에 대한 강대국의 언론들이 쏟아내는 경고성 보도는, 남한이든 북한이든 한반도가 핵을 가지는 것 자체가 세계의 공적이 되는 것처럼 떠들어댔다. 국내의 언론보도 중 어느 것도 핵에 대한 남북한의 권리를 주장하는 기사는 없었다. 신문에 등장하는 핵 관계 기사를 볼 적마다 순범은 갑갑해서 견딜 수가 없었다. 마치 플루토늄의 비밀을 알고 있는 자신이 죄인인 듯한 생각이 들어 점점 사람 만나는 것을 기피하게 되었다. 신문사에서도 시경에서도 순범은 말이 없는 사람으로 변해갔다. 왕의 당나귀 귀를 본 이발사의 심정이 이런 것이었을까? 엄청난 비밀을 알고 있으면서도 의논할 상대 하나 없어 고통스러워하던 순범은 급기야 현실에 대한 강한 불만과 약간의 우울증 증세를 보이기 시작했다.

'박정희 대통령 시절 핵개발을 만장일치로 찬성했던 국회 상임위원회의 유수한 의원들은 모두 어디에 숨어 있는가? 그 계획에 참여했던 수많은 고급 관리들, 과학자들, 기술자들의 양심은 모두 어디에 있기에 저 비핵화 선언의 질곡을 겪으면서도 침묵으로 일관하고 마는 건가? 그 당시 박정희라는 한 독재자에 이끌려 할 수 없이 그런 일에 참여했다고 말하려는 건가? 코앞에 있는 일본이 수십 톤의 플루토늄을 가지는 것은 괜찮고 우리 한반도가 소량의 플루토늄을 가지는 것은 어째서 안 되는 것인가? 우리 민족에 가해지는 이런 역사의 질곡을 겪으면서도 왜 우리는 한마디 말도 못하고 지내야 하는가? 이러고도 우리가 통일을 주체적으로 준비하고 통일 후의 민족 안보를 생각하고 있다고 할 것인가? 왜 정부는 역사에서 교훈을 얻지 못하는가? 이 세상 어느 나라의 역사에 자신을 지킬 최소한의 힘조차도 갖지 않은 채 주변 강대국 사이를 줄타기하면서 자국을 보전한 예가 있단 말인가?'

그러나 온몸을 엄습하는 무력감과 외로움 속에서도 순범은 포기하지 않고 마치 미친 사람처럼 검은 코끼리 석상을 찾아다녔다. 그것을 알아내는 것만이 이 박사의 희생을 값지게 하는 것이고 현재의 답답한 처지를 벗어날 수 있는 길이라고 믿었기 때문이었다. 플루토늄을 찾아낸다고 해서 모든 문제가 해결될 것은 아니겠지만, 지금의 순범으로서는 신명을 다 바쳐 할 수 있는 유일한 일이자 가장 중요한 일이었다. 그러나 다닐 만한 곳은 다 다녀봤지만 눈곱만큼의 성과도 얻어낸 것은 없었다.

「세상에 검은 코끼리가 어디 있소?」

한결같이 무슨 뜬금없는 질문이냐는 듯 쳐다보는 사람들에게 어떻게 답답한 속을 털어놓을 수가 있단 말인가? 그나마 기자라는 신분 때문에 미친 사람 취급을 당하지 않은 것만도 다행이라면 다행이었다.

오늘도 국방연구원을 방문하여 나이가 좀 든 연구원들을 상대로 물었지만, 세상에 검은 코끼리가 어디 있느냐는 조롱 섞인 말만 들었을 뿐이었다.

순범은 국방연구원을 나와 힘없이 걸으면서 이상한 예감에 사로잡혀 자꾸 뒤를 돌아보았다. 요즘 들어 누군가가 자신을 미행하고 감시하는 것 같은 기분이었다. 이미 어둠이 짙게 깔린데다가 가로등도 하나 없는 외진 길이라 불안이 엄습해왔다. 인도와 프랑스에서 목숨의 위협을 느낀 후부터 극도의 불안감에 사로잡혀 지내온 순범이었다.

'박사님, 오늘도 헛걸음을 하고 말았군요. 정말 면목이 없습니다. 박사님의 죽음을 헛되지 않게 하기 위해 전력을 다해 검은 코끼리의 석상을 추적하고 있건만, 아무도 귀 기울여 듣는 사람이 없군요. 그렇다고 정부에 얘기할 수도 없으니 어떻게 해야 한단 말입니까?'

초겨울로 접어드는 날은 유난히 춥게 느껴졌고 때맞춰 옷을 갈아입을 여유도 없는 순범은 얇은 바바리에 몸을 감추고 추위를 피하고 있었다. 종일 돌아다니느라 지친 탓인지 몸이 으슬으슬 떨려오는 게 몸살 기운이 느껴졌다.

'아, 이럴 때 미현이라도 있었으면…….'

미현은 미국에 돌아간 지 한 달이 다 되어가건만 아무런 소식이 없었다. 순범 역시 전화조차 하지 않고 있었지만 오늘따라 유난히 생각이 났다. 오랫동안 쌓인 피로와 긴장이 순범의 두 다리를 후들거리게 만들었고 바람이 불어올 때마다 머리카락이 다 뽑혀나가는 듯이 아파왔다. 머리가 어질어질하다고 느끼는 순간 순범은 몸을 가누지 못하고 앞으로 쓰러지고 말았다. 어지럼증을 간신히 참고 양팔과 양 무릎으로 몸을 지탱하며 일어나려는 순범의 머리에 언뜻 윤미의 얼굴이 떠올랐다.

'아, 내가 벌을 받는구나. 아무 죄도 없는 착한 윤미를 나는 얼마나 잔인하게 몰아붙였던가?'

비틀거리며 일어나는 순범의 눈에 멀리서 다가오는 자동차의 헤드라이트 불빛이 보였다. 순범은 손을 든 채 비틀거리며 불빛을 향해 뛰어갔다.

「이제 깨어나셨어요?」

순범은 주위를 두리번거렸다. 머리맡에서 들리는 목소리며 방의 분위기가 어쩐지 낯익은 것 같았다. 여기가 어디였더라?

「억지로 일어나지 말고 한잠 더 주무세요.」

그제서야 순범은 목소리의 주인이 누구인지 알 수 있었다.

윤미였다.

「내가 어떻게 여기에 와 있어요?」

「어떤 사람이 차에 태우고 왔더군요. 차 앞으로 뛰어들어 멈췄더니 전화번호를 내밀며 이리로 데려다 달라고 하고는 정신을 잃더래요. 제게 전화가 왔더군요.」

순범은 기억을 더듬었다. 윤미를 만나 사과해야 한다고 생각하고는 쓰러지던 것이 생각났다. 땀을 푹 흘리고 깨어나서인지 몸은 그렇게 무겁지 않았다. 밖이 훤한 걸로 봐서 이미 아침인 모양이었다.

「지난번에는 미안하기 짝이 없었어요.」

「괜찮아요. 취해서 그런 건데요.」

윤미는 정말 아무렇지도 않다는 표정으로 대답했다.

「밤새 앓으면서 헛소리를 하시더군요. 뭐가 그리 가슴에 맺혔는지 몇 번이나 제 이름을 부르면서 미안하다고 하더군요.」

윤미의 얼굴은 행복감에 젖어 있는 듯했다. 순범은 겸연쩍은 기분이 들어 화제를 돌리려 했다. 이때 윤미가 궁금한 표정을 띠고 물었다.

「인도에서 바로 돌아오지 않는 바람에 얼마나 놀랐는지 몰라요. 프랑스에서는 별일 없었어요?」

순범은 깜짝 놀랐다.

「아니, 어떻게 인도에 갔던 것을 안단 말입니까?」

「예쁜 아가씨와 같이 가느라 제겐 연락하기 어려웠던 모양이죠?」

윤미는 농담처럼 얘기했지만 얼굴엔 섭섭한 기색이 완연했다. 순범은 순간 당황했다. 이 박사의 딸이라고 말하는 것이 어쩐지 적절하지 않을 것 같은 기분이 들어서였다.

「미혼의 젊은 처녀와 해외여행을 가실 정도면 보통 사이는 아니겠군요?」

윤미의 억지로 웃는 얼굴이 안쓰럽다는 생각을 하면서 순범은 자신과 윤미, 그리고 미현의 관계를 생각해보았다. 애정을 느끼고 있다면 차라리 윤미 쪽이지만 한없이 가까워지지는 않을 듯한 느낌이 드는 것은 무슨 이유인지 몰랐다. 이제껏 자신이 만난 여자 중에서 드물게 마음에 들고 진정 사랑하고 싶은 여자이긴 하지만, 무언지 모를 거리감이 가슴 밑바닥에 웅크리고 있는 것만 같았다.

「미현이라는 분은 누구예요? 많이 찾으시던데요.」

윤미의 돌연한 질문에 순범은 쓴웃음을 지었다. 밤새 헛소리를 많이도 했나 보다 생각하니 우습기도 하고 부끄럽기도 했다.

「이용후 박사의 딸이오.」

이 말을 듣자 윤미는 더 이상 물으려고 하지 않았다. 그것은 윤미에게도 더 이상 접근할 수 없는 부분이었다. 윤미의 안색이 변하는 걸 보고 어색한 분위기를 깨기라도 하려는 듯 순범이 물었다.

「인도의 일을 어떻게 알고 있습니까?」

「우연한 일이었죠.」

윤미는 핏기 없는 얼굴로 자초지종을 설명하기 시작했다.

윤미가 대원각의 윤 마담으로부터 전화를 받은 것은 순범이 인도로 떠나던 날 저녁이었다.

「대원각의 윤 마담님이 급히 전화를 해달라고 몇 번이나 연락했어요. 무척 급한 것 같았어요.」

웨이터의 얘기를 듣고 윤 마담에게 전화를 한 윤미는 깜짝 놀랄 얘기를 들었다.

「얘, 너 어디 갔었니? 내가 얼마나 찾았는지 알아?」

약간 수다가 있는 친구라 별일 아니겠거니 여기던 윤미는 다음 순간 깜짝 놀랐다.

「다름 아니고 어제 처음 왔다 간 손님들이 있는데 이 사람들이 하는 얘기가 얼핏 귀에 들렸어. 어디선가 들었던 이름이 나오길래 내가 좀 신경을 써서 들어봤더니, 글쎄 그게 네가 푹 빠졌다는 사람이 아니겠니?」

「얘는, 대체 무슨 소리 하는 거야?」

「계집애두, 시침 떼긴? 아, 삼원각 신윤미가 애송이한테 빠졌다는 거 세상이 다 아는 사실인데 뭘 그래? 그건 그렇고 바로 그 애송이 권순범이 나오더란 말이야. 그것도 예삿일이 아닌 것 같았어.」

윤 마담에게서 자초지종을 들은 윤미는 혼비백산했다. 신문사로 전화를 해보니 역시 순범은 휴가 중이었다. 집에도 전화를 안 받는 걸로 봐서 인도에 갔다는 것이 사실인 것 같았다. 아무것도 모르고 인도에 가 있을 순범을 생각하며 윤미는 애를 태웠다. 인도에 있는 순범의 소재를 파악하여 보호할 수 있기로는 외무부의 관리들이 좋았지만, 불확실한 상황에서 그들에게 확실한 조치를 기대하기란 어렵다고 판단한 윤미는 안기부장을 찾았다.

「안기부장을 알고 있단 말입니까?」

「알고 지낸 지 이미 오래예요. 가끔씩은 부장도 우리 같은 사람이 필요할 때가 있으니까 주고받는 거죠. 특히 이번 부장은 인연이 깊어요. 예전에 이 박사님 주변을 보살피던 분이었으니까요.」

「그런데 윤 마담은 내 얘기를 하던 사람들이 어떤 사람인지 알아두었답니까?」

「그들은 명함도 안 주고 갔다는군요. 매우 비밀스럽게 행동하는 것이 몸에 밴 듯하다는 느낌을 받았대요.」

「윤미 씨가 우리의 목숨을 구했군요. 정말 감사드립니다.」

순범의 진심 어린 인사에도 불구하고 윤미는 잔잔하게 웃을 뿐이었다. 순범은 무심코 한 '우리'라는 말이 윤미의 마음에 걸렸을지도 모른다는 생각을 했지만, 이미 말은 밖으로 튀어나간 후였다. 뭔가 분위기가 서먹해진 것을 느낀 순범은 슬쩍 화제를 돌렸다.

「박 대통령과 이 박사 사이에 있었던 에피소드 같은 것은 없나요?」

「글쎄요, 각하께서는 박사님과 술을 마시면서 가끔 독일에 가서 눈물을 흘리셨던 얘기를 하곤 하셨어요. 우리나라의 경제개발을 위한 모델을 찾기 위해 독일에 가서 두 번 울었다는 거예요. 한번은 사방으로 뻗친 고속도로를 보고 황토뿐인 우리나라의 현실이 너무 기가 막혀 두 시간 동안의 고속도로 시승 도중 몇 번이나 눈물이 나더라고 말씀하시더군요. 또 한 번은 뮌헨의 교민환영회에 가셨다가 눈물을 흘렸다고 하셨어요. 거기에는 우리나라 사람들이 광부와 간호사로 많이 가서 일하고 있는데 이루 말할 수 없이 심한 고생들을 하고 있대요. 그런데, 이 사람들이 대통령이 오셨다고 하니까 손에 태극기를 들고 모여서 애국가를 부르더래요. 몇 년간 고향에 한 번 가보지도 못하고 외국인들의 멸시와 괄시를 받으며 고생하다가 조국의 대통령이 오셨으니 얼마나 가슴이 저렸겠어요. 결국엔 하나 둘씩 흐느끼기 시작하고, 박 대통령께서 격려사를 할 때엔 그 자리에 모였던 한국인들치고 울지 않는 사람이 하나도 없었다는 거예요. 박 대통령께서도 손수건으로 흐르는 눈물을 훔치시다가 결국은 목이 메어 더 이상 말을 못하고 교민들과 얽혀 엉엉 울기만 했다는 거죠. 박 대통령께서는 그 자리에서 자신의 목숨을 바쳐서라도 기필코 조국을 잘사는 나라로 만들고 말겠다고 맹세를 하셨다는 거예요.」

윤미는 아무렇지도 않게 말을 하고 있었으나 듣고 있는 순범은 목이 메어왔다. 최근에 흔치 않은 경험을 많이 하면서 나라와 민족의 앞날을 누구보다도 깊이 생각해보고 있는 순범으로서는, 윤미의 말 한마디 한마디가 가슴에 들어와 박히는 것이었다.

「박 대통령과 박사님이 언젠가는 한 번 다투신 적도 있었어요. 박사님은 아무리 대통령 앞이라도 다른 사람들처럼 덮어놓고 굽실굽실하지는 않았어요. 어느 날인가 술을 드시다가 박사님이 박 대통령께 언제 유신을 해제하고 학생들과 민주인사를 석방할 거냐고 따지시더군요. 대통령께서는 잠자코 듣고만 계셨으나 옆에 있던 경호실장은 얼굴이 붉으락푸르락하며 어쩔 줄 몰라했어요. 그 당시 경호실장은 얼마나 무서웠는지 몰라요. 정보부장도 쩔쩔맸으니까요. 그런데 박사님은 외눈하나 깜짝 않으시더군요. 각하께 추상같이 따지던 그때의 박사님 모습은 단호하고 가혹한 표정이었어요. 각하께서 다음에 대답하겠다고 하시자, 박사님은 한 발자국도 물러나지 않으시고 이 자리에서 제게 약속해주십시오, 하고는 고함을 치시더군요. 박 대통령께서 경호실장을 내보내고 박사님께 광복절의 그 일만 성공하면 국군의 날에 국민에게 발표하고 난 후 유신을 철폐하고 대통령직에서 물러나겠다고 말씀하시더군요. 그러자 박사님은 즉각 그것을 문서로 작성해달라고 말씀하셨고, 대통령께서도 그 자리에서 문서로 작성하여 박사님께 주셨어요. 박사님은 그 문서를 받고 나서 진심으로 죄송합니다라고 말씀하시더군요. 그러자 대통령께서는 아닙니다, 제가 오히려 고맙습니다라고 하시는데 옆에서 보고 있던 저는 진정한 남자의 용기란 이런 것이구나, 진정한 남자의 아량이란 이런 것이구나 하는 것을 느꼈어요. 그날 밤 두 분께서는 밤새워 술을 드셨어요.」

순범은 자리를 박차고 일어났다. 이제껏 자신은 무엇을 하고 있었는가? 민족의 운명을 바꿔놓을 어마어마한 비밀을 가지고 어쩌면 이렇게도 새앙쥐처럼 용렬한 생각만 하고 있었던가? 이용후 박사의 유업을 계승하겠다는 자신이 이제껏 무얼 하느라고 시간만 잡아먹고 있었단 말인가? 자신은 무엇을 불안해하고 무엇을 꺼리고 있었던가?

'목숨을 던져야 한다. 내가 목숨을 던진다고 생각하면 못 할 일이 무엇이 있겠는가? 박 대통령을 호통 쳐서 각서를 받아내던 이 박사의 용기를 가지지 않고 내가 어떻게 이 역사적 비밀을 민족의 재산으로 승화시킬 수 있을 것인가?'

순범은 윤미에게 펜과 종이를 달라고 해서는 한참 동안 무엇인가를 적은 다음 봉투에 넣고 풀로 단단히 붙였다.

「윤미 씨, 앞으로 일주일 이내에 저로부터 연락이 없으면 이 편지를 기자협회에 갖다 주십시오. 다섯 사람 이상의 기자가 모였을 때 그 앞에서 개봉하십시오.」

놀라는 윤미를 뒤로하고 순범은 무작정 뛰쳐나왔다. 어디로 가야 할지는 몰랐지만 순범은 가슴에 뭉클뭉클 솟아오르는 감동 때문에 도저히 그 자리에 있을 수가 없었다.

택시를 잡아탄 순범은 기사에게 이문동으로 가자고 했다.

'정부를 불신만 하고 있어서는 아무것도 이룰 수 없다. 내가 가진 이 역사적 비밀을 온전히 공개하고, 이 박사가 박 대통령에게 그랬던 것처럼 나도 국민의 이름으로 요구해야 한다. 떳떳이 만날 것이다. 최고책임자를 만나 당당하게 항의하고 요구할 것이다.'

이문동의 안기부 건물 앞에 내린 순범은 정문에서 박진헌 국장을 찾았다. 사전 연락도 없이 찾아오는 경우가 없는데다가 순범이 찾는 사람이 다름아닌 1국장인지라 정문 담당자는 귀찮을 정도로 꼬치꼬치 캐물었다. 아주 까다로운 절차를 거쳤지만, 막상 박 국장에게 연락이 되자 그는 즉각 직원을 내보냈다. 지난번에 만난 적이 있는 직원은 순범을 보자 반가운지 웃는 얼굴로 악수를 청하고는 바로 박 국장의 방으로 안내했다.

「그럴 정도로 중요한 일입니까?」

온화하고 여유가 있어 보이던 박 국장은 얼굴이 몹시 굳어진 채 벌써 몇 번이나 같은 말을 반복하고 있었다.

「그러니까 그 내용에 대해서는 대통령께 직접 밝히겠단 말씀이시죠?」

「그렇습니다.」

「이 일에 실수가 있어서는 안 됩니다.」

「물론입니다.」

순범의 결의에 찬 얼굴을 한참 동안이나 응시하던 박 국장은 인터폰을 눌렀다.

「A1을 대줘.」

조금 후 인터폰에서 응답이 왔다.

「나왔습니다.」

「L1입니다. X상황을 가지고 뵙고 싶습니다. ……알겠습니다.」

인터폰을 끈 박 국장은 여전히 상기된 표정이 풀리지 않은 채 순범에게 말했다.

「같이 가시지요.」

순범은 말없이 따라나섰다. 남산으로 향하는 차 안에서도 박 국장과 순범은 아무 말이 없었다. 순범은 눈을 감은 채로 무엇인가를 생각하느라고 여념이 없었다. 차가 막히자 박 국장은 수행원에게 순찰차를 붙일 것을 지시했다. 어디서 나타났는지 경찰 순찰차가 사이렌을 울리며 선도하자 자동차는 질풍같이 남산으로 내달았다. 평소에는 언제나 굳게 닫혀 있던 남산의 철문은 미리 연락을 받았는지 활짝 열려 있었다. 박 국장은 순범을 접견실에 기다리게 한 다음 혼자 나갔다. 한참의 시간이 지나서 돌아온 박 국장은 순범을 데리고 나와 바로 옆의 문 앞에 서서는 노크를 했다.

「부장님, 여기 모셔왔습니다.」

책상 앞에 앉아 서류를 들여다보고 있던 노신사가 일어서면서 얼굴에 함박웃음을 머금고 순범에게 손을 내밀었다.

「어서 오시오, 권 기자.」

순범은 그가 검찰총장으로 있던 시절 얼굴을 여러 번 본 적이 있기 때문에 금방 이 노신사가 안기부장임을 알아보았다.

「처음 뵙습니다. 권순범입니다. 이번에 인도에서 목숨을 구해주신 데 대해 진심으로 감사드립니다.」

「아, 그렇군요. 그게 바로 권순범 기자였군요. 그럼 이번 인도에서의 일도 권 기자가 말하겠다는 내용과 관계가 있나요?」

「그렇습니다.」

「이런 우연이 있나? 그래 그 얘기를 대통령께 직접 하려고 하는 이유는 무엇이오?」

「이것은 너무나 중요한 일입니다. 저는 이 사실을 알아내기까지 많은 것을 보고 느꼈습니다. 이제까지 생각도 못 하던 관점에서 우리나라와 우리 민족을 볼 수 있었습니다. 저는 제가 느낀 것을 우리 정부의 책임자인 대통령께 직접 말씀드리고 싶습니다. 이것은 이 일 때문에 희생된 이용후 박사님의 뜻이자 제 친구 박준기 형사의 뜻입니다. 부장님, 국책에 관계되는 일입니다. 대통령 앞에서 저의 말을 들으시고 실언이라고 생각되면 즉각 저를 구속하셔도 좋습니다. 대통령을 뵐 수 있는 기회를 만들어주십시오. 부탁입니다.」

부장은 순범의 얼굴을 찬찬히 뜯어보며 미소 띤 얼굴로 대답했다.

「권 기자, 큰일 하시느라 아마 세수도 못한 것 같은데, 여기서 간단하게 목욕이라도 하는 게 어떻겠소. 내 대통령과 점심을 주선해보겠소.」

「감사합니다.」

「감사라니 무슨? 오히려 내가 감사해야 할 것 같은데.」

순범이 부속실 직원의 안내로 간단하게 목욕을 하고 나오자, 깨끗한 와이셔츠와 새 양말이 탈의실에 놓여져 있었다. 순범이 입고 있던 구겨진 바바리는 대통령과의 식사에 실례가 될 것이라고 판단한 안기부장의 배려인 모양이었다. 물론 여기에는 자연스럽게 몸수색을 하려는 의도도 포함되었을 것이다. 순범이 나오자 부장은 바로 출발했다. 부장의 뒤로 박 국장의 차가 따르고 있었다.

플루토늄의 행방

청와대.

경복궁을 끼고 오른쪽으로 돌아가자 커다란 정문이 보였다. 해방 이후 단 한 사람도 온 국민의 축복을 받으며 명예롭게 나오지는 못한 곳……. 한 나라의 최고책임자가 집무하며 거처하는 곳답게 정문에서부터 엄숙한 분위기가 감돌았다. 부장의 차가 잠시 멈추자, 담당직원이 부장에게 정중하게 인사를 하고는 순범에게 패찰을 주었다. 패찰에는 권순범이라는 이름 석 자가 이미 쓰여져 있었다. 약간 경사진 길을 돌아 올라가니 가끔 뉴스에서 보던 본관의 현관이 나왔다. 아무리 마음을 느긋하게 가지려고 해도 긴장이 되어 순범은 가끔 낮은 한숨을 내쉬었다. 부장은 순범을 데리고 접견실로 들어갔다. 우아하면서도 깔끔한 분위기가 나는 접견실에 앉아 녹차를 반 잔쯤 마셨을 때 복도에 서 있던 직원이 나직이 일렀다.

「각하께서 오십니다.」

순범이 일어서려는데 대통령이 불쑥 들어왔다. 부장과 박 국장을 따라 순범이 가볍게 고개를 숙이자 대통령이 손을 내밀었다.

「어서 오시오.」

「처음 뵙습니다. 권순범입니다.」

대통령은 순범에게 의자를 권하며 앉았다.

「그래 우리 권 기자는 어느 신문사에서 일합니까?」

「반도일보입니다.」

「좋은 신문사군요. 청와대는 처음이지요?」

「그렇습니다.」

「와주어서 고맙소. 듣자니 권 기자는 발이 아주 넓어서 일본에서 박 국장이 하는 일도 알아차렸다면서요?」

아마 박 국장은 부장에게, 부장은 또 대통령에게 순범의 얘기를 두루두루 한 모양이었다.

「우연히 보게 되었습니다.」

「교포 학생들이 불량배에게 봉변을 당하는 것을 구해주었다는 얘기를 듣고 매우 기뻤어요.」

대통령은 역시 군인 출신이라 그런지 순범의 무용담을 통쾌하게 생각하는 눈치가 역력했다.

「그래 박 국장, 가네마루의 동태는 어떻소?」

「날이 갈수록 더합니다. 이제 일본은 돌아오지 못할 다리를 건넌 듯합니다.」

「문제가 아닐 수 없군.」

「가네마루는 불과 2년 만에 재무장, 해외파병, 플루토늄 보유를 모두 이루어냈습니다. 사회당 의원들까지도 가네마루의 노선을 지지하고 있으니 그나마의 형식적 반대도 이제는 없을 듯합니다.」

「앞으로도 오래갈 것 아니오?」

「보수의 골이 점점 깊어지고 있습니다.」

「일본 내의 여론은 어떻소?」

「보수 지식인들이 앞장서서 이끌어나가고 있습니다.」

「큰일이군. 그런데 우리나라는 어째서 지식인들이 나라의 앞길을 던져주지 않고 있는 거요? 그들이 앞장서서 국민들을 좀 이끌어주고 해야지.」

「하도 어용 지식인 시비에 몰리다 보니 그런 것 같습니다. 정부를 두둔하고 나라의 앞길을 걱정하는 글을 쓰는 지식인들은 아직도 손가락질을 받고 있습니다.」

「요즘 약하기 짝이 없는 게 정부 아니오. 다들 정부를 좀 도와주어야 국제경쟁 시대에 다른 나라들과 겨루어나갈 텐데, 언론이든 지식인이든 마냥 정부만 두들겨대고 있으니…….」

대통령은 약간 피해의식에 젖어 있는 듯했다.

「중국이 군제를 바꿨더군요?」

「지방군들을 대폭 통합했습니다.」

「등소평이도 이제 슬슬 겁이 나는 모양이군.」

「아무래도 이제 지방 간의 차이가 커질 테니까 지방 분권을 경계하는 것 같습니다.」

「중국은 분열하지 않을 도리가 없을 거요. 저 15억의 욕망을 어떻게 다 채워줄 수가 있겠소? 지금도 광둥성과 다른 성들 간의 불화가 대단하다면서요?」

「광둥성은 광둥성대로 다른 성들은 다른 성들대로 불만이 있습니다.」

「그럴 테지. 요즘 중국이 한창 군비를 증강하고 있는 것은 어떻소?」

「앞으로 상당 기간 군비를 대폭 확장하려는 계획을 세워놓고 있습니다.」

「미군이 재정 부담으로 점점 영향력이 약해져가는데 앞으로 이 지역이 정말 걱정이오. 자, 그건 그렇고 우리 식사를 하러 갑시다. 귀한 손님이 오셨으니 미스터 최가 맛있는 걸 준비했을 거요.」

대통령은 사람들을 불러 식사를 하는 일에 이미 이력이 나서 그런지, 음식이 나오는 동안 가벼운 화제를 가지고 이 사람 저 사람과 의견을 나누기도 하고 농담도 했다. 순범은 처음 느꼈던 긴장감이 많이 풀리는 기분이었다.

식사가 끝나고 과일과 차를 들면서 대통령은 시중드는 사람들을 모두 물렸다.

「권 기자, 우리 여기서 얘기하는 것이 어떻겠소?」

「그렇게 하겠습니다.」

마음의 준비를 단단히 하긴 했지만, 막상 얘기를 시작하려 하니 호흡이 거칠어지고 마음이 산란해지는 것이 두서없이 얘기를 하게 될까 봐 걱정이 되었다. 순범은 잠시 눈을 감고 마음을 정리했다. 오늘 이 순간의 대화는 앞으로 자신이 평생 동안 하게 될 다른 어떤 대화보다도 중요하다는 생각이 들어 다시금 긴장이 되었다.

「대통령 각하, 지금 우리나라에는 핵무기를 제조할 수 있는 고순도의 플루토늄이 80킬로그램이나 들어와 있습니다. 이것은 13년 전 박정희 대통령과 세계적 핵물리학자인 이용후 박사가 인도로부터 극비리에 사들인 것으로서, 그 두 분밖에는 아무도 그 존재를 모르고 있었습니다. 불행하게도 두 분이 다 불시에 유명을 달리하셨기 때문에 이 사실은 아무에게도 알려지지 않은 상태로 지금까지 묻혀 있었습니다.」

웃는 표정으로 순범의 말을 듣던 대통령은 쥐고 있던 포크를 떨어뜨렸다. 그리고는 자신이 무얼 했는지도 모르는 채 대통령은 굳어진 얼굴로 순범의 얼굴을 멍하니 바라보고 있을 뿐이었다. 안기부장과 박 국장도 놀라기는 매한가지였다. 누구보다도 정보를 빨리 입수하는 위치에 있는 두 사람은 놀라는 일에 이력이 나 있었지만, 이것은 단순히 놀라운 일이라고만 얘기할 수 없는 일이었다. 하늘도 놀라고 땅도 흔들린다는 말이 있었던가. 지금 순범의 입에서 나온 얘기는 바로 그 '경천동지'로나 표현할 수 있는 대사건이었다.

기나긴 침묵이 흐르는 공간은 숨소리조차 천둥소리처럼 들리는 것 같았다. 정신을 차린 부장이 고개를 돌려 주위를 살폈다. 아무리 청와대라고 해도 이런 얘기를 하는데는 주위를 돌아보지 않을 수 없었던 것이다. 부장은 박 대통령 시절 미국이 청와대를 도청하여 박동선 사건과 한국 정부의 연계를 밝혀냈던 일이 생각나 다시 한 번 주변을 둘러보았다. 부장의 이런 심중을 눈치챈 박 국장이 일어나 주변에 혹시 경호원이나 수행원이 있나 살폈다.

「박 대통령과 이 박사는 이 플루토늄으로 핵무기를 만들어 1980년 8월 15일 지하핵실험을 하려고 했었습니다. 그러나 이 박사는 미국 CIA의 사주를 받은 한국인들에 의해 교통사고를 가장한 살해를 당했습니다. 박 대통령은 이 사건에 대한 조사를 일체 금지시키고 이 박사가 이루어놓은 실적을 토대로 핵개발을 완료하기 직전 김재규 정보부장의 총을 맞고 숨졌습니다.」

세 사람은 이제 마치 조각상처럼 몸이 굳어진 채로 식탁 앞에 앉아 미동도 하지 않았다. 호흡조차 정지된 공간에 기나긴 침묵만이 흐르고 있었다. 순범도 더 이상 말이 없이 대통령의 뒷벽에 있는 동양화에 시선을 고정시키고 있었다.

흐르는 강에 낚시를 드리우고 있는 노인을 그린 것으로서 마냥 한가하기 짝이 없어 보이는 분위기가 순범의 마음에 촉촉히 젖어들고 있었다. 이야기를 하고 나니 무언지 모를 평온함이 느껴지고 무거운 짐을 벗어던진 것 같았다. 그러나 한없이 그림 속으로 빠져들던 순범의 머리에 이용후 박사의 얼굴이 조용히 떠오르고 있었다. 그 온화하고 인자한 얼굴은 순범에게 마치 이렇게 말하는 것 같았다.

'권 기자, 아직 더 할 말이 있지 않은가요?'

순범은 정신이 번쩍 들었다. 그렇다. 정작 이제부터가 중요하지 않은가?

「대통령 각하, 이제 저는 플루토늄이 어디에 있는가를 밝히기 전에 먼저 각하의 핵에 대한 견해를 듣고 싶습니다. 박정희 대통령과 이용후 박사는 우리나라가 독자적인 핵을 가져야만 한다고 생각했습니다. 그분들이 죽음으로 남겨준 귀중한 겨레의 유산이 그분들의 뜻에 맞지 않게 쓰이는 것은 바람직하지 않다고 저는 생각합니다.」

대통령은 당돌하기 짝이 없는 순범의 말을 듣고도 일체 말이 없이 침묵만을 지키고 있었다.

「저는 지금 우리가 취하고 있는 핵 정책이 결코 올바른 것이 아니라고 생각합니다. 아니, 저뿐만 아니라 대다수의 우리나라 국민이 저항감을 가지고 있을 것입니다. 바로 옆의 일본이 핵무기를 수백 개나 만들 수 있는 플루토늄을 반입하는데, 우리는 오히려 비핵화 선언을 하고 있습니다. 이것이 각하의 진정한 의지가 담긴 정책입니까? 아무도 그렇게 믿지 않고 있습니다. 북한이 플루토늄을 추출하기 위한 재처리 설비를 한다고 해서 폭격 계획까지 세우고 있는 미국이 일본의 대규모 플루토늄 반입을 허용했다면, 이것은 이미 이 지역에 대한 일본의 패권을 인정한 것과 다름이 없습니다. 그런데도 한마디 말도 없이 이러한 왜곡된 현상에 눈을 감고 미국이 이끄는 대로 따라만 간다면 우리나라가 어떻게 주권을 가진 독립국가라고 할 수 있겠습니까? 뜻있는 국민들은 비핵화 선언을 두고 항복선언이라 하고 있습니다. 각하, 미국이 우리의 생명줄이었을 당시에도, 그 모자라는 기술을 가지고 박 대통령과 이 박사는 핵개발의 완료 단계까지 이끌어갔습니다. 지금 우리가 못 할 것이 무엇이 있습니까?」

순범이 말을 멈추었으나 세 사람 다 아무 말 없이 침묵만을 지키고 있었다. 보통 때 같으면 대통령에 대해 지극히 불손하게 보일 수 있는 순범의 행동을 안기부장이나 박 국장이 저지했겠지만, 지금은 아무도 그런 것에 신경을 쓰지 않고 있었다. 대통령에게뿐만이 아니라 그들에게도 이 문제는 초미의 관심사요, 평소 깊이 생각해오던 중요한 문제이기 때문이었다.

「각하께서도 아까 말씀하셨습니다만, 지금 중국과 일본은 무서운 속도로 군비를 증강하고 있습니다. 주변 국가가 이렇게 군비를 키워나간다면 우리도 그에 상응하는 조치를 취해야만 한다는 것이 역사의 교훈입니다. 그렇다고 해서 강대국인 일본과 중국을 상대로 끝없는 재래식 군비의 확장에 매진할 수는 없습니다. 바로 우리나라와 같은 형편에 꼭 필요한 무기 체계가 바로 핵무기입니다.

지금 많은 사람들이 우리는 미국에 의존해서 국토 방위를 할 수밖에 없다고 말하고 있습니다. 그러나 우리는 미국에 국방을 의존하는 대가로 수많은 수모를 겪어야만 했습니다. 그리고 미국이 영원히 우리의 보호자가 되어줄 것이라고, 미국이 러시아, 중국, 일본에 앞서서 우리나라를 제일로 생각해줄 것이라고 누가 보장할 수 있습니까? 또 미국은 우리의 적이 되지 않는다고 누가 장담할 수 있습니까? 우리에게 진정 필요한 것은 우리 자신의 힘이요, 우리 자신의 의식입니다. 지구상의 어느 나라가 우리나라처럼 사면이 초강대국에게 둘러싸여 있습니까? 우리나라는 핵을 보유하고 영세중립으로 나가야만이 강대국의 입김에 좌지우지되는 것을 면할 수 있습니다. 각하, 우리에게 강요되는 강대국의 논리를 깨고 우리 자신의 진정한 백년대계를 가져야만 합니다.

저는 우리나라의 역사를 배우면서 근세의 우리 조상들이 얼마나 무기력하고 우매한 존재였던가 한탄도 하고 원망도 했습니다. 그런데 지금 우리가 바로 그 조상들과 똑같이 행동하고 있습니다. 지금 전개되고 있는 상황을 역사에서는 어떻게 기록하겠습니까? 일본의 재무장을 빤히 보면서도 미국의 뜻에 따라 같은 민족인 북한을 견제하기 위해 비핵화 선언이나 하고 있는 대한민국을 후세의 역사가들은 어떻게 기록하겠습니까?

우리는 진정한 우리 민족의 길을 찾아나가야만 합니다. 이 길은 미국이 가르쳐주는 것도 아니고 일본이 가르쳐주는 것도 아닙니다. 오직 우리 국민들 스스로가 찾아나가야 하는 멀고도 험한 길입니다. 각하, 따지고 보면 빤히 보이는 것 아니겠습니까? 세상의 어느 나라가 강대국이 되는 것을 싫어하고 스스로 포기한단 말입니까? 핵을 가지는 것이 세계 평화를 위협하는 일이라면, 전세계에 있는 모든 핵무기는 폐기되어야만 합니다. 강대국들은 핵을 보유하고 있으면서 약소국들은 핵을 가져선 안 된다는 그들의 주장, 이것은 얼마나 모순된 말입니까?

각하, 진정한 민족의 영도자가 되어주십시오. 이 일은 대통령께서 결심하지 못하면 영원히 불가능한 일입니다. 결심해주십시오. 진정한 민족의 길을 가시겠다고 결심해주십시오.」

단호한 어조로 강요하다시피 쏟아내고 있는 순범의 열변을 듣고 있는 대통령은 굳게 눈을 감은 채 말이 없었다. 눈가의 주름살이 가늘게 떨리고 있었다. 순범도 제정신이 아니었다. 가슴에 치밀어 오르는 격정을 폭발시키면서도 자신이 무슨 말을 하고 있는지, 무슨 말을 했는지도 몰랐다.

「각하, 북한의 핵개발에 대해서도 다시 생각해주십시오. 지금 북한은 설 땅이 없습니다. 후견인이라 믿었던 소련도 중국도 모두 떨어져나가고, 경제는 피폐하고 국가의 안정성은 떨어져 있습니다. 그런데 우리는 이제껏 아무것도 북한을 포용하기 위한 조치를 한 것이 없습니다. 오히려 북한을 고립시키려는 미국의 정책을 충실히 쫓아 팀 스피리트 훈련도 다시 하려 합니다. 이런 상황에서 북한은 외곬으로 치달을 수밖에 없습니다. 우리가 어째서 북한을 미국과 일본의 시각대로만 봐야 합니까? 물론 북한은 현재 우리의 가장 확실한 적입니다. 우리는 모든 위험에 철두철미 대비해야 합니다. 그러나 동시에 북한은 우리가 안아야만 하는 형제입니다. 우리가 미국의 뒷다리를 잡고 있는 한 당장은 안전할 것입니다. 그러나 미래의 우리 모습은 점점 찌그러지고 초라해질 것입니다.

시대는 변하고 있고 지금 우리는 그에 대한 대비를 해야 합니다. 그것은 미국도 일본도 대신 해주지 않는 우리만의 과제요 의무입니다. 대통령 각하, 저는 하려고 했던 말은 다 했습니다. 이제 플루토늄을 찾아 어떻게 쓰는가 하는 것은 오로지 각하께 달려 있습니다. 플루토늄은 검은 코끼리의 석상 안에 간직되어 있습니다. 이것이 우리나라 안에 있다는 사실만 알 뿐 어디에 있는지는 저도 모릅니다.」

말을 마치고 나서 순범은 긴장이 풀려 온몸의 힘이 모조리 빠져나가는 것을 느꼈다. 자칫하면 쓰러져버릴 것처럼 기운이 빠져 휘청거리는 몸을 간신히 테이블에 기댔다. 순범의 얼굴빛이 변하는 것을 본 안기부장이 걱정스레 물었다.

「권 기자, 어디가 불편해요?」

「괜찮습니다. 저는 그 검은 코끼리의 석상을 찾으려고 무척이나 돌아다녔지만 아직도 찾지 못했습니다.」

이제껏 침묵을 지키고만 있던 대통령이 비로소 입을 열었다.

「부장, 권 기자를 쉴 수 있게 해주어야 할 것 같소.」

「저는 집으로 돌아가겠습니다. 집이 가장 편합니다. 각하, 아까 말씀드렸던 것을 깊이 헤아려주길 진정으로 부탁드립니다.」

「내 깊이 생각해볼 것이오.」

순범이 자리에서 일어나자 박 국장이 따라 일어나 순범의 팔을 잡았다.

「제가 권 기자를 집까지 데려다 주겠습니다.」

「그렇게 하시오. 부장은 나하고 얘기를 좀 합시다.」

「이제 곧 당에서 대표를 비롯한 원로들이 올라올 텐데요.」

「취소하시오.」

「알겠습니다.」

대통령은 순범의 손을 꽉 쥐었다. 원래 표정을 잘 나타내지 않기로 유명한 대통령이지만, 이 순간만큼은 매우 상기되어 있었다. 순범은 앞으로 어떻게 될지는 모르지만, 적어도 대통령이 자신의 말을 흘려듣고 말아버린 것은 아니라는 느낌이 들었다. 등을 돌려 나가는데 대통령의 목소리가 들렸다.

「박 국장, 나가면서 별관 뒤의 연못을 권 기자에게 보여주시오.」

「알겠습니다.」

대답은 했지만 박 국장도 무슨 뜻인지 몰라 어리둥절한 표정을 지었다. 두 사람이 잔디밭을 지나 별관 쪽으로 잠시 걸어가자 무궁화나무 사이로 분수대가 보였다. 분수 맞은편에는 소년의 동상이 있었고, 소년의 오른손은 비스듬하게 들려져 무엇인가를 가리키고 있었다. 순범과 박 국장의 시선이 소년의 손끝을 따라가다가 어느 지점에서 멈췄다.

「아!」

두 사람의 입에서 탄성이 절로 우러나왔다.

오석인지 대리석인지는 구별이 되지 않았지만, 분명히 검은

색 돌로 만든 웅장한 코끼리의 조각상이, 코를 하늘로 치켜들고 힘찬 울음을 토해내고 있었다. 날카로운 상아가 주는 섬뜩함과 가느다랗게 뜨고 있는 눈의 부드러움이 잘 어우러진 석상이 순범에게는 더할 나위 없는 감동으로 다가왔다.

'여기에 있었구나!'

순범은 다가가서 코끼리의 두툼한 다리에 입술을 갖다 댔다. 초겨울의 차가운 날씨라 석상에서 흘러오는 한기가 순범을 잠시 움츠리게 했지만, 이내 순범은 양팔을 벌려 코끼리의 다리를 얼싸안았다. 몸살 기운에 어질어질하던 순범의 머리가 차가워지면서 오히려 정신이 번쩍 드는 듯했다.

박정희 대통령의 깡마르고 다부진 얼굴, 이용후 박사의 온화하고 결의에 찬 얼굴, 그리고 마지막으로 개코의 둥그스름한 얼굴이 순범의 머릿속에 포개지고 있었다. 문득, 머쓱한 표정으로 개코가 하는 말이 들리는 듯했다.

'표창은 그만두고 피박이라도 안 쓰면 좋은 거지 뭐.'

남북 핵 합작

대통령과 안기부장은 순범과 박 국장이 나간 후에도 그 자리에 앉아 있었다. 안기부장은 대통령이 무슨 말을 할지는 몰랐지만, 한번도 보지 못했던 상기된 얼굴과 결연한 기색을 머금은 표정이 순범의 말에 대단히 충격을 받았다는 것을 느낄 수 있었다.

「위스키를 한잔 하겠소, 부장?」

「네.」

벨을 눌러 술을 준비시킨 대통령은 잔을 따라 부장에게 건네주고는 자신도 스트레이트로 한 모금 마셨다. 상기돼 있던 차에 알코올이 흘러 들어가자 대통령의 얼굴은 금방 불그레하게 물들었다. 안기부장의 머릿속에도 대통령과 마찬가지로 복잡한 생각이 생겨났다가 없어지곤 했다. 한국인이라면 누군들 이 상황에서 고뇌하지 않을 수가 있겠는가? 그러나 부장은 한 가지는 확실히 알 수 있었다. 지금 대통령의 가슴속에 모반이 일어나고 있다는 것을. 대통령을 가장 잘 아는 사람으로서 부장은 이 순간 대통령이 보통 때 보지 못하던 비장한 분위기에 휩싸여 있다는 것을 느낄 수 있었다.

일전에 국방부 장관이 통일 후의 민족안보를 위해 핵개발을 해야 하지 않겠느냐고 얘기했을 때, 대통령이 그 문제는 나에게 맡겨달라고 하면서 완곡하게 거절하던 때와는 확실히 다른 무엇이 느껴졌다. 이것은 아까 대통령이 권 기자에게 검은 코끼리가 있는 곳을 알려주던 때에 이미 느꼈지만, 부장의 기분에는 뭔가 생각도 하지 못할 엄청난 것이 터져나올 것만 같은 예감이 들었다.

「부장.」

「네, 각하.」

「평양에 갔다 오시오.」

「…….」

「김일성 주석을 만나서 남북이 공동으로 핵 합작을 하는 문제를 협의하시오.」

「…….」

「아까 권순범 기자의 말은 한마디 한마디가 나의 심장을 아프게 찔러왔소. 북방정책을 나의 치적이라고 내세우면서도 늘 마음에 걸렸던 것은 핵 문제였소. 북한의 핵이 초미의 관심사가 되어 있는 이 시점에서, 과연 나는 현명한 해결책을 내놓고 있는가 하고 생각할 때면 언제나 고통스러웠소. 미국에서 작성한 대북 핵 대처안을 공동 발표문이라고 읽고 있었을 때, 가슴에 끓어오르는 분노와 갑갑함이 있었소. 그때 나는 어쩌다가 대통령이 되어 마음에도 없는 이런 발표문을 읽고 있어야 하나 후회하고 있었소. 사실 그런 발표야 중앙청의 수위가 해도 같은 내용이었지 않겠소?」

대통령은 다시 한 잔을 따랐다. 여느 때 같으면 말렸을 부장이지만, 지금은 술을 마시는 대통령의 기분을 거스르고 싶지 않았다. 부장은 대통령의 기분을 잘 알 것 같았다.

「따지고 보면 북방정책의 핵심은 통일과 핵이랄 수도 있소. 나는 늘 이 문제를 생각해오고 있었소. 결론은 아까 권 기자의 생각, 아니 박 대통령의 생각과 같은 것이었소. 북한의 핵개발이라는 것이 장기적으로는 민족의 이익이지만, 당장은 우리의 위협이 되고 있는 현실을 어떻게 현명하게 타파할 수 있을까 하는 생각에 나는 잠을 이루지 못한 적도 있었소. 북한의 핵 위협도 해결하고 우리도 핵을 갖추면서 궁극적으로는 통일을 실현할 수 있는 묘책이 없을까 하고 늘 생각해왔소. 미국과 일본에 완전히 노출되어 있는 우리로서는 핵을 가질 수 있는 유일한 방법이란 극비리에 북한과 합작하는 것밖에 없었소. 남북 핵 합작 말이오. 그러나 지금껏 내색하지 못했던 것은 여건이 도저히 되지 않았기 때문이오. 그러나 이제는 상황이 달라졌소. 바로 80킬로그램의 플루토늄이 있지 않소. 강대국들의 감시 때문에 국내에서는 할 수 없지만 북한에 가서 한다면 가능할 거요.」

대통령의 목소리는 점점 열기를 띠어갔다. 부장은 역시 최고통치자의 생각은 독특한 데가 있구나 생각하면서 대통령의 빈 술잔에 위스키를 따랐다.

「부장, 모든 것을 새로운 각도에서 보시오. 남북대화든 경제협력이든 통일이든 궁극적으로는 남북 간의 신뢰가 좌우하는 것이 아니겠소? 우리는 북한을 못 믿고 북한은 또 우리를 못 믿으니 이 천금 같은 시간을 허비하고 있는 것이 아니오? 그렇다면 최고의 신뢰를 가져야만 할 수 있는 이 핵 합작을 과감하게 시작함으로써 오히려 최고의 신뢰를 쌓을 수 있지 않겠소? 강대국의 속박으로부터 벗어나 남북이 진정으로 가슴을 열고 가장 위험스런 일을 극비리에 같이 수행하는데 다른 일들이 안 될 리가 있겠소? 지금 남북이 사소한 자기 입장만 주장하며 시간을 잃으면 앞으로는 엄청난 속박과 굴종만이 우리 민족에게 주어질 거요. 우방이니 뭐니 해도 결국은 피를 섞은 민족 이상으로 가까울 수는 없소.」

대통령은 잠시 말을 중단하고 천천히 담배를 빼물며 부장의 표정을 살폈다. 부장은 라이터를 켜 불을 붙여주며 심상치 않은 대통령의 눈길이 무엇을 뜻하는가를 생각했다. 아마 대통령은 박정희 대통령의 죽음을 생각하고 있을지도 모른다는 생각이 들었다. 핵무기 개발 완료 직전에 불의의 총격을 당한 박 대통령의 죽음은 미국이 김재규 정보부장을 사주한 것이라는 소문이 난무하지 않았던가? 부장은 괜히 뜨끔한 기분이 들었다.

「부장이 올라가서 마음을 터놓고 진정으로 서로의 입장을 도우려고 노력하면 잘될 수 있을 것이오. 북한도 극심하게 핵사찰 압력을 받고 있는 형편이니 우리의 제의를 거절하지 않을 거요. 그냥 있으면 북한은 머지않아 핵개발을 포기할 수밖에 없을 것이오. 미국과 일본의 압력을 도저히 못 견디고 손을 들 수밖에 없을 거요. 지금 같아서는 당장 경제 봉쇄만 해도 북한은 국가의 기반이 흔들리고 말 테니까. 우리가 북한과 적대적 관계에 머무르려고 할 때에는 미국과 일본이 우리의 편이지만, 우리가 북한과 형제로서 만나려고 한다면 이 현실을 우리 스스로 떨치고 일어나야만 하오. 설사 핵 합작이 실패한다 하더라도 남북이 서로 손잡고 그런 일을 같이 했다는 것만으로도 전쟁의 위협이 약화됨은 물론 통일도 훨씬 앞당겨질 거요. 부장, 내 말을 이해하겠소?」

「각하의 심정이 바로 저의 심정입니다. 최선을 다해 좋은 결과를 갖고 오겠습니다.」

「여러 가지 어려움이 따르겠지만 지금 이런 일을 해낼 수 있는 사람은 부장뿐이니 전권을 가지고 소신 있게 처리해주시오.」

「명심하겠습니다.」

대통령은 전에 없이 두 손을 꼬옥 잡으며 부장의 두 눈을 응시했다. 부장은 그 눈빛에서 대통령만의 고뇌와 기대를 읽을 수 있었다.

집무실 밖에까지 나와 배웅하는 대통령의 모습을 뒤로하며, 부장은 자신의 어깨를 눌러오는 역사의 무게를 절감하고 있었다.

13년 만의 회의

김 박사는 회의에 참석한 사람들의 면면을 보고는 의아한 심정이었다.

10여 년 전의 그 어느 날이었던가? 지금과 몹시도 비슷한 회의가 열렸었다. 그때도 행선지를 불문에 부치고 중간 지점까지 나오라는 연락을 받고 나갔었다. 모인 면면들도 그때나 지금이나 큰 차이가 없었다. 젊은 사람들 몇몇이 더 낀 것하고 죽은 사람 몇 명 빼고는 그때 그 얼굴들이 고스란히 모여 있었다. 이 사람들이 여기 이렇게 모인 걸 미국이 알면 또 큰일 나겠군.

김 박사는 아무 때나 노크도 없이 불쑥불쑥 들어오곤 했던 그랜트의 얼굴이 떠오르자 저절로 미간이 찌푸려졌다. 죄수를 감시하는 간수와도 같이 안하무인의 태도로 우리나라의 원자력 관련 기구라는 기구는 모조리 헤집고 다니던 무례한 미국인. 그의 앞에서는 국가기관이 됐든 민간 연구기관이 됐든 모두 쩔쩔맬 따름이었다. 이러고도 우리가 하나의 국가로서 완전한 독립을 이루고 있다고 할 수 있을까? 미국과 맺고 있는 한미원자력협정은 지구상에 있는 국가 간의 협정 중에 한 나라의 주권이 무시된 가장 불평등한 협정이었다. 도대체 미국의 관리가 아무 때나 어느 곳이나 나타나 한국의 핵 관련 시설을 감시하고 조사한다는 것이 있을 수 있는 얘긴가? 미국대사관의 과학관인 그랜트 외에도 주한 CIA, 주한 미군 정보기관, 미군축위원회, 에너지성 등의 관리들은 버젓이 성조기를 꽂은 자동차를 타고 와서는 아무 곳이나 열어보게 하고 심지어는 일반 사무실의 금고까지도 열어보고는 했다. 지난 20여 년간 이들은 마치 식민지를 감독하는 총독부의 직원들같이 군림했었다.

김 박사는 원탁의 자리 한편에서 지금은 부재중인 한 핵물리학자의 모습이 떠오르자 괴로운 듯 지그시 눈을 감았다. 이제 두 사람은 갔다. 이 자리를 이끌던 두 사람은 우연의 일치인지 모르지만 모두 제명을 잇지 못한 채 비명횡사를 하고 말았다. 두 사람의 죽음이 동일한 고리에 꿰어져 있는지 어떤지는 알 수 없지만, 모두 비슷한 시기에 불분명하게 가고 말았다. 잠시 눈을 감고 회상에 잠겨드는 김 박사의 뇌리에 박 대통령의 모습이 서서히 떠올랐다.

「각하…… 또 실패했습니다.」

키가 작은 대통령은 아무런 대답이 없었다. 고개를 들어 먼

하늘을 바라보는 그의 눈에 어리는 좌절감을 느낀 주변 사람들은 몸 둘 바를 몰랐다. 벌써 열 번도 넘게 실패만 거듭하고 있는 유도탄 개발은 대통령을 비롯한 모든 관련자를 안타깝게 하고 있었다.

'아아, 그토록 노력했는데도 겨우 이 정도밖에 안 되는 것인가? 역시 이것이 우리의 한계인가? 도저히 극복되지 않는 이 무서운 한계. 결국 독자적 유도탄 개발, 독자적 핵개발이란 불가능한 것인가?'

불과 5킬로미터를 못 날고 떨어져버린 유도탄……. 박 대통령의 눈가에 이슬이 맺혔다.

김 박사의 회상은 그로부터 약 일 년 후의 어느 날을 더듬고 있었다.

긴급히 소집된 유도탄 개발 기술회의에 직접 나타난 박 대통령을 보고 과학자들은 놀랐다. 대통령이 기술회의를 소집한 것도 그동안 없던 일이거니와, 유도탄 개발과 관련해서는 최근 2년 동안 한 번도 주름을 펴본 적이 없던 박 대통령이 매우 밝고 여유 있는 표정을 짓고 있기 때문이었다. 이제껏 그토록 초조해하고 조급해하던 대통령이 변한 이유를 알아차리는 데는 그다지 시간이 걸리지 않았다. 대통령의 곁에는 이제껏 본 적이 없는 학자풍의 한 남자가 앉아 있었고, 대통령의 여유가 바로 그 사람 때문이라는 것은 의심할 바 없는 것이었다. 대통령은 엷은 미소를 띠며 자랑스러운 표정으로 과학자들에게 옆 사람을 소개했다.

「여러분, 이용후 박사님을 소개합니다.」

이 말을 들은 과학자들은 모두 깜짝 놀랐다. 말로만 듣던 이용후 박사가 저 사람인가?

일어나서 고개를 숙이던 그의 진지하고 조용한 모습이 떠올랐다가 사라지고 나자, 다시 김 박사의 회상은 그로부터 두 달 후의 어느 날로 이어졌다.

육군 모 기지에서 재개된 유도탄 발사 실험.

모두들 흥분되고 긴장된 모습을 감출 수 없었다. 군인이든 과학자든 이제까지와는 다른 분위기가 얼굴에 감돌고 있다. 이 박사가 설계와 검토에 참여했기 때문이다.

불과 5킬로미터도 날지 못하던 유도탄이 150킬로미터 이상을 날아 정확하게 목표물을 맞히자, 박 대통령은 마치 어린아이처럼 감격하며 눈물을 흘렸다. 이 박사가 있는 한 한국은 못할 일이 없다는 자부심을 가졌던 그때의 감격이 그대로 느껴져 가슴이 떨려오는 순간, 회의를 시작하는 인사말에 김 박사의 회상은 현실로 돌아왔다.

「오늘 이렇게 여러분을 모시고 한반도를 둘러싼 핵 문제 전반에 관해 논의하게 된 것은, 지금이야말로 우리가 자주적으로 한반도의 핵 문제를 검토할 시점이라고 보기 때문입니다.

여러분은 국내에서는 핵에 관한 한 권위를 자랑하는 전문가들이시니까, 한반도의 장래를 위해 기탄없이 의견을 말씀해주시기 바랍니다. 우선 그간 우리나라의 핵개발 역사에 대해 원자력연구소의 김 박사님께서 설명해주시지요.」

부장은 짤막하게 회의 소집의 이유를 설명한 다음 곧바로 회의를 진행시켰다. 부장의 말은 그만큼 중요하면서도 비밀스러운 실무회의라는 분위기를 풍기고 있었다.

「먼저 제3공화국 시절 박정희 대통령의 핵무기 제조에 대한 사항을 말씀드리겠습니다. 지난 1970년대 중반부터 박 대통령은 핵무기를 제조하기로 결심한 듯합니다. 점차적으로 핵 관련 인력과 핵발전 시설 등을 증강시키고, 프랑스로부터 재처리 시설을 도입하려고 노력했습니다. 당시 우리 정부와 프랑스 정부는 재처리 시설 도입에 대해 계약을 체결하고 모든 것이 순조롭게 진행되어갔습니다만, 돌연 미국이 개입하여 양국 정부에 계약 취소를 종용했습니다. 프랑스 정부가 이를 거부하면서 재처리 시설을 폭발물 제조와 관련하여 사용하지 않겠다는 각서만 받고 계약대로 인도할 것이라고 고집했습니다. 그러자 미국은 태도를 바꾸어 우리 정부에 대해 강력한 압력을 가해오기 시작했습니다. 군사동맹 체제를 해체하겠다, 차관을 중단하겠다 등의 갖가지 구실을 내세우며 재처리 시설의 도입을 포기하도록 강요했습니다. 우리는 꽤 오랫동안 버텼지만 결국은 손을 들고 말았습니다.

박 대통령이 캐나다에서 연구용 원자로를 도입하려는 계획도, 핵무기의 원료가 되는 플루토늄을 단기간에 다량으로 생산할 위험이 있다는 이유로 미국의 방해와 압력을 받아 결국 좌절을 겪어야 했습니다.

그러다가 카터가 당선되어 주한 미군 철수를 주장하자, 박 대통령의 핵무기 개발 의지가 부활됐습니다. 박 대통령은 이때 정말 적극적으로 핵무기를 개발하려고 했고, 국회에서도 해당 상임위의 국회의원들이 모두 동의했습니다. 국내의 모든 전문가와 기술자를 망라하고, 외국에서도 분야별로 우수한 몇 십 명의 전문가를 초청해왔습니다. 이와는 별개로 박 대통령은 은밀히 핵을 보유할 수 있는 방법을 여러모로 모색해왔을 걸로 짐작되지만, 그 내용은 아무도 모릅니다. 어쨌든 당시의 핵무기 보유 노력은 대단했습니다만, 역시 미국의 거대한 압력에 봉착했습니다. 미국은 곧 미군 철수를 늦추고 철수 규모도 줄이는 등 유화책을 쓰면서, 핵무기 개발을 포기하도록 강력히 요구해온 것입니다. 지난 1975년과 똑같은 상황이 발생한 셈이죠.

박 대통령은 이런 일들을 겪고 나서 적어도 겉으로는 핵무기를 개발하려는 노력을 포기한 것처럼 보였습니다만, 미국의 감시가 소홀해지거나 감시의 눈길이 미치지 않을 때는 개발

가능성을 은밀하 모색했던 것으로 압니다. 박 대통령이 핵개발 의지를 완전히 버리지 않았다고 판단한 미국도 온갖 수단을 다해 한국의 핵무기 개발을 막으려 들었을 건 뻔한 이치입니다. 모든 핵발전소의 폐기물까지 철저히 감시를 당했고, 일부 극히 중요한 임무에 종사하는 핵 전문가는 신변의 위협까지 느껴야 했다는 소문도 나돌았습니다.

이런 와중에 박 대통령이 핵개발의 구심점으로 생각하고 있던 세계적 핵물리학자 이용후 박사가 교통사고로 사망하는 일이 생겼습니다. 이 일이 일어난 후 얼마 지나지 않아서 박 대통령도 김재규의 총탄을 맞고 사망했기 때문에 우리의 핵무기 개발 노력은 또다시 수포로 돌아갔습니다.

그 후 우리나라는 핵무기 개발을 위해 특별한 노력을 기울이지 않았습니다. 따라서 핵무기를 둘러싼 미국과의 마찰도 더 이상 일어나지 않았습니다.」

김 박사의 긴 얘기를 듣는 동안 좌중의 누구 하나 자세를 흐트러뜨리지 않았다. 오늘 이 시점에서 다시 불거져나온 핵개발 관련 얘기에 모두들 긴장해 있었던 것이다.

「다음은 현재 우리나라의 핵무기 개발 능력에 대해 국방과학연구소장께서 말씀해주십시오.」

「핵무기의 개발은 운반 체계를 고려하지 않는다면 크게 두 가지로 볼 수 있습니다. 하나는 핵물질, 즉 농축우라늄이나 플루토늄의 획득이고 또 하나는 핵폭발 장치입니다. 우리나라가 핵무기를 개발한다면 플루토늄을 핵물질로 사용하는 방법을 채택할 수밖에 없습니다. 기체확산법이나 원심분리법을 이용하여 농축우라늄을 제조하는 것은 비용이 엄청나게 비싸고 필요한 기술도 결여되어 있지만, 재처리를 통해 플루토늄을 얻는 것은 간단하기 때문입니다. 그러나 플루토늄의 원료가 되는 사용 후 핵원료 즉, 우라늄 찌꺼기는 충분하지만, 재처리 시설을 도입하는 데는 미국의 반대가 워낙 거세기 때문에, 지난 1975년 프랑스와 계약을 취소한 이래 아직까지 재처리 설비의 도입은 불가능하다고 해도 지나친 말이 아닐 것입니다.

그러나 한국원자력연구소의 자체적인 재처리 기술 개발은 그동안 꾸준한 진전이 있어 이제는 외국으로부터 도입하지 않더라도 매년 플루토늄 239를 15 내지 20킬로그램, 즉 히로시마급을 생산할 수 있을 것으로 봅니다. 이 정도 양이면 핵무기를 두 개 정도 만들 수 있습니다.

핵물질의 획득 외에 핵개발의 핵심은 인플로전 기술입니다. 우리말로 굳이 옮긴다면 '안으로의 폭발'이라고나 할까요. 보통의 폭발이 안에서 밖으로 확산되는 개념이라면, 이것은 밖에서 안으로 폭발을 일으키게 하는 것으로서 대단히 어렵습니다. 플루토늄은 약 1킬로그램 미만의 상태로 갈라두어야만 폭발이 일어나지 않습니다. 이렇게 폭발이 일어나지 않는 최대한의 질량을 임계질량이라고 하는데, 핵탄두에는 임계질량 미만의 플루토늄 덩어리들을 흩어놓았다가 폭발 시 이 플루토늄들이 극히 짧은 시간에 합쳐지게 해야 합니다. 인플로전이죠. 이 기술은 대단히 어렵고 민감한 기술입니다만, 박 대통령 시절 오랜 고생 끝에 결국 완성하여 지금은 국내에 몇 사람의 전문가가 있습니다. 따라서 핵무기 제조의 설계에서 실험까지 어려움은 전혀 없을 것입니다.

다만 문제는 미국과 일본의 압력과 제재 조치라고 하겠습니다. 이들의 감시를 벗어나서 필요한 설비를 갖출 수는 없는 노릇이므로 현실적으로 국내에서 핵무기를 제조한다는 것은 절대 불가능하다고 판단됩니다.」

「소장의 견해로는 우리나라가 기술적으로는 핵무기를 만드는 것이 어렵지 않으나, 강대국의 억제 때문에 어렵다는 얘기군요. 우리나라의 핵무기 제조 능력에 대해 다른 의견을 발표해주실 분은 안 계십니까?」

「핵물질을 확보하는 기술적 문제와 핵탄두를 제작하는 설계 능력에 대해선 우리나라가 충분한 잠재력을 보유하고 있으므로 강대국의 제재 조치만 없다면 자체 기술만으로도 2년 안에 핵탄두를 개발할 수 있겠습니다만, 핵탄두의 실전 배치에 가장 중요한 요소인 핵무기 운반 체계에 대해서는 좀 더 신중하게 생각해야 할 것입니다. 우리가 실제로 핵무기를 갖출 경우 북한이 우리 상대라면 별문제는 없을 걸로 봅니다. 우선 거리가 가깝고 방공망이 그다지 완벽하지는 못하므로, 우리가 자체 개발한 지대지 미사일이나 F4D 혹은 F4E 전폭기를 이용해 충분한 효과를 거둘 수 있을 것입니다.

그러나 상대가 소련이나 중국, 일본 등이라면 핵탄두는 무용지물이 될 가능성이 높습니다. 소련이나 중국의 경우 우리의 목표가 될 도시들이 너무 멀고 방공망 또한 잘 정비되어 있어서, 우리 전폭기들이 공격에 성공할 확률은 대단히 낮습니다. 우리가 개발한 지대지 미사일은 사정거리가 200킬로미터 미만인데다가 무거운 핵탄두를 장착할 경우 유효 사정거리는 형편없이 줄어들고 말 것이기 때문입니다. 일본의 경우는 거리가 비교적 짧아서 인구 밀집 지역인 도쿄, 오사카, 나고야 등지에 대한 핵공격의 효과를 극대화시킬 수도 있겠으나 방공 체제는 소련이나 중국과는 비교도 안 될 정도로 잘 정비되어 있습니다. 잘 아시다시피 패트리어트 미사일도 일본의 작품이 아닙니까? 전폭기로 일본의 목표를 노릴 경우, 성공 확률은 불과 3퍼센트 정도밖에 안 될 것으로 분석되고 있습니다.

실전 상황에서 더욱 문제가 되는 것은, 운반 체계를 전폭기로 한다고 가정할 때 상대국의 전폭기들이 먼저 우리의 모든 활주로를 봉쇄하고 공군기지를 공습할 경우 대책이 별로 없다는 것입니다. 지난 걸프전에서 보았듯이 우세한 다국적군의 공군력은 이라크 측 비행기가 한 대도 제대로 뜨지 못하도록 개전 초기에 초토화시켜버리고 말았습니다. 그러한 공습을 피해 몇 대가 뜬다 한들 상대의 집중적 요격 대상이 되어 목표 수행을 해내기란 지극히 어려울 것입니다. 핵무기는 그 성격상 개전과 동시에 쓸 수 있는 것은 아닙니다. 따라서 상대국에 제공권을 빼앗기고 있는 상황에서는 전폭기를 운반 체계로 하는 핵탄두는 별반 쓸모가 없을 수도 있다는 점도 빠뜨리지 말아야 할 것입니다. 그렇다면 적어도 핵탄두 장착용 초고속 중거리미사일을 갖추어야 핵무기 보유로 인한 전쟁 억제 효과를 극대화시킬 수 있을 것으로 생각합니다.」

「우리의 가상적이 될 수 있는 국가들이 모두 대단한 공군력을 가진 초강대국이란 점을 고려하면, 국방연구원의 신 박사께서 지적하신 내용은 대단히 중요하군요. 일본의 핵개발 가능성에 대해서는 무기개발위원회의 박 위원께서 설명해주십시오.」

「1956년에 원자력연구소를 설립한 일본은 현재 연구용 원자로 30여 기와 발전용 원자로 20여 기를 가지고 있으며, 이미 엄청난 양의 핵물질을 보유하고 있습니다. 물론 정련과 연료 가공도 자체적으로 해나가고, 플루토늄을 생산할 수 있는 재처리 공장도 갖추고 있습니다. 일본의 경우 핵무기를 갖추려고만 하면 불과 한 달 이내에 실전 배치 가능한 다수의 핵탄두를 손쉽게 보유할 수 있습니다. 최근 일본이 발주한 미사일이 모두 핵 장착 가능한 중거리미사일이라는 사실이 앞으로 일본의 군비 확장 방향을 예시해준다고 볼 수 있겠습니다. 다만 일본의 경우 한국이나 북한과는 달리 핵개발 시 국민의 여론이 강한 장애요인으로 등장할 것입니다. 그러나 현재 일본 여론의 향배로 볼 때 미국, 소련, 중국과 대등한 국방력을 가져야 한다는 전제 아래 핵개발을 설득하는 자위대와 보수파의 주장이 일반 국민들에게 조금씩 먹혀들어가고 있습니다.」

「현재 서두르고 있는 일본 군비 증강의 마지막 목표가 핵무장이란 것은 너무나 분명합니다. 그들이 핵무장을 하지 않는 한 재래식 군비 증강에 쏟는 모든 노력은 한낱 물거품에 불과할 테니까요. 지금도 일본 국내에서는 재래식 무기 체제에 투자하는 정부에 대한 비난 여론이 비등하고 있습니다. 그들의 주장은 핵무기 없이 어떻게 미국, 소련, 중국과 대등한 군사력을 가질 수 있느냐는 겁니다. 심지어는 재래식 무기 체제는 빈약하기 짝이 없지만 핵무기를 갖고 있는 인도보다도 아래에 있지 않느냐는 겁니다. 어쩌면 일본 정부는 이 점을 노리고 있는지도 모릅니다. 이것은 최근에 들어온 일급 정보입니다만 일본이 프랑스, 영국 등의 지원을 업고 미국으로부터 플루토늄 수입과 독자 이용 및 관리에 대한 미국의 동의를 얻어냈다는 것입니다. 이것은 일본의 핵무기 보유에 대한 세계의 반응이 그리 부정적이지 않다는 것을 은연중에 시사하고 있습니다. 어쨌거나 일본이 현재의 재래식 군비 확장 단계를 지나면 핵무장을 하게 될 것은 필연적 귀결입니다.」

좌중에 얼마 동안 무거운 침묵이 흘렀다. 이윽고 부장이 결연한 목소리로 말문을 열었다.

「이제 대략은 우리를 둘러싼 핵에 대해 알아본 것 같군요. 무엇보다도 과거 우리 정부가 핵개발을 하려다가 수차례나 미국의 압력을 받아 포기할 수밖에 없었던 것에 대해서는, 당사자였던 여러분들이 울분과 비애를 많이 느꼈을 것으로 생각합니다. 그러나 역사는 흐르는 것이고, 우리 민족의 의지가 외국의 힘에 의해 소생하지 못하는 일은 없어야 할 것입니다. 그간 우리는 알게 모르게 힘을 배양해왔다고 생각합니다. 그래서 나는 오늘 여러분께 대단히 중요한 것을 하나 묻고자 합니다.」

부장의 말에 모두의 시선과 신경이 일시에 쏠렸다. 안기부장은 잠시 말을 멈췄다가 극히 나지막하지만 무겁기 짝이 없는 목소리로 말했다.

「우리가 충분한 플루토늄을 가지고 북한과 합작하여 핵개발을 한다면, 어느 정도의 기간이 필요할 것 같습니까?」

전혀 뜻밖의 질문에 회의장은 잠시 술렁거렸다. 한 번도 생각해보지 못한 질문을 접한 회의 참석자들은 대답할 말을 잊고 부장의 얼굴만 멀뚱하게 쳐다보고 있었다. 웬만큼 시간이 흐른 후 국방과학연구소장이 조심스럽게 말문을 열었다.

「일 년도 걸리지 않을 것으로 봅니다.」

「남북한이 공동으로 핵폭탄을 제조할 때 문제가 되는 것이 있다면 어떤 것들입니까?」

「여러 가지 문제가 있겠지만, 무엇보다도 큰 문제는 핵폭탄을 개발한 후 어디에 배치할 것인가 하는 점입니다. 남북한 어느 쪽도 상대방에게 넘겨주려고 하지는 않을 것이기 때문이죠. 제가 보기에 합작의 가장 큰 문제는 아마도 이 부분일 겁니다.」

「본인도 그렇게 생각합니다. 만약에 남북이 핵무기를 공동으로 개발하려고 한다면, 기술적인 부분보다는 오히려 핵무기의 배치를 둘러싼 갈등을 어떻게 해소하느냐가 문제겠죠.」

「거기에 대해서는 해결할 방법이 있습니다.」

좌중은 모두 소리나는 방향으로 고개를 돌렸다. 이제까지 한마디 말도 없이 잠자코 앉아만 있던 과학기술처의 주 박사였다. 그는 미국의 레이저 연구소에서 근무하던 중 정부의 초청으로 귀국하여 과학기술처에 근무하고 있는 젊은 박사였다.

「바로 레이저 잠금장치를 이용하는 것입니다. 핵탄두에 레이저 시건장치를 해두고 열쇠를 둘로 나누어 가질 경우, 두 개의 열쇠가 합쳐져야만 핵탄두의 구실을 할 수 있습니다. 그러므로 핵탄두를 어디에 배치해두든 남과 북이 레이저 열쇠를 따로 갖고 있는 이상, 어느 한쪽의 결정만으로 독자적인 사용을 할 수는 없습니다. 그것도 불안하다면, 아예 핵폭탄의 설계 단계에서부터 핵탄두를 둘로 쪼개는 것입니다. 핵탄두를 둘로 쪼개서 각각의 부분에 레이저 처리를 하면 일개 고철 덩어리에 지나지 않거든요. 그러나 일단 유사시에 쪼개놨던 두 개를 합치게 되면 보통의 핵탄두와 똑같아집니다. 이것은 최첨단의 레이저 봉합 장치를 통해서만 가능합니다. 미국의 레이저 연구소에서는 이미 이 방법으로 위험한 지역의 핵탄두를 쪼개놓음으로써 예기치 못한 핵폭발 사고를 미연에 방지하고 있습니다. 둘로 쪼개진 핵탄두는 어떤 경우에도 혼자서는 절대로 폭발할 위험이 없을 뿐 아니라 해체도 불가능합니다. 레이저 잠금장치를 해제하지 않은 채 해체 작업을 하기 위해 외부로부터 충격을 가하면, 그 충격이 아무리 미미하더라도 핵연료는 누출되어버리고 맙니다. 이렇게 되면 결국 부분적인 방사능 오염사고만 생길 뿐이죠.」

「국내에서도 그런 기술로 처리할 수 있습니까?」

「물론입니다. 미국에서도 제가 상당수의 핵탄두를 직접 처리해봤기 때문에 그 점은 자신할 수 있습니다.」

만약에 남북이 공동으로 핵무기를 개발한다고 하더라도 사실 이 문제야말로 가장 큰 고민거리였다. 북한과 협상을 할 수 있는 최소한의 필요조건이 바로 핵탄두의 배치라는 정치적인 문제라면, 주 박사는 정치적인 문제를 기술적인 문제로 해결해주는 셈이었다. 통일이 되지 않은 상태에서 어느 쪽이 핵탄두를 상대의 손에 전적으로 맡겨둘 수가 있겠는가? 불안한 것은 차치하고라도 자칫 잘못하면 돌이킬 수 없는 역사적 과오를 범할 수도 있는 일이었다. 함께 개발한 핵무기가 자기 자신에게로 발사된다면 도대체 누가 어떻게 책임질 수 있겠는가? 부장은 가벼운 흥분을 느끼며 회의를 마무리 지으려 했다.

「더 이상 얘기하실 분이 없으면 오늘의 회의는 이만 끝내겠습니다.」

이때 묵직한 목소리의 질문이 원자력연구소의 김 박사로부터 울려나왔다.

「괜찮으시다면 현재 북한의 핵개발 상황에 대해 아시는 대로 말씀해주시기 바랍니다.」

부장이 의도적으로 피하려고 했던 질문이 결국은 터져나오고 말았다.

「북한의 핵개발에 대한 것은 대단히 유감스럽지만 국내에서는 정확히 아는 사람이 없습니다. 우리는 외국에서 들어오는 모든 정보를 분석하고 있습니다만, 정보 간의 일관성이 결여되어 있고 예측의 범위가 너무 넓어 아무것도 신뢰할 수 없다고 생각합니다. 이미 북한이 핵탄두를 가졌다고 하는 정보에서부터 북한은 아직 세계의 핵개발 가능 국가 중 열다섯 번째 순위에도 들지 못한다고 하는 정보까지, 정보를 내는 쪽의 필요에 따라 지극히 큰 차이가 있습니다. 게다가 핵 공포를 정치외교적으로 교묘히 이용하려는 북한의 입장과 외국의 허위 정보들이 맞물려 우리는 현재 매우 심각한 정보 교란 상태에 빠져 있습니다. 북한의 핵개발 문제에 대해서는 모든 상황이 좀 더 확실해진 다음에 논하기로 하는 것이 좋겠습니다.」

서둘러 말을 마친 부장은 매우 부끄러운 생각이 들었다. 일국의 정보를 총괄하는 부서의 책임자인 자신이 현안 중의 현안인 북한의 핵개발 상황에 대해 완전히 무지한 상태라는 것은 어불성설이었다. 그러나 그만치 한반도의 문제, 즉 우리나라의 앞날이 험난하다는 것을 역설적으로 말해주는 것이었다.

「여러분의 좋은 의견 대단히 고맙습니다. 물론 잘 아시겠지만 보안 유지에 특히 유의해주시고, 추후에라도 좋은 생각이 있으시면 기탄없이 본인에게 알려주시기 바랍니다. 오늘 회의에서 논의된 내용은 한마디라도 외부로 나가거나 다른 사람에게 발설하게 되면 국가의 존망이 위대로워진다는 사실을 명심해주시기 바랍니다.」

회의의 흐름으로 봐서 부장의 의도는 웬만큼 참석자들에게 포착되었을 것이다. 그러나 누가 목숨을 걸지 않고 함부로 이런 얘기를 할 수가 있을 것인가? 이미 핵에 대해서는 10여 년간이나 비밀을 지켜오고 있는 사람들이었지만, 안기부장의 당부는 새로운 느낌으로 다가왔다.

살인교향곡

대통령을 만나 플루토늄에 대한 얘기를 다 털어놓은 순범은 천 근의 짐을 내려놓은 듯 가벼운 기분이 되었다. 80킬로그램의 플루토늄을 대통령이 어떻게 처리할지는 몰랐지만, 그날 청와대 뜰 안에 있는 검은 코끼리를 알려주었던 것으로 봐서는 미국에 넘겨버린다거나 할 것 같지는 않았다. 그러나 안심하고 있을 수는 없는 일이었다. 대통령의 마음이라고 변하지 말란 법도 없거니와, 워낙 어려운 일이니만큼 대통령의 뜻만으로는 안 될 수도 있었다.

초조한 가운데서도 당분간은 기다리고 있어봐야 할 일이었기 때문에, 순범은 마치 그런 일은 없었던 것처럼 누가 봐도 천연덕스럽게 행동했다. 어쩌면 자신의 행동 하나하나가 누군가에게 감시당하고 있을지도 모르는 일이었다. 박성길과 개코를 살해한 자들을 찾아내야 한다는 생각에 마음은 조급했지만, 개코도 없는 상황에서 혼자 할 수 있는 일이라고는 아무것도 없었다.

순범은 최 부장에게 전화를 했다. 그러나 순범의 속이 편한 것은 아니었다. 언제나 신윤미를 의심하는 그가 순범에게는 가볍지 않은 부담으로 다가왔기 때문이었다. 저녁에 일식집에서 만난 최 부장은 순범을 보자마자 대뜸 따지고 들었다.

「아니, 권 기자. 그럴 수가 있소?」

「무얼요?」

「박준기 형사가 죽으면서 썼던 글자를 왜 진작 내게 얘기하지 않았소?」

「아무것도 확실치가 않아서요.」

「뭐가 확실치 않단 말이오? 죽어가면서 쓴 글씨라면 범인을 지목하는 것이 틀림없고 '신ㅁ'으로 시작하는 것은 신 마담밖에 더 있소? 권 기자. 이제 보니 신 마담에게 빠져 그 총기가 다 없어져버린 것 아니오?」

「왜 '신ㅁ'으로 시작하는 것이 신 마담밖에 없단 말이오? 신문이 있지 않습니까? 당시 바성길의 유품 중에는 분명히 신문이 있었지 않소?」

「이봐요, 권 기자. 억지로 그렇게 갖다 붙이려고 하지 마시오. 세상에 죽어가면서 신문이라고 쓰는 사람이 있소? 그러면 그 신문에 박성길이하고 관련된 무슨 기사가 있단 말이오? 신윤미는 이 박사가 살해될 때에도 이름이 나왔던 여자가 아니오? 그 여자가 이 박사 사건과 관련하여 살해된 사람의 마지막 글씨에서 나오고 있다면 관계가 있는 것이 틀림없지 않소?」

최 부장의 말을 듣는 순범의 속은 편치 못했다. 최 부장이 이 의혹을 풀어버리지 못하는 한 윤미는 내내 마음의 고통을 받을 것이다. 물론 최 부장으로서도 증거가 없이 심증만 가지고 윤미를 어떻게 한다거나 할 수는 없겠지만, 윤미에게 내내 정신적으로는 큰 부담이 될 것이었다. 윤미에 대한 걱정을 떨쳐버리지 못하고 고심했지만 순범에게는 윤미를 보호할 수 있는 방법이 현재로서는 없었다. 자신이 주장하는 대로 개코가 써놓은 것이 신문이라면, 그 신문과 박성길 살해와의 관계를 합리적으로 설명할 수 있어야 했다. 그러나 아무리 들여다봐도 자신으로서는 알 수가 없었다.

'혹시 최영수가 옳은 것은 아닐까?'

이런 생각이 들자 순범은 어쩐지 자신이 자꾸 약해지고 있는 것을 느꼈다. 일단 물었다 하면 끝장을 볼 때까지 놓지 않는 최 부장이 더욱 큰 부담으로 다가왔다. 순범은 윤미를 변호하기 위해서는 이 박사의 죽음에 대한 정치적 의미를 최 부장에게 어느 정도는 알려주어야 할 것 같았다.

「최 부장은 우리나라가 핵무기를 보유하는 것을 어떻게 생각합니까?」

「위험하기 그지없는 일이지.」

「그럼 지금 핵무기를 갖고 있는 나라들의 그것도 위험한 것이 아닌가요?」

「그들은 강대국 아니오? 핵무기를 충분히 관리할 능력이 있는 나라들이오. 뿐만 아니라 그들도 핵무기를 점점 감축하고 있는 실정이 아니오? 차차 감축해서 종내는 핵이 없는 지구를 만들어야지. 핵무기와 같은 반문명적 흉기는 인류 모두의 적이오.」

「그런 이유로 핵무기를 안 가진 나라들이 핵을 보유하려고 하는 행동이 억제되어야 한다면, 같은 이유로 핵을 가진 나라들의 핵무기 폐기도 강제되어야 하지 않겠습니까?」

「그러나 현실적으로 그것은 어렵지 않소? 우리는 항상 현실을 인정하고 받아들여야만 하오.」

「국제사회의 현실은 힘입니다. 힘을 키우려는 자구적 노력으로 봐야 되지 않겠습니까? 최 부장은 현실을 받아들여야 한다고 말을 하면서도 이상적 논리에 매여 있지 않습니까? 우리처럼 사방이 강대국으로 둘러싸인 나라가 이상을 가지고 음풍농월하다가는 줏대 없이 이리저리 끌려다니고, 결국에는 어느 바람에 가는 줄도 모르고 가고 말 겁니다.」

「권 기자의 생각은 핵을 보유하는 것이 우리의 현실이란 말이오?」

「분명한 것은 핵을 보유하면 안 된다는 것이 우리의 불문율은 아니라는 것입니다.」

「그런 얘기는 그만합시다. 결론이 안 나는 얘기니까.」

「혹시 최 부장은 이용후 박사의 죽음이 외국의 음모라고 생각해본 적은 없습니까?」

「외국의 음모라니? 그럼 이 박사를 외국인이 살해했단 말이오?」

「결국은 그런 셈이지요. 하수인을 사기는 했지만.」

순범은 최 부장에게 미국에서 앤더슨 정을 만나 나눈 대화부터 미현의 생각까지 모두 설명하고, 미국과 관련을 가지고 이 박사를 살해할 정도의 세력이면 신윤미와는 상관이 없을 것이라는 자신의 생각까지 말했다. 그러나 최 부장의 반응은 기대와 정반대였다.

「그것은 추측에 불과한 것이지 아무런 근거가 없소. 이 박사나 박 대통령의 죽음이 미국과 연관되어 있다는 명백한 증거는 아무 데에도 없소. 다만 확실한 용의자를 우리는 눈앞에 두고 있소. 바로 신윤미요. 그러나 증거는 없소. 나는 추측을 가지고 수사하지는 않소. 따라서 증거를 포착할 때까지는 아무런 행동도 하지 않을 것이오. 그러니 권 기자가 앞장서서 신윤미의 무혐의를 강조할 필요는 없소.」

순범은 최 부장이 의외로 완강하지만 사건의 수사에는 거의 손을 놓은 듯한 느낌을 받을 수 있었다.

「권 기자도 더 이상 이용후 박사의 일을 조사한다거나 할 필요는 없을 것 같소.」

「그건 왜요?」

「내가 처음에 말했듯이 이 일은 극비리에 조사해야 하는 것이었소. 소란을 떨어 북한을 자극하면 안 되는 일이란 말이오. 쓸데없이 핵개발 상황을 부각시켜 지금 한창 핵개발 소문이 있는 북한에 트집거리를 제공하면 안 된단 말이오.」

「박준기 형사의 일은 어떻게 하고요?」

「그건 계속 수사할 거요.」

「아무런 성과도 없지 않습니까?」

「일단 장기 수사로 접어들긴 했지만 최선을 다할 거요.」

최 부장을 만나고 나오는 순범은 묘하게도 자신과 그의 입장이 비슷하다는 생각이 들었다. 플루토늄에 대한 우려 때문에 이 박사 사건의 조사를 묻어두려는 자신이나, 북한의 핵개발 저지를 위해 묻어두어야 한다는 최 부장의 생각은 적어도 겉으로는 같은 양태를 보이고 있었다. 게다가 신윤미를 보호하려는 순범의 입장에서는, 최 부장이 이 박사 사건을 더 이상 조사하지 않겠다는 것이 고맙기조차 했다. 그러나 하나 확실한 것은, 순범 자신이 개코의 죽음을 비롯한 외국의 앞잡이를 밝혀내야 한다는 사실이었다.

오랜만에 신문사에 출근한 순범은 주변에서 자신을 보는

시선이 곱지 않은 것을 느낄 수 있었다. 그도 그럴 것이 인도에 가기 위해 이유도 없이 휴가를 받았고, 돌아와서부터는 검은 코끼리를 찾기 위해 신문사 일은 도외시하고 뛰어다녔으니, 순범의 빈자리를 대신 메워야 했던 동료들의 불만이 없을 수 없었다. 누구보다도 부장은 화가 머리끝까지 나 있었다. 출근하자마자 바로 부장의 책상 앞에 불려가는 순범을 보면서 동료들은 결코 몇 마디 꾸지람으로 끝나지는 않을 것이라고 생각했다.

「권 기자, 그만둘 생각이야?」

「죄송합니다.」

「이게 죄송합니다 해서 될 일이야? 다른 사람들은 모두 휴가 낼 줄 몰라서 안 내는 줄 알아?」

「면목이 없습니다.」

아무것도 털어놓을 수 없는 순범으로서는 답답한 가슴을 누른 채 부장의 역정을 받고 있을 수밖에 없었다. 그러나 부장의 역정은 가볍게 그치지 않았다.

「권 기자, 요즘 우리 신문 가판 부수가 자꾸 떨어지고 있어. 가판이 떨어지면 이내 정기구독이 떨어지잖아? 신문이란 게 정치와 사회 기사가 좌우하는 걸 권 기자가 누구보다도 잘 알 것 아냐? 그런데 이것 봐. 최근 보름간의 사회 기사 비교인데 우리 신문이 얼마나 빈약한가 권 기자가 직접 봐.」

부장은 마침 타 신문과 기사 비교를 하고 있던 참인지 신문 뭉치를 순범 앞에 거칠게 던져놓았다.

「사회부에서 제일 중요한 역할을 해야 하는 권 기자가 그렇게 무단결근이나 하고 돌아다니니 좋은 기사가 나올 리가 있겠어? 특히 요즘 정신대 문제로 들끓고 있는데 우리 신문에는 정신대에 관한 특징 있는 기사가 하나도 없잖아? 다른 신문 중간 제목에나 나오는 기사들만 톱으로 내놓고.」

과연 그랬다. 순범이 선 채로 신문을 이리저리 넘겨보니 다른 신문에 비해 정신대 관련 기사가 독창성도 없고 빈약하기 짝이 없었다. 국민학교 학적부까지 찾아내 정신대로 끌려간 어린 소녀들을 싣고 있는 다른 신문에 비해 《반도일보》는 정신대 항의대표단의 기자회견이나 싣고 있는 것이, 누가 봐도 뒷북이나 치고 있는 것이 확연했다. 기사를 대하는 순범의 마음이 편치 못했다. 기자라는 외길을 걸어온 순범은 독자와 동료들에게 미안한 마음이 마냥 솟아나는 것을 어쩔 도리가 없었다.

「미안합니다, 부장님. 이제라도 보충하겠습니다.」

평소 순범을 신뢰하던 부장은 이 말을 듣자 더 이상 다른 얘기를 하진 않았지만, 이제 와서 무슨 특종을 찾을 수 있겠는가 하는 표정으로 돌아나가는 순범의 뒷모습을 보고 있었다. 출입처인 시경에 도착한 순범은 풀 죽은 강인호 기자의 등을 쳐주었다. 강 기자는 순범을 보자 반가운 기색이 완연한 채 어쩔 줄을 몰라했다.

「권 선배, 부장님이 정신대 기사 때문에 잔뜩…….」

「알고 있어.」

순범은 자리에 앉아 다이얼을 돌렸다.

「박 국장님 부탁합니다.」

그날 오후 순범은 도쿄행 비행기를 탔다. 동해의 넘실대는 푸른 물결을 바라보며 순범은 마침 운이 좋았다고 생각했다. 박 국장은 순범의 사정을 듣고는 특별한 배려를 해주었던 것이다. 새삼 박 국장에 대한 고마움과 함께 편집국장과 사회부장의 눈이 휘둥그레진 모습이 떠올랐다.

「부장님, 내일 도쿄에서는 한 한국인에 대한 재판이 있습니다. 피의자가 검찰수사 단계에서 철저한 묵비권을 행사했기 때문에 도쿄 현지의 특파원들은 아직 그 재판의 성격을 모르고 있습니다만, 사실 그것은 정신대 재판입니다. 재판은 오후 늦게 끝나기 때문에 다음날 아침 조간에 실리게 될 테고, 석간인 우리 신문에는 다음날 저녁에 실리게 됩니다. 한발 늦습니다. 그러나 부장님, 특종을 만들 수 있는 방법이 있습니다. 하루 먼저 신는 겁니다. 정신대 제목을 걸고 사회면 톱으로 때려주십시오. 재판 시작과 동시에 인쇄에 들어가주십시오. 모든 것은 제가 책임지겠습니다.」

순범 자신으로서도 어떻게 될지 모를 일이었지만, 특종과 결정적 오보 사이에서 자신을 믿어준 부장과 국장의 결단이 고맙기 짝이 없었다. 일이 제대로만 되어준다면 무엇보다도 직장인으로서 직장 일에 충실하지 못했던 양심의 걸림돌이 치워질 수 있을 것이었다.

나리타공항에는 고병석 기자가 마중 나와 있다가 순범을 보고는 손을 덥석 쥐었다.

「권 기자가 온다는 말을 듣고 얼마나 반가웠는지 몰라.」

「고 선배 얼굴 보는 게 얼마 만인지 모르겠어요. 술 한잔 얻어 마시러 왔으니 술통에 넣었다가 꺼내주구려.」

「이 사람, 왜 이렇게 시치미를 떼고 그래? 아, 본사에서 내일 하루는 자네가 해달라는 대로 다 해주라고 연락이 와 있는데.」

「난 고 선배 심부름하라는 얘기 듣고 왔을 뿐인데 나한테 다 미루면 어떡합니까?」

「후후, 이 사람 이제는 정치를 다 할 줄 아네. 좌우지간 집으로 가자구.」

「근데 사건의 발단은 어떻게 된 겁니까?」

「이 사람, 급하기는. 짐 풀어놓고 목욕이나 하고 술이라도 한잔 하면서 차분히 얘기하자고.」

20년 가까이 기자 생활을 한 고 기자는 산전수전 다 겪어서 그런지 표정부터가 느긋하기 짝이 없었다. 어둠이 내리고 저녁을 겸해 집 부근에 있는 식당에 앉아서 술을 몇 잔 나누고 나서야 고 기자는 말문을 열었다.

「발단이 어떻게 된 건지는 모르지만 사람이 둘이나 죽었어.」

「사람 죽는 거야 뭐, 늘 있는 일 아닙니까?」

「그런데 그게 아주 이상하단 말이야.」

「이상하다면.」

「우선 죽은 사람들이 보통 사람이 아니야.」

「누군데요.」

「야마모토와 이와타라는 사람이야. 한 사람은 일본의 유명한 문화재 감식가이고, 또 한 사람은 도쿄대학 의과대학 명예학장이지. 두 사람 다 명망이 자자한 자기 분야의 권위자들이야.」

「두 사람이 같이 죽었나요.」

「하루 사이로 죽었는데 두 사람의 죽음에는 묘한 공통점이 있네.」

「어떤 공통점입니까.」

「우선 둘 다 심장마비로 죽었어.」

「그러고요.」

「밤늦은 시간에 죽은 것과 자기 집 서재에서 죽은 것까지 똑같아.」

「우연일 수도 있잖아요.」

「처음엔 단순한 심장마비사로 지나갈 뻔했는데 죽은 사람들이 워낙 명망이 있는 사람들이라 누군가가 의문을 제기했던 모양이야.」

「그래서 조사를 했군요.」

순범은 내심 별 대수롭지 않은 사건일 거라고 생각했다. 사회부 기자로 있는 동안 이런 일을 겪어본 게 한두 번이 아니지 않았던가? 일본도 똑같은 사람들이 사는 곳인 이상 비슷한 종류의 그렇고 그런 사건이겠거니 생각했다.

「그런데 이 두 사람은 죽기 전 동일인의 방문을 받았던 거야.」

「동일인을 만났다고 같이 심장마비로 죽을 수 있겠어요? 우연이겠지요.」

「다들 그렇게 생각했는데 도쿄지검의 모리 검사가 갑자기 뛰어들면서 사건은 엄청난 반향을 불러일으키고 있어.」

「…….」

「모리 검사라면 도쿄지검의 검사 중에서도 가장 예리한 검사라는 평을 듣고 있는 사람인데, 이 사람이 그 방문자를 살인 혐의로 영장을 청구했단 말이야.」

「그래서 어떻게 됐어요.」

「당직 판사가 무려 다섯 시간이나 심사를 하다가 결국은 동료 및 선배 법관 몇 사람의 조언을 얻어 영장을 발부했어. 법관들 사이에도 의견이 분분했었다는군.」

「그렇다면 정말 흔한 사건은 아닌 모양이군요.」

「게다가 그 방문자는 한국인이야.」

「한국인이라고요? 재일 한국인이란 말인가요?」

「아니, 서울에 사는 사람이지. 음악가야.」

「음악가?」

「그래, 좌우간 그 사건의 재판이 내일 열리는 거지. 나는 처음에는 한국인이 연루된 사건이라 관심은 가졌지만 서울에 송고할 생각은 안 했었거든. 그런데 이제 보니까 그게 아닌 모양이야. 자네가 급파되어 온 것을 보니까 말이야. 이제 자네가 얘기해줘.」

안기부의 박 국장은 어째서 이 일을 정신대 관련 기사라고 했는지 고 기자의 얘기만 들어서는 모르겠지만, 순범은 어쨌거나 이 사건이 대단히 기이한 것이라는 생각이 들었다. 특히 피의자가 한국인, 그것도 서울에서 온 사람이라는 데는 깊은 관심이 쏠리지 않을 수 없었다.

「본사에서는 이것이 정신대와 관련된 사건이라고 보는 것 같아요. 그래서 특종을 때리려고 기다리고 있는 거죠. 내일 석간에 사회면 톱으로 때린답니다.」

「피의자가 묵비권을 행사하고 있다는데 본사에서 어떻게 알았을까?」

순범은 시치미를 뗐다.

이야기를 듣는 사이 술잔을 꽤나 주고받았던지, 고 기자가 술병을 들었다가 빈 것을 보고는 도로 내려놓았다. 순범이 한 병 더 시키려는 것을 고 기자가 만류했다.

「웬만큼 했으면 이젠 2차 가세.」

「비싼 술값을 어떻게 감당할 거요?」

「나중에 소주 한잔으로 때웠다는 말 듣는 것보다 지금 돈 좀 쓰고 마는 게 낫지. 안 그래?」

술을 마다할 순범이 아니었다. 고 기자가 이끄는 대로 택시를 타고 도쿄 시내 한복판에 내려서 이리저리 걸어 들어가니, 우리말로 이름이 쓰여 있는 술집들이 즐비했다. 척 보기에도 술값이 엄청날 것 같아 순범은 약간 망설여졌지만, 고 기자는 여유 있는 표정으로 호기 있게 들어갔다.

순범은 권하는 대로 받아마시다 보니 정신을 못 차릴 정도로 취하고 말았다. 몹시 취기가 오른 고 기자가 옆에 있는 아가씨에게 물었다.

「선묘는 어떻게 됐어? 불쌍한 것……」

「결국 오무라수용소로 가고 말았어요. 곧 송환된대요.」

고 기자는 비통한 표정이 되더니 스스로 한 잔 따라 마셨다.

「선묘가 누구지?」

순범은 궁금한 생각이 들어 옆에 있는 아가씨에게 물었다.

「같이 있던 언니예요. 언니가 좋다고 늘 찾아오던 손님이 있었는데 하도 사랑한다고 매달리는 통에 그만 어떻게 하다 보니 애를 낳게 됐어요. 근데 애를 낳으라고 하던 이 사람이 알고 보니까 유부남인 거예요. 그 사람 부인한테 끌려다니며 온갖 욕 다 보고 결국은 다신 그 남자 안 만나기로 하고 풀려났는데, 그 다음이 정말 비참해요. 불법 입국으로 걸릴까 봐 탁아소에도 못 맡기고, 돈 벌러 왔다가 아버지도 없는 애만 데리고 돌아갈 수도 없고, 설상가상으로 여기 오려고 진 빚 갚을 돈도 없고 해서 자취방에 애를 혼자 놔두고 언니는 술집에 나오는 거예요. 그 어린애를 혼자 놔두고 말이에요. 언니는 술이 좀 취하기만 하면 애 걱정에 울면서 머리칼을 쥐어뜯고, 꼭 미친 사람처럼 돼버리곤 했어요. 그러다가 결국은 애 때문에 이웃 사람들에게 들켜서 수용소로 보내지고 말았어요.」

「왜 이런 데 와서 그 고생들을 하는 거야? 나라 망신에 신세도 망치고.」

「정말 몰라서 물으세요. 돈 벌러 왔잖아요. 비자 문제만 없으면 여기서 나가겠다는 애들 눈을 씻고 찾아봐도 없을 거예요.」

「음…….」

아가씨는 자랑스럽게 이야기를 이어나갔다.

「저 이래 봬도 여기 와서 일 년 반 있는 동안 돈 많이 벌었어요. 이제 조금만 더 있다가 서울에 가서 의상실 하나 차릴 거예요.」

「너희는 일본이 한국보다 좋으냐?」

「그럼요, 일본은 사람들이 참 좋아요. 서울 같지 않고 굉장히 친절해요. 신사적이고, 아가씨 의사를 존중해줘요. 같이 나가고 싶지 않다고 하면 그걸로 끝이에요. 서울처럼 사장 나와라 마담 나와라 하지 않고, 돈 주는데 왜 안 나가 하는 일도 없어요. 우리가 나갈 때는 즐기려고 나가는 거예요. 돈벌이도 서울보다 네 배는 잘돼요.」

「…….」

순범은 무슨 말을 해야 할지 몰랐다.

「너무 그렇게 경멸하는 눈으로 쳐다보지 마세요. 우리가 여기 와서 왜놈들한테 몸 굴리는 것도 따지고 보면 다 한국 남자들 때문이에요. 알고 보면 한국 여자들처럼 불쌍한 사람들이 어디 있어요. 몽고 지배 때나 병자호란 때나 임진왜란 때나 일제시대 때나 우리 여자들만 온갖 몹쓸 일 다 당했잖아요. 되놈, 왜놈들한테 욕보고, 그랬다고 한국 남자들한테 맞아 죽고. 그러려면 막아주든지 해야 할 것 아네요. 실컷 다 뺏기고 모른 체하다가 나중에 여자만 족치는 못난이들 아녜요. 서울서 우리보고 나쁘다는 정치인, 언론인, 사업가들 여기 와서 보면 어떤 줄이나 아세요. 이 부근에 일본인밖에 못 들어가는 술집들이 있거든요. 저기 좀 들어가게 해달라고 일본인들에게 부탁하는 사람, 일본인 행세하는 사람, 가지각색이에요. 그 사람들 일본애들 데리고 나가서 자고 싶어 하거든요. 그런데 어림없어요. 일본애들은 정말 못생긴 애들이 20만 엔 정도 하거든요. 우리보다 다섯 배 비싸죠. 자기들 주머니론 엄두도 못 내고 같이 간 일본 사람들이 혹시 어떻게 안 해주나 하고 눈치나 보는 꼴들이라니……. 일본에서 보면 한국 남자들 참 못났어요. 촌스럽고 통명스럽고. 근데 기자 아저씨, 우리나라는 왜 이렇게 일본에 꼼짝 못해요?」

「…….」

「비록 술집에서 일하는 우리들이지만, 어떤 땐 여기 와서 술 마시는 일본 사람들 거만한 꼴 도저히 못 봐줄 때도 있어요. 우리나라를 너무 깔보는 것이 피부에 느껴져요. 같이 오는 한국 사람들은 밸도 없나 봐요. 우리야 어차피 내놓은 몸이지만 그 사람들은 그래도 다 돈깨나 있고 힘깨나 쓴다는 사람들인데 헤헤 웃고 비위 맞추고. 하긴 일본에 나라 뺏길 때도 한국 사람들이 앞장서서 도장 받아 줬다죠. 차라리 모두 힘을 합해 싸우지 왜 그렇게 꼼짝들을 못할까.」

「꼼짝 못하긴 왜 꼼짝 못해. 너희 같은 한심한 애들이 나라

꼴 다 망쳐놓지. 일본은 원래 야만족이었는데 백제가 다 키워 준 거야.」

「피이, 맨날 문화를 전해줬다 그러기나 하고. 그까짓 게 무슨 의미가 있어요. 한 번도 일본한테 이겨보지도 못하고. 나는 솔직히 우리나라 사람들은 일본한테 안 된다고 생각해요. 무엇보다도 우리나라 사람들은 마음에 벼르는 게 없거든요. 일본 사람들은 달라요. 복수, 얼마나 복수를 좋아하는지 아세요. 한 번 당했다 하면 끝까지 잊지 않고 복수를 하거든요. 그 사람들은 복수를 못하는 남자는 사람 취급도 안 해요.」

「…….」

일본에 와서 술집의 한국 아가씨로부터 이런 말을 듣고 있는 순범의 가슴에는 울컥 치밀어 오르는 것이 있었다. 그러나 순범은 아무런 대꾸도 없이 그냥 듣고만 있을 수밖에 없었다.

다음날 오전, 도쿄지방재판소에서는 역사상 유례가 없었던 괴상한 사건에 대한 재판이 열리고 있었다. 순범과 고 기자가 방청하는 가운데 재판부가 입정하여 인정신문을 시작했다.

「피고는 국적 및 주소와 성명을 말하시오.」

「대한민국, 서울시 강남구 역삼동 169번지 701호 신재식.」

「검사, 논고하시오.」

「존경하는 재판장님, 그리고 두 분 배석하신 판사님. 본 검사는 오늘 대단히 이상한 사건을 기소함에 있어 통념을 뛰어 넘는 인식의 전환이 절대적으로 필요하다고 느끼고 있습니다. 피고는 실로 전대미문의 교묘하고도 가증스런 방법으로 두 사람, 그것도 우리나라의 각 방면의 권위자이자 시민의 존경을 받는 대단히 중요한 분들을 살해했습니다. 그럼에도 불구하고 피고는 그 방법의 교묘함과 증거가 빈약함을 믿고 자신의 범행을 전적으로 부인하고 있습니다. 또한 수사단계에서 철저한 묵비권을 행사하며 자신의 죄를 뉘우치기는커녕 본 법정에서 진실을 밝히겠다는 등 신성한 우리나라의 법을 우롱하고 있습니다. 따라서 본 검사는 이 자리에서 피고를 신문함으로써 그의 범죄 사실을 명백하게 밝혀내고자 합니다.」

「계속하시오.」

「피고는 지난 11월 18일 밤 9시, 어디에 있었습니까?」

신재식은 오랫동안 수갑에 묶여 있었던 몸이 불편한지 한동안 몸을 이리저리 돌리다 교도관의 제지를 받고서야 멈췄다.

「나는 그 시간에 야마모토의 집 서재에 있었소.」

「야마모토 선생의 집에는 왜 갔습니까?」

「사전에 전화로 약속을 했었소.」

「누가 먼저 전화를 했습니까?」

「내가 했소.」

「무슨 일로 만나자고 했습니까?」

「의논할 일이 있다고 했소.」

「무슨 문제를 의논할 일이 있다고 했습니까?」

「그림이라고 했소.」

「그래서 그 집에는 몇 시에 도착했습니까?」

「잘 기억이 나지 않소.」

「좋습니다. 그 집에 도착하여 어디로 갔습니까?」

「가정부인 듯싶은 여자의 안내를 받아 서재로 갔었소.」

「야마모토 선생은 거기에 앉아 계셨나요?」

「그랬소.」

「그 다음은 어떻게 했습니까?」

「나는 야마모토를 만나 그의 미술품 약탈 행위에 대해 꾸짖고 그가 나의 조국에서 훔치거나 부정한 방법으로 빼앗아간 문화재를 반환하라고 했소. 그리고 붙잡아 갔던 수많은 한국 여인들에게 사과하는 참회록을 써서 신문에 내라고 했소.」

「피고! 피고는 지금 도대체 무슨 말을 하는 겁니까? 야마모토 선생이 여기 안 계시다고 마구 얘기하는 것 아니오?」

「이보시오, 검사! 야마모토가 당신네 일본인들에게는 양심 있고 교양 있는 존경할 만한 사람인지 모르겠지만, 한국에 있는 동안 그는 도둑놈에다가 인간 백정이었소.」

「닥치시오! 당신을 사자의 명예훼손죄로 고발하겠소.」

「당신은 이미 나를 살인죄로 기소해놓았으니 당신 말대로 된다면 나는 사형이나 무기형에 처해질 텐데, 그까짓 명예훼손죄가 뭐 그리 대수겠소?」

이 말에 방청객들은 모두 웃음을 터뜨렸다.

「어쨌건 야마모토 선생은 피고의 말을 듣고 어떤 반응을 보였소?」

「그는 딱 잡아뗐소. 한국에 있을 때 그런 일이 없었다는 거였소. 그래서 내가 이렇게 말했소. 내가 당신의 얼굴을 기억하고 있는데 어째서 당신이 모른다고 하는 거요? 그는 나더러 도대체 누구냐고 물었소. 그래서 내가 누군지 대답해주었소.」

「피고는 도대체 누구요?」

「나는 야마모토가 나의 어머니를 정신대로 끌고 갈 때 십 리 길을 울며 쫓아갔소. 당시 나의 나이 일곱 살이었소. 마침 트럭에 태워지던 어머니와 나는 헤어지지 않으려고 살갗이 벗겨지고 팔이 빠지도록 꼭 껴안고 있었소. 야마모토는 몽둥이로 내 어머니를 머리 어깨 할 것 없이 사정없이 내리쳤소. 끝까지 나를 놓지 않던 어머니는 결국 실신하고 말았소. 나는 야마모토에 의해 달리는 트럭 위에서 내던져지고 말았소. 다리가 부러진 채로 언제까지나 엄마를 부르고 있던 일곱 살 어린이, 그게 바로 나요.」

방청석에서 잠시 탄성이 흘러나왔다.

「겨우 일곱 살의 어린 나이에 있었던 일을 어떻게 그렇게 소상히 기억할 수 있습니까? 피고는 다른 사람을 잘못 보았거나 있지도 않았던 사실을 착각하고 있는 것은 아닙니까?」

「세상에 일곱 살 나이에 친어머니와 생이별 당하던 일을 잊어버리는 사람도 있소?」

이때 변호인석에 앉아 있던 변호사가 일어섰다.

「재판장님!」

「말씀하시오!」

「지금 피고가 말하고 있는 사실을 증언할 증인이 있습니다.」

「피고 측 증인이란 말이지요?」

「그렇습니다.」

「그렇다면 변론할 때 신청하시고, 검사는 계속하시오.」

「야마모토 선생은 피고의 주장을 인정했소?」

「아니오. 그는 끝까지 부인했소. 심지어는 내 고향 부근에는 와본 일도 없다고 하는 거였소.」

「그래서요?」

「나는 그에게 녹음테이프를 건네주었소. 들어보라고 했지. 음악을 듣다 보면 생각이 날 수도 있다고 말했소. 그는 안 듣겠다고 하더군. 그래서 내가 이 음악을 듣고도 생각이 나지 않으면 나는 그냥 가겠다고 했소. 그러자 그는 음악을 들었소.

마침 그의 서재에는 아주 좋은 오디오 세트가 있었소. 고령의 그를 대신해서 나는 내가 작곡한 그 음악 테이프를 장치하고 스위치를 눌렀소. 그는 조용히 눈을 감고 음악을 듣기 시작했소. 약 10분쯤 시간이 흐른 후에 나는 내가 가지고 간 그림을 그의 눈앞에 걸어놓았소.」

「그 그림이 바로 여기 이 그림이죠?」

「그렇소.」

「증거 제1호로 제시합니다, 재판장님. 그리고 피고는 무엇을 했습니까?」

「나는 일어나서 앰프의 볼륨을 높였소.」

「왜 볼륨을 높였습니까?」

「그 곡은 그 부분을 크게 듣는 것이 좋기 때문이오.」

「그 곡이 바로 여기 테이프에 있는 곡이죠? 재판장님! 증거 제2호로 제출합니다.」

검사는 피고를 향한 질문을 잠시 멈추었다. 그는 목청을 가다듬은 다음 다시 말을 이었다.

「피고는 야마모토 선생이 심장마비로 죽은 다음날에 이와타 박사를 찾아갔습니까?」

「그렇소.」

「이와타 박사와는 어떻게 만날 약속을 했습니까?」

「옛날 일로 의논할 것이 있다고 하고는 밤늦게 그의 집으로 찾아갔소. 역시 야마모토의 경우와 마찬가지로 그에게도 음악을 들려주고 그림을 보여줬소.」

「그도 마찬가지로 심장마비를 일으켰지요?」

「그렇소.」

「재판장님, 이 그림을 증거 제3호로 제출합니다. 이때에도 피고는 앰프의 볼륨을 높였습니까?」

「그렇소.」

「됐습니다. 의외로 피고는 자신의 범행을 순순히 자백하는군요. 재판장님, 잠시 휴정을 해주십시오.」

「30분간 휴정합니다.」

재판이 속개되자 모리 검사는 천천히 자리에서 일어났다. 도쿄지방검찰청에서 가장 치밀하고 능력 있는 그가 이 사건을 맡게 된 데에는 이유가 있었다. 야마모토가 심장마비로 죽었을 때에 경찰은 별다른 주의 없이 넘어가려고 했다. 그런데 불과 하루 만에 도쿄의대 명예학장이자 일본에서 가장 뛰어난 장기 이식 수술의 전문가인 이와타 역시 똑같은 심장마비로 죽은 사건이 발생했다. 이들의 사회적 신분을 고려하여 약간의 조사를 한 결과, 경찰은 하루 간격을 두고 일어난 이들의 사망 현장에 한 한국인 음악가가 있었다는 것을 알아냈고, 이 음악가는 각각 다른 그림을 하나씩 들고 왔다는 것도 알아냈다. 그리고 두 사람은 음악을 들으며 심장마비를 일으켰고, 두 사람이 듣던 음악은 이 한국인이 작곡한 것임을 알아냈다. 경찰과 검찰의 수사에서 끝까지 묵비권을 행사하는 이 한국인을 살인 혐의로 전격 구속할 것을 주장한 사람은 바로 모리 검사였다.

그는 야마모토와 이와타가 모두 70세 중반을 넘기고 있는 점, 태평양전쟁 당시 한국과 만주에서 근무했던 점, 신재식이라는 이름의 이 한국인이 다른 용무 없이 두 사람만을 만나려고 일본에 건너온 점, 늦은 밤에 찾아간 점, 음악 테이프와 그림을 갖고 간 점 등 여러 면에서 공통점을 발견했다. 그는 감각적으로 이것은 몹시 교묘한 수법의 살인이라고 느꼈다. 그러나 담당검사가 공소유지를 할 자신이 없어 머뭇거리는 것을 보고는 자진하여 자신이 사건을 맡았던 것이다.

그가 그림과 테이프만을 증거로 하여 신재식을 살인 혐의로 구속하자, 이 희귀한 사건의 법정 공방에 이목이 집중되었던 것이다.

「존경하는 재판장님, 본 검사는 피고인의 범죄 사실을 논하기 전에 다음과 같은 경우를 상정하고 싶습니다. 어느 은행에 권총 강도가 들어 손님과 행원을 위협하고 금고의 돈을 털고 있는 중, 한 행원이 은밀히 비상벨을 누르려고 했습니다. 그런데 평소 그 행원과 원한 관계에 있던 다른 행원이 자꾸 시선을 그 행원 쪽으로 돌림으로써, 이상함을 느낀 강도가 그 행원의 의도를 감지하고는 총을 쏘아 죽였다고 합시다. 이때에 자꾸 시선을 돌려 결국은 동료 행원을 죽게 한 이 행원은 무죄입니까, 아니면 유죄입니까? 그에게는 흉기도 없고 또 증거나 증인도 없습니다. 그렇지만 본 검사는 그가 총을 쏜 강도와 마찬가지로 살인죄로 처벌되어야 한다고 생각합니다. 범죄는 그 유형이 천차만별입니다. 보통 사람에게는 기분 좋은 향기를 풍기는 꽃이 어떤 사람에게는 무서운 병을 유발시키는 독이 될 수도 있습니다. 본 검사는 이번 야마모토와 이와타의 사건은 이러한 맥락에서 이해되어야 한다고 생각합니다.」

모리 검사의 논리정연한 말에 법정에 앉아 있는 모든 사람들이 수긍하는 빛을 보였다. 그러자 긍정적인 분위기를 감지한 모리 검사의 목소리에 더욱 힘이 들어갔다.

「피고 신재식은 한국인으로서 평소 야마모토와 이와타 두 사람을 살해하려는 범의를 굳히고 그 방법을 깊이 연구하고 있었습니다. 그는 어떻게 하면 두 사람을 살해한 후 자신은 아무런 혐의도 받지 않고 빠져나올 수 있을까 하고 연구했습니다. 그는 두 사람이 70세 중반을 넘긴 고령인 것에 착안하여 그들로 하여금 심장마비를 일으키도록 해서 살해할 수 있다고 생각했습니다. 그는 자신의 전공을 살려 심장마비를 일으킬 수 있는 음악을 작곡하기 시작했습니다. 오랜 세월에 걸쳐 고치고 또 고쳐 그는 드디어 작곡을 완성했습니다. 바로 살인교향곡이 탄생한 것입니다.

증거 제2호로 제출한 테이프를 들으면 처음에는 은은하고 고요한 선율이 흘러 여느 음악과 다름이 없습니다. 그런데 차츰 곡이 거세지고 흐름이 빨라졌다가 다시 느려지기 시작하면서 어린아이의 애절한 울음소리와 젊은 여자의 신음이 삽입되어 몹시 음산하고 무서운 분위기를 띱니다. 잠시 후에는 이 처절하고 음산한 분위기가 한층 더해지며 모든 현악기가 가장 높은 음률을 토해는데, 마치 수천수만의 원혼이 호곡하는 듯합니다. 곡은 다시 한 어린아이의 울음과 한 여자의 비통한 신음만을 연상시키는 음조로 바뀌어 끊어질 듯 가냘프게 흐릅니다. 헤드폰을 끼고 이 곡을 듣고 있던 야마모토 선생은 극도로 무서운 기분이 들어 온몸에 소름이 끼친 채로 머리털이 쭈뼛쭈뼛해졌습니다. 이때 피고는 미리 준비해온 증거 제1호의 그림을 바로 야마모토 선생의 눈앞에 걸어놓고 뒤에서 어깨를 툭 칩니다. 야마모토 선생이 깜짝 놀라 눈을 뜨는 순간, 괴상하고 무섭기 짝이 없는 증거 제1호의 그림이 눈에 들어옵니다. 이와 동시에 음악은 마치 천둥과도 같이 꽝 꽝 꽝 하며 터지고, 피고는 이 순간을 놓치지 않고 앰프의 출력을 순간적으로 최대한 높입니다. 노령의 야마모토 선생은 격심한 충격을 이기지 못하고 심장마비로 쓰러지고 맙니다.

야마모토 선생이나 이와타 박사는 모두 고출력의 앰프를 가지고 있습니다. 재판장님, 증거 제1호의 그림을 봐주십시오.

보통 사람들은 이것이 도대체 무엇을 의미하는 그림인지도 모를 정도로 괴상하고 기분 나쁜 그림입니다. 여기 이 경찰복을 입은 사람은 아마 야마모토 선생 같은데, 그 앞에 허연 창자를 내놓고 붉은 눈을 한 채로 누워 있는 여자는 한국의 치마저고리를 입고 있습니다. 그런데 저 뱃속에 가득 고여 있는 붉은 핏물 속에서 이를 드러내고 웃고 있는 태아를 보십시오. 두 번 다시는 보고 싶지 않은 그림입니다. 극도의 공포에 질려 있다가 갑자기 눈을 뜬 야마모토 선생은 이 그림을 보는 순간 쇼크를 받지 않을 도리가 없었을 것입니다.

이와타 박사의 경우도 마찬가지입니다. 제3호 증거물을 봐주십시오. 저 이상한 그림은 도대체 무엇이란 말입니까. 흰 가운을 입은 사람이 젊은 시절의 이와타 박사인 것 같은데, 그 앞의 수술대에 누워 있는 두 남녀를 보십시오. 남녀의 생식기가 바뀌어 붙어 있습니다. 거기에다 남자는 칠규에서 피를 흘리고 있고, 여자의 눈알 한 개는 이와타 박사의 손바닥에 놓여 있습니다. 이와타 박사는 웃는 얼굴입니다. 이와타 박사도 역시 야마모토 선생과 마찬가지로 피고의 살인교향곡을 들으며 심장마비로 죽었습니다. 본 검사는 음향의 충격에 대해 도쿄대학병원 이비인후과 과장인 가즈오 박사의 증언을 듣고자 합니다.」

「받아들입니다.」

증인선서가 끝나자 검사는 신문을 했다.

「가즈오 박사께서는 저 테이프의 음악을 들어보셨습니까?」

「들어봤습니다.」

「어떤 느낌이 들었습니까?」

「몹시 음산하고 기분 나쁜 느낌이었습니다. 그리고 중간에 마치 천둥소리와 같은 충격적 소리가 있었습니다. 그 소리는 몹시 가냘픈 소리의 끝에 갑자기 터져나와 듣는 사람으로 하여금 극도로 놀라게 했습니다.」

「출력 200와트짜리의 앰프에서 최대의 볼륨으로 그 소리를 토해낸다면 듣는 사람에게 주는 영향이 어떻습니까?」

「대단히 충격적입니다. 약 200데시벨 이상의 충격적 음파로서 심신이 허약한 사람은 소리만으로도 충격을 받고 죽을 수 있습니다. 게다가 그것이 음악의 한 부분으로, 특히 어떤 주제에 연관된 줄거리를 담고 있을 때에는 최대의 효과를 내어 그 충격은 몇 배나 강합니다.」

「깊은 밤에 고령의 노약자가 대단히 무서운 그림을 보며 음악의 그 부분을 들을 경우는 어떻습니까?」

「보통 사람이라도 쇼크사할 수 있을 정도입니다.」

「감사합니다. 이상입니다.」

모리 검사는 자신만만한 표정으로 피의자를 훑어보며 자리에 앉았다. 방청객들은 논리정연한 모리 검사의 논고에 감탄하고 있었다. 재판장은 변호사에게 눈길을 보냈다.

「변론하시오.」

「피고는 야마모토 선생을 알고 있습니까?」

「알고 있소.」

「어떻게 알고 있습니까?」

「그는 내가 어린 시절 내 고향에서 근무하던 경찰관이었소.」

「문화재 감식과는 상관이 없는 경찰관이란 말입니까?」

「그는 우리나라의 문화재를 약탈하기 시작하면서 문화재를 보는 눈을 길렀소. 지금 도쿄박물관을 비롯하여 일본의 각종 박물관에는 그가 약탈해간 한국 문화재가 널려 있소.」

「피고의 어머니는 아까 얘기한 대로 정신대에 끌려갔습니까?」

「그렇소.」

「일곱 살 이후 피고는 어머니를 다시 보지 못했나요?」

「그렇소.」

「피고는 이와타 박사를 평소 알고 있었습니까?」

「아니오.」

「그가 어떤 사람이란 것은 알고 있었나요?」

「그렇소.」

「어떻게 알게 되었나요?」

「중국 연변에 있는 외삼촌을 만나고 나서 알게 되었소.」

「이와타 박사는 어떤 사람입니까?」

「이와타는 만주에 있던 관동군 731부대의 군의관이었소.」

「731부대란 어떤 부대입니까?」

「세균전과 생체실험을 하던 부대요.」

「피고와 이와타 박사와는 어떤 관계가 있습니까?」

「나의 어머니는 그 부대에서 생체실험의 대상이 되어 짐승보다 못하게 죽어갔소.」

「이와타 씨가 그 실험을 했나요?」

「그렇소. 당시 그는 생체 장기이식 실험을 하고 있었소. 그는 수없이 많은 마루타들을 산 채로 해부하여 장기들을 마구 뗐다 붙였다 했소. 그때의 경험들이 그를 일본 장기이식계의 권위자가 될 수 있게 했소.」

「피고는 이런 사실들을 어떻게 알 수 있었습니까?」

「나의 어머니가 정신대로 끌려가자 어머니의 오빠였던 외삼촌은 일본인 경찰서장에게 온 재산을 다 바쳐 어머니를 다시 돌아올 수 있도록 하는 증명서를 받아냈소. 외삼촌은 서장이 일러주는 대로 어머니가 끌려간 만주 관동군 사령부 예하 부대들을 미친 듯 뒤졌지만 결코 어머니를 찾아낼 수 없었소. 외삼촌은 마지막으로 완강히 저항하는 정신대원들이 끌려간다는 731부대에 밀주 판매를 하며 어머니의 소식을 더듬던 중, 흑사병 전염 실험대상이 되어 페스트균을 보균한 사실을 자신도 모른 채 중국인 마을로 풀려난 한 중국인으로부터 어머니의 소식을 들을 수 있었소. 어머니는 이와타 팀의 생체 장기 이식 실험을 받고 생식기를 잘린 채 죽어갔다는 것을…….

미친 듯이 몸부림치는 내 외삼촌의 두 다리를 중국인들은 인두로 지졌소. 그렇지 않으면 731부대로 뛰어들다가 내 외삼촌마저 죽음을 당할 것이 뻔하기 때문이었소. 내 어머니는 죽는 그 순간까지도 나의 이름을 애타게 불렀다 하오.」

재판정은 잠시 숙연해졌다. 방청석의 외신 여기자는 손수건으로 눈물을 닦아내고 있었다.

「재판장님, 이의 있습니다. 변호인과 피고는 확인되지 않은 사실을 말함으로써 국가의 신성함을 모독하고 있습니다.」

「기각합니다. 계속하시오.」

「피고는 살아오는 동안 늘 어머니 생각에 시달렸나요?」

「그렇소.」

「그러면 어떻게 지금까지는 야마모토 선생과 이와타 박사에 대해 아무런 보복을 하지 않고 지내왔습니까?」

「나는 잊어버리려 했소.」

「쉽게 잊혀지던가요?」

「아니오.」

「그러면 50여 년 동안 엄청난 마음의 고통을 안고 살아왔겠군요.」

「그렇소.」

「그런데 왜 갑자기 이렇게 복수극을 결행하게 됐습니까?」

「내 개인으로는 용서했소. 나는 그들도 가련하다고 생각하오. 그러나 한마디 말도 못한 채 정신대에 끌려갔던 사실을 숨기고 살아가야 하는 수십만 동포를 생각할 때 그냥 덮어둘 수만은 없다고 생각했소. 또한 결코 그런 사실이 없다고 우기는 일본 정부의 태도와 이제 다시 아시아는 안중에도 없다고 말하는 일본의 지도자들을 보면서 나는 결심하게 되었소.」

「피고와 같은 마음의 상처를 갖고 있는 사람이 한국에는 많이 있습니까?」

「그렇소. 엄청난 피해를 받은 사람들이 오히려 죄인처럼 아무에게도 말 못 하고 비참하게 살다가 죽어가고 있소.」

「재판장님, 오다 씨를 증인으로 신청합니다.」

「받아들입니다.」

「오다 씨, 귀하는 몇 세이십니까?」

「금년 81세입니다.」

「대동아전쟁 당시 귀하는 어디에 있었습니까?」

「나는 한국의 경상남도에 있었습니다.」

「거기서 무슨 일을 했습니까?」

「정신대원을 모집했습니다.」

「모집이라뇨. 거기에 자원하는 여자들이 있었습니까?」

「아닙니다. 모두 잡아왔습니다.」

「당시 상황을 좀 말씀해주시죠.」

「온 마을이 울음바다였습니다. 공포로 뒤덮였습니다. 우리는 열두 살부터 쉰 살까지의 여자를 하나도 빼지 않고 마을 어귀에 집합시켰습니다. 조금 반반하게 생기거나 건강한 여자는 모두 골라냈습니다. 가지 않으려고 발버둥치는 여자는 구둣발로 걷어차고 몽둥이로 후려쳤습니다. 아이가 있는 여자는 아이를 빼앗아 집어던졌습니다. 달려드는 할머니는 구둣발로 짓이겼습니다. 그래도 달려들면 군도로 찌르거나 베었습니다.」

「남자들의 저항은 없었습니까?」

「별로 없었던 걸로 기억됩니다.」

「왜 남자들은 저항을 하지 않았습니까?」

「…….」

「귀하가 붙잡아간 여자들은 모두 몇 명이나 됩니까?」

「성신대 모집은 여러 차례에 걸쳐 행해졌는데, 내가 가담한 제4차 모집의 총인원은 2만 3천 명가량이었습니다.」

「귀하는 당시 일본 정부의 공무원이었습니까?」

「그렇습니다.」

「그렇다면 당시의 정신대 모집이 민간업자의 행위였다고 하는 일본 정부의 해명에 대해 어떻게 생각하십니까?」

「철저한 거짓입니다. 우리는 잡아온 여자들을 일본 해군의 수송함대에 인계했습니다. 때로 우리는 한국인 여자들을 징용된 중국인 노동자들의 위안부로 보내게 된다는 계획도 듣고 있었습니다. 이 계획은 일본 육군의 공식문서에 기록되어 있습니다.」

「그 일을 할 때에 마음의 가책이 되지는 않던가요. 귀하도 부인이나 여동생이 있었을 텐데요.」

「솔직히 말해 우리는 그 당시 한국인을 노예나 짐승으로 여기고 있었습니다. 우리는 그 일을 재미로 여겼습니다.」

「지금의 심경을 말씀해주십시오.」

오다는 손수건을 꺼내 흐르는 눈물을 연신 닦고 있었다. 그는 울음 섞인 목소리로 간신히 말을 이었다.

「전쟁이 끝난 후 저는 제가 한 일이 무엇이었나를 깨닫게 됐습니다. 괴롭고 자책하는 가운데 여기저기 피해 다녔습니다. 한국인들이 복수하러 올까 봐 두려움 속에 살았습니다. 그러나 아무도 복수하러 오는 사람이 없었고, 마치 그런 일은 있지도 않았던 것처럼 되었습니다. 수만 명, 아니 수십만 명의 일본인 중에도 나서서 사과하는 사람이 없었고, 직접적 피해자인 한국인들 중에도 복수를 하거나 나서서 따지는 사람이 한 명도 없었습니다. 저는 이상하게도 오히려 한국인들을 경멸하게 되었습니다. 혼도 정신도 없는 사람들이라고 생각하고 양심의 가책이 많이 없어졌습니다. 그러던 어느 날 저는 문득 차이를 깨닫게 되었습니다. 일본과 한국의 차이 말입니다. 한국인들은 이러한 일들을 공동의 문제로 받아들이려 하지 않더군요. 자신이 당하지 않았으면 오히려 당한 사람을 경멸하고 비난하는 경향이 있더군요. 한마디의 반항도 죽음으로 이어지던 당시의 상황에서 그저 당할 수밖에 없었던 사람들을 이해하기는커녕 마치 더러운 뭐나 본 것처럼 하더군요. 그러니 당했던 사람들이 숨길 수밖에요. 그들은 우리와는 달리 아무리 훌륭한 복수를 해도 당했다는 사실 자체를 지극히 멸시하더군요. 저는 우리에게 당하고 한국에서 말도 못 꺼낸 채로 숨기고 사는 수십만 명의 사람들이 진정 가엾게 생각되었습니다. 저는 그분들께 진심으로 용서를 빕니다.」

「이상입니다.」

「공판은 15일 후 이 법정에서 속개합니다.」

재판이 끝나자 특파원들은 송고를 하기 위해 서둘렀다. 그러나 순범과 고 기자는 미리 판을 짜둔 본사에 재판 중에 몇 번 전화를 해두었기 때문에 재판이 끝날 무렵에는 이미 가판이 나가고 있었다. 두 사람이 고 기자의 사무실로 돌아오자 본사로부터의 전화벨이 요란하게 울어대고 있었다. 고 기자가 받아 순범에게 넘겨준 전화의 발신자는 편집국장의 방에서 걸고 있는 부장이었다.

「권 기자, 수고했어. 가판은 매진이야. 대특종이야, 대특종!」

수화기를 내려놓는 순범의 얼굴에 미소가 번졌다. 그러나 속은 결코 편하지 못했다. 잡혀가는 어머니를 쫓아가는 일곱 살 소년의 울부짖는 모습이 가슴 한편에 새겨진 채 사라지지 않고 있었기 때문이었다. 고 기자의 만류에도 불구하고 순범은 서울로 돌아가는 비행기를 타기 위해 특파원 사무실을 나왔다. 비행기 시간에 약간 여유가 있어 주익에게 전화를 하자 그는 바로 순범이 있는 역으로 뛰어나왔다.

「마침 자네에게 해주고 싶은 얘기가 있던 참인데 잘됐네. 비행기 시간이 없다니까 간단하게 말하지.」

「뭔데 그렇게 숨 돌릴 사이도 없이 뱉어내는 거야?」

「요즘 여기서는 매우 이상한 일이 벌어지고 있어. 고다마 이후 우익의 총본산으로 군림하는 가네마루에 대한 좋지 않은 정보들이 속속들이 공개되고 있어.」

「좋지 않은 정보들이란 무엇인가?」

「그와 야쿠자들과의 검은 관계가 드러나고 있는 거지.」

「뭐라고? 자민당의 실질적 리더인 그가 야쿠자와 관련되어 있다는 거야?」

「그래. 그 외에도 엄청난 검은돈을 거둬들인 것이 드러나고 있어.」

「누가 터뜨리고 있는 거지?」

「글쎄, 틀림없이 가네마루의 측근 주변에서 나오는 건데 누군지는 전혀 모르고 있는 모양이야. 야쿠자와의 밀착 부분은 여간 정확하고 상세한 게 아니라서 검찰에서도 도저히 그냥 있을 수는 없는 모양이야. 투서가 들어오는데 묵살하면 더 상세한 게 들어오곤 해서 지금 검찰에서도 고민이 많다는 거야. 분위기로 봐서 어쩌면 이번엔 일본 언론이나 국민이 정치인과 검은돈의 유착을 그냥 넘기지 않을 것 같다는 관측도 꽤 나오고 있어. 그만치 검찰청에 날아드는 정보들이 상세하고 정확하다는 거야.」

「그런데 왜 이 얘기를 내게 그렇게 해주고 싶어 했다는 거야?」

「전번에 한국에 들어가는 야쿠자의 배후에 구로다케라는 자가 있다고 하지 않았던가. 제2의 고다마가 되려는 야심이 있는 자이지. 그자가 역시 가네마루의 지시를 받아 야쿠자와의 모든 거래 및 관계를 총괄하고 있는 것이 드러났어.」

주익과 헤어져 한국으로 돌아오는 순범의 마음이 한결 가벼워져 있었다. 정신대 재판을 보고 기분이 매우 가라앉아 있던 차에, 일본 국민의 눈을 멀게 하는 보수 극우의 정체가 낱낱이 드러나고 있다는 사실 외에도, 일본에 그런 세력이 있다는 것을 알게 되어 한결 안심이 되었다.

동토의 살아 있는 신

한국으로 돌아온 순범은 평소처럼 시경에서 기자실을 지키는 한편 박성길과 개코 사건의 뒤를 쫓고 있었다. 그러나 최 부장의 말대로 장기 미제 사건을 조사한다는 것은 여간 어려운 일이 아니었다. 무엇보다도 교도소와 고속도로라는 특수한 상황을 이용하여 저질러진 사건이고, 꼬리를 밟힐 만한 단서를 전혀 남겨놓지 않은 전문적 범죄라 어떻게 손을 대볼 여지가 없었다. 마음과는 달리 시간이 지남에 따라 사건은 조금씩 묻혀지고 있었고, 프랑스에서 돌아온 직후와는 달리 순범의 주변을 서성이는 수상한 그림자도 없었다. 인도와 프랑스에서 겪었던 위협을 생각하던 순범에게 미현의 그림자가 조용히 스며들었다.

짧은 동안이지만 강렬하기 짝이 없는 순간들이었고, 그 순간들은 이내 그리움으로 다가왔다. 순범은 미현이라는 여자는 과연 자신에게 무엇인가 생각해보았다. 처음에 자신은 미현을 나라를 위해 희생한 이용후 박사의 딸로만 생각했다. 그러나 시간이 지날수록 자신은 미현의 간결하고 직선적인 성격과 냉철한 두뇌에 빠져들고 있었다. 가까워졌다고 생각하면 어느새 남과 같이 낯선 모습을 보이고, 어렵다고 느끼면 아무렇지 않게 다가와 스스럼없이 얘기하는 미현의 마음은 도무지 종잡을 수가 없었다. 순범이 바라던 부드럽고 편안한 여자는 분명 아닌데도, 간결하고 차가우면서도 자신을 끌어들이는 미현에 대해 순범은 어떻게 생각해야 할지 몰랐다. 여느 여자 같으면 죽음의 고비를 같이 넘긴 사람에게 모든 걸 다 내보일 법도 하건만, 미현은 한 번도 흐트러진 모습을 보인 적이 없었다. 미현은 언제 다시 올 것인가? 아니면 이제 자신의 할 일이 없어졌다고 느낀 이상 아주 오지 않을지도 몰랐다. 순범은 덜컥 불안한 마음이 들었다. 이제 미현은 순범에게 결코 예사롭지 않은 사람이 되어 다가와 있었다. 무언지 모를 격한 감정이 치밀어 올라 벌떡 일어서는 순간, 강 기자가 전화를 건네주었다.

「권순범 기자님 계십니까?」

「전데요.」

「잠시 기다려주십시오.」

몹시 공손한 아가씨의 목소리에 이어 낮고 점잖은 목소리가 흘러나왔다.

「안녕하시오, 권 기자.」

목소리의 주인공은 안기부장이었다.

「아, 안녕하십니까, 부장님. 전에는 참으로 고마웠습니다. 미처 감사 인사도 못 드렸습니다.」

「권 기자가 내게 고맙다니? 오히려 대통령과 내가 고마워서 어쩔 줄 모르고 있는데. 조만간 대통령께서 권 기자를 다시 만나고 싶어 합니다. 그건 그렇고, 내일 시간이 좀 있소?」

「저는 시간이 있습니다.」

「그러면 차를 보낼 테니 내 사무실로 좀 와주겠소?」

「차를 보내주실 필요는 없습니다. 제가 찾아가겠습니다.」

「역시 겸손하시군요. 그러면 저녁에 롯데호텔로 와주시오. 33층에 내리면 안내를 받을 거요.」

「알겠습니다. 그럼 내일 뵙겠습니다.」

안기부장의 목소리가 아주 밝았다. 순범은 내일의 대면이 몹시 기대되었다. 어떻게 되었는지는 만나서 얘기를 들어봐야 알 것이었지만, 적어도 일이 아주 잘못되지는 않은 모양이었다.

「권 기자님이시죠? 부장님께서 기다리고 계십니다.」

다음날 저녁 순범이 롯데호텔 33층에 내리자 엘리베이터 앞에 대기하고 있던 건장한 체격의 사나이가 공손하게 순범을 맞이했다.

「어서 오시오, 권 기자.」

사나이의 안내를 받아 들어간 방에는 안기부장이 혼자 책상에 앉아 서류를 검토하고 있다가 반색을 하면서 일어나 순범을 맞았다.

「안녕하셨습니까?」

「전보다 얼굴이 훨씬 좋아졌군요. 이제 어렵던 일이 그런대로 정리되고 했으니 우리 같이 술이나 한잔 하는 것이 어떻소?」

「감사합니다. 그런데 막중한 일을 맡고 계시는 부장님께 폐가 되지는 않을는지요.」

「하하, 수년간의 재직 기간 중 권 기자를 만난 것보다 더 큰 일은 없었으니, 권 기자와 술을 마시는 것이야말로 막중한 일이 아니겠소?」

부장은 진심으로 즐거워하고 있었다. 자리에서 일어난 부장은 냉장고에서 얼음을 꺼내고 선반에 있는 조니워커 병을 꺼내어 두 개의 온더락스 잔을 채웠다. 홈바에서 약간의 스낵까지 꺼내 순범의 쟁반에 놓고 있는 부장을 보고 있노라니 미국에 있는 앤더슨 정이 생각났다.

부장은 자리에 와서 앉더니 순범에게 건배를 제의했다.

「코끼리의 앞날을 위하여!」

부장의 입에서 나오는 소리를 듣고 순범은 일이 잘됐다는 것을 알았다.

「권 기자가 그 비밀을 알려준 뒤 일이 어떻게 진행이 되었는지 얘기하겠소. 그러나 그 전에 먼저 권 기자가 어떻게 해서 이런 비밀을 알아내게 되었는지를 내게 얘기해주지 않겠소?」

위스키 한 모금을 넘기며 잠시 기억을 가다듬은 순범은 처음 최영수 부장검사를 만나서부터 지금까지 자신이 겪은 이야기를 담담하게 늘어놓았다. 부장은 순범이 작은 일에도 그냥 지나치지 않고 의문을 가지며 계속 파고들어간 예리함에 몹시 만족스러운 듯 고개를 끄덕이며 들었다.

얘기가 끝난 뒤에도 부장은 믿기지 않는 듯 한참 동안이나 순범의 얼굴에서 눈을 떼지 않았다.

「세상에 그런 일이 벌어지고 있었는지를 안기부장이라고 앉아 있는 내가 전혀 기미도 모르고 있었으니 미안하기 짝이 없구려. 권 기자 고맙소. 권 기자의 애국심은 반드시 나라의 힘이 될 것이오.」

「과찬이십니다. 저는 그저 조사해나가면서 이용후라는 인간에 매료되어 여기까지 달려왔을 뿐입니다.」

부장은 술병을 기울여 다시 한 잔을 채운 다음 순범에게도 한 잔을 따라주었다. 가볍게 한 모금 목을 축인 부장은 차분히 가라앉은 음성으로 얘기를 시작했다. 순범은 부장이 핵개발과 관련하여 북한을 다녀왔다는 것에 놀라 잔뜩 긴장한 채 그를 주시했다.

'베이징에서 곧바로 조선민항편을 이용하는 것보다는 파리에서 모스크바를 경유하여 평양으로 들어오는 게 비밀을 지키기가 좋을 테니까 그렇게 하는 게 어떻겠소?'

베이징의 연락원을 통해 중국 주재 북한대사관에 전갈을 보낸 지 보름쯤 되었을 때, 역순으로 돌아온 회신의 내용이었다. 부장은 다시 중국 주재 북한대사관을 통해 일정을 통보한 다음, 파리로 나갔다가 모스크바를 경유하여 평양으로 들어갔다. 모스크바에서 탑승한 북한 요원이 평양까지 친절하게 안내해주었다.

부장이 김일성을 만난 것은 고려호텔에 여장을 푼 다음날이었다. 고위 인사의 안내를 받으며 주석궁으로 찾아가자 나이답지 않게 신수가 훤한 김일성이 반갑게 맞아주었다.

「부장 동지, 오시느라 수고 많았소. 여행은 불편하지 않던가요?」

「덕분에 참으로 편하게 왔습니다. 비행기의 창밖으로 내다보이는 조국 산하의 시원한 풍경에 전혀 피로가 느껴지지 않더군요.」

「부장 동지는 무척 건강해 보이는데, 우리 민족을 위해 좋은 일을 많이 해주길 바라겠소. 대통령은 잘 계신가요?」

「네. 대통령께서는 주석님께 안부를 전해달라고 하시며 무슨 일이 있어도 건강에 유의하셔서 통일을 꼭 보시기 바란다고 말씀하셨습니다.」

김 주석이 환한 미소를 띠며 얘기를 이어갔다.

「부장 동지는 아주 내 마음을 기쁘게 해주는군요. 그렇잖아도 나이 탓인지 요즘 들어 뭔가 자꾸만 허전한 기분이 들었는데, 부장 동지의 얘길 들으니 기운이 솟는구려.」

「대통령께서는 주석님께서 남북 동시 가입이 의결되던 지난 9월의 유엔총회에 참석하지 못하신 게 매우 유감스러웠던 모양입니다.」

「고마운 말이오. 나는 비행기를 전혀 탈 수가 없어 가지 못했소.」

「잘 알겠습니다. 주석님의 말씀 그대로 전해 올리겠습니다.」

「벌써 20년이 다 됐소만, 부장 동지는 이후락 부장과는 많이 다르다는 생각이 드는구려. 이후락 부장은 몹시 영리하고 유능한 사람이었지만, 인간적으로 약속했던 일이 지켜지지 않아서 상심이 컸다오. 오늘 부장 동지를 만나보니 말씀 한마디 한마디가 살아 움직이며 사람의 마음을 달래주는 것 같은 다정다감한 느낌이 들어 아주 기분이 좋소이다.」

「감사합니다. 이렇게 환대해주시니까 저도 마음이 가벼워지고 기쁩니다.」

부장은 점차 긴장감이 풀리는 걸 느낄 수 있었다. 주석의 느긋한 태도가 자신을 안심시키는 것인지도 몰랐다.

주석은 무척이나 기분이 좋은 것 같았다. 공손한 태도로 주석의 말을 경청하는 동안 부장은 적이 안심이 되면서 일단 얘기를 꺼내기 위한 분위기가 그런대로 잘 조성되었다는 판단이 섰다.

「그런데 그 팀 스피리트 좀 그만둘 수 없소? 거기서 훈련을 하면 우리도 대응훈련을 하지 않을 수 없는데, 지금 가뜩이나 기름이 없어 쩔쩔매는 형편에 대응훈련을 안 하자니 군부의 불만이 극심해질 테고, 하자니 물자 때문에 걱정이오. 남조선 정부가 왜 나를 그렇게 골탕을 먹이는지 알 수가 없소. 당신네나 미국이나 항상 방어훈련이라 그러지만, 우리에겐 지금 능력이나 물자가 없다는 걸 누구보다도 잘 아는 게 당신들 아니오? 그래 말라 죽어가는 우리를 상대로 세계 최대 규모의 훈련을 하면서 방어훈련이라는 게 우습지 않소?」

「이번에 제가 주석님과 의논을 마치고 돌아가면 그런 문제는 모두 해결될 것입니다.」

「그래, 극비로 만나서 의논하고 싶다던 이야기는 무엇이오?」

주석은 큰 기대를 하고 팀 스피리트 훈련 얘기를 꺼낸 것은 아니었던지, 부드러운 미소를 거두지 않은 채 매우 우호적이고 부드러운 말투로 부장에게 용건을 물었다. 부장은 단도직입적으로 본론부터 꺼내는 게 좋겠다고 판단했다.

「주석님. 대통령과 저는 남북 합작으로 핵무기를 공동 개발

해야 한다고 생각합니다.」

부장의 느닷없는 말에 주석은 침묵했다. 주석으로서도 이것은 전혀 생각지 못한 일이었는지, 한참 동안이나 아무 말이 없었다. 침묵 속에서 시간이 흘러가는 동안 부장은 협상의 성패가 주석의 반응에 달려 있다는 사실을 너무나 분명하게 느끼고 있었다.

사실 이번 회담을 앞두고 부장은 나름대로 엄청난 준비를 했다. 핵무기에 대한 기술적인 공부는 물론 김 주석의 성격, 기호, 습관 등 회담의 성공에 도움이 될 수 있는 것은 하나도 빼놓지 않고 면밀히 연구하고 검토했다. 특히 최근 들어 김일성이 급격하게 감정적이고 회고적인 성향을 갖게 되었다는 것까지 알아냈다.

그렇다면 대화는 정치적으로 풀어나가기보다 역사적, 인간적으로 접근하는 편이 훨씬 나을 것이었다. 이런 경우 약간의 아부가 무엇보다도 큰 효과가 있으리라는 것은 두말할 필요조차 없었다.

「사실 최근에 들어와서 우리는 주석님의 혜안에 놀라움을 금하지 못하고 있습니다. 지금에 와서야 비로소 핵무기 개발에 대한 주석님의 생각이 먼 미래를 내다본 깊은 배려라는 것을 알게 되었으니 말입니다. 처음 우리는 남북 대치 상황에서 북의 핵무기 개발이 엄청난 민족적 비극을 부를 것이라고 염려했고, 기필코 저지해야 한다고 생각했습니다. 미국, 일본과 공동 보조를 맞추어 북쪽이 국제원자력기구의 핵사찰을 받도록 필사적으로 노력해온 것도 모두 이런 맥락입니다.」

「그래, 지금은 생각이 어떻게 바뀌었소? 국제원자력기구란 것이 미국의 지배 아래 움직이는 한, 핵사찰이란 것은 미국에서 다 작성해놓은 시나리오대로 진행되는 것이 아니겠소? 그건 그렇고, 요즘 얘기하는 그 단호한 조치라는 건 뭘 말하는 거요?」

「아마도 핵시설에 대한 폭격을 의미하는 것이 아닐까 합니다.」

「허허…….」

주석의 웃음소리가 약간은 공허하게 들리기도 했고, 듣기에 따라서는 일말의 분노가 담긴 듯도 했다. 부장은 즉시 주석의 마음에 들 만한 말을 골라서 뒤를 이었다.

「앞으로 미국이 어떠한 행동이 예견될 때는 즉시 통보해드리도록 하겠습니다. 아울러 이런 협조체제를 통해 남북이 함께 외세의 간섭을 배제하기 위해 노력해야 할 것으로 생각됩니다.」

「부장 동지로부터 이런 말을 듣게 되리라곤 생각조차 할 수 없었는데, 과연 세상이 변하기는 변하는가 보오.」

김 주석은 기분이 좋은 모양이었다. 사상과 이념을 떠나 같은 민족끼리 서로 돕고 같이 행동해나가자는 말은 팔순을 넘긴 노인이 아니더라도 듣기 좋은 말이 아닐 수가 없었다.

「그런데 남북이 합작하여 핵무기를 만들자는 말은 무슨 뜻이오?」

「주석님, 지금의 입장으로는 남이든 북이든 독자적으로는 핵폭탄을 제조할 수 없습니다. 여기에는 정치적, 기술적 이유가 있습니다. 미, 일, 중, 소라는 주변 강대국의 감시를 벗어날 수 없고, 핵사찰을 받지 않을 수가 없습니다. 또한 핵무기 제조를 위한 일련의 과정을 수행하는 데 있어 여러 부문에 대한 전반적인 기술 축적이 서로 간에 완벽하지는 않습니다. 그러나 남과 북이 일을 나누어서 한다면 충분히 가능할 수 있습니다. 우리에게는 플루토늄 80킬로그램이 있습니다. 북한에 가져와 제조하면 불과 6개월 혹은 일 년 안에 핵개발을 완료할 수 있습니다.」

부장의 말을 들은 김 주석은 충격을 받은 듯했다. 눈을 감고 한참 동안이나 무언가를 생각하던 김 주석은 천천히 눈을 뜨고 차분한 목소리로 말했다.

「그 밖에도 여러 문제가 있긴 하겠지만, 하여튼 가능하다고 합시다. 그렇다면 핵폭탄을 제조하려고 하는 의도는 무엇이오? 설마 우리와 같이 제조한 핵무기를 가지고 평양을 날려버리겠다는 생각은 아닐 테고?」

부장은 김 주석이 이 정도로 대화에 빨려 들어오면 문전축객의 신세는 면할 수 있겠다 싶었다. 김 주석이 슬쩍 말머리를 돌리는 품으로 미뤄봐서는 북쪽의 뜨거운 감자나 다름없는 핵무기 개발에 대해 통일조국의 안보를 내걸고 설득해오는 부장의 말을 귓등으로 들어 넘길 처지는 아닐 것이었다.

부장은 엄숙하고 솔직한 표정으로 말을 이어나갔다. 그것은 대통령의 지시로 비밀리에 작성한 암호명 '무궁화꽃이 피었습니다' 계획이었다.

작성하면서 고심한 것은 말할 것도 없거니와, 김 주석을 설득하기 위해 거의 달달 외우다시피 머릿속으로 그림을 그려온 내용이었다.

「주석님, 남과 북은 전쟁이 아니라 이제 통일을 향해 나아가야 합니다. 통일이야말로 우리 민족의 소망이요 염원입니다. 이것은 남북의 의지가 확고하기 때문에 시간이 흐르면 그렇게 되지 않을 수가 없습니다. 그러나 통일 후의 한반도 안보는 지금 대비하지 않으면 기회를 놓치고 맙니다.

한반도가 통일이 되고 나면 우리 민족은 미국, 소련, 중국, 일본 등 세계 최강국들에 의해 둘러싸입니다. 이렇게 되면 우리의 운명은 마치 서커스의 줄타기 연기자와 다를 바 없습니다. 불과 한 세기 전에 우리 민족이 당했던 역사적 상황이 한반도에서 그대로 되풀이될 수도 있습니다.

역설적입니다만, 그동안 미소 간의 대결 구도는 남북의 안정에 크게 이바지해온 측면도 있습니다. 그러나 이제 세계는 무섭게 변해가고 있습니다. 소련과 동구의 사회주의 포기는 세계 평화에 이바지하는 것이 아니라 오히려 자원 분배와 시장 쟁탈을 둘러싼 끝없는 긴장을 불러오고, 그나마 자본주의 국가들에 조금은 남아 있던 인간적 측면에서의 고려를 완전히 말살시키고 말았습니다. 이념 대결의 구도가 와해되면서 세계는 극단적인 자본주의와 국가이기주의가 결합한 형태의 끝없는 무역전쟁으로 돌입했습니다.

이 전쟁은 세계의 자원과 시장을 놓고 자본과 기술이 우월한 국가 간에 피나는 경쟁을 벌이고, 또한 그 대립을 정당화하고, 후진 국가에 대한 착취 행위를 자랑스럽고 떳떳하게 여기도록 만들 것입니다. 이제는 정치적 편 가르기란 있을 수가 없습니다. 걸프전을 보십시오. 이라크가 세계 평화에 위협적인 존재여서가 아니라 석유의 안정된 공급이 우려되었기 때문에 쉽게 다국적군의 행동 통일을 가능하게 했습니다.」

김 주석은 부장의 얼굴에서 한 번도 눈을 떼지 않으며 얘기를 들었다. 부장도 마음속에서부터 우러나오는 얘기를 진심으로 털어내고 있었다. 두 사람이 앉아 있는 넓은 집무실이 답답하게 생각될 정도로 두 사람의 대화는 열기를 더해갔다.

「오직 경제적 이해관계만이 세계를 움직이는 원동력이 된 것입니다. 동북아시아와 중국의 경제적 잠재력과 동남아시아의 자원은 이 지역의 긴장을 끊임없이 증폭시켜나갈 것입니다. 또한 미국과의 관계에 있어 일본이 겪고 있는 어려움은 그들의 전통적인 신국사관과 패전에 대한 복수 의식을 불러일으켜 태평양에 엄청난 혼란을 가져오게 될 것입니다.

일본은 지금 군사력이 뒷받침되지 않는 경제력이란 얼마나 허무한 것인가를 절실히 깨닫고, 미소 대결 구도 아래서 경제력을 키우는 데만 급급해온 것에 대해 크게 후회하고 있습니다. 전세계의 어느 나라와도 적이 될 수 있는 상황에서 무엇보다도 필수불가결한 것이 군사력이란 것을 이제 일본은 절실히 느끼고 있는 것입니다.

지금 일본은 아주 무서운 속도로 무장하고 있습니다. 일본의 군사대국화는 필연적입니다. 그들은 해마다 엄청난 규모로 국방예산을 증액하고 있습니다. 이미 일본은 정보전 분야에서 세계 제일이 된 지 오래고, 최첨단 전폭기도 자체 제작하려 하고 있습니다.

여기서 저는 다음과 같은 주장의 논리적 모순을 지적하고자 합니다. 흔히들 한반도의 핵개발은 필연적으로 일본의 핵무장을 부르기 때문에 절대적으로 한반도에서 핵개발을 해서는 안 된다고 하는 주장입니다. 그러나 지금 일본의 엄청난 군비 확장이 핵무기를 완전 배제한 재래식 무기만의 증강이라고 볼 수는 없습니다. 핵무기가 없이는 일본이 아무리 군비 확장을 해봐야 무의미합니다. 즉, 일본은 군비 증강의 당연한 귀결로 핵무장을 하고야 말 것입니다. 그래야만 일본이 상대하는 미국, 소련, 중국 및 유럽 제국들과 군사력의 균형을 맞출 수가 있을 것입니다. 그렇지 않다 하더라도 우리하고는 비교가 되지 않을 정도로 강한 그들의 재무장에 대비하기 위해서 우리는 핵을 가져야만 합니다.

한반도의 핵은 일본의 핵무장과는 완전 별개의 것입니다. 일본의 핵이 일본의 생존을 위해서라면, 한반도의 핵은 일본의 핵과는 무관하게 한반도의 생존에 필요한 것입니다. 일본이 핵무장을 하려고 할 때, 그러면 우리도 핵무장을 하겠다고 위협한다고 해서 그들이 핵을 포기할까요? 지금 우리에게 강요되고 있는 논리는 힘을 바탕으로 한 일방적 궤변에 불과한 것입니다.

미국을 비롯한 다른 나라와의 관계도 마찬가지입니다. 현대에 와서는 국가의 힘이란 핵을 말하는 측면도 있습니다. 지구차원의 남북 문제에 있어 우리는 핵을 가진 선진국들의 패권주의에 영원히 끌려다닐 운명을 강요받을 수만은 없습니다. 문제는 힘입니다. 우리가 핵을 가졌을 때에 비로소 우리는 주변의 강대국 어느 나라에 대해서도 떳떳하고 강력하게 대처해나갈 수 있을 것입니다. 우리는 영세중립을 표방할 수도 있습니다. 즉, 상대방 국가들로 하여금 우리 편이 아니면 곧 적이라는 강박관념을 갖지 않게 할 수 있다는 얘깁니다. 그렇게 하기 위해서도 핵은 필요합니다. 우리가 핵을 갖고 영세중립으로 나갈 경우 우리의 지위는 대단히 확고해질 것입니다. 주변의 강대국 가운데 어느 나라도 우리를 몰아붙이거나 적대시하려고 하지는 않을 테니까요.」

김 주석은 진지하게 부장의 말을 경청했다. 김 주석은 수십 년 동안을 권위와 권력의 최정상에 군림하면서 사람을 만나왔기 때문에 다른 사람이 길게 늘어놓는 말을 몹시 싫어했다. 지구상 최장수의 독재자에게 논리나 이유는 하등 불필요한 장식에 불과했는지도 모른다. 모든 것은 자신의 생각과 기호에 따라 좌우되고, 상대방의 의견이란 그저 형식에 지나지 않을 뿐이었다.

그러나 지금은 달랐다.

상대방은 마치 자신의 가슴속을 들여다보듯 얘기해나가고 있었다.

「부장 동지는 말씀을 참 잘하는구먼.」

자신이 피부로 느끼고 있는 세계질서의 구도를 너무도 명확한 논리로 하나하나 짚어가고 있는 부장에게, 진심에서 우러나오는 동의를 표시하는 것은 어쩌면 당연한 일이었다. 부장은 내심 쾌재를 불렀다. 적어도 지금까지는 모든 것이 제대로 진행되어온 게 틀림없어 보였다. 부장은 목소리를 가다듬고 얘기를 계속해나갔다.

「자원과 시장의 쟁탈이 한 국가의 부침을 결정하는 이 새로운 형태의 전쟁은 이제까지의 전쟁과는 본질적으로 다릅니다. 총과 칼 대신 자본과 기술이 승패를 가름하는 무기입니다. 어느 나라나 자본과 기술에서의 우위를 차지하기 위해 최선을 다하고 있습니다. 자국만의 힘으로 되지 않을 때에는 경제블록을 형성하여 서로 간에 협력을 강화합니다. 최근의 북미연합이나 EC 통합 같은 것들이 바로 그것입니다.

그러나 불행하게도 우리는 바로 이웃해 있는 경제대국 일본으로부터 혜택은커녕 날로 심각해지는 해악을 막아내기에도 급급합니다. 그래도 지금까지는 좀 나은 편입니다만, 앞으로는 말할 수 없는 핍박을 받을 것입니다. 일본은 우리나라에 대한 기술이전을 극도로 회피하고 있습니다.

이것은 일본이 우리나라를 어떻게 대하고 있는가를 극명하게 보여주는 것입니다. 일본이 지금 구체화하고 있는 엔경제블록 대상국에서도 한국은 빠져 있습니다. 이것은 일본이 우리를 후진국으로 묶어놓고 동남아시아 시장에 발도 붙이지 못하게 하려는 의도를 적나라하게 보여주는 것입니다. 기술이 모자라는 우리로서는 일본이 의도적으로 우리를 견제하고 적극적인 무역 공세를 펼쳐올 경우 속수무책일 뿐만 아니라, 한반도의 통일에 대한 그들의 집요한 방해공작에 대해서도 대응할 수단이 별로 없습니다.

일본이 50억 달러의 원조를 제의하며 주석님께 접근하는 것은, 남북 협조체제를 무너뜨리고 통일의 밑거름이 형성되는 상황을 제공하지 않기 위해서입니다. 또한 한반도의 북쪽에 대한 경제침투를 꾀하고자 하는 의도 때문입니다. 그들이 이렇게 우리를 대하는 한 양국 간의 마찰은 불을 보듯 뻔합니다. 게다가 일본과 우리 사이에는 가장 민감한 문제인 영토분쟁의 불씨가 그대로 남아 있습니다.

일본은 지금 독도의 영유권 문제에 대해 국제사법재판소에 제소만 해놓고 해마다 한 번씩 거론만 하고 있을 뿐, 직접적으로는 아무런 움직임도 보이지 않고 있습니다. 매년 봄마다 거듭되는 극우단체들의 항의 시위나 의회에서 추궁하는 야당 의원의 질의에 대해서도 영유권을 확인만 할 뿐 확실한 대답을 하지 않고 있습니다. 이것은 문제의 해결을 전혀 다른 방향에서 모색하기 위한 시간 연장의 의도가 매우 강하다고 판단됩니다.

한일 간의 역사를 두고 볼 때 우리나라의 어느 위정자도 일본에게 독도를 양보하지는 못합니다. 이것은 민족적 자존심과 국민감정이 걸린 문제이기 때문입니다. 우리나라의 대응 방법이 무척 제한되어 있기 때문에 일본이 어떻게 해결 방향을 선택하느냐에 따라 이 문제는 자칫 잘못하면 양국 간의 관계에 치명상을 입힐 수도 있습니다. 다시 말하면, 전쟁으로 치달을 수도 있다는 말입니다.

일본과의 전쟁, 생각만 해도 엄청난 일이 아닐 수 없습니다. 실제로 지난 1978년 독도를 사이에 두고 일본 해상자위대와 우리 해군이 발포 직전 단계까지 대치한 적이 있었습니다. 당시에는 양국에 주재하는 미국 대사의 노력으로 일단 고비를 넘겼습니다만, 앞으로 일본이 군사대국이 된다면 이 문제는 참으로 어려운 일이 아닐 수 없습니다. 이것은 마치 화약의 뇌관과도 같은 것인데, 일본은 가장 미묘한 순간에 이 문제를 제기함으로써 최대의 이득을 얻으려고 할 것입니다. 어쩌면 독도만의 문제로 끝나지 않을지도 모릅니다.」

김 주석의 얼굴에 가벼운 경련이 이는 것을 부장은 놓치지 않았다. 만주 일대에서 일본 관동군의 위세와 횡포를 누구보다도 많이 목격하고 실제로 겪을 만큼 겪어온 김 주석으로서는 기실 일본의 재무장이야말로 가장 경계하고 우려해야 할 대상이라고 걱정해오고 있었을 것이다.

일본의 군사대국화가 필연이라면 세계에서 가장 공격적인 그들의 속성상 이웃 나라에 어떤 형태로든 군사적 마찰을 가져올 가능성이 매우 높다는 사실도 그 누구보다 잘 알고 있을 터였다. 그런데 독도가 한일 양국의 대단히 미묘한 현안이 되어 있다면, 그리고 그 해결책이 군사대국화 이후에 모색된다면, 군사적 마찰이 어떤 결과를 가져올지는 너무나 자명했다.

「우리가 핵을 보유했을 때에야 비로소 일본은 우리와의 진정한 공존을 모색하려 할 것입니다. 핵무기에 대한 그들의 공포는 절정에 달해 있고, 무엇보다도 이러한 상황이 형성되어야만 일본의 온건 인사들이 군사적 모험주의를 분쇄하기 위한 활동을 하기 쉬울 것입니다. 또한 일본 정부가 한국의 경제적 고립으로 야기될 수 있는 극단적인 상황을 결코 만들려고 하지 않을 것이기 때문에 지역경제권에서도 협조적 관계를 유지하게 될 가능성이 매우 높을 것입니다.」

「하하하, 턱밑에 비수를 들이대고 있는 놈을 굶겨서 좋을 일은 없다는 얘기로구먼.」

「그렇습니다. 정상회담을 비롯한 양국 간의 모든 회담에서 빠짐없이 거론되어왔던 한국과 일본 사이의 합의는 남북이 아무런 외세의 개입이나 간섭 없이 한반도의 문제를 의논해야 하고, 일본은 이러한 분위기 조성을 위해 최선을 다한다는 내용이었습니다.

그러나 지금 분단 이래 남북이 그 어느 때보다 가깝게 마주 앉아 직교역에서부터 합작공장 건설, 관광단지 공동 개발에 이르기까지 발전적인 의논을 폭넓게 하려는 순간에 일본은 갑자기 북한과의 수교협상을 급히 서두르고 있습니다. 그것도 50억 달러의 경제협력자금을 제의하면서요.

적어도 표면적으로는 북한이 요구하는 형식을 취하고 있지만, 내막을 뒤집어놓고 보면 가네마루의 방문 전에 이미 합의 내용에서부터 구체적 금액에 이르기까지 일본에서 다 결정하여 통보해온 일일 것입니다. 지금 우리는 일본에 대해 남북총리회담 때까지만이라도 제3차 수교협상을 미루어달라고 요청하고 있습니다만, 그들은 아랑곳하지 않고 있습니다. 남북이 미리 만나 그들에 대한 공동대응을 모색하는 것에 대한 경계심리 때문입니다.

특히 그들은 배상금을 결코 일시불로 내놓으려 하지 않을 것입니다. 북한에 대한 그들의 영향력을 극대화할 수 있는 방법으로 다단계에 걸쳐 내놓으려고 할 것이 틀림없습니다. 말이 배상금이지 사실은 불순한 동기의 정치자금이자 경제침탈을 위한 아편일 것입니다.」

김 주석은 약간 놀라는 눈치였다. 부장의 지적이 사실과 다르지 않았기 때문이었다. 부장은 조일 수교협상에 대한 일본의 의도를 웬만큼은 꿰뚫어볼 수 있었다. 그것은 1965년의 한일 국교정상화 협정의 실패에서 보고 배운 바가 많기도 하거니와, 최근의 첩보를 통해서 확인한 내용이기도 했다.

일본은 배상금의 지불 방법을 교묘하게 정함으로써 북한의 산업구조와 대외 관계를 자국의 의도대로 움직이려 하고 있고, 외무성 안에 대북한 지불조건 연구팀을 구성해놓고 있다는 것이었다. 이것은 진정한 의미의 배상금이라고 볼 수 없었지만, 배상금 지불 방법에 대한 일본 정부 수뇌부의 생각은 일치하고 있었던 셈이었다.

「세계적인 개방과 시장경제화의 흐름 속에서 북한이 더 이상 고립적, 폐쇄적 상황으로 견디기는 불가능할 것이라고 판단하고, 따라서 이런 기회에 배상금과 더불어 수교협상을 시작하면 일사천리로 진행될 것이라는 게 일본의 생각입니다. 일단 수교 문제만 트이면 일본의 엄청난 자금이 북한으로 흘러들어올 것입니다. 북한이 남한보다는 오히려 일본과 더 깊은 경제 관계를 가지려 할 것이라고 그들은 판단하고 있습니다. 당장 눈앞에서 돈이 오락가락하는데 북한이 어쩌랴 하는 것이 그들이 노리는 속셈입니다. 말하자면 경제협력자금 50억 달러를 미끼로 한반도 북쪽을 좌지우지해보겠다는 뜻이지요.」

부장은 은근히 김 주석의 자존심을 건드렸다. 풍요롭게 잘 먹고 잘사는 것만이 제일이 아니라는 것과, 민족의 자존심을 지키며 올바른 혁명과업을 완수해야 한다는 소위 주체사상의 극복 대상으로 일본을 이입시킴으로써, 일본과의 수교가 김 주석의 평생 통치관과 인생관에 어긋나는 것이라는 사실을 부각시키려는 의도의 발언이었다. 김 주석은 껄껄 웃었다.

「과연 일본인다운 얄팍한 착상이군. 일시불로 다 주면 꿀꺽 삼켜버리고 나 몰라라 할까 봐서 앞으로 되어가는 형편 봐가면서 나눠 준다는 얘긴가? 하하하, 꼭 원숭이 길들이는 식이라는 느낌이 드는구먼.」

부장은 김 주석의 어이없어하는 웃음을 파고들었다. 돈이 아쉬운 건 사실이지만, 김 주석으로서는 일본의 속셈까지 받아들일 기분은 아닐 거였다. 부장이 노린 건 바로 그 점이었다.

「주석님, 결론은 결코 복잡하지가 않습니다. 우리의 통일된 조국은 핵무기를 보유하고 영세중립으로 나가야만 세계 열강의 각축장이 되거나 대리 전쟁터가 되는 것을 면할 수가 있습니다. 세계 열강의 이해관계에 얽혀 통일이 지지부진하거나 통일 후에라도 힘을 갖지 못한다면 우리 민족의 미래는 불안하기 짝이 없습니다.

우리가 핵무기를 보유할 수 있는 기회는 바로 지금입니다. 단 하루도 낭비할 수 없는 급박한 상황입니다. 물론 어려운 문제는 헤아릴 수 없습니다. 그러나 우리 민족의 저력은 반드시 해내고 말 것입니다. 남북이 합작만 한다면 말입니다.

우리는 중국과 소련으로부터 기본적인 물자 보급과 지원마저 단절된 북한이 지금 대단한 어려움을 겪고 있다고 생각합니다. 모든 국가 기간산업과 군수산업은 말할 것도 없고, 민간

부문의 경공업과 소비재 생산에 이르기까지 전 산업이 전기, 석유, 철강 등 기본자원의 부족 때문에 날이 갈수록 마이너스 성장을 거듭하여 경제가 후퇴하는 상황이 염려됩니다.

지금 북한은 외부의 도움을 받지 않고 자체적으로 문제를 해결해나갈 수는 없을 것으로 분석됩니다. 만약 지금까지와 같은 체제를 계속 고집한다면, 내부로부터의 폭발은 불을 보듯 뻔합니다.

주석님, 왜 일본만 생각하십니까? 어차피 통일이 되어야 할 조국이라면, 수백억 달러라도 남에서 지원할 수 있습니다. 너무나 이질적인 체제를 당장에 정치적 통일로 융합시키는 것보다 공동의 경제체제를 지금부터 하나하나 쌓아 올라가는 것이 무엇보다도 중요합니다. 지금처럼 숨 쉴 틈조차 없이 무섭게 진행되는 국제 무역전쟁에서는 갑작스런 변화가 국가 경제에 치명타가 될 수도 있습니다.

통일과 같은 큰일은 남북한 양측에 어마어마한 변화와 함께 자칫 잘못하면 혼란으로 번져 세계무대의 국가 간 경쟁 대오에서 낙오될 가능성마저 있습니다. 지금부터 함께 대비해야만 합니다. 같은 맥락에서 북한의 후계구도도 생각해봐야 할 것입니다. 해방 이후 지금까지 북한은 오로지 주석님께만 집중되어 있는 단일체제였습니다.

소련과 동유럽을 휩쓴 엄청난 변화가 북한에서 일어나지 않는 것도 아직은 주석님이 계시기 때문입니다. 모든 변화 요소가 바로 주석님의 존재에 의해 억압되어 있습니다. 그러나 주석님 사후에는 다릅니다. 이제까지 억눌려왔던 모든 분야의 변화 요인들이 한꺼번에 걷잡을 수 없이 분출될 것입니다.

급격한 개혁은 반드시 피를 부릅니다. 민중의, 아니 인민의 엄청난 봉기를 총과 칼로써는 도저히 진압할 수 없습니다. 그보다 앞서 오히려 측근의 군부 세력에 의해 쿠데타가 발생할 가능성이 가장 높습니다. 북한 인민의 가장 큰 불만은 바로 열악한 경제생활입니다.

누가 집권하더라도 경제로 해결해야만 합니다. 내부적 해결이 어렵다면 반드시 외부의 도움을 받아 밥 문제를 해결해야 합니다. 이런 과정을 밟더라도 오랜 기간 혼란은 극에 달할 것입니다. 진정으로 북한의 개혁을 도울 수 있는 유일한 나라, 그것은 바로 한반도의 반쪽인 남한입니다. 그러나 이런 지경에 이르렀을 때 정작 남한이 얼마나 기여할 수 있을지는 자신할 수 없습니다. 개혁이나 혁명으로는 감당할 수 없는 엄청난 혼란과 폭동, 그리고 피의 복수, 그 다음은 엄청난 난민입니다. 남한이 그때 가서 북한을 포용하려면 공멸합니다. 그러나 하지 않을 수는 없습니다. 왜냐하면 핏줄이기 때문입니다.

남에서나 북에서나 지금부터 최선의 길을 찾아야 합니다. 그것은 당장에 민족의 장래를 위해 몇 가지 일을 함께 해나가는 것입니다.

그중에서도 핵무기의 공동 개발은 서로를 굳게 신뢰할 수 있어야만 가능한 일인데, 이것을 남북이 함께 해낸다는 것은 바로 통일 그 자체입니다. 통일 정신의 정화요 극치가 아닐 수 없습니다.

경제협력과 인적, 물적 교류는 말할 것도 없거니와 발전용 원자력에 관한 협력이나 군사적 긴장관계의 해결을 위한 군축과 같은 남북 간의 다른 일들도 함께 해낼 수 있는 토대를 굳건하게 구축하는 것입니다.」

부장은 열변을 토했다. 비장한 기분으로, 그러나 논리적으로 당당하게 설명해가는 자신의 한마디 한마디가 김 주석의 마음을 웬만큼은 사로잡고 있다는 자신감이 들었다.

김 주석은 만감이 교차하는 듯 표정이 불그스레하게 상기되어 있었다. 부장도 김 주석에 못지않게 상기되어 얼굴에서 열기가 화끈거리는 걸 느낄 수 있었다.

김 주석은 한동안 감고 있던 눈을 번쩍 떴다.

「그런데 합작개발한 핵무기는 어디에 배치해야 하는 거요? 여기에 두면 당신들이 안심하지 못할 테고, 남쪽에 두면 북에서 불안하게 생각할 텐데?」

「주석님, 남북이 합작하여 제조한 핵탄두에는 레이저 잠금장치를 해야 합니다. 남북의 전문가들이 만나서 의논하면 충분히 이해가 갈 것입니다만, 이 장치는 레이저 키를 결합시키지 않으면 남과 북 어느 쪽에서든 효력을 발생시키지 못하게 하는 것입니다. 따라서 핵무기를 남북 어느 쪽에 배치하더라도 서로를 향해 사용하지 못하는 것은 물론, 서로 간에 완전한 합의가 없으면 한낱 고철덩어리에 불과한 것이 되고 맙니다. 무엇보다도 외국으로부터 한반도를 지키기 위한 방위용으로만 쓰일 수 있다는 것이 커다란 장점입니다. 이 기술이 있기 때문에 남북은 합작을 할 수 있는 것입니다. 다만, 핵장착 미사일을 외국에서 수입할 경우 이것을 남에서 북으로 반입하는 것은 보안 유지가 불가능합니다. 그러므로 핵 배치는 남쪽에 하는 것이 자연스럽고 바람직하다고 생각합니다.」

「하하하, 결국 직접 가지고 있어야 안심할 수 있다는 얘기 아니겠소? 부장 동지가 제의한 문제는 전문가들의 자문을 구해서 다시 신중하게 생각해보기로 합시다. 오늘 늦게까지 수고 많이 하셨소. 숙소에서 편히 쉬시고, 내일 아침 식전에 함께 목욕이나 합시다. 목욕탕에서는 아무것도 감추어지지 않으니까.」

김 주석은 헤어지면서 부장의 손을 잡고 정면으로 눈길을 맞부딪쳐왔다. 그러나 주석의 눈은 적대감을 담고 있지는 않았다. 뭐라고 꼭 집어내서 얘기할 수는 없지만 분명히 깊은 신뢰를 담은 시선이었다. 부장은 주석의 동공에 비친 자신의 모습을 한동안 응시하다가 손을 놓고 헤어졌다.

안내원이 새벽같이 부장을 깨웠다. 김일성 주석이 목욕탕에서 만나자고 한 시간이 가까워졌다는 얘기였다. 주석과 알몸뚱이로 목욕탕에서 만난단 말이지? 부장은 내심 어이가 없어서 피식 웃음을 흘렸다.

안내원을 따라가 탈의실에서 옷을 벗고 목욕실로 들어가자 김 주석은 벌써 수증기가 자욱한 사우나실에서 운동을 하고 있었다. 비대한 몸집에 어울리지 않게 구슬 같은 땀을 흘리면서도 쉬지 않고 허리 굽히기를 하는 김 주석의 모습을 보면서 도저히 팔십객이라는 생각이 들지 않았다. 냉탕에 뛰어들어 수영을 하다가 나와서는 다시 땀 흘리기를 무수히 반복하는 김 주석의 체력은 20년 이상 연하인 부장을 오히려 능가하는 것 같았다.

「주석님께서는 대단히 건강해 보이십니다.」

「고맙소. 그런데 사실은 많이 아파요. 이상하게도 나는 목욕을 하면 몸이 나아지는 체질이라 아주 몸져 드러눕기 전에는 매일이다시피 목욕을 해요. 부장 동지도 목욕을 하니까 좀 개운해지는 것 같소?」

「예, 덕분에 피로가 싹 가시는 듯합니다. 대통령께서도 목욕을 무척이나 좋아하시는데, 두 분이 목욕탕 정상회담이라도 한번 하시는 게 어떻습니까?」

「그것 참 좋은 생각이오. 벌거벗고 얘길 하면 숨길 것이 하나도 없을 테니, 우리 민족의 통일이 훨씬 빨라질 거요.」

김 주석은 한바탕 너털웃음을 웃어댔다. 그러더니 정색을 하면서 부장의 두 손을 굳게 잡아왔다.

「부장 동지, 우리 민족의 미래를 위해 부장 동지와 내가 이 일만큼은 꼭 성사시키고 맙시다.」

「모든 것은 주석님께 달려 있습니다. 대통령과 저는 이미 준비가 다 되어 있습니다. 그런데 주석님, 만약에 북쪽에서 밑으로부터 의견 통일이 안 되면 어떻게 합니까?」

김 주석이 굳게 잡았던 부장의 손을 놓고 약간 뒤로 물러서면서 물었다.

「부장 동지는 나를 어떻게 생각하시오?」

「어떻게 생각하다니, 무슨 말씀이십니까?」

「아마 부장 동지도 한때는 일조를 했을 게요. 나쁜 뜻으로 평한 말이지만, 서방 언론들이 날 보고 동토의 살아 있는 신이라고 한다면서요?」

「그럴 리가 있겠습니까?」

「일부러 아니라고 할 건 없어요. 남들이 뭐라든 나는 개의치 않으니까. 사실 서방 언론들이야 그렇게 평할 만도 하겠지만, 명색이 나라 꼴을 유지해온 게 반세기 아니오? 그 점은 염려 마시오.」

그러면서 김 주석이 욕실의 휴식의자에 자리를 잡았고, 김 주석의 제의에 따라 부장도 조심스럽게 옆자리를 차지했다.

「부장 동지, 혹시 이승기 박사를 아시오?」

「이승기 박사라면 현재 공업부장을 맡고 있는 분을 말씀하시는 겁니까?」

「그렇소. 어제 이승기 박사를 불러 부장 동지가 제안한 남북핵 공동 개발 문제에 대해 밤새 의논했소.」

김 주석은 부장과 헤어진 다음, 이승기 공업부장을 불러들여 나누었던 대화의 내용을 아주 자세하게 전해주었다.

하루 일과를 마치고 귀가해 있던 이승기는 주석궁으로부터 전갈이 오자, 영문도 모른 채 급히 준비를 하고 주석궁으로 들어갔다. 김일성 주석의 집무실 문을 두드리자 카랑카랑하면서 갈라진 목소리의 김일성이 대답을 했고, 이승기는 다소 어리둥절한 표정으로 안으로 들어섰다. 김일성은 술잔을 들고 창가에 서서 바깥의 어둠 속으로 눈길을 던지고 있다가 이승기가 들어오는 걸 보고는 반색을 하며 돌아섰다. 김일성이 이승기에게 다가가며 친근하게 인사말을 던졌다.

「오, 이 박사 어서 오시오. 야심한데 불러서 미안하구려.」

「무슨 말씀이십니까, 주석님. 이렇게 늦도록 잠도 주무시지 못하고, 혹시 무슨 근심이라도 계신 게 아닙니까?」

「우리가 이렇게 만난 게 얼마만이오? 자, 어서 이리로 와서 잔을 받아요. 오랜만에 한번 흠뻑 취해봅시다.」

김일성은 무척 즐거운 표정으로 이승기에게 직접 술을 따라주고, 잔을 부딪치며 건배를 외쳤다. 이승기는 전체 북조선 인민의 자랑일 뿐만 아니라 사회주의 국가 어디에 내놔도 전혀 모자람이 없는 사람이라고 김일성은 생각하고 있었다.

이승기 박사. 그는 '비날론'이라는 섬유를 만들어내어 북한의 의복 개선에 크게 공헌했을 뿐만 아니라, 핵무기 제조의 대부이자 북한 화학공업의 태두였다. 심지어 박 대통령 시절 남한에서 핵무기 개발에 앞장섰던 학자들 가운데 상당수가 이승기의 제자일 정도로 학문적 내력이나 성취가 깊었다.

소련에서도 그의 실력과 비날론 발명의 공적을 인정하여 레닌 훈장을 수여할 정도로 명성이 높았다. 특히 김일성은 6·25 당시 월북한 그를 몹시 총애하여 과학기술적인 문제에 있어서는 거의 그에게 의지하고 있는 형편이었다. 지금까지의 핵무기 개발도 모두 그가 중심이 되어 추진해왔으므로 주석은 밤이 늦었지만 그를 불러들였던 것이다.

팔십객인 주석과 서너 살 아래인 이승기는 날이 새도록 술잔을 기울이며 무엇인가 끊임없이 묻고 대답하면서 대화를 계속했다. 오랜만에 만난 두 사람의 대화는 오붓한 정취가 넘쳐고, 원로의 지혜가 담긴 현실적인 내용들이었다.

「부장 동지, 통쾌하게 껄껄 웃는 웃음소리가 새벽의 어둠을 가르고 울려퍼지는 상황을 한번 짐작해보시오. 우리 늙은이 두 사람이 얼마나 흥겨운 대화를 나눴겠소?」

주석은 지난밤의 기억이라도 떠올리는지 얼굴에 미소가 가득했다.

「미국은 국제원자력기구의 회원국과 국제연합을 부추겨 머잖아 강제 핵사찰을 시도할지도 모릅니다. 대단히 시간이 촉박하고 극비를 요하는 일이므로 주석님께서 직접 진행해주시면 더할 나위 없이 좋겠습니다.」

「염려 마시오.」

부장은 다시 한 번 주석에게 다짐을 두었고, 김 주석의 대답은 흔쾌했다.

얘기를 마친 부장은 술잔을 들어 목을 축였다. 순범은 놀라움을 금치 못하고 어안이 벙벙한 채로 그저 앉아만 있었지만, 하늘을 날아오를 것 같은 기분이었다. 이제 우리는 해낼 수 있다. 정치경제적인 분야뿐 아니라 문화적으로도 열악한 조건 속에서 살아온 우리 민족도 뭔가 해낼 수 있다는 것을 세계만방에 알릴 수 있다. 우리 민족의 단합은 새로이 우리의 정신문화를 지배하고자 하는 외부의 신식민주의 마수를 이겨낼 수 있다.

순범은 환한 얼굴로 다시 한 번 부장을 바라보았다. 역시 대통령과 안기부장이 나서니 그 추진력이 폭발적이었다. 이 정도면 이 박사의 유업을 충분히 계승할 수 있을 것이라는 생각이 들었다.

「부장님, 정말 고맙습니다. 이제 저는 이 박사님의 유업이 계승되어 열매를 맺게 되리라는 것을 확신할 수 있습니다.」

「정부를 믿어주니 고맙소. 그러나 아직도 우리의 앞에는 수많은 위험이 있소. 강대국의 감시도 감시지만 외국의 이익을 위해 알게 모르게 봉사하는 한국인들이 진정 문제요. 때때로 생각도 못할 사람들이 외국의 앞잡이가 되어버리는 것을 보면서 나는 차라리 몰랐으면 하고 생각할 때도 있소. 여러 가지를 고려하여 본인도 모르게 자리에서 물러나게 하곤 하지만, 사실 그 죄라는 것은 보통 사람에 비하면 얼마나 무거운 것이오?」

부장의 말을 들으며 순범은 언젠가 읽은 전 중앙정보부장 김형욱의 회고록을 떠올렸다. 미국 CIA로부터 박정희 대통령의 사상에 대해 은밀히 조사해 보내달라는 요청을 받고 박 대통령에게 알리지 않은 채 그렇게 해주었다는 고백을 본 것이 생각났다. 일국의 정보부장이 이럴진대 다른 사람들은 오죽하랴 하는 생각이 들면서 외국의 앞잡이들에 대한 부담이 무겁게 다가왔다. 하지만 오랜만에 가슴에 두껍게 쌓였던 걱정이 씻은 듯이 없어진 밤이라 순범은 부장과 얘기를 나누면서 제법 마셨다. 불콰한 상태로 부장과 함께 호텔을 나와 청진동에서 해장국을 먹고 헤어졌다.

「며칠 안에 프랑스에서 흥미 있는 외신이 하나 들어올 거요. 눈여겨봐두시오.」

헤어지면서 부장이 던진 말이 집으로 돌아가는 길에서도 줄곧 순범의 머리를 떠나지 않았다. 내용이 무엇일지는 몰랐지만 아무 일도 일어나지 않고 있는 듯이 보이는 평화 시에도 국가 사이에는 늘 보이지 않는 전쟁이 일어나고 있다는 생각이 들었다.

의혹의 순간들

한편, 서울의 한구석에서는 검은 음모가 시작되고 있었다.

「국장님, 국방과학연구소와 카이스트의 핵과학자들 동향이 이상한 것 같습니다.」

「어떻게?」

「카이스트에 모여서 무슨 일을 하는지 벌써 오랫동안 집에도 들어가지 않고 두문불출하고 있습니다.」

「그래?」

「뿐만 아니라 3층은 모든 사람의 출입을 금지하고 있습니다.」

「자네도 못 들어가?」

「딱 막는 것은 아니지만 워낙 교묘하고 완곡하게 출입을 못하도록 하고 있기 때문에 막무가내로 들어가기가 어렵습니다.」

「음, 그래서 감찰실장이 얼마 전에 연구실에는 요원들의 출입을 자제시키라고 말했던 건가? 하여간 알았어. 자네는 지금부터 다른 일은 그만두고 우리나라의 핵과학자들 동향을 전부 체크해. 아무에게도 보고하지 말고 오직 나에게만 보고해. 그리고 이것은 경비로 써.」

국장은 책상 서랍에서 두툼한 봉투를 꺼내 주고는 요원의 등을 두들겨주었다. 감격한 표정의 요원이 나가고 나자 국장은 잠시 생각에 잠겼다. 얼마 후에 그는 자동차를 타고 밖으로 나갔다.

남산을 돌아 하얏트호텔로 들어간 그는 주위를 흘끗 살피고는 공중전화 부스로 들어갔다.

「우 사장을 바꿔주시오.」

잠시 후 상대가 나오자 그는 낮은 목소리로 말했다.

「서울의 핵과학자들 동태가 심상치 않아. 현재 감시하고 있는데 특별한 조짐이 보이면 다시 연락하지. 회장에게 얘기해.」

전화를 끊고 돌아서는 그의 얼굴에 만족스런 표정이 떠올랐다. 오랜만에 뭔가 큰일이 걸린 것 같았다. 그는 로스앤젤레스의 오렌지카운티에 있는 중도금까지 치른 저택을 떠올렸다. 중·하류 한국인들이나 흑인이 없는 그 고급 주택가에서 마음 편하게 살 날도 얼마 남지 않았다. 대리인을 내세워 경영하고 있는 슈퍼마켓과 주유소도 요즘 한창 벌이가 잘되고 있고, 현지에서 대학을 다니는 아들은 졸업 후 거기서 성공한 교포 실업가의 딸을 하나 골라 결혼시켜주면 이제는 행복할 일밖에는 없는 것이다. 한국에서 삼수를 해도 대학 문 앞에는 얼씬도 못하던 놈이지만, 미국으로 보내놓으니 이제 어엿한 졸업반이 아닌가. 녀석이 그래도 효자인 것이, 아무리 방탕하게 놀더라도 소문나지 않게 하라는 이 애비의 말 하나는 틀림없이 지키고 있지 않은가? 세상에는 역시 소문이 안 나는 게 제일이었다.

30년 가까이 정보계통에서 지내오다 보니까 세상 돌아가는 것이 훤했다. 미국의 대통령 후보들도 보라지. 스캔들이 있어서 도중하차하는 것이 아니고 스캔들이 발각되니 도중하차하는 것이 아닌가? 미국도 그럴진대 이 한국 사회는 오죽하겠는가. 죄가 있어서 형무소에 가야 한다면 대통령들부터 줄줄이 들어가야 할 것이었다. 결국 세상이란 명분이고 소문이지 않은가? 이런 점에서 철저히 비밀을 지켜온 자신의 30년 정보부 생활은 만족스럽기 그지없었다. 요즘 와서 자꾸 일이 생기는 것이 왠지 싫은 것이다. 이제 이 건을 마지막으로 회장에게 넘기고 자신은 사표를 낼 것이다. 그리고는 이 지겹고 뒤죽박죽인 한국은 끝이다.

주차장으로 걸어가는 동안 그는 내내 휘파람을 불어댔다.

핵 합작은 처음 우려했던 것과는 달리 순조롭게 진척되어나갔다. 모든 것은 극비리에 진행되었고, 남북의 과학자와 기술자들은 자신들이 만드는 핵폭탄이 동족을 살상하는 데 쓰이지 않는다는 확신 속에서 통일조국의 미래 안보를 보장해줄 핵무기 공동 제작에 열과 성을 다했다.

북쪽의 과학원과 남쪽의 카이스트를 중심으로 선발한 기술진에는 전혀 문제가 없었다. 과학자나 기술자들 사이에 흔히 있을 수 있는 이론적 대립이나 갈등은 오로지 통일과업을 수행하는 개척자라는 자부심으로 해소하고, 양보와 협조 속에서 원만하게 일을 해나갔기 때문이었다. 애초에 생각했던 것보다 훨씬 빠른 속도로 일은 진척되었고, 남북 양쪽의 장점만을 취하여 하나로 합치는 한민족 자체 기술의 핵개발은 대단히 순조롭게 진행되고 있었다.

그러나 부장은 어딘지 모르게 불안한 그림자가 가슴 깊은 곳에서부터 어른거리는 것을 느끼고 있었다. 불안의 정체가 무엇이라고 딱 꼬집어내어 말할 수는 없었지만, 왠지 마음이 놓이질 않았다. 일이 순조롭게 진행되는데도 불구하고 온몸을 휘감고 엄습해오는 초조…….

부장은 자신을 불안하게 만들 수 있는 요소를 하나하나 짚어가며 깊이 분석하고, 안심할 수 있을 때까지 확인을 거듭했다. 예를 들면 다음과 같은 가정을 하고 일의 추이를 나름대로 검증해보는 식이었다.

김 주석이 마음을 바꿀 경우 핵개발은 어떻게 될 것인가?

북한에서 기밀이 유출될 경우 어떤 결과가 올 것인가?

아무것도 확실히 안심할 수 있는 것은 없었다. 부장의 불안은 결국 핵무기를 제조할 때까지 비밀이 지켜질 수 있을까의 문제였다. 미국을 비롯한 강대국의 감시가 날로 삼엄해져가고 있는 가운데 북한의 핵사찰에 대한 압력은 시시각각으로 다가오고 있었다. 핵사찰의 여러 경우에 따른 다단계 대응책을 세워두고 있긴 하지만 가장 불안한 것은 역시 평양이 아닌 서울의 상황이었다. 눈을 벌겋게 해가지고 살펴대는 외국 첩자들의 눈을 그토록 오래 피한다는 것은 거의 불가능한 일일지도 몰랐다. 부장은 이제야 비로소 한국의 안기부장이라는 자리의 무게를 깨닫는 것 같았다. 박정희 대통령의 모습이 새로운 각도에서 다가오고 그의 죽음의 의미가 무겁게 부각되어왔다. 박 대통령과 김재규의 관계에 대해 자세한 것을 알고 있지는 않지만, 핵무기 개발과 관련하여 그 두 사람 사이에 성립되었던 관계는 어떤 형태로든 김재규의 행동 가운데 표출되었을게 틀림없었다. 대통령과 자신의 관계는 염려할 바가 없지만, 과연 김재규의 경우엔 왜 그런 식으로 발전했을까를 생각해보지 않을 수가 없었다.

당시 김재규가 단순히 자의적인 판단만으로 범행을 저질렀을까? 알려진 것처럼 차지철 경호실장과의 감정 대립이 범행의 동기였을까?

그러나 적어도 한 나라의 통치정보를 관장하는 중앙정보부장 정도의 인물이 단순한 자의적 판단이나 개인적인 감정 대립으로 대통령에게 총격을 가할 수는 없다는 생각이 들었다. 만약에 그러한 이유가 아니라면 무엇 때문에? 부장이 불안하게 생각하는 이유는 바로 그 점이었다. 부장은 자신이 가장 신뢰하는 감찰실장을 불렀다.

「김재규의 범행 동기는 어떤 것이었소?」

감찰실장은 부장의 갑작스런 질문을 받자 약간 당황하는 듯했지만 곧장 답변을 했다.

「본인이 주장하는 민주혁명은 별반 설득력이 없는 것 같고, 당시 합동수사본부가 '권력다툼에서 거세당할 위험에 처하자 위협을 느껴 우발적으로 저지른 행동'이라고 발표한 내용도 마찬가지입니다. 왜냐하면 김재규는 정보부 직원들을 동원하여 경호실 직원들을 사살케 하는 등 거사를 사전에 준비했기 때문입니다. 그러면 남은 가능성은 미국의 사주인데, 역시 확인은 안 되고 있습니다.」

「합수부에서 신문할 당시, 김재규가 내 뒤에는 미국이 있다고 말했던 내용에 대해서는 조사된 게 있소?」

「사실 김재규 재판은 촉박하게 짜놓은 일정에 따라 형식만 밟았기 때문에 깊이 있게 조사된 것은 별로 없습니다. 합수부에서의 신문도 재판과 병행하여 진행된 것이 많기 때문에 철저하지 못했던 걸로 알고 있습니다. 당시에는 김재규가 저지른 행위의 의미를 축소하는 데만 집중하던 분위기여서 김재규의 진술 전체를 심도 있게 조사하지는 않았습니다.」

「그래도 김재규가 내 뒤에는 미국이 있다고 말했다면 그건 정말 대단히 중요한 사실인데 조사하지 않았을 리가 없잖소?」

「본인 말고는 김재규 뒤에 미국이 있었는지 어떤지 아무도 모를 것으로 생각됩니다. 처음에 미국이 있다고 얘기하던 김재규는 이상하게도 재판에 임하자 그런 얘기를 한마디도 하지 않았고, 검찰 측에서도 전혀 신문하지 않았습니다. 재판이 계속 속행되자 김재규는 말을 바꿔 자신은 민주투사라고 주장했습니다. 민주투사와 미국이 뒤에 있다는 말과는 병립이 안 되니 없어진 게 당연할 것입니다. 그러나 김재규가 왜 갑자기 주장을 바꿨는지는 확인이 안 돼 있습니다.」

「미국이 관련되었다 하더라도 당시의 날림식 재판 따위를 통해서는 밝혀질 성질이 아니겠지.」

「그런데 김재규의 재판정에서의 진술 중 매우 주목할 만한 것이 있었습니다.」

「그게 뭐요?」

「박 대통령의 자주국방 정책이 미국과의 친선관계를 악화시켰다는 발언입니다.」

「음, 그 자주국방 정책이란 핵개발을 말하는 것이겠지?」

「그는 그 발언을 비판적인 논조로 했습니다.」

「정보부장이라면 당연히 핵개발에 찬성할 수밖에 없었을 텐데, 그가 비판적이었다면 배후에 미국이 작용했을 수도 있겠군.」

「미국의 관련 여부에 대해서는 무엇보다도 박 대통령의 직계가 잘 알고 있을 것으로 판단됩니다.」

「박 대통령의 직계라고?」

「그렇습니다.」

「그게 누구요?」

「박근혜입니다.」

「박근혜?」

「그녀는 박 대통령의 죽음과 핵개발은 관계가 있다고 밝혔습니다.」

「박 대통령이 직접 핵개발에 대해 털어놓은 적이 있다고 합디까?」

「몇 번 있었다고 합니다.」

잠시 말을 끊고 무엇인가를 생각하던 부장은 다시 물었다.

「일전에 내가 알아보라고 하던 일은 어떻게 되었소?」

「마침 보고 드리려던 참이었습니다. 당시 이용후 박사를 비밀 경호하던 정보부의 담당자는 박상철 과장인데, 그는 사건 직후 정보부에서 파면되어 미국으로 이민 갔습니다.」

부장은 자신의 경우를 생각하며 동병상련의 기분을 느꼈다.

「그 밑의 실무자들은 어떻게 되었소?」

「당시 계장으로 있던 사람이 이동환 국장입니다.」

「그 사람은 운이 좋았구먼. 그런데 어떻게 책임을 면할 수 있었지?」

「당시 김재규 부장이 복직을 시켰습니다. 대통령께 말씀드려 구제했다 합니다.」

「유능한 사람이니 자르기 싫었겠지. 그리고 그 청주교도소 사건은 알아봤소?」

「네, 그 사건에 대해서는 서울지검의 최영수 부장검사가 사건 초기부터 개입하여 수사하고 있습니다. 그러나 아직 용의자조차 떠올리지 못하고 있습니다. 박준기 형사 살해사건도 마찬가지입니다만 새로운 사실이 하나 밝혀졌습니다. 당시 내려갔던 종로경찰서 형사들에 의하면, 박 형사는 죽어가면서 '신ㅁ'이란 글자를 남겼다 합니다. 아마 범인으로 추측되는 자의 이름을 쓴 것 같은데 최영수 부장검사는 삼원각의 신 마담을 지목하고 있습니다.」

「'신ㅁ'이라고? 음, 신 마담이라고 연결할 만하군. 그런데 그 신 마담이 연결될 만한 근거가 있나?」

「최 검사는 당시 이용후 박사가 삼원각으로 가던 길에 살해된 것으로 미루어 신 마담이 이 박사를 부르지 않았나 생각하고 있습니다. 박성길이나 박준기 형사나 이용후 박사의 죽음과 관련이 있기 때문에 '신ㅁ'은 결국 신 마담을 뜻하는 것으로 봐야 한다는 것이 최 검사의 주장입니다.」

「신 마담이라면 내가 잘 알지만 그 여자가 그럴 사람은 아닌데.」

「최 검사는 확실한 심증을 가지고 있습니다.」

「모르긴 하겠지만 뭔가 딱 맞아떨어지는 것 같지는 않군. 그 친구 수사를 중단시키시오. 지금 와서 쓸데없는 짓을 할 필요가 없잖아. 그런데 권 기자를 인도와 프랑스에서 살해하도록 청부한 자들에 대해서는 뭐 밝혀진 게 없소?」

「그들은 계산도 현금으로만 하고 자동차도 요정 안에 가지고 들어오지 않았다 합니다. 예약할 때 쓴 이름이나 번호는 엉터리였다고 합니다. 저는 그런 청부를 할 수 있을 정도면 개인은 아닌 것 같은 생각이 듭니다. 이용후 박사를 살해하도록 청부한 자들도 공무원인 것 같다는 박성길의 진술을 보더라도 어쩌면 이들은 공무원일지 모른다는 생각이 듭니다.」

「맞았소. 나도 그렇게 생각하고 있었소. 공무원도 보통의 공무원이 아닌, 바로 우리 부서의 공무원들밖에는 그런 일을 할 수 있는 능력이 없소. 윤 실장은 어떻게 생각하시오?」

「저도 그렇게 생각하고 있습니다. 보통의 범죄조직으로서는 생각조차 할 수 없는 일입니다.」

「실장이 13년 전부터 근무하던 직원들을 중심으로 철저히 조사해보시오. 이것은 대단히 중요한 일이오.」

「명심하겠습니다.」

그제서야 부장은 마음이 좀 놓였다. 역시 자신이 짐작했던 것과 같이 감찰실장도 부내 직원들을 의심하고 있었다.

'열 길 물속은 알아도 한 길 사람 속은 모른다.'

이 말은 정보를 다루는 사람에게는 금과옥조였다. 가장 비밀스럽게 국가의 각종 과업을 수행해야 하는 안기부 내에 적이 있다면 핵개발은 결코 성공할 수 없는 일이었다.

천재의 추리

'이미현 17일 오후 3시 도착.'

순범은 기획기사의 취재를 위해 지방 출장을 갔다가 며칠 만에 신문사에 나갔다. 책상 위에는 누가 전화를 받았는지 메모가 되어 있었다. 다음날 순범은 차를 가지고 공항에 나갔다.

미현은 언제나와 마찬가지로 도착 승객들 중 맨 먼저 나왔다. 그녀의 성격으로 봐서는 입국 검사나 세관 검사를 위해 줄을 서서 기다리는 것은 질색일 것이었다. 지난번에 왔을 때에는 일에 쫓기느라 변변히 식사도 못했던 것이 미안해 오늘은 호텔이 아닌 곳에서 특별한 저녁 식사를 사주고 싶었다.

순범은 미현이 짐을 풀고 내려올 때까지 호텔 로비에서 기다렸다. 미현은 이번 여행이 기분이 좋았는지 상쾌한 표정이었다.

「저녁 식사를 뭐로 하면 좋을까요?」

「좋으신 걸로 하세요. 간단하게 하는 게 좋잖아요?」

「아니, 오늘은 한국의 별미를 사드리고 싶습니다. 늘 호텔 식사만 하게 해서 미안하기도 하고요.」

「그런 것을 미안해하실 필요는 없어요.」

순범은 남한산성으로 차를 몰았다.

숲이 전혀 없다시피 한 서울에서 남한산의 울창한 숲과 맑은 공기를 대하자 무척이나 좋은 모양인지 미현은 차창을 열고 숨을 깊이 들이마셨다. 식사에 앞서 순범은 미현을 병자호란 전시관으로 데리고 갔다. 쓰라린 조국 역사의 치부를 드러내는 것이 꺼려지기도 했지만 어쩐지 보여주고 싶은 느낌이 들었다.

미현은 말없이 병자호란 당시의 치욕적인 장면들을 그린 그림을 보고 있다가 청나라에 잡혀간 여인들을 매매하는 그림 앞에서는 얼굴을 찡그렸다. 국적은 다르지만 자신과 같은 한국 여인들이 외국에서 무자비한 자들에게 팔려가는 것이 무척 안된 모양이었다.

「부모 형제가 중국까지 돈을 가지고 가서 다시 사온 경우도 있습니다.」

「알아요. 그들을 화냥년이라 하지요.」

순범은 놀랐다. 이 여자가 여기까지 알고 있나 싶어 눈을 휘둥그렇게 뜨고 있으려니 미현이 설명을 덧붙였다.

「원래는 고향에 돌아온 여자, 즉 환향(還鄕)한 여자라는 뜻이죠. 모진 고생을 한 불쌍한 사람들이지만 그들은 화냥년이라고 불리며 부정한 여자로 괄시 받았죠. 생각해보면 한국인은 이상한 사람들이에요.」

「어떻게 그런 것을 알고 있습니까?」

「책에서 읽었어요..」

순범은 이용후 박사의 서재에 역사책이 잔뜩 꽂혀 있던 것이 생각났다. 미현은 설마 그 많은 책을 다 읽었던 것일까? 천재 소리를 듣던 미현이니 그럴 수도 있겠지만, 이 자리에서 내용을 되짚어내는 미현은 아주 훌륭한 기억력의 소유자임에 틀림없다는 생각이 들었다.

「여기 산채정식이 맛있는데 그걸 먹을까요?」

「그렇게 하시죠.」

미현은 의외로 식사에 까다롭지 않았다.

여러 종류의 나물에 젓가락을 대며 맛있게 식사를 하는 미현을 보며 순범은 제대로 왔구나 하는 생각이 들었다. 아닌 게 아니라 위생만 철저하게 관리한다면 외국인에게 자랑스럽게 소개할 수 있는 한국 식당도 많은 편이나. 물론 미현이 외국인은 아니었지만 태어나서부터 미국에서만 살아온 그녀를 안내하는 데는 제법 신경이 쓰이는 편이었다.

남한산 중턱에 깔린 석양의 황금빛이 보랏빛으로 바뀌더니 이내 어둠이 조금씩 깔리고 있었다. 미현은 흐트러진 머리카락을 쓸어 올리며 어떻게 해서 이 박사 사건에 순범이 뛰어들게 되었는지 그 내력을 듣고 싶다고 말했다.

순범은 처음 자신이 이 박사 사건에 뛰어들게 된 내력을 설명하기 시작했다. 최 부장으로부터 박성길의 얘기를 들은 것하며, 박성길을 교도소로 찾아간 얘기, 그리고 미국으로 가게 된 얘기와 최근 개코의 죽음에 대한 얘기까지 빼지 않았다. 다만 신윤미와 이 박사의 관계는 적당히 가볍게 둘러댔다. 마치 한 편의 소설과도 같은 이야기를 차분히 듣고 있던 미현은 개코가 '신ㅁ'이라는 글자를 남기고 죽었다는 대목에서 미간을 좁혔다.

「혹시 그 신문을 가지고 계신가요?」

「네, 차에 있습니다.」

「그러면 차에서 제게 한번 보여주세요.」

미현은 왜 신문을 보여달라는 것일까? 혹시 신문에서 무슨 단서를 찾으려고 하는 것은 아닐까? 그러나 자신이 아무리 오랫동안 살펴봐도 찾지 못했던 것을 이야기만 들은 미현이 찾아낼 수 있을까? 그러나 순범은 혹시 가능할지도 모른다는 생각이 들었다.

이 박사가 보통 사람인가. 아인슈타인에 비견되는 세계 최고의 천재가 아닌가. 그 아버지의 피를 제대로 이어받았다면 미현의 특수한 머리는 의외로 무슨 단서를 찾아낼 수 있을지도 모른다는 생각이 들었다. 프랑스에서 킬러의 심리를 파악하고 위기를 모면한 것도 보통 사람이라면 생각조차 못할 일이었다. 이런 생각이 들자 순범은 조금이라도 빨리 미현에게 신문을 보여주고 싶어졌다. 긴 여행에 피로해 있을 미현에게 미안한 느낌이 들었지만 늘 머리를 떠나지 않고 있는 개코의 죽음을 알 수 있을지도 모른다는 희망은 순범을 그냥 두지 않았다.

「그만 일어나실까요?」

「네.」

자동차에 타자 순범이 실내등을 켜고는 신문을 미현에게 건네주었다. 미현의 신경에 부담을 주지 않으려고 순범은 그녀를 쳐다보지 않은 채 운전대를 잡았다. 차에 시동을 걸고 출발하려는데 미현이 아무렇지도 않은 어조로 말했다.

「여기 있군요.」

「네?」

「여기 있어요.」

「뭐 말입니까?」

「살인범을 죽이고 형사를 죽인 사람이요.」

살인범이란 박성길을 말하는 것일 테고 형사란 개코일 것이다. 순범은 귀를 의심했다. 이 여자가 지금 무슨 얘기를 하고 있는 것인가? 자신이 그렇게 애를 써도 찾을 수 없었던 단서를 잠깐 얘기만 듣고 신문을 보자마자 단번에 알아낸다는 것은 있을 수 없다고 생각되었다. 그러나 미현은 분명한 목소리로 단정하듯 말했다.

순범은 고개를 돌려 미현이 짚고 있는 사진을 보았다. 그것은 새로 정보공급 회사를 운영하는 어느 회사 사장의 인터뷰 사진이었다. 이름은 우중섭이었다. 순범은 더더욱 놀랐다. 미현의 얼굴을 보니 아무런 표정의 변화가 없었다. 가늘고 하얀 미현의 손가락이 짚고 있는 사진 아래에 있는 기사를 읽어보니 오랫동안 정보부에 근무하다가 얼마 전에 나와 기업정보를 공급하는 회사를 차렸는데 몹시 잘된다는 얘기였다. 여기에는 정보부에서의 근무 경험이 큰 도움이 되고 있으며, 국제경쟁 시대를 맞아 안기부에서도 이런 방향으로 신경을 쓰는 것이 바람직할 것이라는 내용의 평범한 기사에 불과한 것이었다. 기사를 본 순범은 더욱 미현의 말을 믿을 수가 없었다. 어떻게 이런 인터뷰 기사 하나를 가지고 살인범으로 지목할 수 있을까? 미현의 얘기가 도저히 믿기지 않았지만 순범은 마음을 가라앉히고 차분한 목소리로 물었다.

「이 사람을 범인으로 짚는 이유는 무엇입니까?」

「박성길은 형무소 안에서 조용히 살아가고 있는 사람이었어요. 살인자들은 박성길을 죽일 필요가 전혀 없었죠. 왜냐하면 박성길은 그들의 정체를 모르니까요. 그냥 두는 게 가장 안전했어요. 그런데 어느 날 갑자기 사정이 달라졌어요. 그들의 얼굴이 알려지게 된 것이죠. 정확히 말하면 박성길이 끌려가

만났던 그 세 사람 중 한 사람의 사진이 형무소에 있는 박성길에게까지 들어가게 되었던 거예요. 신문에 그 사람의 사진이 실렸으니까요. 작은 사진이라면 박성길이 봐도 알 수가 없었을 거예요. 그러나 지금 이 사람의 사진은 아주 크게 실려 있잖아요? 인터뷰할 때는 생각지도 못했겠지만, 사진이 이렇게 크게 신문에 실리게 되자 불안해진 거예요. 그들은 교도소에 있는 사람들은 신문을 허드레 기사까지 한 자도 놓치지 않고 읽는다는 것을 알고 있었으니까 박성길에게 신경을 쓰지 않을 도리가 없었겠죠.」

순범은 머리카락이 쭈뼛해지는 것을 느꼈다. 이제까지 살아오면서 한 번도 느껴보지 못한 묘한 기분이 미현의 미소로부터 번져나와 순범을 휩싸고 도는 것 같았다.

'이 여자는 속으로 나를 얼마나 비웃을 것인가.'

이제껏 이 박사 사건을 해결하러 다닌다고 요란을 떨던 자신이 우습게 생각되었다. 게다가 윤미에게 자신이 한 행동은 또 어떤 것이었던가. 미숙한 추리를 가지고 성급하게 윤미의 가슴에 못을 박아버린 자신에 대한 혐오감에 순범은 몸을 떨었다. 걷잡을 수 없는 감정들이 솟구쳐 올랐지만 순범은 자신을 추슬렀다. 가장 중요한 것은 범인이 아닌가. 지금은 온 신경을 기울여 범인을 가려낼 때라는 생각이 순범으로 하여금 냉정을 회복하게 했다. 인터뷰 기사가 살인의 동기가 되다니. 이것을 도대체 누가 상상이나 할 수 있을 것인가.

「그렇군요. 그래서 아무리 생각해도 알 수가 없었군요. 그런데 박준기 형사가 이걸 알아냈단 말입니까?」

순범은 개코가 이런 추리를 할 수 있었을 것이라고는 도저히 믿기지 않았다.

「글쎄요. 꼭 이렇게 생각하지 않더라도 신문에 주의를 할 수는 있었을 거예요.」

「어떻게 말입니까?」

「누구에겐가 물어봤을 수 있겠죠. 처음에는 별것 아닌 것으로 알고 물어봤는데 의외로 상대방이 깜짝 놀라는 경우도 있을 수 있겠죠.」

「좀 더 알아듣기 쉽게 설명해주세요.」

「그 전에, 박준기 형사의 성격과 청주에 같이 내려갔던 얘기를 좀 더 자세하게 해주세요.」

순범은 최근 있었던 일을 아주 세세한 부분까지 자세하게 얘기했다. 이미 미현의 능력에 대해 절대적 신뢰를 가진 만큼 올바른 판단을 위해 하나라도 더 자세히 얘기하고 싶은 심정이 생겨나는 것은 당연했다. 순범이 얘기를 마쳤을 즈음 자동차는 이미 호텔에 들어서고 있었다.

「커피숍에서 얘기할까요?」

「네.」

순범이 주차하고 와서 자리에 앉자 미현은 커피잔을 입에서 떼며 천천히 얘기를 시작했다.

「제가 보기에 박준기 형사는 이 사건에 대해 지극히 기계적으로 접근한 것 같군요.」

「기계적으로 접근했다는 것은 무엇을 말하는 겁니까?」

「자신의 판단을 일체 보류하고 현상만을 다룬다는 뜻이죠.」

「그래서요?」

「박준기 형사는 신문이 없어진 사실에 대해 원칙적으로 파고들었겠죠. 오래되어 너덜너덜해진 신문이라든지 입고 난 속옷이라는 개념을 가지지 않고 피살자의 유류품이라는 개념으로 봤을 거예요. 원칙을 함부로 깨는 보통 사람들의 우를 범하지 않았을 테죠. 결국은 그것이 그의 죽음을 부르고 말았지만요.」

「그는 어째서 죽었을까요?」

「신문에 주목한 것이 알려졌을 거예요.」

「그렇다면 교도소에 살인자의 앞잡이가 있었다는 얘긴가요?」

「아니에요. 아무에게나 함부로 이런 비밀을 얘기할 수는 없었을 거예요. 아마 박준기 형사 스스로가 전화를 했겠죠.」

「누구에게 전화를 했다는 얘긴가요?」

「최 부장.」

이 말을 듣고 순범은 다시 한 번 소스라치게 놀랐다.

「그렇다면 최 부장이 개코를 살해했단 말입니까?」

「살인을 지시한 자는 따로 있겠지만 결과적으로는 그렇다고 봐야겠죠.」

「어째서 최 부장에게 연락했을 거라고 보는 거죠?」

「그가 바로 신문을 없앤 사람이니까요. 아까 박준기 형사는 신문을 유류품으로 봤다고 했죠. 그렇다면 최 부장은 유류품을 없앤 사람이죠. 박 형사는 수사의 원칙에 따라 움직였기 때문에 최 부장에게 신문에 대해 물었을 거예요. 최 부장으로서는 무척 당황했겠죠. 구실을 대어 박 형사를 청주에 머무르게 하고 대처 방안을 연구했겠죠.」

그래서 박준기는 그렇게 늦게까지 청주에 있었던 것일까? 거침없이 최 부장이라고 얘기하는 미현의 저 엄청난 얘기를 믿어도 되는 것일까? 설마하니 최 부장이 개코를 살해했을까? 강한 의심에 사로잡혀 있는 순범의 머리에 언젠가 개코가 하던 말이 생각났다.

'최영수라면 바늘구멍 같은 사람이지. 언젠가 무슨 사건수사 때 잠시 그 사람과 같이 일한 적이 있었는데 피의자가 토한 것을 버렸다고 얼마나 야단하던지. 수사에 관한 한 원칙 그 자체라고 해도 과언이 아닐 정도야.'

그러고 보니 확실히 뭔가가 맞지 않았다. 최 부장 같은 사람이 신문을 버리라고 지시할 리는 없는 것이다. 필시 개코는 신문이 최 부장의 지시에 의해 버려졌다는 데에 강한 의문을 품었을 것이었다. 개코의 우직한 성격에 바로 최 부장에게 항의성 전화를 걸었을 가능성은 충분히 있는 것이었다. 자신도 그랬지만 개코로서도 최 부장을 의심한다는 것은 불가능한 일이었으므로 개코는 스스로 묘혈을 판 셈이 되고 말았던 것이다.

긴 한숨이 순범의 입에서 새어나왔다. 떠오르는 의문이 한둘이 아니었지만 무엇보다도 허탈한 기분이었다. 두 어깨가 축 늘어지는 것이 앞으로 무엇을 어떻게 해야 할지 모를 기분이었다. 세상에 이럴 수가 있는 건가? 믿었던 최영수, 사건을 처음 꺼냈던 최영수가 살인자의 일당이라니. 순범은 도대체 뭐가 뭔지 모를 지경이었다.

「그럼 왜 최 부장이 나에게 박성길을 만나게 했을까요?」

「권 기자님을 이용하여 무언가를 하려 했겠죠.」

순범은 미국에서 돌아온 직후 최 부장이 애초의 수사보다는 오히려 이 박사의 핵개발과 관련한 성과에 더 큰 관심을 보여 의아하게 생각되던 것이 떠올랐다.

「최 부장의 범행을 어떻게 입증하죠?」

「입증은 어려울 거예요. 유도해서 심증을 굳힐 수는 있겠지만요. 그런데 프랑스에서 돌아와서는 별다른 위험이 없었나요?」

「내가 못 느꼈는진 모르지만 인도나 프랑스에서처럼 킬러를 만났던 적은 없습니다.」

「그러고 보면 한국은 정말 살기 좋은 나라네요.」

미현은 깔깔 웃으며 농담을 던졌다.

순범은 미현이 무슨 뜻으로 웃는지 몰랐지만 모처럼 그녀가 즐겁게 웃는 것을 보자 기분이 좋아졌다. 왠지 모르게 미현이 좋으면 자신도 좋아지는 것을 느끼며 순범은 속으로 웃음을 지었다.

위장 망명

안기부장이 예언한 대로 순범의 눈길을 확 잡아끌 만큼 흥미 있는 기사가 외신 텔렉스를 통해 들어온 것은 미현과 같이 청주에 갔다 온 다음날이었다. 청주에서 관계자들을 만나보고 올라온 미현은 자신의 추리에 대해 확신을 갖는 듯했다.

서른아홉 살의 바르샤바 택시운전사 그라코브는 여느 때와 마찬지로 프랑스대사관 정문에서 약 100미터가량 떨어진 곳에 차를 세우고 대사관에서 나오는 사람들의 표정을 살피고 있었다.

그날따라 유난히도 대사관에 드나드는 외국인이 많아 벌써 세 차례나 외국인 사냥에 성공한 그는 만족한 기분으로 마치 먹이를 기다리는 거미와도 같은 촉각을 곤두세우고 있었는데, 갑자기 누군가가 뒤에서 달려오는 듯한 느낌이 들어 백미러를 바라보았다.

동양인으로 보이는 한 사내가 순식간에 자신의 택시를 지나쳐서는 프랑스대사관의 정문 쪽으로 죽을힘을 다해 뛰고 있는 것이 눈에 들어왔다.

그라코브의 눈동자가 본능적으로 다시 백미러로 돌아와 뒤를 살피자 역시 소형 자동차 한 대가 전속력으로 달려오는 것이 보였다. 사내를 쫓는 자동차의 운전석 옆에는 한 사람이 창밖으로 고개를 내민 채 뭐라고 고함을 질러댔다. 그는 오른손에 든 권총을 밖으로 내놓고, 왼손에 든 카폰으로 통화를 계속하고 있었다.

질풍같이 달려와 택시를 지나친 자동차가 쫓기는 사나이를 앞질러 대사관 정문 가까이에서 급브레이크를 밟자 권총을 든 사나이가 뛰어내려 도망자를 가로막았다. 숨을 헐떡이며 달리던 사나이는 앞을 가로막히자 절망적인 표정이 되어 땅바닥에 쓰러지는가 싶더니 번개처럼 다시 일어나 권총을 든 사나이를 밀치고 정문을 향해 몸을 던지다시피 냅다 뛰어갔다.

브레이크의 파열음에 놀란 많은 행인들이 쳐다보는 가운데 프랑스대사관으로 달려 들어가는 사나이의 뒤에서 권총이 불을 뿜었다. 그러나 사나이는 용케도 총탄을 피해 거의 대사관 정문까지 다다라서 쓰러졌다.

「헬프 미! 헬프 미!」

숨이 넘어갈 듯한 절박한 목소리로 절규하는 사나이에게 대사관을 지키는 경비병들과 프랑스대사관의 직원들이 일제히 달려나가 부축하려는 순간, 다시 난사하는 듯한 10여 발의 총성이 울려퍼졌다.

쓰러져 있던 사나이는 바로 대사관의 정문 앞에서 경비병들과 직원들의 부축을 받으며 일어서려다 말고 총탄을 맞고는 다시 풀썩 쓰러지고 말았다.

사나이는 외마디 비명을 지르고 엎어져서는 꼼짝도 하지 않았다. 경비병들은 총을 빼들고 응사하려는 자세를 취했으나, 이미 자동차는 전속력으로 도주하고 난 뒤였다.

이것이 한 달 전에 일어난 상황이라는 것이었다. 정작 외신이 전하고자 한 내용은 그로부터 한 달 후 프랑스 국립경찰병원 특별면회실에서의 면담 내용이라고 할 수 있었다.

지극히 비밀스러운 면담이긴 했지만, 한편으로는 망명을 공식화하기 위해 통신사에 일부러 정보를 흘렸기 때문에 몇몇 유력한 기자들이 취재를 할 수 있었다. 프랑스 정부의 담당관이 먼저 송 박사의 몸 상태에 대해 말해주었다.

「아주 다행스러운 일입니다. 총알이 불과 몇 센티만 위로 관통했더라도 불행한 일이 생길 뻔했습니다.」

「고맙소. 하늘이 도와주셨다고 생각되는군요.」

「송 박사의 망명 신청은 우리 정부에 의해 접수되었습니다. 그동안 송 박사께서 말씀해주신 내용들은 모두 최고급의 정보로 판명이 되었습니다. 북한의 사정에 어두웠던 서방의 정보기관들도 크게 만족하는 눈치입니다. 그래서 지금 미국의 CIA와 국방부 정보국에서 몇 가지 추가 질문을 하기 위해 찾아왔습니다. 만나실 수 있겠습니까?」

「좋습니다.」

프랑스 정부의 담당관이 문을 열자 세 사람의 미국인이 걸어 들어왔다.

「상처가 거의 아물었다니 참으로 축하드립니다. 프랑스 망명도 허가되었고, 송 박사께서 제공하신 정보에 대해서도 분석 결과 거의가 정확하다고 판단되었습니다. 북한과 동북아시아의 정세 분석에 대단히 도움이 되고 있습니다. 저희는 미국의 중앙정보국에서 나왔습니다. 몇 가지 추가로 확인하고 싶으니 편한 자세로 답변해주시기 바랍니다.」

「알겠소.」

「송 박사께서는 북한의 지도적 핵과학자이며 장관급의 대우를 받고 계시는 분인데 왜 망명을 결심하셨습니까? 더구나 생명의 위협을 무릅쓰면서까지?」

「나는 자유를 갈망했소. 계급과 물질의 자유가 아닌 진정한 의식과 정신의 자유를 애타게 갈구했소.」

「그러다가 이번에 부인께서 돌아가시자 망명을 결심하셨군요. 그렇다면 자제분들은?」

「내겐 외아들이 있소. 바르샤바대학에 다니다가 지금은 프랑스 정부의 보호하에 있소. 나는 아내가 죽자 아들을 위로한다는 구실로 폴란드로 왔소. 북조선은 국내에서야 나를 장관급으로 대우하지만, 외국에 나와서는 철저히 감시해왔지요. 왜냐하면 우리 지식층들은 기본적으로 북조선의 폐쇄적이고 경직된 체제를 좋아하지 않기 때문이오. 내가 바르샤바 주재 프랑스대사관에 갑자기 뛰어들게 된 것도 그들이 아들과의 통화 내용을 도청하고 나의 망명 계획을 눈치챘기 때문이었소.」

「송 박사께서 주신 정보 가운데 영변에 위치한 핵 관련 시설에 대한 부분은 이제까지 우리가 분석하고 판단한 것과 정반대의 내용을 담고 있습니다. 우선 여기 사진에 보이는 이 건물을 봐주십시오. 위성사진 분석을 거쳐 우리가 판단한 바로는 이곳이 핵 관련 설비로서 주로 플루토늄을 재처리하는 공장이 아닐까 하는 의구심을 가지고 있었는데, 송 박사의 주장은 우리의 분석과 전혀 다릅니다. 어째서 그렇습니까?」

「그것이 원자로 설치용 건물인 것은 분명하오. 그러나 핵무기 제조용 플루토늄의 재처리 공장은 아니오. 발전용 원자로가 그 안에서 한창 건조되고 있을 뿐이오.」

「그러면 왜 송전용 전선이 전혀 가설되어 있지 않습니까?」

「그것은 북조선이 자체 기술로는 처음 제작하는 비교적 큰 용량의 원자로라고 할 수 있소. 성공할는지 실패할는지 장담하지 못하는 상태이기 때문에 주변에 발전 내지 송전용 장비를 설치하지 않고 있는 거요. 만약 모든 장비를 미리 다 갖춰놓았다가 정작 중요한 원자로 건조가 실패할 경우, 외국에 웃음거리가 되거나 인민들로부터 비난받을 것이 두려워서 그렇게 했소. 북조선의 인민들은 남조선에 비해 원자력 부문만큼은 훨씬 나은 걸로 알고 있기 때문이오.」

「박사의 말씀은 결론적으로 이 건물이 발전 설비의 일부분이란 얘깁니까?」

「바로 그렇소. 북조선은 플루토늄 재처리 기술이 별로 축적되어 있질 않소. 핵 선진국 중에서 어느 나라로부터도 기술을 도입할 수가 없고, 무엇보다도 북조선은 핵무기 제조에 대해 그다지 큰 관심이 없소.」

「그렇다면 왜 핵사찰에 응하지 않는 것입니까?」

「북조선은 지금 몹시 어려운 지경에 빠져 있소. 핵무기라도 금방 보유할 듯이 보여야만 미국이나 소련, 중국, 일본과의 관계에서 일방적으로 밀리는 입장을 막을 수가 있소. 이것은 미국이 핵의 존재에 대해 시인도 부인도 하지 않는 정책과 그 맥락을 같이하고 있다고 볼 수 있소. 다만 미국이 있으면서 없는 체하는 것과 북조선이 없으면서 있는 체하는 것만 다를 뿐이오. 그러나 이제 곧 핵사찰에 응하기로 북조선의 지도부는 생각을 굳혀가고 있소.」

「마지막으로 한 가지만 더 여쭤보겠습니다. 핵 정책 수립의 책임자로 계셨던 송 박사께서는 누구보다도 정확히 북한의 핵에 대해 알고 계시겠습니다만, 만약 북한이 지금의 상태에서 핵병기 제조에 전력을 경주한다면, 핵병기를 완성하는 데 시간은 얼마나 걸릴 것으로 판단하십니까?」

「북조선은 지금 핵무기를 개발할 여력이 없소. 조금이라도 가동할 수 있는 원자로가 있다면 모두 발전에 쓸 수밖에 없소. 잘 아시겠지만, 소련으로부터 원유 공급이 끊기면서 북조선은 전기가 모자라 모든 산업이 가동 중지의 위기에 직면해 있소. 어떤 형태로든 에너지 문제를 해결하지 못하면 인민의 봉기를 막을 도리가 없을 거요. 서방 국가들이 핵무기 개발이니 뭐니 해서 북조선을 국제사회에서 고립시키고 있지만, 진실과 부합되는 정확한 정보는 북조선이 현재 핵무기 제조와는 너무나 멀리 떨어져 있다는 사실이오.」

「박사님 말씀 대단히 감사합니다. 죽음의 위험을 무릅쓰고 이렇게 자유를 찾으신 용기에 대해 다시 한 번 경의를 표합니다. 박사께서 제공하신 정보가 정확한 것으로 분석되면, 아마도 본부에서 미국으로 초청하여 상당한 금액의 정보제공비를 지불해드릴 것입니다. 감사합니다.」

「고맙소.」

지팡이에 의지하여 병실로 돌아가는 박사의 걸음걸이는 약간 뒤뚱거리면서도 몹시 박력이 있어 보였다. 사선을 넘어 자유를 찾은 신념과 용기가 박사를 더욱 당당하게 보이도록 만드는 힘인지도 몰랐다. 총탄에 맞은 상처가 아직 완쾌되지는 않았지만, 그는 무척이나 건강해 보였다.

순범은 부장이 왜 흥미를 끌 만한 외신이라고 얘기했을까 곰곰이 생각해봐도 도무지 감이 잡히질 않았다. 외신이 들어오는 것까지 각본일 리가 없을 텐데……. 부장은 정확하게 외신이 들어온 날 다시 연락해왔다.

「권 기자, 오늘 시간이 어떻소?」

「퇴근 후에는 별다른 약속이 없습니다.」

미현이 일이 있다면서 내일 오후에 만나자고 하던 것을 생각하며 순범은 가벼운 마음으로 대답했다.

「오늘 저녁엔 술친구로 만나고 싶은데, 괜찮겠소?」

「부장님이 술친구로 불러주신다면야 저는 언제든 좋습니다.」

「그럼 퇴근 무렵에 신문사 앞으로 사람을 보내겠소.」

「아닙니다. 제가 그냥 찾아가죠.」

「만나자는 데가 어딘 줄 알고?」

「아, 그렇군요. 그럼 신세를 지겠습니다.」

순범이 퇴근 시간에 지체하지 않고 신문사 앞으로 나갔더니, 부장이 보낸 사람들이 진작부터 기다리고 있었다. 꼭 저렇게 두 사람씩 짝을 지어서 다녀야 할까 하는 생각이 들었지만, 그건 남의 사정이었다.

남산 부근의 한정식집에서 만난 부장은 순범이 외신이 들어올 것을 어떻게 알았느냐고 묻자 호탕한 웃음을 터뜨렸다.

「하하하, 이번 그 송 박사 망명사건은 전세계 정보기관의 의표를 찌른 것이었소. 설마하니 북한 제일의 핵과학자가 목숨을 걸고 망명해서 하는 말들을 믿지 않을 수야 없을 테지. 무엇보다도 북한이 워낙 닫혀 있어서 조그마한 정보라도 얻어내기가 쉽지 않았던 것이 송 박사의 말을 믿지 않을 수 없게 만든 이유였소. 송 박사의 부인이 때마침 병사한 것도 천운이었고, 무엇보다도 송 박사의 희생정신이 대단하다고 해야겠지.」

「아니, 부장님. 그러면 그것이 위장 망명이란 말입니까? 어떻게 그게 가능합니까? 어떻게 그처럼 정확하게 어깨와 허리 밑을 쏠 수가 있었단 말입니까? 권총이란 게 대단히 맞추기가 힘든데, 자칫 잘못하여 치명적 부위를 맞힐 수도 있지 않습니까?」

「바로 거기에 미국의 CIA도 넘어갈 수밖에 없었던 이유가 있소. 당시의 목격자들, 특히 택시운전사의 얘기에 따르면 권총을 든 사람들이 마구 난사하여 그중의 두 발이 맞은 걸로 되어 있소. 그렇지만 사실은 자동차 안에 몸을 감추고 있던 저격수가 소음장치가 된 권총으로 정조준하여 쏘았던 것이오. 미리 현장답사를 한 송 박사와 저격수가 정문 앞 두 번째 조각상 앞에 어떤 자세로 서 있기로 약속을 했기 때문에 정밀 사격이 가능했소. 쏘고 난 다음에도 계속 저격수는 몸을 감추고 있었고, 자동차는 금방 떠나버렸지. 그 짧은 순간에 누가 그것을 목격할 수 있었겠소? 그러니 송 박사는 당연히 목숨을 걸고 망명한 사람이 될 수밖에 없는 것이지.」

「그랬던 것이군요.」

「북한의 민족보위부 친구들도 꽤 하는 편이지. 이번 송 박사 망명사건 덕분에 세계 여론이 한풀 가라앉아서 다행이오. 한동안 시간을 벌 수 있게 된 셈이지.」

얘기를 끝내고 득의양양한 표정으로 흐뭇하게 건너다보는 부장을 마주 바라보는 일이 순범에게도 기분 나쁠 이유가 없었다. 부장과 만나는 일이 제법 익숙해진 탓도 있었지만, 함께 마시는 사람의 기분이 좋으니까 자연히 술맛이 났다.

「그러니까 송 박사의 망명사건은 남북 합작의 고육지계란 말씀이군요?」

「고육지계? 하하하, 그런 셈이지.」

「그런데 부장님, 한 가지 부탁드릴 것이 있습니다.」

「권 기자의 부탁이라면 내 힘자라는 데까지 들어주겠소. 그래 무엇입니까?」

「예전에 안기부에서 근무하다 지금은 나와서 기업정보 공급회사를 운영하고 있는 우중섭이라는 사람이 있습니다.」

「그래서?」

「그 사람을 주의 깊게 봐주십시오. 추측입니다만 그 사람을 비롯한 몇몇이 이 박사님과 박성길, 박준기 형사의 죽음에 관련되어 있지 않나 하는 의심이 듭니다.」

부장은 황급히 수첩을 꺼내 메모를 하면서도 의외라는 눈치였다.

「그건 부탁이 아니라 오히려 나를 도와주는 일 아니오. 나는 또 개인적인 어려운 부탁이라도 하는 줄 알았소.」

안기부장에게 우중섭에 대한 조사를 의뢰하고 나자 안심이 되어 술 마시는 속도가 빨라지면서 취기도 빨리 올랐다. 부장도 부서 내에 있을 것으로 짐작했던 앞잡이에 관한 정보를 들은 터라 몹시 유쾌한 기분이 되었고, 두 사람은 밤이 깊도록 술잔을 나누었다.

외로운 여자

다음날 오후 순범을 만난 미현의 얼굴에는 만족해하는 표정이 역력했다.

「기분이 좋아 보이는군요. 좋은 일이라도 있었어요?」

「네, 아버지의 제사를 모실 수 있도록 했어요.」

「누구에게요?」

「문중을 찾았어요. 도서관에서 우리 족보를 확인한 후 문중의 어른을 찾았더니 그렇잖아도 행방불명이 돼 얼마나 찾았는지 모른다고 하면서, 국립묘지에 계시단 얘기를 듣고는 문중 어른 몇 분이 같이 가서 묘지를 확인하고 오는 길이에요.」

여느 때 같지 않게 열을 띠고 얘기하는 미현을 보면서 순범은 역시 피는 못 속이는구나 하는 생각이 들었다. 비명횡사하여 돌봐주는 사람 하나 없다는 사실에 미현은 얼마나 고통스러웠을까? 그러다가 만난 문중의 어른들이 주었을 친족 의식은 미현을 안심하게 했을 것이 틀림없었다.

「그런데 미현 씨는 미국에 있으면서 어떻게 제사까지 알고 있었어요?」

「한국 사람은 제사가 제일이 아니던가요?」

「미현 씨는 미국 사람이잖아요?」

순범은 괜스레 미현을 건드려보았다. 그녀의 반응이 궁금했던 것이다.

「…….」

미현은 대답 없이 순범을 건너다보기만 했다. 순범은 미현이 한국에 와서 문중을 수소문하는 등 바쁘게 다니긴 했지만 재미있는 일이라곤 전혀 없이 지낸 것 같아 미안한 생각이 들었다.

「서울은 너무 복잡하지만 지방은 조용하고 좋아요. 특히 산이 좋죠. 미국의 산과는 다른 오밀조밀한 맛이 있어요. 미현 씨가 원한다면 한 이틀쯤 지방으로 여행을 다녀오면 어떨까요?」

「그럼 지금 바로 출발할까요? 모레는 미국으로 돌아가야 하니까요.」

「크리스마스 휴가가 아닙니까?」

「연구 프로젝트가 있어요. FBI의 촉탁을 받아서 하는 건데 대단히 급한 일이에요.」

순범은 어디가 좋을까 생각하다가 설악산으로 가기로 결정했다. 물론 미현이야 순범이 결정하는 대로 따를 수밖에 없는 처지였다.

오랜만에 세차를 해서 깨끗해진 차를 타고 경춘가도를 빠져나가는 기분은 날아갈 것만 같았다. 순범은 미국의 보스턴에서 콩코드까지 같이 차를 타고 가던 것을 비롯하여 짧은 동안이었지만 미현과 만남부터 지금까지의 일들을 이것저것 머리에 떠올려보았다. 이제 모레 미현이 미국으로 돌아가면 다시는 쉽게 볼 일이 없을 것이었다. 이런 생각이 들자 순범은 새삼스럽게 미현의 얼굴을 들여다보게 되었다. 바깥 풍경을 구경하느라 정신없는 미현의 모습은 언제나처럼 이지적이긴 했지만 예전처럼 거북하고 어려워 보이지는 않았다. 청평댐을 지나 춘천으로, 춘천에서 다시 홍천으로 고개를 넘어가는 길이 그 어느 때보다도 새롭고 시원하게 느껴졌다. 인제에서 소양강을 건너고 원통을 거쳐 설악산 입구에 도착했을 때는 이미 짙은 어둠이 깔려 있었다.

순범은 차를 백담사 쪽으로 몰았다. 밤에 한계령을 넘기도 그렇거니와, 호텔보다는 오히려 백담사 쪽에 있는 민박이 더 정취가 있을 것으로 생각됐다. 백담사 입구의 민박에 방을 잡은 두 사람은 부근의 식당에서 식사를 하고는 백담사로 난 길을 천천히 걸었다. 방을 따로 쓰는 걸 보고 주인 아주머니는 반가워하면서도 한편 의아하게 생각하는 눈치였다.

절반 넘게 부풀어 오른 달이 고즈넉한 등산로를 은은히 비추는 가운데 인기척조차 없는 깊은 산길을 걷는 기분은 색다른 데가 있었다. 낮보다도 오히려 산의 기운이 모이고, 모든 살아 있는 것들이 왕성한 활동을 끝내고 몸을 쉬는 이 시간에 두 사람이 내는 발자국 소리만이 밤의 적막을 뚫고 퍼져나가고 있었다.

「밤에 산길을 걷는 건 처음입니다.」

「얼마나 기분이 좋은지 모르겠어요.」

「이대로 계속 걷기만 했으면 좋겠군요.」

「쓰러질 때까지 말인가요?」

「같이 쓰러지면 외롭지 않을 겁니다.」

「권 기자님은 외로운 게 싫은가요?」

「외로운 걸 싫어하지 않는 사람도 있어요?」

「있지요.」

「미현 씨?」

「그래요. 외로움은 인간의 운명, 아니 본질이라는 생각이 들어요.」

「그러나 굳이 외롭게 지낼 필요는 없지 않아요?」

「인간은 변해가고 있어요. 혼자 사는 것이 더 강렬하게 사랑하며 사는 것일지도 몰라요.」

「저는 외롭기만 하던데요.」

「제가 보기에는 그렇지 않은걸요. 혼자 지내시는 건 외로움을 즐기기 때문일 거예요.」

어디선가 부엉이 울음소리가 들려왔다. 곧이어 맞은편 방향에서도 울음소리가 들리는 걸로 봐서 아마도 짝을 찾는 중인 모양이었다. 부엉이 울음소리를 들어서 그랬을까, 갑자기 순범은 빼저리게 허전한 기분을 느꼈다. 옆에 미현이 걷고 있다는 생각이 이제까지와는 달리 순범의 가슴을 고동치게 했다. 걸음을 멈추고 와락 끌어안고 싶은 충동을 가까스로 억누르며 입을 꾹 다문 채 걷고 있는 순범의 발걸음은 조금 전처럼 가볍지가 않았다.

순범의 갑작스런 침묵을 의식했는지 미현이 흘끗 쳐다봤다. 희미한 달빛에 보이는 순범의 얼굴은 차게 느껴지면서도 어딘지 모르게 들떠 있다는 기분이 들었다.

순범은 미현의 얼굴을 보는 순간 갑자기 걸음을 멈추고 우뚝 섰다. 그러나 미현은 멈추지 않았다. 순범의 거칠어진 호흡을 느끼며 몇 발자국을 더 나갔을 때 등 뒤에서 나직이 부르는 소리가 들렸다.

「미현 씨.」

목소리가 고르지 않았다. 걸음을 멈춘 미현은 그자리에서 땅만 보고 서 있었다.

'어떻게 해야 하나?'

순범의 거친 숨소리가 가깝게 느껴지는 순간 억센 사나이의 손이 미현의 어깨를 잡아 뒤로 돌렸다.

「흡!」

순범이 입술을 덮어오는 바람에 숨소리가 흩어지며 미현은 가늘게 몸을 떨었다. 수없이 많은 생각들이 한꺼번에 머리에 떠오르는 듯하다가 갑자기 아무 생각도 없는 텅 빈 상태로 바뀌면서 무언지 모를 두려움이 엄습해왔다. 자신의 머리로도 이해할 수 없는 이 기분. 이것은 어디에서 오는 것인가? 자신은 어떻게 해야 하는 것인가? 그러나 생각할 사이도 없이 순범의 억센 힘이 자신의 가슴을 압박해왔다. 숨이 막힐 듯한 가운데 가슴 깊숙한 곳을 뚫고 올라오는 신선하고 강렬한 기분이 있었다. 다리가 후들거리고 지탱하지 못할 정도로 온몸의 힘이 빠져나갔다. 미현은 자신도 모르게 순범의 허리를 꼭 껴안았다. 가느다란 숨소리가 미현의 입에서 흘러나오다가는 순범의 입술에 부딪쳤다.

「사랑해요, 미현 씨…….」

미현은 아무 말도 하지 않았다. 달빛을 받으며 한참 동안이나 그렇게 서 있던 두 사람은 이윽고 발걸음을 옮겨 산을 내려왔다.

섬돌 위에 놓인 두 켤레의 포개진 신발 위로 기나긴 겨울밤의 사연들이 한 겹씩 쌓여가고, 잡으면 끊어져버릴 것만 같은 달빛 줄기들은 깊은 밤 너머로 끝없이 이어지고 있었다.

정보를 파는 사람들

다음날 미시령을 넘어 설악동과 동해 바다를 돌아본 두 사람은 일찌감치 서울로 돌아왔다. 미현이 바로 다음날 떠나야 하기 때문이었다. 순범은 서울에 도착하자 일단 신문사에 전화를 걸었다. 특별한 연락이 온 것이 있는지 확인하기 위해서였다.

「권 기자? 자네 찾는 전화가 수십 통 왔었어. 지금 여기 와서 기다리는 분도 계시는데, 바꿔줄게 받아봐.」

잠시 후에 들려온 전화의 목소리는 매우 다급했다.

「권 기자님이시죠. 부장님이 급히 권 기자님을 찾고 계십니다. 지금 바로 남산으로 가시지요.」

「무슨 일입니까?」

「저는 잘 모르겠습니다만 지금 권 기자님을 찾으려고 전 서울 시내에 비상이 걸렸습니다.」

「알았습니다. 바로 가지요.」

순범은 미현을 옆에 태운 채로 비상라이트를 켜고 남산으로 질주했다. 정문에 도착하자 미리 내려와 기다리고 있던 직원이 바로 순범과 미현을 부장실로 안내했다.

평소 여유 있던 표정은 간데없이 안절부절못하던 부장은 순범을 보자 반색했다.

「권 기자, 무사했구려. 별일은 없었소?」

「아무 일 없었습니다.」

「여기 이분은?」

「아 참, 소개를 드려야겠군요. 이용후 박사님의 외동딸인 이미현 양입니다.」

「아, 바로 그 이미현 양이군요. 어서 오십시오.」

인사는 하면서도 부장은 다급한 표정으로 어쩔 줄 몰라했다. 무슨 큰일이 발생한 것이 틀림없었다.

「부장님, 무슨 일이라도 있습니까?」

「권 기자, 이리 앉아보시오. 이거 보통 큰일이 아니오.」

순범은 매우 불길한 예감이 들었다.

「권 기자는 어떻게 그 우중섭이란 자를 지목했소?」

「네?」

「어떻게 그 우중섭이가 외국의 첩자인 줄 알았느냔 말이오.」

「신문을 보고 알았습니다.」

순범은 미현이 신문을 보고 우중섭을 지목해낸 이야기를 부장에게 했다.

「그 우중섭이가 살인을 교사한 자임이 밝혀졌습니까?」

「살인이 문제가 아니오. 이놈들이 그것을 알아버렸소.」

「네?」

「우리의 계획을 알아버렸단 말이오.」

「아니, 누가 말입니까?」

「이동환과 우중섭.」

「네? 이동환은 누굽니까?」

「우리 부서의 3국장인데 이놈이 바로 이 박사 살해를 지시한 놈이오.」

「그러면 우중섭은요?」

「그놈은 이동환의 부하지. 또 한 놈이 있는데 그놈은 이미 10년 전에 미국으로 이민 갔소.」

'박성길이 얘기하던 세 놈 중 높아 보인다던 놈이 바로 이동환이고, 우중섭은 그 하수인 중의 하나였구나.'

「최근 발생한 두 건의 살인도 이들이 저지른 겁니까?」

「그렇소, 이놈들이 자신의 범행을 은폐하기 위해 저지른 것이오. 놀라운 것은…….」

「최영수가 가담하고 있다는 것이지요?」

「아니, 권 기자는 그걸 알고 있었소?」

「우중섭을 검거하면 다 나올 걸로 생각했습니다.」

「귀신이구먼.」

「그러면 일당을 일망타진한 셈인데 왜 그리 걱정을 하고 계십니까?」

「정작 문제는 이들이 아니오. 얼굴도 이름도 모르는 존재가 하나 있는데 이자가 바로 그 계획을 알고 있다는 것이오.」

「얼굴도 이름도 모르는 존재?」

「그렇소. 머리가 비상한 이동환이가 우리나라의 핵과학자 중 핵무기 개발을 할 수 있을 만한 사람들의 최근 동향을 종합해 얻은 결론을 우중섭이를 통해서 '회장'이라는 자에게 전달했소. 이 회장이라는 자와는 전화를 통해서만 거래를 했기 때문에 얼굴도 이름도 정체도 모른다는 것이오.」

「그러면 전화번호를 추적하면 되지 않습니까?」

「그런데 그게 참 기가 찬 게, 이들이 사용한 전화라는 것이 우중섭이의 개인전화라는 것이오.」

「우중섭이의 전화요?」

「우중섭이는 금고 안에 넣어둔 자신의 전화에 팔고자 하는 비밀을 녹음하고, 그자는 우중섭의 전화번호를 돌려 비밀번호를 입력한 다음 우중섭이가 녹음해둔 비밀을 듣고는 그에 합당한 대가를 송금하는 방법을 써왔소.」

「그러니 이들이 회장의 정체를 모르는 것은 당연하군요. 물론 그 송금도 추적할 수 없도록 했겠죠?」

「물론이오.」

「그렇다면 그 회장이라는 자의 정체를 밝힐 수 있는 방법은 전혀 없습니까?」

「딱 한 가지가 있소.」

「그게 뭡니까?」

「프랑스에서의 청부살인을 이 회장이라는 자가 시켰다는 것이오.」

「프랑스에서의 청부살인을요? 그럼 인도에서의 것은?」

「그것은 우중섭이가 시킨 것으로 자백을 했는데, 프랑스에는 인맥이 없어 그자가 했다는 것이오.」

「단서는 프랑스의 청부살인을 지시했다는 것밖에 없군요.」

순범은 미현의 얼굴을 흘끗 쳐다보았다. 미현은 무언가를 생각하는 표정으로 창밖을 내다보고 있다가 순범의 눈길을 의식하고는 가볍게 고개를 가로저었다. 아는 것이 없다는 표시였다. 프랑스의 청부살인을 지시했다는 것만으로 사람을 찾아내기란 힘든 일이었다.

「뭔가 생각나는 것이 없소?」

「전혀 없는데요.」

순범의 대답을 들은 부장의 얼굴이 흙빛으로 변했다.

「그들을 추궁해서 더 얻어낼 수 있는 것이 없을까요?」

「아는 것은 모두 말하지 않을 수 없도록 취조를 했소. 그러니 더 이상 숨기고 있는 것은 없다고 봐야 할 거요.」

순범도 낙심하지 않을 수 없었다. 단순한 낙심이라기보다 엄청난 압박감이 순범의 목을 죄어왔다. 박 대통령과 이 박사의 희생을 비롯하여 이제까지의 모든 노력이 수포로 돌아가고 마는 것은 물론, 앞으로는 남북 간의 어떠한 독자적 계획도 강대국들의 노골적 간섭을 받아 성사시킬 수 없을 것이었다. 회장이라는 자가 틀림없이 정보를 외국에 넘길 것이라고 판단한 순범은 부장에게 물었다.

「그자는 정보를 외국에 넘기려고 하지 않을까요?」

「물론이오. 지금 국내의 외국 정보 관계 인사를 비롯해서 접촉 가능한 모든 사람들을 철통같이 감시하고 있어요. 아직까지 직원들의 안테나에 걸려든 것은 없는데, 아마 내 생각으로는 그자가 직접 외국에 나가서 가격을 흥정하고 정보를 넘길 것 같소. 어마어마한 정보니까 국내에서 흥정할 수도 없고 돈을 받을 수도 없을 거요. 대리인을 시킬 수도 없는 일이니 당연히 자기가 외국으로 나가겠지. 일단 항만과 공항에 나가 있는 직원들이 비상상태에 있긴 하지만, 도대체 어떤 놈인지 알아야 잡을 수 있는 것 아니겠소?」

시간이 흐를수록 초조해하는 부장의 모습은 옆에서 보기에 딱할 정도였다. 물론 순범도 마찬가지 심정이었지만, 핵개발의 책임을 지고 있는 부장의 마음에 비할 바는 아닐 것이었다. 다른 부서도 아닌 안기부에서 흘러나간 비밀이 외국으로 유출된다면 부장은 역사의 죄인이 되고 말 것이었다. 부장은 두 손으로 얼굴을 감싸쥐었다. 비 오듯 흐르는 땀이 부장의 양 손 사이로 배어나왔다.

김포공항 국제선 3번 게이트 앞에 선 이한수는 이제 탑승 수속을 시작하려는 서울발 디트로이트행 노스웨스트기의 제트 터빈이 폭발음을 내며 돌기 시작하는 것을 흐뭇한 마음으로 보고 있다가 공중전화 부스 앞에 섰다. 그는 전화기를 들고 번호를 누르려다가 말고 다시 내려왔다.

'마지막 순간까지 조심해야지.'

그는 게이트 안으로 발걸음을 옮겼다. 마침 탑승수속이 시작되고 있었다.

'이제 모든 게 다 끝났구나. 미국 비행기! 미국 비행기만 타면 다 끝난 일 아닌가?'

줄을 서서 기다리는 그의 머리에 개더 국장의 잘 벗겨진 대머리가 떠올랐다. 잔뜩 찌푸린 그의 표정에 이어 혀를 도르르 말고 굴리는 음성이 부드럽게 귀를 자극하는 듯했다.

「하우 머치?」

그러면 자신은 손가락 다섯 개를 쫙 펴보이며 말할 것이다.

「파이브 밀리언.」

개더는 더욱 찌푸리겠지.

「잇스 투 익스펜시브.」

그러면 나는,

「노 니고시에이션.」

그러고는 돌아서 나온다.

그자는 다시,

「위치 레이트?」

그러면 나는 거만하고 귀찮은 표정으로,

「엑스트라 스페셜.」

그는 다시,

「왓 카인드?」

나는,

「뉴클리어 웨펀.」

이러면 모든 것은 끝이다. 지난 20년간 거래해온 경험으로 그들은 내가 주는 정보가 어느 정도 고급인가는 알고도 남지 않은가? 자신의 차례가 되자 그는 검표 승무원에게 거만한 목소리로 내뱉었다.

「퍼스트 클래스.」

고개를 숙이는 여승무원들 앞을 지나면서 그는 불평한다.

「여기 김포만 일등석 전용 게이트가 없어. 줄 서는 거 짜증이 나서 비행기 타기가 싫어진다니까.」

남산의 부장실에는 여전히 고뇌와 비탄의 탄식만이 흐르고 있었다. 힘은 있으되 쓰지를 못하는 갑갑함이 부장과 순범을 거의 발작 직전의 상태로 몰아가고 있었다.

「그자가 프랑스에서 살인을 청부할 수 있을 정도면 보통 사람은 아니라는 뜻이죠?」

공기의 흐름조차도 정지해버린 듯한 공간을 타고 가냘픈 목소리가 흘러나왔다. 미현이었다.

「그렇군요.」

「프랑스에서 정보전을 수행하는 부서는 어딥니까?」

「우리 안기부요.」

「그럼 안기부의 해외담당 책임자와 제가 통화를 할 수 있겠습니까?」

「물론이오.」

부장은 이미 우중섭을 지목해낸 미현의 능력을 믿고 있던 터라 얼른 인터폰에 대고 박진헌 국장을 불렀다.

「박 국장, 부장인데 이 사람이 나라고 생각하고 대화해주시오.」

「네, 알겠습니다.」

전화기를 넘겨주는 부장의 얼굴에 실낱같은 기대감이 서리는 듯했다.

「외국에서 임무를 수행할 때 그 임무에 대해 어떤 비밀스런 이름, 즉 암호 같은 것을 붙이나요?」

「그렇습니다. 모든 업무에는 비밀을 유지하기 위한 암호가 붙습니다.」

「프랑스에서 수행됐던 업무 중 '백작' 혹은 '세느강 백작'이라는 암호명이 붙은 것이 있습니까? 아니면, 그렇게 불리던 요원이 있었나요?」

「…….」

박진헌 국장은 잠시 말이 없더니 부장을 바꿔달라고 했다. 아마 내부 기밀사항인 모양이었다. 인터폰으로 열어놓고 있기 때문에 박 국장의 목소리는 방 안에 다 들렸다. 부장은 반사적으로 외쳤다.

「박 국장, 내 말을 잊었소? 아는 대로 그냥 말하시오.」

「네, 그런 것이 있었습니다.」

아사 직전에 오아시스를 발견한 기쁨이 이런 것일까? 박진헌 국장의 대답이 나오는 순간 순범은 하늘로 날아오를 것만 같았다. 왈칵 달려들어 미현을 끌어안고 싶은 충동이 치밀어 올랐지만 아직은 상황이 불확실하여 가까스로 억눌렀다.

「그때 그 업무에 관여했던 사람들의 이름도 알 수 있습니까?」

「김기덕, 윤재효, 이한수 이 세 사람이 '세느강 백작'의 담당자였습니다.」

「그 사람들은 지금 뭘 하고 있죠?」

「윤재효는 사망했고, 김기덕은 캐나다로 이민 갔고, 이한수는 서울에 있지만 무얼 하고 어떻게 지내는지는 모릅니다.」

미현은 부장에게 자신 있는 목소리로 말했다.

「그자의 이름은 이한수입니다.」

부장은 바로 지시를 했다.

「지금부터 전 직원은 박 국장으로부터 이한수에 대한 설명을 듣고 전력을 다해 즉각 검거하라. 사정이 여의치 않을 경우 사살해도 좋다. 각 공항과 항만의 요원은 출국심사대를 장악하고 기출국자 명단도 검토하여 상황 보고하라.」

지시를 끝낸 부장은 미현의 손을 잡으며 희열에 넘친 표정으로 무슨 말부터 해야 할지 몰랐다.

「어떻게 그자를 찾아낼 수 있었소?」

「프랑스에서 저희의 목숨을 노리던 청부업자가 우연히 싱크로니시티에 빠졌어요. 자신의 마음속에 늘 괴로운 기억으로 남아 있던 애인이 저를 보는 순간 되살아난 거죠. 그녀와 저를 동일시하게 된 그는 우리를 해칠 생각을 버림은 물론 우리의 안전을 바라는 마음으로 시를 통해 청부한 자의 정체를 알려준 거죠. 그런데 그 킬러는 프랑스인이었고, 프랑스인 킬러를 사주했다면 적어도 프랑스에서 근무했거나 프랑스에 사는 한국인일 가능성이 높은 거죠. 그렇지만 킬러와 접촉할 수 있는 사람은 특수한 직업에 종사하는 자일 가능성이 매우 높다고 생각했어요. 당연히 안기부의 요원을 떠올릴 수밖에 없었죠.」

「그러면 왜 바로 알려주지 않고 시를 들려준 거죠?」

「그의 마음속에 있는 규율에 대한 의식이 직접 알려주는 것을 꺼린 거죠.」

「싱크로니시티란 뭐죠?」

「글쎄요, 의미 있는 우연이라고나 할까요. 간단하게 설명하기는 어렵지만, 사람이 지나친 사랑이나 증오 등 감정의 과잉 상태에 빠졌을 때 어떤 관련 있는 동기에 의해 생기는 착각을 포함한다고 해두면 그럴듯할 거예요.」

무슨 소리인지는 확실히 몰랐지만 좌우간 미현은 킬러의 심리를 유도하여 위험을 벗어났을 뿐 아니라 첩자도 찾아낸 것이었다.

노스웨스트 730

삐이.

「부장님, 공항에서 이한수를 찾았습니다. 그런데 이미 2시 30분 출발 예정인 노스웨스트기를 타고 있습니다.」

부장의 얼굴이 새하얗게 변했다. 시계를 들여다보니 출발까지는 40분이 남았다.

'끌어낼 수는 있다. 그러나 그 다음을 어떻게 수습할 것인가?'

비행기, 특히 미국의 비행기가 아닌가. 이한수는 끌려나오면서 승무원들에게 자신의 신분을 밝히고 망명을 요청할 것이다. 기장은 요원들을 제지할 것이고 일이 악화되면 기내의 보안관이 총을 사용할 수도 있다. 잘된다 하더라도 미국 측에서는 틀림없이 신병인도를 요구할 것이다. 그들과 면회만 시켜줘도 모든 것이 다 깨지고 만다. 그렇지만 이대로 이한수를 보낼 수는 없는 것이 아닌가?

부장은 눈앞이 캄캄해졌다. 다시 시계를 들여다보니 어느

새 2분이 흘렀다. 앉아서 생각할 시간조차 없어 부장은 차를 대기시켰다. 일단은 공항으로 나가면서 생각해야 할 것이었다. 순범과 미현도 부장과 같이 계단을 뛰어내려가 대기 중인 자동차를 탔다. 어디서 나왔는지 순찰차가 경광등을 켜고 사이렌을 요란하게 울리며 앞길을 헤쳤다. 자동차가 남산을 돌아 용산고등학교 앞을 지나고 이촌동에서 강변로를 진입할 때까지도 부장은 결론을 내리지 못하고 있었다.

결론은 이한수를 죽이는 것뿐이었다. 그러나 요원들이 미국 비행기에 들어가 이한수를 사살한다면 세계 여론이 들끓을 것이다. 미국은 모든 수단 방법을 가리지 않고 제재를 가할 것이고 집요하게 파헤치려 들 것은 뻔했다. 전세계의 주목을 받게 되었을 때 핵개발이 숨겨질 수 있을까?

부장은 전화기를 들었다. 빨간 버튼을 누르는 그의 손길이 가늘게 떨고 있었다.

「코드 원을 대줘.」

「부재중이십니다.」

「어디 계시나?」

「미국 대사를 면담 중이십니다. 그리로 연결해드릴까요?」

「아니야, 그냥 놔둬.」

전화를 끊은 부장의 마음은 불과 몇 분 사이에도 바뀌고 또 바뀌었다. 어떤 지시를 해야 하나? 시간은 흐르고 공항은 가까워오는데도 부장의 마음은 오락가락할 뿐 결심은 서지 않았다.

순찰차가 선도하는데다 신호 통제까지 하는 터라 부장의 차는 나는 듯이 달려 성산대교를 건너고 있었다. 이륙 시간까지는 이제 25분밖에 남지 않았다. 이윽고 어떤 결심을 내린 듯 부장은 다시 전화기에 손을 뻗쳤다. 힘없는 손길엔 아직도 망설임이 진하게 배어 있었다. 이것을 본 순범이 물었다.

「어떻게 하시려구요?」

「사살하는 수밖에 없을 것 같소.」

「기내에서 말입니까?」

「그렇소.」

「이한수와 미국의 정보기관 사이에 사전 연락이 있었다면 그를 기내에서 사살하는 것은 미국의 온 신경을 이리로 끌어오는 결과를 낳을 텐데요.」

「그러나 방법이 없소.」

무언가를 생각하는 듯하던 순범이 갑작스럽게 고함을 질렀다.

「부장님, 방법이 있습니다!」

「무슨 방법?」

「제게 그 비행기의 항공권 한 장을 준비해주십시오. 절대로 안기부에서 구한 것인지 모르게 해야 합니다. 아무 특별한 지시도 내리지 마십시오. 모든 것은 평상시와 똑같이 자연스럽게 진행되어야 합니다. 그리고 권총만 한 자루 준비해주십시오.」

부장은 흠칫 놀랐다. 이게 웬 소린가? 항공권은 그렇다 치더라도 권총은 무슨 소린가?

순범이 얘기하고 부장이 생각하는 그 짧은 사이에도 시간은 사정없이 흘러가고 있었다.

「권총은 왜 달라는 거요?」

「제게 한번 맡겨주십시오.」

부장은 순간 순범의 얼굴에 서려 있는 결연한 의지를 보았다. 앞으로 어떻게 될지는 모르지만 플루토늄을 찾은 이 의외의 청년에게 상황을 한번 맡겨보고 싶은 유혹이 강하게 들었다. 어차피 방법이 없기는 마찬가지가 아닌가. 이한수를 기내에서 끌어내 오는 것밖에 방법이 없다면, 최후의 수단으로 활주로를 봉쇄할 수도 있을 것이었다. 부장은 전화기를 들어 김포공항을 불렀다. 공항분실에 항공권을 마련할 것을 지시하고, 앞에 가는 수행비서의 차를 세워 그의 권총을 순범에게 주었다. 권총을 넘겨주면서 비서는 순범에게 권총을 다룰 줄 아느냐고 물었다. 순범은 말없이 고개를 끄덕였다.

「조심하세요.」

순범이 총을 받아 자동차에 타자 이제껏 아무런 말도 없이 앉아 있던 미현이 순범의 손을 쥐며 나지막한 목소리로 말했다. 순범은 아무 대답도 없이 미현의 손을 잡아 자신의 얼굴에 갖다 댔다.

자동차가 국제선 2층 출발선 현관 앞에 서자 공항분실의 책임자가 항공권을 가지고 기다리고 있었다. 그는 부장의 전화를 받자마자 표시가 안 나게 하기 위해 재빨리 이 비행기로 출발하는 일등석의 한국인 승객 한 사람을 찾아 적당히 둘러대고 우선 표부터 확보했던 것이다.

순범은 차에서 내리기 전 부장의 귀에 대고 낮은 소리로 한마디 짧게 속삭인 다음 책임자로부터 항공권을 받아서는 옆에 서 있던 요원의 팔을 붙잡고 번개처럼 안으로 사라졌다. 안기부 공항분실 요원과 같이 들어오는 것을 본 경찰관들은 순범의 몸을 수색하지 않았다. 공항분실 요원은 금속탐지기가 없는 공항직원 전용 출입구와 출국검사대까지 순범을 동행하여 무사통과하게 했지만, 자신이 동행하고 있는 사람이 누구인지 무엇을 소지하고 있는지는 전혀 알지 못했다. 다만 비행기 시간이 늦어 평소 알고 지내는 공항분실장에게 부탁한 정도로밖에는 생각지 않았다. 방금 도착한 그 차에 안기부장이 타고 있을 줄은 생각도 하지 못하고 있었던 그는 기왕 심부름을 할 바에야 출국심사대까지 동행해줌으로써 분실장의 아는 사람에 대한 편의를 최대한 제공하려고 했다.

순범은 탑승객 중 맨 마지막으로 기내에 들어섰다. 일등석의 왼쪽 맨 뒤에 있는 자신의 좌석에 앉으면서 카폰으로 들었던 좌석번호를 찾아 이한수가 앞에서 두 번째 줄에 앉은 것을 발견했다. 그의 모습에 특색이 있는 것이 정말 다행이었다. 순범은 열 번도 더 넘게 이한수의 모습이 설명 들은 것과 맞는지 확인했다.

일등석 왼쪽 앞에서 두 번째. 대머리에 둥근 얼굴, 목 뒤에 새까만 점이 있는 것까지 설명 들은 바와 똑같았다. 순범은 자신의 자리에 앉아 안전벨트를 매면서 깊은 숨을 내쉬었다. 자, 이제는 모든 것을 운명에 맡기면 된다. 조국의 미래가 자신의 양어깨에 놓였다고 생각하니 순범의 등에서 식은땀이 흘러내리는 것을 느낄 수 있었다. 순범은 눈을 감았다. 어차피 모든 것을 운명에 맡기기로 한 이상 눈을 뜨고 두리번거린다고 해서 바뀔 것은 아무것도 없지 않은가?

부장은 순범이 차에서 내리기 전 급히 던지고 간 말이 무슨 의미인지를 뒤늦게 깨달았다.

「미국으로 가지 않습니다.」

이 말의 의미를 깨달은 부장은 대경실색했으나 이미 때는 늦어 있었다. 이제 와서 소동을 피우면 그야말로 모든 것이 물거품이 되어버리고 말 것이기 때문이었다. 무리하여 소동을 피우느니 비록 잘못될 경우 그 결과가 최악이 되더라도 순범을 한번 믿어보자는 쪽으로 기울었다. 일단 이렇게 생각하니 이제까지 그토록 바쁘고 마음이 다급하던 부장도 일순간 할 일이 없어졌다. 이제는 모든 것을 운명에 맡기고 오직 결과를 기다리는 일밖에는 없었다. 자동차에 앉은 채로 잠시 기다리던 부장은 2시 30분 정각에 비행기가 이륙하는 것을 보고는 미현과 함께 공항을 빠져나와 남산으로 되돌아왔다.

좌석에 앉자마자 내내 눈을 감고 있던 순범은 시간이 지남에 따라 자신도 모르게 숨소리가 거칠어지는 것을 느낄 수 있었다.

'내가 하려고 하는 행위가 과연 옳은 것인가? 나의 행위는 어떻게 평가될 것인가? 오늘 나는 사람을 죽여야 한다. 이것이 무엇을 위한 것이든 사람을 죽이는 행위 자체는 범죄가 아닐까? 우주의 법칙에 의해 생겨난 고귀한 생명. 누구도 함부로 다룰 수 없는 타인의 생명. 이 생명을 어떻게 나는 그의 의사에 반해 죽일 수 있을 것인가? 그가 더 큰 해를 끼치는 것을 막기 위해 죽이는 것이라 하더라도 나는 과연 그럴 자격이 있는 것인가? 내가 그를 죽이는 것은 이유야 어쨌든 범죄로 규정되어 있지 않은가? 법적으로는 틀림없는 살인죄. 그러나 나라와 동포를 위해 반역자를 죽이는 것을 어떻게 범죄라 할 것인가? 지금처럼 법의 힘이 미치지 못하는 특수한 상황에서 나라를 대신하여 반역자를 처단하는 것은 전쟁에 나선 군인과 같이 오히려 떳떳한 일이 아닌가? 전쟁. 이것이 바로 전쟁이 아닌가?'

막상 사람을 죽여야 한다고 생각하니 수만 가지 생각이 머릿속을 맴돌았다. 그러나 지금 이 순간 하나 확실한 것은, 자신이 이한수를 떠맡았다는 것이었다.

비행기는 조금씩 움직이고 있었다. 천천히 구르기 시작하는 바퀴의 진동을 느끼던 순범은 비행기가 속도를 붙여나가는 압력이 더해짐에 따라 자신의 양어깨에 실린 무게가 심하게 자신을 억눌러오는 것을 느꼈다. 괜히 맡은 일이었을까? 가만히 있었어도 되지 않았던가? 이런 위험한 일을 성공할 자신도 없으면서, 아니 실패할 확률이 대단히 높을 것이 틀림없는 이런 일에 왜 그렇게 돌연히 나서게 됐을까? 왜?

다시 생겨나기 시작한 갈등이 여러 갈래로 순범의 머리를 쪼개왔지만, 비행기가 경쾌하게 활주로를 내닫고는 커다란 그림자를 뒤로 남기며 힘차게 하늘로 떠오른 후로는 모두 끝나고 말았다.

이제는 완전히 결정됐다. 오직 일이 있을 뿐이었다. 이제 필요한 것은 용기와 배짱, 그리고 냉철한 판단력뿐이었다. 순범은 창밖을 내다보며 잠자코 앉아 있었다.

'비행기가 동해안으로 나가기까지는 20여 분. 바다가 보이기 시작하는 순간에 일어나야 한다. 누구 아는 사람을 찾기라도 하는 양 두리번거리며 걸어나가다 스튜어디스와 눈이 마주치면 싱긋 웃으면서 제스처라도 취해 보여야 한다. 조금 있으면 음료수 서비스가 시작될 테지. 마침 일등석이라 아주 좋지 않은가. 보안관은 뒤에 있을 테고 기장까지 서비스에 정신이 없을 것이다. 일어나 다섯 걸음 걸어나가 이한수를 한 발에 쏴 죽이고 바로 조종실로 뛰어들어야 한다.'

순범은 머릿속으로 끝도 없는 예행연습을 하고 있었다. 이윽고 발밑에 세로로 길게 뻗은 산맥이 보이기 시작했다. 태백산맥. 이제 비행기는 동해로 빠져나갈 것이고 자신은 일어나야 한다. 막상 일어나야 할 시간이 다가오자 순범은 다리가 후들후들 떨려왔다. 눈앞에 드디어 바다가 보이기 시작했다. 메인 캐빈에서는 기내 서비스가 시작되었는지 약간 소란스러워지더니 카트 끄는 소리가 들렸다.

순범은 마지막 숨을 몰아쉬었다.

'사나이란 승부를 해야 할 때가 오면 해야만 하는 것이다.'

이렇게 생각하자 마음에 거리낄 것이 없어지고 편안해졌다. 순범은 주머니 안의 권총을 꺼냈다. 38구경 리벌버. 경찰의 사격연습 때 따라가 쏴보곤 하던 총이었다. 안전장치를 풀고는 다시 윗주머니에 넣었다.

윗주머니에 손을 집어넣고 일어나려던 순범은 마침 스튜어디스가 밖으로 나가는 것을 보았다. 모두 여덟 줄인 일등석 중 맨 뒤에 앉은 것이 다행이라고 생각했다. 얼굴을 가릴 수가 있는 것이다. 순범은 손수건을 꺼내 얼굴에 복면을 하고서 천천히 앞으로 걸어나갔다. 머릿속에서 그렸던 대로 다섯 발자국을 걸어나가자 바로 이한수의 자리였다. 이한수는 눈을 감고 잠이 들었는지 아니면 뭔가를 깊이 생각하는지 전혀 미동도 없이 앉아 있었다.

순범은 주머니에서 총을 꺼냈다. 떨리는 순범의 손끝으로 38구경 리벌버가 냉기를 뿜고 있었다.

아직은 아무도 순범의 행동을 주목하는 사람이 없었다. 순범은 마지막으로 숨을 한 번 크게 들이마시고는 휘장 사이로 보이는 조종실을 관찰했다. 문이 약간 열려 있는 것이 보이자 천운이라는 생각이 들었다. 순범은 서서히 손가락 끝에 힘을 주었다. 이한수의 머리를 겨눈 총이 불을 뿜음과 동시에 순범은 번개처럼 조종실로 뛰어들어갔다. 외마디 비명도 지르지 못하고 즉사한 이한수의 머리에서는 피가 분수처럼 솟아나고 있었다. 불의의 총격에 소스라치게 놀라 조종실 문을 잠그려던 부조종사는 이미 눈앞에 다가와 있는 검은 총구를 보고는 황급히 두 손을 머리 위로 올렸다. 순범은 재빨리 문을 잠그고 권총을 조종사의 뒷머리에 겨누었다.

「고우 투 평양, 노스 코리아.」

일부러 매우 서투른 억양으로 이렇게만 말하고는 더 이상 얘기하지 않았다. 조종사는 어쩔 도리가 없었다. 목덜미에 느껴지는 차디찬 총구를 의식하면서 그는 항로를 급선회하여 기수를 북으로 돌렸다.

향로봉 관측소에 근무하는 이경수 중위는 남쪽에서 여객기 한 대가 동해안의 해안선을 따라 북으로 넘어가는 것을 보고는 급히 사령부를 불렀다.

「본부 나오라. 여기는 향로봉 관측소.」

「본부다. 말하라.」

「14시 58분 현재 6시 방향에서 12시 방향으로 비행기 한 대가 넘어가고 있음. 여객기로 판단됨. 이상.」

이 보고는 즉각 동해경비사령부에 보고되었다. 대기하고 있던 사령관은 서울의 안기부로 전화를 걸면서 혼잣말로 되뇌었다.

「비상 상황이 생기면 전화를 해달라고 한 게 이것을 말하는 것이었나?」

부장은 노스웨스트 730기가 북으로 기수를 돌렸다는 연락을 받자 환희에 가득 차 날아갈 듯한 기분이었다. 권 기자의 도박은 성공이었다.

기내의 자세한 상황은 알 수 없지만 적어도 현재까지는 성공하고 있는 것이 틀림없었다. 이제 남은 것은 북한 당국과 연락을 취하는 것뿐이었다. 내막을 전혀 모르고 있는 북한이 자칫 비행기의 착륙을 거부하거나 서울로 되돌려보내는 일이 생겨서는 도로아미타불이 아닌가. 부장의 마음속엔 순범의 인생을 지켜줘야 한다는 생각이 강하게 치솟았다. 절대로 순범의 정체가 노출되어서는 안 된다. 그러기 위해서는 사전에 북한 당국과 연락을 취해야 할 것이었다.

미현은 창백한 얼굴로 잔뜩 긴장하여 입술이 바짝바짝 죄어오던 중 비행기가 북으로 기수를 돌렸다는 얘기를 듣자 비로소 한숨을 내쉬었다.

부장은 2국장을 불렀다.

「북한 당국에 연락을 하시오. 극비리에 연락을 해야 하니 A2의 방법을 쓰시오.」

부장은 연락 방법까지 지시했다. 미국이든 일본이든 극도로 발달된 전자장비를 통해 마음만 먹으면 어느 곳이든 도청을 할 수 있었다. 예전에 미국에서 청와대를 도청하여 핵개발에 관한 정보와 박동선 사건에 대한 정보를 캐내어 재미를 보았을 때만 해도 청와대를 방문한 CIA 관련 인사가 몰래 도청장치를 해놓고 나왔지만, 이제는 도청의 방법도 다양하고 기술도 치밀해 약소국은 강대국의 도청을 도저히 피할 수 없는 지경에 이르렀다. 가령 사람이 직접 도청장치를 하지 않더라도, 인공위성에서 목표로 하는 건물의 유리창에 레이저 광선을 쏘아 그 유리창의 떨림을 받은 후, 이것을 음성 신호로 재생하여 건물 안에서 이루어지고 있는 대화 내용을 알아낸다는 식이니, 지금 같은 비상 시기에 함부로 북한과 연락을 취하다가 내용이 발각되는 날이면 그 뒷감당을 하기란 결코 쉽지 않을 것이었다. 그래서 남북 합작 핵개발에 합의한 후 남북의 정보당국에서는 긴밀한 연락을 극비리에 취하기 위해 몇 가지 방법을 연구해두었던 것이다.

남한의 대북 방송을 청취하는 개성 방송감시소의 청취요원들은 리시버를 타고 흘러나오는 주현미의 〈신사동 그 사람〉을 속으로 따라 부르다 노래가 끝나고 5시 뉴스가 시작되자 바쁘게 손을 놀렸다. 뉴스를 듣고 녹음하는 것이 업무인 이들은 늘 반복되는 산업정책이 어떻고 물가가 어떻고 하는 데에 이제는 이력이 나 있었다. 감시요원들은 뉴스를 하도 많이 들어 정작 남한에 사는 사람보다 더 남한의 사회를 잘 알 지경에 이르렀기 때문에 노래를 빼고는 다 듣기가 지루한 편이었다. 뉴스가 끝나자마자 다시 사연을 담은 편지를 소개하고 노래를 보내주는 방송이 시작되었다.

선전방송이라 더욱 그렇겠지만 아나운서의 목소리가 워낙 가냘프고도 애절한 것이어서 듣는 사람의 감상을 극도로 자극했다.

'인민군 병사 여러분, 안녕하십니까? 지금 보내드릴 사연은 부산시 영도구 청학동 384번지에 사는 윤윤수 씨가 1951년 1월 4일 흥남부두에서 헤어진 동생 윤정수 씨에게 보내는 사연입니다.'

사연이라는 것이 실제로 있는 건지 아닌지는 몰라도 내용은 대동소이했다. 그들은 라디오의 볼륨을 낮추고 '가요자랑'을 시작하려 했다. 가요자랑이란 남한에서 나온 최신 유행가를 누가 더 많이 아느냐는 것을 겨루어 이긴 사람이 뒷정리를 면제받고 먼저 퇴근하는 것으로, 지겹게 늘어진 시간을 때우는 그들만의 놀이였다. 그러나 이때 갑자기 귀가 멍멍할 정도로 라디오의 볼륨이 올라갔다. 깜짝 놀란 사람들이 쳐다보자 한쪽 구석에서 의자에 비스듬히 기대어 따로 방송을 청취하고 있던 한 젊은 병사가 녹음기의 스위치를 올리고 있었다. 예비용 녹음기 두 대마저도 스위치를 올린 그는 숨소리조차 죽인 채로 방송의 사연을 듣고 있었다.

「이봅세, 거기 좀 조용히 해줄 수 없습메?」

그러나 젊은 병사는 들은 체도 안 하고 라디오에 귀를 기울이며 종이에 뭔가를 열심히 적고 있었다. 동료들이 거칠게 다가가도 본체만체 듣고 쓰기에만 열중하던 그는 청취요원들 중 한 사람이 손을 뻗쳐 라디오를 끄려 하자 벌떡 일어서며 고함을 질렀다.

「조용하라우! 국가반역죄로 죽고 싶지 않으면.」

이때 사연이 끝나자 그는 녹음테이프 3개를 모두 뽑더니 정신나간 사람처럼 문을 박차고 바깥으로 내달았다. 이 광경을 보고 있던 청취요원들은 혀를 끌끌 찼다.

가네히로의 죽음

노스웨스트 730기는 평양의 순안비행장에 무사히 착륙했다. 북한 당국은 납치범 1인과 시체 1구만 제외하고는 나머지 승객 모두와 비행기를 곧바로 이륙시켜 원래의 목적지인 미국으로 향하도록 영공까지 전투기들이 호위했다. 미국을 비롯한 세계의 언론은 북한의 조치를 극찬했다. 북한의 이러한 조치는 세계 항공기 납치사상 유례가 없을 정도로 신속했고, 시민의 권리와 자유를 최대한 보장하는 인도주의적 조치였기 때문이었다. 북한은 항공기 납치범에 대해서는 자국 법률에 따라 처벌할 것이라고 짤막하게 보도했을 뿐이었다.

며칠 후 어둠이 짙게 깔린 백령도 부근 서해상의 한 지점에서는 남북한의 어선 한 척씩이 조우했다. 북에서 내려온 어선에서 옮겨 탄 순범은 두꺼운 재킷 차림으로 자신을 기다리는 얼굴을 발견하고 비로소 안도의 한숨을 내쉬었다.

「권 기자님, 몸은 괜찮으십니까?」

「배려 덕분에 아주 건강합니다. 나와주셔서 고맙습니다, 국장님.」

박 국장은 순범의 얼굴을 보는 순간 감정이 소용돌이쳤다. 수척하고 거무튀튀해진 순범의 얼굴에서 비록 며칠간이었지만 그가 겪은 깊은 고뇌를 읽을 수 있었던 것이다. 절체절명의 급박한 순간에 자신의 몸을 돌보지 않고 비행기를 납치할 용기와 평양으로 기수를 돌리게 할 기지가 있는 순범에게 한 국가의 해외공작을 책임지고 있는 박 국장이 느끼는 감정은 각별했다. 오직 이기적인 삶을 사는 데에만 길들여져 있는 요즈음 세태에서 국가 간에 일어나는 보이지 않는 전쟁으로부터 우리나라를 지켜주는 것이 바로 이런 젊은이들의 희생정신이라고 생각하자 박 국장은 말 못하게 가슴이 저려왔다.

박 국장의 기색이 심상치 않은 것을 느낀 순범이 물었다.

「몸이 안 좋으신가요?」

「아닙니다.」

잠시 눈길을 돌려 백령도의 등대 불빛을 쫓던 박 국장이 한참 동안이나 자신의 얼굴에서 눈을 떼지 않는 순범을 의식하고는 비통한 목소리로 말머리를 꺼냈다.

「가네히로가 죽었습니다.」

「네? 가네히로라니, 홍성표 말인가요?」

「그렇습니다. 장렬한 죽음이었습니다.」

「아니, 도대체 어떻게 된 일입니까?」

「결국 정체가 드러나고 말았습니다.」

「한국대사관에서 그의 시체를 인수하여 대사관 지정의인 도쿄대학 부속병원의 최 박사에게 부검을 의뢰했는데, 위 속에서 조 전무의 전화번호가 적힌 종이가 나왔습니다. 이제껏 드러난 가네마루와 야쿠자와의 관계, 검은돈 등은 모두 홍성표가 알아내 조 전무에게 전달했습니다. 결국 꼬리가 밟히자 조 전무를 보호하고 자신은 비참한 죽음을 당했습니다.」

박 국장의 얘기를 듣는 순간 순범의 코끝이 찡해왔다. 비록 한국에서는 악명 높은 범죄조직의 두목이었지만, 조국이 무엇인지 알게 되고 나서의 그는 여느 사람이 따라오지 못할 용기와 의리로 자신에게 부여된 임무를 완결했던 것이다.

박 국장의 음성이 어둠 속에서 파도처럼 떨리며 번져나갔다.

「우리는 결코 가네히로의 죽음을 헛되게 하지 않을 것입니다. 가네마루가 비록 일본 제일의 실력자라고는 하나 그의 힘을 지탱하는 것은 검은돈과 폭력조직입니다. 극히 짧은 시간에 우경화로 치닫고 있는 그의 정책이 건강하지 못할 것임은 명약관화한 일이지만, 의외로 일본 국민은 그의 힘의 실체에 무심합니다. 왜곡된 우익의 논리에 일본이 이대로 끌려간다면 주변국들이나 일본 국민들이나 시련과 고통을 겪을 것이 틀림없습니다. 우리는 일본 국민의 눈에 가네마루의 모습을 제대로 보이도록 하여 다시는 우리나라의 선량한 국민이 억울한 희생을 당하지 않도록 최선을 다할 것입니다.」

두 여자

하얀 원피스에 금빛 스카프를 매고 칠흑 같은 머리를 길게 늘어뜨린 미현의 모습은 순범으로 하여금 착각이 들게 할 정도였다. 이제껏 한 번도 이런 모습을 보인 적이 없는 미현이 순범에게는 완전히 새로운 모습으로 다가오고 있었다. 마치 잘 익은 청포도와도 같이 물이 똑똑 묻어날 것 같은 투명한 모습의 그녀로부터 싱그러운 사과의 풋풋한 냄새가 흘러나와 순범의 오감을 끊임없이 자극하고 있었다.

일이 끝나서일까? 이제껏 보이지 않던 미현의 모습이 두 눈에 꽉 들어와 차는 것은 무슨 이유인지 몰랐다. 미현도 처음 보는 순범의 정장 모습이 새로운 모양이었다. 밤낮 사건을 쫓아다니느라 허수룩한 잠바 차림으로 다니던 순범도 모처럼 깨끗하게 면도를 하고 새하얀 와이셔츠에 짙푸른색의 양복을 받쳐입으니 거짓말처럼 다른 모습이 되었던 것이다. 그러나 정작 순범은 견디기 힘들 정도로 갑갑한 기분이었다.

10여 년 습관이 돼온 잠바 차림이 이제는 아예 자신의 일부분으로 순범의 의식에 차고앉은 것 같았다.

순범과 미현이 탄 차는 부장의 차를 뒤따라 청와대로 들어갔다. 아담한 방으로 안내되어 원탁에 자리를 잡고 앉자 대통령이 들어왔다.

「권 기자, 그래 그간 잘 있었소?」

「각하, 정말 감사합니다.」

「나야말로 정말 고맙소. 권 기자, 그런데 어떻게 북한으로 비행기를 끌고 들어갈 생각을 할 수 있었소? 나중에 부장한테 설명을 듣고 보니 그것이 정말 제일 안전한 방법이었더군. 아무것도 공개하지 않아도 되니까.」

「각하께서 남북 합작을 성사시켜서 가능한 방법이었습니다. 남북 간에 이처럼만 협력하면 안 될 일이 없다는 걸 느꼈습니다. 」

순범의 대답을 들으며 흐뭇한 표정을 짓고 있는 대통령에게 부장이 미현을 소개했다.

「참, 미현 양은 아버지하고 똑같은 천재라면서요?」

「…….」

대통령은 밝은 표정으로 자리를 권한 다음 앉아서는 두 사람에게 포도주를 가득 따라주었다.

「얘기를 들으니 한국 남자와 결혼하면 주라고 했던 시계 안에 이 박사의 유산이 있었다면서요? 그래, 미현 양은 약혼도

하지 않고 시계만 주었으니 이 박사의 유언을 어긴 셈이 되지 않았소?」

대통령의 짓궂은 농담에 이어 안기부장의 정감 있는 농담이 바로 뒤를 이었다.

「권 기자는 괜히 천재하고 결혼해서 평생 꾸지람 받고 사는 것을 원치 않을 텐데.」

네 사람은 모두 환하게 웃었다. 순범은 웃음의 뒤끝에 윤미의 얼굴이 조그맣게 생각나 가슴 한 켠에 머무르는 것을 느꼈다.

「대통령 각하, 말씀드릴 일이 있습니다.」

식사가 끝나고 차를 마시면서 순범이 말하자 대통령은 기꺼운 태도로 대답했다.

「말씀하시오, 권 기자.」

「여기 미현 씨와 의논한 일인데, 이 박사께서 돌아가시기 전에 스위스 로열은행에 입금시킨 돈이 있습니다. 일부는 인도에서 검은 코끼리 석상을 들여오기 위해 이미 인출이 되었고, 나머지는 찾아서 미현 씨의 이름으로 예금해두었습니다. 아무래도 국가에서 지출한 돈인 것 같은데, 액수도 엄청나고 소유해야 할 명분도 없고 해서 각하께 의논을 드리게 되었습니다.」

「그래요? 돈이 얼마나 됩니까?」

「미화로 2천5백만 달러 정도니까, 우리 돈으로는 2백억 원

정도입니다.」

「그렇지만 그 돈은 국가로서도 지출한 근거나 받아들일 명분이 전혀 없으니까, 어쨌든 미현 양이 상속하는 게 바람직하질 않겠소?」

「제가 판단하기로는 아버지가 목숨까지 바쳤다 하더라도 상속은 옳지 않습니다. 아버지께서 조국을 위해 쓰시려던 돈이니까 아버지의 뜻에 맞도록 사용되었으면 합니다.」

「이 박사의 따님다운 아주 훌륭한 생각이오. 그렇다면 돈을 어디에 어떻게 쓰는 게 좋겠소?」

「대통령께서 허락하신다면 아버지의 유지를 기리는 뜻으로 과학재단 같은 걸 만들고 싶습니다. 과학도에 대한 장학사업과 과학진흥을 위한 지원을 하면 고인을 위해서나 우리나라의 장래를 위해서나 좋은 결실이 있을 거라고 생각합니다.」

대통령은 미현의 얘기를 듣고 무릎을 치면서 크게 반겼다.

「과연 말로만 듣던 이용후 박사의 진면목을 오늘에사 보게 되는 기분이오. 그렇게 하겠다면 나로서는 얼마든지 지원을 하리다. 이용후 박사의 뜻이 장차 우리나라를 굳건히 일으키는 초석이 될 게요.」

「고맙습니다.」

「아니오. 내가 오히려 두 분에게 감사를 드리고 싶어요. 오늘은 참으로 훌륭한 생각을 가진 두 분과 만날 수 있어서 기뻐기 그지없습니다. 이름은 '이용후 과학재단'으로 하는 것이 좋겠군. 이 재단과 더불어 우리 민족의 미래가 밝을 것을 진심으로 기대합니다.」

「우리 민족에게도 이런 훌륭한 분이 있었다는 것을 국민들에게 알려야 할 것입니다. 이 박사님의 죽음이 정말 아쉽습니다.」

「한편으로 생각해보면 이 박사님은 돌아가셨지만 하나의 밀알로 다시 우리 앞에 소생하신 게 아니겠소?」

「저희도 그렇게 생각하고 있습니다. 특히 대통령 각하께서 과학재단을 설립하도록 허락해주신 것이 더할 나위 없는 기쁨입니다.」

「그게 어디 내가 허락해서 될 일이오? 그 아버지에 그 자식이라더니 아직 어린 나이에 어떻게 그런 생각을 다 할 수가 있소. 이런 게 바로 이용후 박사가 부활한 것이 아니겠소?」

미현은 자신의 아버지가 대통령에 의해 정당한 평가를 받게 된 것이 못내 기쁜 모양이었다. 미현은 청와대에서 나오는 자동차 안에서 아버지에 대한 그리움과 감회가 섞인 표정으로 밖을 내다보며 눈시울을 붉혔다. 물끄러미 미현을 바라보던 순범이 그녀의 손을 쥐며 나직이 속삭였다.

「미현 씨, 일전에 내가 박사님의 제사를 지내겠다고 하던 말이 생각납니까?」

미현은 다소곳한 태도로 말없이 고개를 끄덕였다. 그 모습은 마치 모든 걸 순범에게 맡긴다는 의미를 담고 있는 듯했다.

다음날 미현을 미국으로 보낸 순범은 다시 안기부로 들어갔다. 무엇보다도 그는 최영수 부장을 만나고 싶었던 것이다.

「부장님, 최 검사를 어떻게 처리하실 작정입니까?」

「조사해보니 그는 살인사건과는 무관한 것으로 밝혀졌어요. 박준기 형사의 전화를 받고 이동환 국장에게 알려준 것이 문제가 되기는 하지만 그것만 가지고 공범으로 볼 수는 없어요. 게다가 핵개발 계획에 대해서 아는 것도 없고 하니 그냥 옷만 벗겨야겠소.」

부장은 최영수가 후배라서 그런지 순범에게 설명을 하면서도 미안해하는 표정이었다. 처음 자신이 이용후 박사에 대해 알아보라고 했을 때만 해도 최영수는 의욕이 넘쳤는데 도중에 변해버린 것이다. 순범은 그 이유에 대해서 확실한 판단이 서지 않았다. 이런 점에서는 부장도 순범과 같이 최영수를 만나보고 싶었다. 부장이 지시를 하자 곧 직원 한 사람이 최영수를 데리고 왔다.

다른 사람과는 달리 현직 검사에 대한 대접으로 수갑을 채우거나 포승으로 묶지는 않았지만 최영수는 풀이 죽어 있었다. 그가 자리에 앉기 전에 부장에게 고개를 숙이며 인사를 하자 부장은 담배를 한 대 권했다. 순범은 라이터를 꺼내 불을 붙여주었다. 순범의 라이터에서 불을 당기는 최영수의 표정은 회한에 떨고 있었다. 그의 뇌리에는 언젠가 이동환과 만나던 날의 기억이 뚜렷하게 떠오르고 있었다.

「어서 오시오, 최 부장.」

「이거 늦어서 죄송합니다.」

「무슨 말씀. 자, 우선 한잔합시다.」

두 사람은 술잔을 나누고는 얘기를 시작하기 전에 마담을 내보냈다.

「최 부장, 일이 잘될 것 같소. 이번에 정기인사하고는 상관없이 청와대로 파견을 나가게 될 거요. 미리 손을 썼으니 망정이지 그냥 있었으면 이대로 늙다가 옷 벗을 뻔했소.」

「고맙습니다.」

「내게 고마워할 일이 아니오. 그래도 우리나라가 망하지 말라고 서로 밀어주고 끌어주며 체제를 지키는 그룹이 있으니 망정이지 그냥 있다간 어느 바람에 날아가는지도 모르고 우리는 그냥 공중분해되어버리고 말 거요. 일반 국민들은 그저 밥벌어먹는 데만 관심 있지, 지금 북한이 어떻게 나오는지 반미선동을 어떤 식으로 하는지 전혀 모르고 있어요.」

「정말 오싹오싹해질 때가 많습니다.」

「앞으로는 대통령도 믿을 수 없소. 지나치게 정치적 고려를 하기 때문에 자칫 잘못하면 몹시 위험한 결정을 할 수도 있소.」

「요즘은 옛날과 달리 야당의 눈치를 너무 많이 보는 것 같더군요.」

「지금 북한의 거물급 간첩이 들어와 국회의원이고 야당 거물급이고 할 것 없이 무차별로 포섭하고 있는 중인데, 언론이나 정치인들이나 일반 국민들이나 전혀 정신을 못 차리고 있어요.」

「안기부도 너무 물렁해진 것 아닙니까?」

「안기부장이 민주화 물결을 너무 타려 하고 있소. 참, 최 부장하고는 동향에다 학교 선배가 아니오?」

「사실 말씀드리자면 서운한 점이 많습니다. 지난번 인사 때도 그렇고…….」

「알아요. 원래 부장한테는 기대를 하지 않는 법이오. 누구나 착각하기가 쉽거든. 그 양반은 최고 정보를 다루는 입장이라 만나는 사람 누구에게나 아주 깊은 둘만의 관계가 있는 것처럼 처신할 수밖에 없소. 아니, 오히려 상대방이 그렇게 느끼기 십상이지. 그게 권력의 그늘 아니오?」

최영수는 입을 다물었다. 이 박사 사건을 캐보라고 할 때 얼마나 으쓱했던가? 부장과 자신만의 관계에 대해 그토록 자부심을 느꼈건만 의외로 부장은 자신의 인사 문제에 전혀 관심을 보이지 않았다. 같은 지역 출신이라 하더라도 이미 검찰에 굳은 아성을 쌓은 자들끼리의 나눠먹기 인사에서 자신에 대한 배려는 전혀 없었다. 최영수는 어물쩡하다가 그냥 옷 벗게 되기 십상이라는 생각이 들자 초조하고 답답해졌다. 필경 장래의 검사장급 인사에서 밀려버리고 옷을 벗어야 할 것 같은 생각이 들어 도저히 일이 손에 잡히지 않았다.

이때 검찰 내부의 세력과는 전혀 다른 측에서 최영수에게 손을 뻗쳐왔다. 청와대와 안기부의 실무진을 위주로 하는 체제 수호 세력이 그를 주목한 것이다. 물론 이용후 사건을 맡으면서부터였다. 검사는 사건으로 사람을 사귄다고 했던가? 엄밀히 말하면 안기부장으로부터 이 박사 사건을 알아보라는 말을 들었을 때부터 그의 주변에는 알 듯 모를 듯한 세력이 출몰하기 시작했다. 결코 확실한 정체를 드러내지는 않았으나 치밀하게 관찰하면 사건과의 관계를 유추할 수는 있을 것 같은 사람들이었다. 그러나 최영수는 쉽게 그들을 받아들일 수 없었다. 그는 자신이 맡고 있는 사건의 성격을 누구보다도 잘 알고 있었던 것이다. 그러나 구체적 사건과는 결코 연결되지 않으나 전체적으로 하나의 거대한 흐름을 형성하고 있는 이 세력들 앞에 최영수는 조금씩 조금씩 허물어지기 시작했다.

기업가, 교수, 학자 등의 사회 저명인사로부터 군인, 고급 관리, 정치가에 이르기까지 광범위하게 형성돼 있는 이들. 정권이 바뀌고 세상이 바뀌어도 대한민국에서는 가장 안전하게 뒤를 받쳐줄 거대한 세력에 기대어 있는 이들과 끈을 잇는 일이, 권력의 생리에 젖어 있는 검사에게는 너무도 자연스런 것이었다.

최영수는 자신이 맡은 사건, 엄밀히 얘기하면 사건도 무엇도 아닌 10여 년 전의 사실에 대한 조사가 무의미함을 깨달았다. 아니, 무의미함을 깨달았다고 하기보다는 이해하고 수용해야 한다고 생각했다. 조사한다고 밝혀질 성질의 것도 아니라고 생각했지만 뭔가를 알아낸다 하더라도 어차피 정보가 넘어갈 데는 미국이 아닌가? 이미 자신의 한계 밖에 있는 사건이라 판단하고 움직여왔지만 기왕이면 자신이 공을 차지하고 싶었다. 자신이 유기한다 하더라도 달리는 밝혀질 리가 없는 사건임을 확신했기 때문에 그는 은근히 접근해오는 세력을 받아들였다.

아무도 말로 무엇을 확실히 얘기하지는 않았지만, 보이지 않는 그들과 최영수 사이에는 하나의 묵계가 있었다. 그것은 최영수의 입장에서 보면 출세의 끈이었다. 그리고 이 끈을 교묘하게 감춰주는 것이 있었으니 그것은 바로 가장 확실하고 정연한 평화의 논리였다.

'미국의 품 안에서의 평화.'

최영수는 이용후 박사가 위험한 사람이라는 쪽으로 확실한 선택을 했다. 따라서 그에게는 이 박사 살해를 굳이 수사할 이유가 없어진 것이다. 그리고 오늘 밤의 희소식은 그의 탄탄한 인생을 보장해주고 있는 것이 아닌가?

그러나 최영수는 하찮은 실수를 범하고 말았다. 아니, 자신의 운명을 결정짓는 선택의 순간에서 느슨해지고 말았던 것이다. 박성길이 살해되기 이틀 전 그는 자신에게 걸려온 전화를 받았다. 박성길과 같이 복역하다 그날 출소했다는 사나이로부터의 전화였는데, 그것을 무시해버린 것이 사단의 시발이었다.

「박성길 씨의 전화 부탁인데요, 중요한 말을 할 것이 있다고 청주로 내려오시랍니다.」

최영수는 왜 자신이 그날 청주에 내려가지 않았는지 지금도 이유를 알 수 없었다. 아마도 전혀 반대급부가 없는 사건, 아니 사실의 조사에 대해 싫증을 느꼈는지 모른다. 아니면 그 무렵 자신의 인사문제에 대해 관심을 보이던 안기부의 이동환 국장을 만나기로 한 것이 더 큰일이라고 생각했는지 모를 일이었다. 인사에 관한 희망적인 메시지를 가지고 그를 만난 이동환 국장이 이 박사 사건에 대해 넌지시 미국의 배후를 암시하는 듯한 말을 했을 때, 모든 것은 그냥 묻어두는 것이 최선이라는 그의 견해에 동조하면서부터 최영수는 기꺼이 거대한 세력의 대변자가 된 것이다. 그리고는 박성길의 죽음을 들었을 때 이동환의 부탁에 따라 청주에 내려가 신문을 없앴던 것이다. 그는 남의 손을 통해 신문을 없애버림으로써 모든 것은 끝이라는 확신을 가졌다. 다만 신문의 내용을 알아보려 하지 않았던 것은 실수를 가장하기 위한 검사로서의 마지막 배려였다.

그러나 인생은 그렇게 만만하지만은 않았다. 박성길의 죽음과 더불어 모든 것이 끝났다고 생각했던 그에게 전혀 예기치 않았던 뜻밖의 사람이 추궁해왔다. 그가 추궁으로부터 벗어나는 방법은 한 가지뿐이었다.

최영수가 말없이 담배 한 개비를 다 피우는 것을 보고 있던 순범은 그가 고개를 들자 물었다.

「이용후 박사를 어떻게 생각합니까?」

「그는 위험한 인물이오.」

「어째서요?」

「생각해보시오. 미국에 유학 가서 핵물리학을 연구한 사람들이 모두 제 나라로 돌아가서 핵무기를 개발한다면 세계 평화가 이루어질 수 있겠소? 지구상의 모든 사람들이 끊임없는 공포와 불안 속에 살아야 하고, 만약 사고나 실수라도 생기면 엄청난 재앙이 초래될 것이오. 따라서 그가 핵을 개발하려고 한 것은 대단히 무모하고 위험한 행동이었소.」

「그래서 이 박사를 살해한 자들의 행위를 눈감았던 겁니까?」

「형사사건으로서의 의미는 없었소. 고도의 정치적 판단이 필요한 일이었지.」

「그런데 왜 신윤미에게 씌우려고 했지요?」

「나는 사람들이 이 박사와 박 대통령의 죽음을 미국과 연관시켜서 생각하는 것이 싫었소. 미국은 우리가 가장 어려울 때 피를 흘려가며 도와준 나라고 지금도 우리와 가장 가까운 우방이오. 북한과의 대치 상태에서 우리가 경제성장을 이루고 이렇게 안정되게 살 수 있는 것도 다 미국의 덕인데, 지금 미국을 대하는 우리의 태도는 어떻소? 한마디로 배은망덕한 것이 아니오? 나는 학생들이 반미 데모를 하는 것을 보고 부끄러워 견딜 수가 없었소. 그래, 생명을 구해준 은인을 이렇게 대해도 된단 말이오? 미국이 박 대통령과 이 박사를 죽였다는 근거는 아무 데도 없소. 나는 신윤미에게 이 박사는 박 대통령의 측근에 의해 살해되었을 것이라는 진술 정도만 받아내려고 했소. 박 대통령에게 맹종하는 충성분자들이 독재를 반대하는 이 박사를 살해할 가능성은 충분히 있었기 때문이오.」

최영수는 지금도 자신의 출세가도가 막혔다는 데 대해서만 가슴을 칠 뿐, 그가 가지고 있는 기본적인 생각이나 이 사건에 대한 관점이 달라진 것은 아니었다. 순범은 그에게서 더 이상 들어볼 얘기가 없다고 판단하고 자리에서 일어섰다.

최영수를 만나고 나오는 순범의 심정은 착잡했다. 부장검사로서 법을 제멋대로 생각하는 그의 마음가짐도 실망스런 것이었지만, 무엇보다도 세계관의 형성에 가장 민감한 젊은 시기에 미국의 논리에 의해 세상을 볼 수밖에 없었던 그와 같은 사람들에 대한 답답함 때문이었다. 냉엄하고 타산적인 국제관계를 개인 간의 은원 관계로 파악하는 그의 의식도 그렇지만, 민족적 인물을 위험한 사람으로 보는 굴절된 시각은 이 사회의 중산층 이상에게 너무나 자연스럽게 보편화되어 있으며, 그것은 앞으로 진정한 우리의 길을 찾아가는 데 거두어지지 않는 장막으로 남아 있을 것이다.

그러나 이제 모든 일은 끝났다.

홀가분한 마음으로 시경에 들러 이 박사 사건에 대한 자료를 파일에 끼우며 책상정리를 하고 있을 때 전화벨이 울렸다.

윤미였다. 윤미의 목소리는 고적한 분위기를 띠고 있었다.

「잠시 뵈었으면 해요. 말씀드릴 것이 있어서요.」

「지금 어디 있습니까?」

「30분 후에 프라자호텔 커피숍에서 만나기로 해요.」

「알겠습니다.」

서둘러 나가니 윤미는 미리 와서 앉아 있었다.

「오랜만이군요.」

이 여자를 만나면 언제나 마음이 편안했다. 요즘의 젊은 여자들에게서는 느낄 수 없는 잔잔함이 있고 자신을 내세우지 않는 조용함이 있어 언제나 좋았다. 이용후 박사와의 관계를 알게 되지 않았더라면 감정이 흐르는 대로 몸을 내맡기고 운명이 결정하는 대로 따랐을 것이었다. 그러나 오로지 조국을 위해 모든 것을 버리고 간 이 박사만을 그리며 살아온 여자이기에 마음 가는 대로 행동하기에는 어딘지 모르게 죄를 짓는 기분이 들었고, 그런 복합적인 감정은 언제나 순범으로 하여금 미안한 느낌을 갖게 했다. 이런저런 이유로 사람들은 멀어지게 마련인 것일까?

격을 갖추어 인사를 건네며 순범은 자신이 멀어지는 분위기를 자아내는 것은 아닌가 하고 생각했다.

윤미는 대답 대신 조금 웃었다. 말을 하면 오히려 딱딱해질 수밖에 없는 분위기를 그녀는 현명하게 처리했다.

「전화해서 미안해요. 알려드려야 할 일이 있을 것 같아서…….」

「무슨 말씀을요. 전화해줘서 고맙습니다. 오늘 일부러 전화를 해주셨으니 제가 맥주라도 한잔 대접할까 합니다.」

「그냥 여기서 얘기를 좀 나누고 가는 것이 좋겠어요.」

「여기가 좋으시다면 그렇게 하시죠. 하실 말씀이라면?」

「전 내일 서울을 떠나요.」

「서울을 떠난다면?」

「시골로 내려가려고요.」

「시골이요?」

「그래요. 이제 그만 이런 생활 정리할 때도 됐고 친구들 보는 것도 좋아서 전부터 준비하고 있었어요.」

「그 친구들이란 어떤 친구들입니까?」

윤미는 잠시 말을 멈추었다. 말을 할까 말까 망설이는 눈치였다.

「설명을 하자면 약간 길어지지만, 언젠가 박사님하고 여행을 간 적이 있었어요. 충청북도 제천 부근을 지나는데 길가에 국민학교가 눈에 띄었어요. 갑자기 박사님이 어린이들이 학교에서 공부하고 뛰어노는 모습을 보고 싶다고 하시는 거예요. 그래서 기사가 차를 학교 앞에 대놓고 박사님과 제가 들어갔어요. 복도의 창가에 서서 교실에서 공부하는 어린이들을 지켜보면서 박사님은 그렇게 즐거워하실 수가 없었어요. 선생님들이 어떻게 가르치나 하는 것도 유심히 보시고, 특히 자연과 산수를 가르치는 방법을 자세히 보시면서 수첩을 꺼내 무언가 메모를 열심히 하시더군요. 그러던 중 수업이 끝나고 점심시간이 되었어요. 박사님은 아이들이 맛있게 도시락을 먹는 모습을 보려고 복도에 계속 서 계시다가 많은 아이들이 밥을 먹지 않고 밖으로 나가는 걸 보신 거예요. 그래서 아이들에게 물어봤더니 점심은 굶는다는 거였어요. 도시락을 못 싸와서

운동장에 나가 물배를 채우고는 우두커니 하늘을 바라보는 아이들을 지켜보던 박사님의 두 눈에서 눈물이 주르르 흐르더군요. 그날 박사님은 갖고 계시던 돈을 다 털어 도시락을 싸오지 못한 아이들에게 빵과 우유를 사주시고는 나머지는 교장선생님께 맡기고 서울로 올라왔어요. 그러고도 며칠 동안을 가슴 아파하시다가 대통령께 말씀을 하시더군요. 다른 데서 고통을 겪더라도 아이들 점심은 굶지 않도록 해달라고 하셨어요. 각하께서는 문교부 장관을 불러 호되게 나무라셨어요. 전국의 결식아동에게 당장 무료급식을 실시하라고 하셨지요.」

「그 학교 아이들과 윤미 씨가 무슨 관계가 있습니까?」

「저는 박사님이 돌아가시고 나서 뭔가 박사님을 기릴 수 있는 일을 조그맣게라도 해야겠다고 생각하다가 그 어린이들을 생각하게 된 거죠. 처음에는 점심이나 굶지 않게 해주자고 시작했는데, 이제는 제법 장학금을 받는 어린이도 생기게 되고 피아노도 사줄 수 있게 되고…… 오래되다 보니 저도 정이 들었어요. 어린이들과 같이 살며 조금이라도 도움이 될 수 있다면 저는 그걸로 만족할 거예요. 명절에 국립묘지 성묘나 하러 서울에 올라오게 되겠죠.」

또박또박 말을 이어나가는 윤미의 눈을 바라보며 뭔가 말을 해야 한다고 생각했지만 어떤 말을 해야 할지 찾을 수가 없었다. 무슨 말인지 입가에 뱅뱅 맴돌고 있었지만 미처 목소리를 타기 전에 소멸되어버렸다.

「저를 보호해주기 위해 무척 애쓰신 것 잘 알아요. 짧은 만남이었지만 제게는 너무도 의미가 있는 만남이었습니다. 영원히 잊지 않을 거예요.」

말을 마친 윤미는 조용히 일어나 순범에게 살포시 고개를 숙였다. 멀어져가는 윤미의 뒷모습을 보면서 순범은 아무 말도 하지 못했다.

국방부 시나리오

남북 핵 합작은 순조롭게 진행되었다. 국제원자력기구와 유엔 안보리를 통해 북한에 대한 핵사찰을 강행한 미국과 일본을 남북한은 잘 받아넘겼다. 때로는 끝까지 거부하는 태도로 일관하기도 하고 때로든 쉽게 응하기도 하는 등 남북한이 내밀히 협의하여 대응하는 방식은 치밀하기 짝이 없었다. 특히 겉으로는 북한의 핵개발에 대해 강대국과 공동 보조를 취하며 가혹하게 밀어붙이는 남한의 대응책은 강대국의 정보기관을 철저히 따돌리고 있었다. 순범이 플루토늄의 존재를 대통령에게 알린 지도 이제 일 년을 넘기고 있었다.

시경의 기자실에 앉아 미현의 편지를 읽는 순범의 입가에 미소가 피어나고 있었다. 이제 미국에서의 생활을 정리하고 두 달여 후에 한국에 들어온다는 얘기 끝에 아버지의 제사를 지낼 준비는 하고 있느냐는 미현의 물음이 편안하게 마음에 다가왔기 때문이었다. 편지를 접고 있을 때 걸려온 전화를 순범은 즐거운 기분으로 받았다.

「권순범입니다.」

「권 기자, 그동안 어떻게 지냈소?」

「아, 부장님. 저는 별일 없이 잘 지냈습니다.」

「그런 줄 알고 있었소. 그래 미현 양도 잘 있습니까?」

「한국에 아주 들어온다는군요.」

「그거 잘됐군요. 오늘 저녁 좀 만납시다.」

「어디로 나가면 되겠습니까?」

「7시에 을지로로 오겠소?」

「그럼 이따가 뵙겠습니다.」

오랜만에 전화를 걸어온 안기부장의 목소리는 매우 가벼웠다. 시간에 맞춰 롯데호텔에 가니 부장은 미리 약간의 술과 안주를 준비해놓고 순범을 기다리고 있었다. 평소에는 침착하고 차분하기 짝이 없던 부장의 약간 상기된 얼굴을 보는 순간 순범은 뭔가 짚이는 게 있었다.

「오, 권 기자 이리 앉으시오.」

그 어느 때보다도 반가운 표정을 짓는 부장은 순범이 자리에 앉자 먼저 잔부터 권했다. 잔이 넘치도록 가득 술을 따르는 부장의 손이 가늘게 떨고 있는 것을 보는 순범의 마음에도 작은 불씨가 일었다.

「해냈소, 해냈어. 결국 우리는 해내고 말았소.」

목이 메는지 다음 말을 잇지 못하는 부장의 눈을 보는 순범도 몸이 떨려오는 것을 느꼈다. 그냥 들고 있으면 떨어뜨릴 것만 같아 순범은 손에 쥔 술을 급히 들이켰다.

「부장님, 정말 수고하셨습니다.」

「권 기자, 고맙소.」

「이제 우리도 핵 주권 시대를 살게 된 겁니까?」

「남북 간에 불신의 벽을 무너뜨린 의미가 더 크다고 봐야겠지.」

두 사람은 새로이 잔을 채워 건배했다.

「남북통일을 위하여!」

「조국의 미래를 위하여!」

늦도록 술을 마시면서 두 사람은 이용후 박사와 박준기 형사 그리고 박성길에 이르는 사람들의 공적과 에피소드를 들추어내며 시간 가는 줄 몰랐다.

부장을 만나고 난 다음날 순범은 아이들을 데리고 개코의 묘지로 성묘를 갔다. 이제는 아버지의 죽음을 알게 된 개코의 막내가 여전히 철없는 소리를 해 순범의 코끝을 찡하게 했다.

「아찌, 아빠는 왜 이 속에 있어? 나는 갑갑해서 못 있을 것 같은데.」

순범은 준비해간 순대를 놓고 소주를 부었다. 전형적인 서민의 체취를 지닌 개코의 얼굴을 그대로 빼어박은 막내에게 절을 시키고 순범도 무릎을 꿇었다.

한참 동안을 머리를 숙이고 일어나 아이들을 데리고 돌아오는 순범의 귀에 천연덕스런 표정으로 툭 던지던 개코의 한마디가 메아리처럼 울려왔다.

'당신이 천방지축 나대는 걸로 봐서 표창은 그만두고 피박이라도 안 쓰면 좋은 거지 뭐.'

영원히 불가능해 보이기만 하던 핵개발을 완료했다는 사실에 마음이 들떠서 걸어다니는지 날아다니는지 모르고 지내던 중 한 사람이 시경으로 순범을 찾아왔다.

「제가 권순범입니다.」

「안녕하십니까? 저는 국방부 전략기획실의 기획담당관입니다. 잠시 자리를 옮겨 말씀을 좀 나누었으면 합니다.」

조용한 커피숍의 한갓진 곳을 택해 자리를 잡고 주문한 차가 오기를 기다렸다가 국방부의 담당관은 말문을 열었다.

「저희 국방부에서는 한반도를 둘러싼 전쟁의 발발 가능성, 전쟁 발발 요인, 전쟁 수행 과정, 그리고 그 결과까지를 국내외의 유력한 전문가에게 시나리오 형식으로 청탁하여 그중 우리 실정에 가장 잘 맞고 국가안보의 방향을 설정하는 작품을 선택하기로 했습니다. 외국의 경우 이런 가상 시나리오에 의해 국방 및 외교 정책을 세워나가는 경우가 많은데, 이것이 대단히 효과가 있는 방법이기 때문에 3년에 한 번씩 우리도 도입하기로 했습니다. 그래서 국내의 전문가 여덟 분과 외국의 전문가 여덟 분에게 부탁을 드리고 있습니다. 이제까지 모두 열다섯 분이 수락했습니다. 나머지 한 분은 안기부장님인데, 부장님은 권순범 기자를 대신 강력하게 추천했습니다. 내부 논의 결과 권 기자에게 청탁을 드리기로 했으니 수락해주시기 바랍니다.」

순범은 이게 무슨 소린가 했지만 이내 이해할 만하다고 생각했다. 외국의 경우 각 분야의 전문가들의 시나리오를 바탕으로 국방전략을 수립한다는 것은 순범도 익히 알고 있는 사실이었고, 안기부장이라면 정보 분야의 최고책임자로서 청탁을 받을 만했다. 그런데 부장이 자신을 추천한 것은 어떻게 받아들여야 하는 것일까?

「참고로 수락한 분들의 이름을 말씀드리자면 우선 외국에서는 월레스 하버드 전략연구소장, 왓슨 제인 국방연구소장, 고든 미국 국가안전보장회의 상임고문…….」

「됐습니다. 그만해도 알겠습니다.」

순범은 담당관을 제지했다. 들으나 마나 그의 입에서는 신문 잡지에서 늘상 대하는 세계 유수의 전문가들 이름이 줄을 이어 튀어나올 것이었다. 순범은 그가 자신 앞에서 일부러 이런 전문가들의 이름을 꿰는 이유를 알고 있었다. 한마디로 그는 순범에게 이런 청탁을 하고 있는 것에 대해서 회의를 느끼고 있는 게 분명했다. 전형적인 직업군인 스타일인 그는 안기부장의 강력한 추천에 의해 할 수 없이 찾아와 부탁을 하고 있긴 하지만, 속으로는 일개 기자에 불과한 순범을 지극히 멸시하고 있음에 틀림이 없었다.

「하겠습니다.」

순범은 잘라 말했다. 부장이 자신을 추천했다면 거기에는 반드시 이유가 있을 것이었다. 순범은 부장의 의도가 뭔지 확실히 알 수는 없었지만 이런 중요한 일을 자신에게 맡긴 이상 거절할 수가 없다는 생각이 들었다. 담당관이 몇 가지 부수적인 사항을 얘기하고 돌아간 후에도 순범은 그 자리에 눌러앉아 어떻게 해야 할지를 곰곰 생각했다.

「내일 통장으로 3만 달러가 입금됩니다. 원고를 제출하시면 5만 달러, 채택되면 20만 달러가 추가로 입금될 것입니다. 무엇보다도 중요한 것은 철저한 보안입니다.」

며칠 후 순범은 어렵사리 휴가를 얻어 산으로 떠났다. 도서관이나 집에서도 쓸 수 있었지만, 맑은 정신을 유지하는 데에는 산이 제일 좋은 것은 말할 필요도 없었다. 부장에게는 연락을 하지 않았다. 일단 자신에게 일임했으면 그걸로 끝이라고 생각하고 있을 것 같은 느낌이 들기도 했거니와, 순범으로서도 자신이 느끼는 국가와 국방의 감각을 마음껏 쓰고 싶었던 것이다. 어쩌면 부장은 바로 이것을 기대할지도 모르는 일이었다.

산에서 순범은 진정 쓰고 싶은 것을 남김없이 그대로 썼다. 자신이 이 땅에 태어나 보고 느끼고 판단한 것에 의거하여 전쟁의 시기와 가능성, 전쟁을 일으킬 수 있는 요인과 양태에 대해 깊이깊이 생각했다. 처음에는 생소하게 생각되어 어려웠던 적이 한두 번이 아니었지만 맑은 정신으로 깊이 생각하면 훤히 보이는 듯도 했다.

시나리오를 쓰면서 순범은 차츰 외국의 전문가에 대한 자신의 생각이 바뀌는 것을 느꼈다. 한 지역의 특수성을 임의로 해석하여 몇 개의 큰 흐름 속에 얽어서는 그것을 거드름 피우며 내놓는 것도 그렇고, 그런 것을 무슨 금과옥조라도 되는 양 떠받드는 약소국의 정치인이나 지식인도 허위의 것을 농락하는 연기자들에 불과하다는 것을 깨달았다. 우리나라에 몸을 담고 수십 년 이상 살아가고 있는 사람들보다 우리나라의 제반 문제를 더 잘 아는 외국인이 있다는 것이나, 그 외국인의 생각을 진리로 떠받들고 사는 것이나, 모두 이치에 맞을 턱이 없었다.

순범은 한반도에 사는 사람으로서 느끼는 것을 그대로 써낸 것만으로도 자신의 작업은 의미가 있다고 믿었다. 산을 내려오는 길에 아예 국방부에 들러 직접 제출해버리고는 바로 동네의 목욕탕으로 갔다. 뜨거운 물에 그간의 피로와 생각의 찌꺼기들을 녹이는 기분은 정말 기가 막힌 것이었다.

시나리오를 국방부에 제출하고 두 달쯤 지났을 무렵 순범은 한 통의 전화를 받았다.

「권순범입니다.」

「국방부 장관 보좌관실입니다. 내일 저녁 6시까지 국방부 회의실로 와주시기 바랍니다.」

「내일 저녁은 좀 어려울 것 같군요.」

순범은 미국에서 들어오는 미현을 마중 나갈 계획이었다.

「아, 몹시 곤란한데요. 내일 꼭 들어오셨으면 좋겠는데요.」

「무슨 일입니까? 내일은 선약이 있습니다.」

보좌관은 그러나 무슨 일인가는 밝히지 않은 채 집요하게 참석을 간청했다. 순범은 공항에서 서두르면 가능할 것 같기도 해 반쯤 승락하고 말았다.

「동행이 있어도 됩니까?」

「누구입니까?」

「아내입니다.」

상대방은 몹시 거북해하는 눈치였다. 조금 후에 대답하는 걸로 봐서 누구에겐가 묻는 모양이었다. 순범은 파리에서 라프르 간다 박사에게 미현을 아내라고 하던 것이 생각났다. 미현은 필요할 때마다 아내로 둔갑하지만 정작 아내가 될 수 있을 것인가 생각하고 있는데 상대편에서 응답했다.

「좋습니다.」

다음날 공항에 도착한 미현과 인사조차 제대로 못 나누고 서둘러 삼각지의 국방부에 도착하니, 시간은 이미 6시를 넘기고 있었다. 정문의 경비병은 순범이 이름을 대자 사색이 되어 있던 얼굴에 금방 활기가 돌며 옆에 대기중인 승용차에 신호를 했다. 승용차 옆에 서 있던 중령 한 사람이 얼른 뒷문을 열며 순범과 미현을 태웠다. 짧은 거리에 불과했지만 비상등을 켠 승용차는 쏜살같이 내달아 육중한 본관 건물 앞에 섰다.

옆에 탔던 중령의 안내를 받아 회의실로 들어선 순범은 깜짝 놀랐다. 어깨에 별을 단 채 휘황찬란한 샹들리에 아래 모여 있던 많은 사람들이 자신과 미현이 들어가자 삽시간에 시선을 집중시키는 것이었다. 갑자기 찾아온 정적은 샹들리에 불빛에 반사되어 반짝이는 견장 위의 수없이 많은 별들과 어울려 묘한 긴장을 자아내고 있었다. 순범과 미현이 어떻게 해야 할지 몰라 엉거주춤하고 있는데 침묵을 깨고 낭랑한 목소리가 들려왔다.

「여러분, 권순범 기자가 오셨습니다.」

순간 박수소리가 두 사람의 귀를 얼얼하게 했다. 순범이 정신을 차리고 보니 약 20여 명의 별을 단 장군들이 박수를 치고 있었는데, 이들의 복장이 대략 세 종류로 나눠지는 걸로 봐서 육해공군의 지휘관들인 모양이었다. 그제야 뒤에 서 있던 영관급 장교 한 사람이 순범과 미현을 자리로 안내했다. 두 사람은 수많은 정복 군인들 사이에 유일하게 신사복을 입고 있는 사람의 곁으로 안내되었다. 사회부 기자인 순범은 이 사람을 알아보았다. 바로 국방장관이었다.

「권 기자, 축하합니다. 권 기자의 시나리오가 일등으로 뽑혔습니다. 열여섯 편의 시나리오를 우리 삼군 지휘관들이 한 편 한 편 모두 읽어보고 토의를 한 결과 권 기자의 시나리오가 압도적 다수로 우리의 전략 개념으로 채택되었습니다. 지휘관들이 진정으로 공감하고 있고 권 기자를 보고자 열망하여 오늘 이렇게 모시게 되었습니다.」

「…….」

순범은 무슨 말을 해야 할지 몰랐다. 미현은 금세 상황을 알아차리고는 순범에게 눈웃음을 보냈다.

「정말 속이 후련했습니다.」

「너무나 사실적입니다.」

「처음으로 군인 아닌 사람의 얘기에 수긍하게 됐습니다.」

「소설처럼 되어 있어 더욱 좋았습니다. 주요 지휘관들에게 꼭 읽어보라고 권할 겁니다.」

육해공군의 장군들은 모두 순범에게 한두 마디씩의 소감이랄까 칭찬을 던졌다. 순범은 어리둥절한 가운데서도 기쁘기 한량없었다. 뭐라고 얘기해야 할지 모르고 있을 때 경비병의 절도 있는 음성이 회의실에 울렸다.

「국가안전기획부장님께서 오셨습니다.」

말소리가 끊기고 조용해진 가운데 출입문에서 부장이 나타났다. 부장은 장군들과 안면이 있는 듯 반갑게 악수를 나누고는 장교들이 즉시 마련한 국방장관의 옆자리에 앉았다.

「아니, 부장께서 웬일이십니까? 예고도 없이.」

「왜, 나는 별들의 파티에 소주 한잔 얻어 마시러 오면 안 됩니까?」

부장의 농담에 웃음들이 터져나왔다. 부장은 순범과 미현에게 미소를 건넨 후 장군들을 향해 흐뭇한 표정으로 제안했다.

「우리의 국방 계획을 우리의 젊은 청년이 가장 진실되고 절실하게 제시할 수 있었던 것과 진정한 우리의 목소리에 지휘관들께서 귀를 기울여준 것을 자축하며 최우수 시나리오의 낭독회를 갖는 것이 어떻겠습니까?」

곧이어 우레와 같은 박수가 울려 퍼졌다. 답례를 하기 위해 일어나는 순범의 눈에 희뿌옇게 무엇인가 끼여왔다. 희미하게 보이는 장군들의 얼굴 위로 어디서 나타났는지 새로운 얼굴들이 하나씩 하나씩 겹쳐지고 있었다.

'아, 박사님.'

이용후 박사의 얼굴이었다. 그 어느 때보다도 다정하고 온화하게 보이는 이 박사의 얼굴이 순범을 향해 따스한 미소를 짓고 있는 가운데 성우의 낭랑한 목소리가 들려왔다.

일본 재벌의 음모

1999년 10월 12일 모스크바의 파스테르나크호텔 15층.

로열 스위트룸의 회의실에는 네 사람의 한국인이 긴장된 표정으로 앉아 있었다. 벌써 오랫동안 한마디 말도 없이 앉아 있던 네 사람은 2시 30분을 알리는 괘종시계의 신호음이 들리자 초조해하는 기색이 역력했다. 환기 시설이 몹시 잘되어 있는데도 불구하고 방 안은 온통 담배 연기로 자욱하고 테이블 위의 재떨이에는 꽁초가 수북이 쌓여 있었다. 초조한 듯 시계를 보던 한 사람이 이윽고 말문을 열었다.

「결코 기적은 일어나지 않는가?」

「시간이 너무 지났군요.」

일행 중 가장 나이가 적어 보이는 오십대 초반의 사람이 말을 받았다. 바로 이때 전화벨 소리가 유난히 요란하게 들렸다. 순간 네 사람은 누가 먼저랄 것도 없이 서로의 얼굴을 쳐다봤다. 옆방에서 대기하고 있던 비서가 얼른 수화기를 들며 스피커를 켰다.

「연방개발위원장실입니다. 3시까지 크렘린궁 제1회의실로 들어오십시오. 계약 준비 하시고요. 축하합니다.」

비서의 떨리는 목소리의 여운이 채 가시기도 전에 15층 전체에 만세소리가 울려퍼졌다. 로열 스위트룸의 네 사람은 굳게 손을 움켜잡고 벅차오르는 감격을 어쩌지 못한 채 서로 상대방의 눈만을 응시했다. 자신도 모르게 눈물을 흘리는 사람도 있었다.

「자, 이럴 게 아니라 어서 들어갈 준비를 합시다.」

「박 장관, 조금 기다리시오. 이 환희를 좀 더 느껴봅시다.」

좌중은 누가 먼저랄 것도 없이 온통 웃음을 터뜨렸다. 갑자기 문이 열리며 들어온 사람들은 닥치는 대로 끌어안고 악수를 나누었다.

「김 회장, 어째 기자들은 한 사람도 안 보이는 것 같소?」

「모두 전화 걸러 갔겠지요.」

이때 회의실 한구석에서 전화 거는 목소리가 들렸다.

「아, 편집부요? 여기 모스크바 주재 서동국 기자요. 긴급 송고합니다. 시베리아 종합개발권을 우리가 땄어요. 20분 후에 도장만 찍으면 끝입니다. 한국의 운명을 바꿔놓을 이 계약의 조인식에 참석할 사람은 박웅 상공부 장관, 김종명 북한 대외무역부장, 이건희 삼성그룹 회장, 황영준 대우그룹 회장, 최병오 현대그룹 회장입니다. 다시 송고합니다. 시베리아…….」

이날 밤 조인식을 마치고 승리의 환희를 마음껏 누리는 한국 진영의 파티장에서 새어나오는 샹들리에 불빛을 뒤로하고 모스크바 공항을 이륙한 일본항공 전세기의 회의실에서는 미쓰비시, 미쓰이, 이토추, 마루베니, 히타치 등 일본 5대 재벌 총수들이 침통한 분위기에서 회합을 갖고 있었다.

「설마 일이 이렇게 되리라고는 생각지도 못했소.」

「문제는 엄청나게 심각합니다. 저 시베리아는 60년 전 우리가 소련과 전쟁을 치러서라도 차지하려고 했던 땅이 아니오.」

「일본과 한국의 운명을 뒤바꿔놓을 일이오. 어떻게 일이 이렇게 될 수 있단 말이오. 우리가 이길 확률이 95퍼센트 이상이었는데 도대체 왜 이렇게 되고 말았습니까?」

「사실 지금 생각해보면 우리가 반드시 유리하지만도 않은 일이었소. 저 바보 같은 관리 놈들 눈엔 그렇게 보였는지 모르지만 나는 이런 상황이 닥칠 수도 있다고 생각했었소. 우선 러시아가 아무리 혼란에 빠져 있고 자금이 필요한 입장이지만 그들은 항상 우리나라의 팽창을 경계하고 있었소. 시베리아의 개발권을 우리에게 넘겨줄 때 닥칠 위험에 대해 그들은 깊은 우려를 가지고 있었소. 또한 한국과 북한의 콤비네이션이 너무도 완벽했소. 남한의 자본과 기술, 북한의 노동력, 그리고 그들의 지리적 위치는 실제로 시베리아 개발에 있어 최적의 조건임에도 불구하고 우리는 너무 자만하고 있었소. 동남아 및 미국과 유럽을 휩쓸고 있다는 사실이 우리로 하여금 너무 안이하게 생각하게 만들었소.」

「스즈키 회장의 말씀이 옳소. 우리가 러시아를 너무 얕보았소. 한국과 북한이 마지막 순간까지도 혼신의 힘을 다해 러시아의 정부 요인들과 인민회의 대의원들, 그리고 실업계의 인사들을 설득하고 있을 때 우리는 우리의 힘만 믿고 있었소. 저들이 우리에게 안 주고 어쩌랴 하고 있었으니……. 남북한 지도자들만 해도 대여섯 차례나 모스크바를 방문했다지 않소. 어쨌든 앞으로의 후유증이 참으로 큰일입니다.」

「오늘 오후부터 국제 주식시장에서 한국 관련주는 모두 상종가를 기록하고 있다고 합니다. 반면에 일본 주들은 대폭락 사태에 직면하고 있어요. 매수세가 전혀 없어 투매현상까지 일어나고 있습니다. 이러한 상태는 대단히 오래 지속될 것입니다.」

「주식이 문제가 아니오. 앞으로 엄청난 자원 위기가 예상되는 이 시점에서 시베리아를 뺏기고 말았다는 것은 미래를 빼앗긴 것과 다름없는 일이오. 앞으로 남북한의 급성장은 불을 보듯 뻔한 일이오. 이제는 저들의 통일 시점도 되었고, 우리는 최대의 경쟁 상대를 맞게 되었소. 참으로 불가사의한 일이오. 그토록 한심해 보이던 한국인들이 어떻게 이렇게까지 우리를 추격해왔는지 이해할 수 없소.」

「어찌 되었든 이대로 시베리아를 한국에 넘겨주면 우리는 침몰하고 맙니다.」

「스즈키 회장의 말씀이 지당하오. 이대로는 절대 안 돼요. 어떻게 해서든 방법을 강구해야 합니다.」

「무엇보다도 내각이 문제요. 오부치파의 각료들은 너무 미온적이오. 그놈들과는 아무것도 같이 하고 싶은 기분이 나지 않소. 내각을 갈아치우고 나서 러시아를 위협합시다. 한국과의 계약을 파기하지 않을 수 없도록 모든 수단과 방법을 다 동원해야 돼요.」

「물론 이번 일에 대한 책임을 져야 하니 내각은 총사퇴하겠지요. 내각은 당연히 새로운 얼굴들, 특히 애국적 강경파들로 채워질 거요. 그러나 러시아를 협박하는 것은 현명치 못해요. 무엇보다도 이제 러시아는 아쉬울 게 없어요. 한국이 제공하기로 약속한 차관과 현물 공급 등은 러시아가 예전처럼 우리에게 애원하던 상황을 완전히 뒤바꾸어놓을 것이오. 무엇보다도 이번 시베리아 문제는 러시아의 외교안보 면에서 고려되었기 때문에 우리가 러시아에 대해 위협을 가할 수 있는 경제 차원으로는 해결이 되지 않아요.」

「러시아와의 전쟁은 어떻소?」

「꼭 필요하다면 해야 하겠지만 지금으로서는 도저히 그럴 상황이 아니오.」

「어쨌거나 해약을 시켜야 할 것 아니오.」

「방법은 있어요. 오히려 훨씬 간단한 방법이.」

「그것이 무엇이오?」

「이치는 간단해요. 지금의 러시아는 시베리아 개발이라는 카드를 쓰지 않고는 이제까지 추진해왔던 시장경제로의 대전환은 물거품이 되고 말 위험에 봉착해 있소. 무슨 일이 있더라도 그들은 지금 바로 제2차 시베리아 개발에 들어가야 하오. 특히 그들은 야쿠츠크 일대의 유전과 가스전으로부터 나오는 원유와 가스를 하루가 바쁘게 나호드카까지 수송하고 싶어 하오. 일본, 한국, 대만의 가스 및 원유 대금을 손에 쥐어야만 경제개발의 재원이 안정적으로 마련되기 때문이오. 그들이 우리의 500억 달러 차관 제공에 그렇게도 군침을 흘리던 것을 여러분도 기억할 것이오. 미국 등은 러시아의 조건을 맞추지 못하기 때문에 떨어져나갔고, 최후에 겨루었던 것은 우리와 한국이었소. 따라서 한국이 계약을 이행하지 못할 상황이 되면 러시아는 어쩔 도리 없이 우리와 계약을 체결할 수밖에 없지 않겠소. 문제의 해답은 한국에 있소.」

「문제의 해답이 한국에 있다면?」

「송유관 부설 공사를 하지 못하도록만 하면 나머지는 우리가 얼마든지 조종할 수 있소. 한국만 없으면 로스케들은 우리의 다리를 붙들 수밖에 없어요.」

「어떻게 송유관 부설 공사를 하지 못하도록 할 수 있습니까?」

스즈키는 말이 없었다. 대답 대신 지그시 눈을 감고 한참 동안이나 무언가를 생각하는 듯했다. 이윽고 눈을 번쩍 뜬 그는 일흔에 가까운 노인답지 않게 무서운 눈빛을 쏟아내며 내뱉었다.

「한국의 포항제철과 울산공단을 없애야 하오.」

미쓰비시 회장 스즈키의 말을 듣고 있던 네 사람은 무거운 표정으로 서로를 쳐다보며 말없이 고개를 끄덕였다. 그들도 모두 비슷한 생각을 하고 있어서 그랬는지, 아니면 일본에게 있어 시베리아는 과거 소련과의 전쟁을 불사하고라도 차지하려고 했을 정도로 중요성이 있어서 그랬는지, 이 엄청난 이야기를 듣고도 일본 재계의 거두들은 별반 놀라지 않았다. 사실 이것은 일본 경제의 사활이 걸린 문제라고도 볼 수 있는 만치 일반 국민조차도 이러한 사태 진전에 대해 한 번쯤은 생각해보는 분위기가 일본 내에는 제법 있었다.

최근에 이르러 일본은 자원 수입의 어려움과 가격 상승으로 말미암아 수출에 있어 상당히 고전을 하고 있었다. 일본이 필요로 하는 일부 광물 자원은 세계적으로 채굴 가능한 매장량이 거의 바닥이 나고 있었다. 대다수의 자원국들이 까다로운 조건을 제시하고 있었기 때문에 일본은 몇몇 주력 품종의 수출 경쟁에서 고전하고 있었으며, 이것은 일반 국민에게도 충격을 주고 있었다. 특히 에너지 문제는 일본을 몹시 불안하게 했다. 중동에만 일방적으로 매달리고 있는 일본으로서는 차츰 결속을 다져가고 있는 산유국들의 강경세에 맞서 무언가 유력한 대비책을 마련해두어야만 했으므로, 시베리아의 유전에 그들은 최대의 희망을 걸고 있었다. 그렇기 때문에 시베리아 개발의 마지막 후보국으로 한국과 일본만이 남게 되었을 때 일본인들은 자국이 선정된 것이나 다름없다고 생각하고 있었다. 만일 단독 개발권을 한국에 빼앗기게 된다면 그냥 있을 수는 없다고 생각하는 분위기가 일반인들 사이에도 널리 퍼져 있었다.

칠흑 같은 어둠에 휩싸여 차디찬 시베리아의 상공을 나는 일본항공의 전세기에서 이와 같은 음모가 배태되고 있는 줄도 모르고 북반구의 밤은 깊어가고 있었다.

며칠 후 도쿄 긴자의 밤.

하쓰노미야의 뒷골목을 돌아가면 일반인들에게는 잘 알려지지 않았지만 유서 깊은 요정들이 몇 집 있었다. 그중에서도 정계, 재계의 거물들이 종종 깊숙한 얘기를 나누곤 하는 요정 아오모리의 깊은 밀실에서는 정재계의 두 거물 사이에 은밀한 얘기가 오가고 있었다.

「이번 개각에 대해서는 가다 선생의 수고가 많았습니다. 재계에서는 전폭적인 지지를 보내고 있습니다.」

「내각의 리더들도 모두 지금이 비상시기라는 것을 인식하고 있기 때문에 쉽게 조각이 이루어졌습니다. 오늘 밤 극비리에 열리는 비상각료회의에서 중요한 결의가 이루어질 것입니다.」

「잘된 일입니다. 재계에서도 모든 일에 대해 협조를 아끼지 않을 생각이고 무엇보다도 모레 열리는 일미 정상회담에서의 분위기 조성을 위해 커다란 선물들도 많이 준비되어 있습니다. 사실 이제까지의 대폭 양보만 해도 양키들로서는 감지덕지가 아닙니까?」

「그 점에 대해서는 총리도 특히 안심하고 있더군요. 조금 더 배짱 있게 나가도 무방한데 하시모토 씨는 너무 대가 약해요. 그래 가지고 앞으로의 큰일들을 제대로 감당해나갈 수 있을지…….」

「가다 선생께서 뒤를 잘 봐주시고 각계에서 협조하면 하시모토 씨도 잘할 겁니다. 방위청 간부들이 모두 강철 멤버들이니까 우물쭈물하는 일도 없을 테고요.」

「그건 그렇고 일본청년사하고는 재계에서 접촉해주기를 바랍니다. 총리는 나중에라도 정치적으로 이용당할 가능성이 있다는 점을 넌지시 내게 말하더군요. 과격하기 짝이 없는 자들이라 무슨 일을 저지를지도 모르구요.」

「그 점은 염려 마십시오. 우리도 그 점에 착안하여 미리 선을 대어두었습니다. 두당 10억 엔씩을 제시했는데 한마디로 거절하더군요. 자신들은 오직 애국심으로 행동할 뿐 아무런 바람도 없다고 얘기하는데, 직접 그들을 만났던 다케미야 군이 무척 부끄러웠다고 하더군요.」

「너무 애국심이 강해서 오히려 곤란할 정도입니다 어쨌든 가장 적당한 시기에 가장 적당한 사람들이 있어 주었군요.」

「이제 대략 얘기가 다 끝난 것 같으니까 오랜만에 한잔 시원하게 마십시다. 마침 오늘 한국에서 멋진 애들이 새로 왔다고 마담의 자랑이 대단하더군요.」

「좋습니다. 스즈키 회장의 십팔번도 한번 듣구요.」

「하하하하…….」

일본의 내각회의

일본 수상관저의 회의실에서는 늦은 시각임에도 불구하고 비상내각회의가 열리고 있었다. 평상시라면 흥겹고 화려한 파티로 들떠 있을 관저의 넓은 홀은 분위기가 가라앉아 있었고, 때아닌 회의의 분위기도 무겁기만 했다.

「이번 사태에 대해 획기적 대처 방안을 마련하지 못한다면 새로운 내각의 수명은 말할 것도 없고 당의 운명도 끝입니다. 아니, 당이 문제가 아니라 우리나라의 미래가 심히 걱정되는 일이 아닐 수 없습니다.」

「전국이 떠들썩합니다. 국민들은 정부에서 무언가 사태를 역전시킬 수 있는 방법을 내놓기를 고대하고 있는 듯합니다.」

「극우단체 및 언론과 재벌에게도 문제점이 많이 있습니다. 지금 한국 정부에서 제시하는 방법을 받아들여도 별로 문제될 것은 없습니다. 나호드카에서 사할린과 북해도를 거쳐 혼슈로 들어오는 수송관만으로도 우리나라의 에너지 문제는 해결됩니다. 어차피 앞으로 화석연료의 시대가 끝나가고 있는데 분위기를 자꾸 일본의 패배 쪽으로 몰고 가는 현상은 지극히 위험합니다.」

「통산상! 정신을 차리시오. 당신과 같은 사람이 문제란 말이오. 이제까지 우리 정부가 당신과 같은 국제주의자들 때문에 의견 통일을 못하고 흔들려오는 바람에 이와 같은 위기에 봉착하게 된 것 아니오. 그래, 한국에게 시베리아를 빼앗기고도 당신은 아무렇지 않다는 말이오?」

「나는 별문제를 느끼지 않소. 어찌 보면 러시아 정부의 결정은 대단히 현명한 것일지도 모르겠소. 러시아가 우리를 두려워하는 만큼이나 우리에게도 러시아는 두려운 존재요. 시베리아와 같은 전략적 요충 지역의 개발을 강대국에게 맡기지 않은 결정은 충분히 심사숙고한 결과요. 그들은 당장 막대한 자본의 고통을 느끼면서도 우리에게 손을 벌리지 않았소. 미래의 위험을 미리 막았다고 볼 수 있소. 생각해보시오. 우리가 시베리아의 개발을 맡고 모든 개발 비용을 향후의 원유 채굴 같은 것으로 충당받을 때 우리의 러시아 의존도는 심각해질 거요. 러시아도 전략자원인 원유 등에 대해 지대한 관심을 갖고 있는 이상 우리와의 충돌 위기는 매우 높아져요. 어쨌거나 우리는 국제 입찰에서 패한 사실을 있는 그대로 받아들여야 해요.」

「원유만이 문제가 아니지 않소. 모든 광물 자원의 확보에서 우리가 겪고 있는 고통이 얼마나 대단한지는 통산상 당신이 제일 잘 알 것 아니오.」

「물론 잘 알고 있소. 그러나 문제점은 우리에게도 있소. 우리나라의 산업구조는 너무 팽창적이오. 조금이라도 성장을 멈추면 내적 폭발 요인이 너무나 많소. 이대로라면 우리는 고도 성장과 대량 수출을 계속해야만 하고 우리가 세계 수출시장에 형성해온 위기감은 점증되기만 하오. 또한 지구상의 모든 자원을 대량 소비함으로써 끝없는 자원 분쟁을 일으키고 있는 것도 큰 문제요. 앞으로 우리 경제는 성장을 낮추고 저개발국과 근린 국가를 진심으로 도와야 해요. 이것이야말로 우리가 진정한 세계 평화를 위해 할 수 있고 또 해야 할 일이오.」

「당신은 잠꼬대를 하고 있군. 당신의 말대로 하면 우리는 미국과 유럽에게 10년도 못 가서 짓밟히고 말 거요. 우리가 그들처럼 쉴 것 다 쉬고, 즐길 것 다 즐기고, 인격이다 자유다 다 찾고, 그들과 똑같은 시간만 일해가지고 어떻게 그들이 천 년간이나 이루어온 물질문화의 힘을 당할 수 있겠소. 세계 이류 국가로 전락하고 나면 우리나라는 왜소하기 짝이 없소. 오직 성장과 수출만이 우리의 살길이오. 힘이 없이는 우리나라는 끝장이오.」

「문제는 시베리아만이 아닙니다. 모든 원료의 부족이 아주 심각해질 형편입니다. 동남아 각국의 자원 카르텔 형성을 막기 위해 우리가 추진하고 있는 제반 조치들이 전혀 효력을 발생시키지 못하고 있는 걸로 분석되고 있습니다. 이대로 가다간 우리의 광물 자원 수입의 미래가 지극히 염려되지 않을 수 없습니다.」

「미래가 염려되는 게 아니라 당장 지금부터 문젭니다. 비축분이 전혀 없습니다. 특히 니켈과 구리를 원료로 하는 몇몇 업종은 당장 조업 중단의 위기에 빠져 있습니다.」

「이번 카르텔 형성을 주도하고 있는 인도네시아와 말레이시아 중 한 나라에 대해 극단적 조치라도 취해야 하지 않을까요?」

「극단적 조치란 뭘 말하는 거요?」

「이를테면 현재 우리가 유예해주고 있는 만기도래 차관의 원리금 회수 등의 조치가 연구될 수 있겠죠.」

「우리의 분석에 의하면 말레이시아 의회는 외국 자본의 회수에 대한 특별법을 만들어 우리의 그러한 조치에 대비하려고 하고 있어요. 아시아의 여타 국가들도 비슷하고요.」

「문제는 호주가 이번의 카르텔 형성을 배후 조종하고 있는 점입니다. 호주는 벌써 아연과 보크사이트에 대해서는 수출 계약을 연장해주지 않고 있어요. 철광석도 계약기간을 6개월 단위로 조정하자고 합니다. 한마디로 우리의 목을 점점 조이고 있는 거죠.」

「우리가 이번에 태평양 제국과 집단적 자원 수입 계약에 응하면 앞으로의 상황은 불을 보듯 뻔합니다. 어떤 형태로든 그들의 의도를 봉쇄해야 합니다.」

「그런데 도대체 어째서 이런 현상들이 최근 들어 빈번하게 발생하는 겁니까?」

「크게 보아 세 가지 이유가 있습니다. 우선 광물 자원의 채굴이 점점 어려워지고 있습니다. 따라서 그들은 잦은 가격 인상을 요구하게 되지요. 또 하나는 태평양 국가들이 산업발전을 이루어 이제는 그러한 천연자원들이 자국 산업을 위해서도 대단히 필요하게 되었습니다. 이러한 두 가지 이유가 국내적 요인이라 한다면, 더욱 중요한 이유는 국제적 요인이라 할 것입니다. 즉, 한국과 대만, 특히 한국의 자원 수요가 급증함에 따라 그들 자원 수출국들이 더 넓은 선택의 여지를 갖게 된 것이 이러한 현상을 가져오는 결정적 이유라고 봐야 할 것입니다.」

「현실적으로 우리가 마련할 수 있는 대응책은 의외로 적습니다. 아니 거의 없다시피 합니다. 남미로부터의 대체 수입은 일시적 고식책밖에는 되지 못하고, 시베리아의 자원도 한국을 통해 얻어야 할 입장이 되었을 뿐 아니라, 실물을 갖고 올 수 있기까지는 아직도 많은 시간이 필요합니다. 중국으로부터의 대체는 자원의 종류도 제한되어 있고 양도 부족할 뿐만 아니라 지금 중국은 내란 상태라 자원 협상이나 원료 채굴을 할 만한 입장이 못 됩니다.」

「우리의 경제가 이토록 곤란에 처하게 되다니, 여기에 대해선 우리의 책임이 크다고 생각하지 않소? 유럽 경제공동체와 미국에 조금씩 밀리다 보니 결국은 수출과 수입에 다 같이 압박을 받게 된 것 아니오.」

「미국의 포함외교에 우리가 너무 겁을 집어먹었소. 방위계획을 좀 더 일찍 시작했어야 하는데. 우리의 함대가 태평양과 인도양에 진출하고 나서야 비로소 그들의 무리한 요구를 거절할 수 있게 되지 않았소.」

「어쨌든 지금은 당장의 선결 과제인 자원 수입 문제를 해결해야 하니 무슨 묘책이 있으면 말씀해주시오.」

「아까 관방상이 말씀하신 대로 긴급차관의 원리금 회수를 강행하고 말레이시아와 인도네시아 두 나라에 대해서는 모든 플랜트 및 부품과 생산설비의 수출을 중단하는 것이 가장 좋을 것 같군요. 문제가 완전히 해결될 때까지는 남미 등에서 긴급 조달하는 한이 있더라도 지금 저들의 요구 조건을 들어주어서는 안 됩니다.」

「대장상의 말씀은 일리가 있기는 하지만 자칫 잘못하면 더 큰 화를 부를 수도 있어요. 이번엔 동남아 제국들이 쉽게 꺾일 기세가 아닌데 우리가 강경책만을 고집하다 보면 그들이 한국과 깊은 관계를 맺게 될 가능성이 아주 많아요. 한국은 그렇지 않아도 지금을 절호의 기회로 보고 은근히 동남아 국가들을 부추기고 있는데 그들과 우리와의 사이에 조금만 틈이 생기면 즉각 뚫고 들어올 거요. 한국의 생산설비와 부품들이 우리 것 대신 동남아에 자리를 잡게 될 테고, 원료도 처음에는 조금 비싼 값으로 사주겠죠. 동남아 국가들 간에 전반적으로 형성되어 있는 우리나라에 대한 반감이 한국에게는 더할 나위 없이 좋은 길 안내가 될 테죠.」

「외상 말씀이 옳습니다. 더 이상 경제적 방법만으로 대응하는 데는 한계가 있습니다. 동남아 제국들이 이제는 나름대로 산업발전도 이루고 정치외교적으로도 많이 발전하여 그간 우리가 써왔던 수단이 전혀 효험이 없어져버렸습니다. 뭔가 색다른 대응책이 나오기 전에는 근본적 해결은 불가능합니다.」

「그렇다면 색다른 대응책이란 어떤 것입니까?」

좌중은 모두 침묵했다. 하시모토 수상을 중심으로 부총리, 외무, 내무, 관방, 통산, 방위청의 장관과 자민당 간사장 등 일본의 핵심적 지도자가 모인 심야의 비밀회의건만 막상 색다른 대응책이란 얘기가 나오자 모두 침묵할 뿐 가볍게 입을 여는 사람이 없었다. 어쩌면 오늘 회의에 참석한 대다수의 사람이 이미 사무실을 떠나기 전부터 마음속에 품고 왔을 필연적 결론임에도 불구하고 아무도 입을 떼려 하지 않았다.

제법 긴 침묵이 흐른 후 이제까지 지그시 눈을 감고 듣기만 하던 방위청 장관 데라우치가 짙은 눈썹을 꿈틀거리며 눈을 떴다. 그는 좌중을 압도하는 무게 있고 나지막한 목소리로 입을 열었다.

「여러 대신의 말씀은 잘 들었습니다. 이제 미거하나마 본인이 평소 심각하게 생각해오던 것들을 말씀드리고자 합니다.」

좌중의 시선이 그에게 집중되었다. 데라우치는 7년 전 방위청 장관에 임명된 후 여러 번 내각이 해산되었음에도 불구하고 그 자리를 줄곧 지켜왔다. 그는 중대한 문제들에 대해 다른 많은 사람들의 반대를 무릅쓰고 시대에 앞선 견해를 과감히 시행했으며, 세월이 흐른 후 그의 견해가 가장 현명했던 것으로 판명되곤 했다. 그는 다른 각료들과 일반 국민 사이에 신비로운 인물로 부각되고 있었다. 특히 2년 전 그는 수많은 반대를 무릅쓰고 일본에 있던 미군기지를 모두 철수시켰다. 그리고 집요한 교섭 끝에 '아시아인에 의한 아시아의 방위'라는 기치 아래 오키나와 및 싱가포르와 한국에 있던 미군의 대부분을 철수시켰다. 그 이후 일본은 예전의 미 제7함대가 해내던 서태평양 및 아시아의 순항 경비를 훌륭히 수행함으로써 경제뿐만 아니라 정치군사적 면에서도 아시아의 형님 나라로 군림하여 엔블록을 더욱 강화하게 되었고, 따라서 그에 대한 신뢰는 가히 절대적이라 할 만했다.

「지난 20년간 우리는 동남아에 말할 수 없는 노력을 기울여 왔습니다. 그 무지한 원시인들에게 막대한 돈을 거저 주다시피 했습니다. 밀림을 깎아 공장을 만들어주고 배에 실을 수 있는 것이라면 뭐든지 다 사주다시피 했습니다. 그들의 취약한 경제구조를 보호하기 위해 엔경제블록을 형성하여 미국을 비롯한 제국가들의 경제적 종속국이 되는 것을 막아주었습니다. 그런데 지금 와서 이런 현상들이 벌어지는 것은 무엇을 말하는 것입니까?

배신입니다. 감히 그들이 우리나라를 배신하려고 하는 것입니다. 예전 같으면 꿈도 꾸지 못할 일입니다. 우리가 한 달만 돈줄을 막은 채로 수출을 안 하고 수입도 안 하면 간단히 해결될 일이었습니다. 그러나 지금은 다릅니다. 아까 외상이 말씀하셨던 대로 그들에게 선택의 폭이 넓어졌습니다. 우리가 아니더라도 우리가 하던 일을 훌륭하게 대신할 수 있다고 믿고 있는 나라가 하나 있습니다. 바로 한국입니다. 지난 1990년초 한국 경제가 악화일로를 걷고 있을 때 우리의 대응이 미약했습니다. 그때 완전히 파산지경이 되도록 휘몰아쳤어야 했는데 그냥 두어도 침몰할 것으로 판단한 경제 전문가들이 결정적 실수를 범하고 말았습니다.

천만 뜻밖에도 남북한이 완벽한 경제협력의 하모니를 이루어내고 말았습니다. 북한의 질 좋고 풍부한 노동력과 결합된 남한의 자본과 기술은 생각지 못한 결과를 가져오고 결국 한국은 기사회생했습니다. 북한의 정권도 남한의 대규모 경제지원을 받아 쾌속성장의 호시절을 구가하고 있습니다.

한국은 우리나라와 똑같은 형태의 경제구조를 가지고 있습니다. 즉, 수출 시장도 중복되고 자원 수입 역시 중복되고 있습니다. 기실 지금 호주와 동남아에서 나오고 있는 천연자원은 우리나라만 쓰기에도 부족합니다. 한국이 있는 한 동남아시아는 결코 우리의 앞마당이 될 수 없습니다.

또 하나 우리를 고통스럽게 하는 문제가 있습니다. 아니, 고통의 차원을 넘어서 일본의 존재를 위협하는 대단히 중요한 문제입니다. 즉, 수출입니다. 우리나라 수출의 60퍼센트를 차지하던 유럽과 미국 시장이 급속한 추세로 장벽을 치고 있습니다. 유럽 경제공동체는 거의 모든 우리 수출품에 대해 반덤핑관세를 부과하고 있으며, 미국은 무역수지 적자 때문에 수입금지 요청이 기업 및 국민들로부터 물 끓듯 하고 있습니다. 지난 몇 년간은 간신히 버텨왔지만 이제는 갈 데까지 갔습니다. 재정적자 및 사회복지 비용의 감소 때문에 우리에 대한 미국민의 분노는 폭발 직전입니다. 다행히 지난 대통령 선거 때 우리가 록펠러 대통령을 최선을 다해 지원했기 때문에 미국 행정부가 그동안은 잘 무마해온 편입니다. 그러나 더 이상은 안 됩니다. 그렇다면 앞으로 우리의 수출은 어떻게 되어야 합니까? 유럽 경제공동체와 미국으로부터 막혀버린 수출 상품을 소비해줄 곳이 없습니다. 남미, 아프리카, 호주, 중동 모두 안 됩니다. 소비 자체가 너무 적고 소비 수준이 우리의 상품과 균형을 이루지 못합니다. 다른 수출 시장을 시급히 찾아야 합니다.

새로운 우리의 수출 시장, 충분한 인구와 소비 수요를 가진 나라, 그것은 바로 중국입니다. 본인의 판단으로는 지금의 중국 내란은 중국을 네 개 내지는 다섯 개의 독립국가로 만들어 놓을 것입니다. 그리고 이 새로운 독립국가들은 모두 자본주의를 지향할 것입니다. 왜냐하면 지금의 내란 원인이 바로 광둥성의 개방 이익을 나누어주고 모든 성에 대해 시장경제 체제를 허용해달라는 데서 시작되었기 때문입니다.

이제 풍전등화의 중앙정권이 무너지면 아무도 대혼란을 가로막을 수 없습니다. 신장 웨이우얼 자치구를 필두로 하여 각 인종별로 독립하려는 욕구도 화산 터지듯 분출되어 나올 것입니다. 이 혼란을 수습하려는 세력은 반드시 외국의 도움을 받아야 합니다. 어마어마한 양의 물자와 자금이 중국 대륙으로 흘러들어가게 되고 그 몇 배, 아니 몇 십 배의 반대급부가 보장됩니다.

유럽과 미국, 그리고 우리나라와 한국의 경쟁이 됩니다. 우리나라는 유럽 및 미국보다는 훨씬 유리합니다. 바로 자본 때문이지요. 자본 투입과 더불어 내란의 평정 단계에서 군사적 지원을 가미한다면 앞으로 중국에 대해 커다란 권리를 확보할 수 있게 됩니다. 사태의 진전 방향에 따라서는 영토의 할양조차도 가능할 수 있을 것으로 봅니다. 그런데 여기에도 한국은 치명적 방해가 됩니다.

현재 남북한이 중국과 더불어 공동 개발하고 있는 만주공단 조성 및 도시 개발이 매우 순조롭게 진행되고 있어 중국민들 사이에 한국에 대한 인식이 대단히 좋습니다. 특히 한국은 중국과 육지로 연결되어 있으므로 양국 간의 물자 수송 및 교역이 우리에 비해 대단히 편리합니다. 한국도 우리와 마찬가지로 자원 수입 및 수출 시장 확보에 대단한 압력을 받고 있습니다. 그들도 중국을 노리고 있고 오히려 우리나라보다도 유리한 위치에 있습니다.

한국을 그대로 두고는 중국조차 그림의 떡이 될 수밖에 없습니다. 그러나 이제까지는 모든 것을 우리가 참아줄 수가 있었습니다. 다른 방향에서 해결책을 모색할 수가 있었다는 말입니다. 그러나 단 한 가지, 시베리아의 단독 개발권만은 안 됩니다. 이것은 일본과 한국의 위상을 완전히 뒤바꿔놓게 됩니다.

한국이 커진다는 것은 일본이 작아진다는 것을 말합니다. 그들은 이제 통일을 목전에 두고 있습니다. 시베리아는 한국이라는 호랑이 새끼한테는 날개가 됩니다. 어떻게 해서든지 한국 문제를 지금 해결해두어야 우리의 미래가 보이게 될 것입니다.」

역시 데라우치의 말은 힘이 있었다. 좌중은 한동안 침묵했고 논리정연하고 힘이 넘쳐나는 그의 말은 좌중의 머리에 강하게 각인되었다. 어느 정도 시간이 흐른 후 부총리 겸 외상인 시라가와가 물었다.

「한국 문제를 해결한다는 말은?」

「여러분 모두가 느끼고 계시는 그대로입니다.」

「구체적으로 말씀해주시오.」

「산업기반을 완전히 붕괴시켜야 합니다.」

데라우치의 말소리는 유난히 크게 장내에 울려 퍼졌다. 내무대신 무라카미는 5년 전 헌법 제9조를 폐기하던 당시를 떠올렸다. 일본은 영구히 전쟁을 포기한다는 조항이 적혀 있는 헌법 제9조의 폐기 여부를 의회에서 심사할 때 전국적으로 엄청난 반대에 부딪쳤었다. 그때에 바로 지금 발언을 끝낸 데라우치 방위청 장관은 열변으로 국민을 설득했었다. 노도와 같던 반대의 물결이 하루가 다르게 꺾이고 숫자가 줄어들기 시작하는 것을 보면서 역시 데라우치는 괴력의 사나이임을 느낄 수 있었다.

생각하기에 따라서는 그때보다 지금이 오히려 국민을 설득하기에 훨씬 좋을지 몰랐다. 왜냐하면 최근의 시베리아 충격과 더불어 일본과 한국 간에 첨예한 대립이 끊이지 않던 다케시마의 영유권 문제가 어디서부터인지 모르게 새롭게 대두되어 한국에 대한 일본 국민의 적개심이 날로 더해가고 있는 중이었기 때문이다. 게다가 약 한 달 전 울릉도 근해에서 조업하다가 한국 해양경찰에 의해 불법어로 혐의로 나포되어 한국에서 재판을 받은 다케마루호의 선장과 일등항해사에게 실형이 선고되자 이러한 적개심은 최고조에 달하고 있었다. 더군다나 가고시마의 운젠 화산이 대폭발의 조짐을 보이고 있는 가운데 심심찮게 보도되고 있는 관동지방의 대지진 예측으로 국민들의 마음은 어딘지 모르게 안정을 잃고 있었다.

외상 시라가와가 입을 열었다.

「어차피 이제는 다케시마 문제도 해결할 시점이 되었습니다. 한국은 다케시마를 돌려줄 의사가 전혀 없습니다. 돌려주기는커녕 다케시마에 대한 협의조차 거절하고 있습니다. 지난 수십 년간 우리는 국제사법재판소에 제소하고 한국의 응소만 기다려 왔습니다만 한국은 시종일관 일고의 가치도 없다는 식입니다. 더 이상 참기만 하는 것은 대아시아 관계상 나쁜 선례를 남기는 일일 뿐 아니라 국민들의 항의도 이제는 그냥 넘길 수 없습니다.」

「한국이 응소하지 않는 이유는 현실적으로 그들의 수비대가 다케시마를 장악하고 있는 터에 쓸데없이 영유권 문제를 거론할 필요가 있겠느냐 하는 논리입니다. 즉, 우리의 항의쯤은 귀도 기울일 필요가 없다는 식으로 지난 수십 년을 일관해 온 터죠.」

「일단 다케시마에 있는 한국 수비대를 철수시키든지 아니면 체포해 오든지 하고 봅시다. 북방 도서도 모두 돌려받은 지금에 와서 다케시마는 우리가 대전 후에 잃고 있는 유일한 땅입니다. 이제는 더 이상 참을 수 없습니다.」

하시모토 수상이 입을 열었다.

「한국에 대한 군사적 행동에는 국제적 간섭이 있을 텐데, 데라우치 장관의 견해는 어떻소?」

「중국, 러시아, 미국 그리고 유럽의 개입을 고려해야 합니다. 그러나 지금처럼 좋은 기회는 다시 얻기 힘듭니다.

우선 중국은 사회주의 붕괴를 눈앞에 두고 내란에서 헤어나지 못하고 있습니다. 국내 문제의 해결에도 여력이 없을 뿐 아니라 앞으로 수년간은 내전에 휩싸여 국제관계를 돌볼 여유가 없습니다. 아까도 잠시 말씀드렸듯이, 이러한 중국의 혼란기에 신속히 한국을 흡수하고 새로이 집권하는 몇 개의 독립정부를 지지해주며 그들이 안정할 수 있는 자본을 밀어주면, 한국 흡수를 기정사실화하는 협약을 이끌어낼 수 있습니다.

다음으로 러시아는 이미 군소 공화국으로 쪼개어져 있는데

다가 심각한 경제 문제와 공화국 간의 영토 및 자원 분쟁, 몇몇 공화국에서의 인종 문제로 전전긍긍하고 있지 않습니까? 우리의 경제협력에 목을 매고 있는 공화국들과 강력한 지지 기반이 없는 연방의 미약한 지도자들은 역시 중국의 지도자들과 마찬가지로 한반도에 대해 필사적으로 개입할 수는 없습니다. 물론 우리는 지난 대동아전쟁 때의 교훈을 잊어서는 안 됩니다. 북쪽으로부터 소련의 위협 때문에 미국과의 전쟁에 전력을 다하지 못했었지요. 또한 지금의 소련이 아무리 군소 공화국으로 갈라져 명목상의 연방 아래에서 단결이 되지 않는다 해도, 그들이 다시금 강력한 연방을 결성하여 한반도에 개입할 가능성을 전연 무시해서는 안됩니다.

그러나 그들의 개입과 간섭에는 역시 한계가 있을 수밖에 없습니다. 그만큼 그들의 국내 상황이 어렵고 연방의 기치 아래 단결을 하기란 거의 불가능하다고 봐야 합니다. 무엇보다도 러시아공화국의 가장 큰 관심사는 시장경제의 구축입니다. 그들은 결국 당장 자신에게 힘이 되어주는 나라를 지지할 수밖에 없을 것입니다. 그들에게 있어 당장 힘이 되어줄 수 있는 나라는 한국이 없는 한 바로 우리나라밖에는 없습니다. 여타의 공화국들은 관심조차 가지기 힘든 상황이고 그런 공화국들의 왈가왈부는 문제될 것이 없습니다. 더군다나 우리가 지금 각 공화국에 원조하고 있는 자금과 물자를 중단시킬 것을 염려하는 그들로서는 도저히 개입하려 들지 못할 것입니다.

문제는 미국입니다. 미국은 결코 가만히 있으려 하지 않을 것입니다. 즉각적 무력 개입은 하지 못하겠지만 상황의 원상회복을 요구할 것입니다. 그런데 사실 중요한 것은 미국의 속사정입니다. 우리가 한국에 대해 군사행동을 개시할 때 미국의 대응책에는 명백한 한계가 있습니다. 우선 군사적 측면에서는 우리와의 충돌을 극도로 회피하면서 대응하려고 할 것이기 때문에 별반 실효성 있는 대책이 나오기가 힘듭니다. 직접적인 군사행동은 곧바로 우리와의 전면전으로 발전할 것을 잘 아는 미국민들은 결코 함부로 행동할 수 없습니다. 이제 다시 우리와 전쟁이 벌어진다면 지난날의 대동아전쟁 때와는 비교도 안 될 정도의 참화가 발생할 것이고, 어쩌면 두 나라 모두 회생할 수 없는 결정적 타격을 받고 만다는 것을 미국은 너무도 잘 알고 있습니다. 이제는 옛날과 같은 어느 한쪽의 승리는 있을 수 없습니다. 종내는 핵전쟁으로 결말이 날 가능성도 무시할 수 없습니다. 지난 1994년에 우리가 핵탄두 개발을 시작한 이래 지금에 와서는 핵전 규모에서 미국과 별로 차이가 나지 않을 정도가 됐습니다. 오히려 핵미사일 발사의 정확성이나 전자유도장치 등의 질적인 면에서는 미국을 능가하고 있기 때문에 일단 핵전쟁이 일어난다면 미국은 결코 우리의 공격을 막아내지 못한다는 것을 잘 알고 있습니다.

그렇다면 미국민들이 과연 자신들의 존망을 걸고 남의 국지적 전쟁에 군사 개입을 할 수 있을까요? 그것은 절대로 불가능합니다. 미국이 즉각적 무력 개입을 못하는 한 유럽은 말할 것도 없습니다. 경제공동체로 완전히 결속되어 있는 유럽의 근본적 태도는 다른 대륙에의 불간섭입니다. 그들은 자신의 대륙 속에서 아무 불편 없이 살아가고 있으며 다른 지역의 분쟁에 간섭하지도, 받지도 않는다는 신고립주의적 경향을 강하게 띠고 있습니다. 그러니 사실 국제 간섭에 대한 우려는 기우에 불과합니다.

우리가 다케시마에 함대를 보내 한국 수비대를 제거하고 다케시마를 접수하기만 하면 한국과 돌발적 전쟁이 터집니다. 이때 우리가 최단 시간 내에 한국의 모든 산업시설과 주요 도시를 집중 폭격하여 철저히 파괴해버리면 다른 나라들이 간섭하고 어쩌고 할 틈도 없는 것입니다.」

이어서 관방상이 일어났다.

「데라우치 장관이 군사 및 외교적 관점에서 판단하고 있는 작금의 정세는 놀라우리만큼 예리하고 정확합니다. 본인은 몇 가지 국제경제적 상황을 말씀드릴까 합니다.

경제적 측면에서 고려할 때에도 러시아 및 중국은 전혀 영향을 미칠 수 없다고 봅니다. 다만 미국이 문제가 되는데, 만약에 국제 여론을 고려하여 그들이 무슨 조치를 취한다면 그것은 교역중지와 경제봉쇄 조치가 될 것입니다. 그러나 이것이야말로 미국 자신이 가장 큰 피해를 입게 되는 조치들입니다. 우선 전자 및 첨단소재 분야에서 우리의 부품들을 수입하지 못하게 될 때 미국의 산업은 전 분야에서 걸쳐 치명적 타격을 받게 됩니다. 로봇, 컴퓨터, 통신, 우주개발, 무기에 이르기까지 모든 생산은 엄청난 애로를 겪게 됩니다. 우리와 관련된 민간기업들은 거의 파산지경에 이르게 되고, 그 근로자들에게 지불해야 할 휴업수당의 부담은 연방정부의 재정적자를 회복할 수 없는 수준까지 올려놓게 될 것이며, 극심한 인플레와 심각한 불황이 미국 전역을 강타할 것입니다. 교역 중지를 강행하는 정부는 국민들의 엄청난 반대에 직면하여 최악의 상황을 맞을 수도 있고 의회에서 반대 결의를 할 가능성도 대단히 높습니다.

미국이 유럽 경제공동체를 회유하여 시도할 수 있는 경제봉쇄도 실질적인 효과란 대단히 의심스러운 것이라서 시작되자마자 해제될 것입니다. 오늘날의 세계 경제는 유럽 경제공동체와 미국과 우리나라를 세 축으로 하여 진행되고 있는바, 그 긴밀한 관계는 셋 중의 어느 하나에서 이상이 생겨도 바로 자신에게로 옮아온다는 것입니다. 지금과 같은 경제 우선 시대에 미국이나 유럽 경제공동체가 세계 경제를 회복 불능의 상태로 몰고 가면서까지 극단적 조치를 취할 것이라고는 도저히 상상되지 않습니다. 미국과 유럽 경제공동체가 명분에 이끌려 잠시 봉쇄를 한다 하더라도 자국의 필요에 의해 봉쇄를 풀 수밖에 없게 되면 그것으로써 모든 것은 끝나고 마는 것입니다. 즉, 경제봉쇄란 일종의 면죄부 같은 것이 됩니다. 일단 과감하게 감행해놓고 보면 타국의 현실적 대응이란 의외로 무력할 것입니다.」

「관방상 말씀이 옳소. 한국의 산업기반을 붕괴시키면 우선 강력한 잠재적 경쟁국을 없애는 효과 외에도 시베리아와 동남아 자원 문제 해결이 자연스럽게 되겠지요. 뿐만 아니라 중국 및 소련과의 관계에서도 아시아에서는 유일한 투자 및 기술국으로 모든 관계의 주도권을 가질 수 있을 겁니다.」

「본인의 생각으로는 군사행동을 취하기 전에 미리 미국 등에게 우리의 논리를 세우고 불간섭의 명분을 제공하는 것이 가장 좋다고 봅니다. 즉, 그들이 군사 및 경제적 측면에서 개입을 대단히 꺼리는 입장인 것은 방금 두 장관께서 말씀하신 바와 같은데, 가장 중요한 것은 개입하지 않을 수 있는 명분, 즉 개입하지 않아야 할 사유를 제시하는 것이 가장 현명한 대책입니다.

세계는 전통적으로 당사국 간의 영토분쟁에는 개입하지 않는 경향이 있습니다. 지난 1980년대 영국과 아르헨티나의 전쟁에서 보듯, 단순한 영토분쟁 때문에 일어나는 전쟁에 대해서는 어느 쪽 편도 들 수 없습니다. 우리나라와 한국 사이에는 절호의 호재가 있습니다. 바로 다케시마입니다. 세계의 누가 보더라도 다케시마 문제에는 우리가 인내를 갖고 기다려왔으며 국제사법재판소에 수십 년간이나 제소해오고 있는 등 훌륭한 명분이 있습니다. 이 문제로 말미암아 전쟁이 터지고 이 전쟁을 수행하는 과정에서 우리가 한국을 공격하는 것은 세계의 반발을 극소화시킬 수 있습니다. 군사적 개입이나 교역 중지, 혹은 경제봉쇄 등을 하지 않아도 되는 명분을 우리는 세계에 주게 됩니다.」

「옳은 말씀입니다. 한국을 흡수하는 것도 지배하는 것도 아니니까 세계는 별로 간섭할 상황이 못 됩니다. 그러나 우리는 한국을 실제로는 완전히 지배하게 됩니다. 왜냐하면 한국의 복구에 필요한 자금을 대줄 나라가 세계에는 단 한 나라도 없습니다. 오직 일본만이 자금을 댈 수 있습니다. 한국은 스스로 고개를 숙이고 돈을 빌리러 올 수밖에 없습니다. 모든 복구작업은 우리의 손에 맡겨지게 되고, 우리 기업들은 30년 이상의 판매시장을 얻게 됩니다. 한국의 모든 경제활동은 일본 은행에 의해 좌우되므로 우리는 철저히 한국을 지배할 수 있게 됩니다. 직접적 영토 장악보다 세계 여론의 악화를 피하면서 확실한 실리를 추구할 수 있습니다.」

외국의 간섭을 미리 배제한 후 한국의 산업을 철저히 파괴하고 경제적인 지배로부터 시작하여 한국을 완전히 손아귀에 넣겠다는 일본의 발상은, 일본과 우호관계를 진전시켜온 한국으로서는 참으로 생각조차 할 수 없는 것이었다.

한국의 철저한 파괴 후에 오는 완전한 지배.

보통 사람은 생각조차 할 수 없는 발상이었지만 일본의 비상각료회의에서는 몹시 진지하게 논의되고 있었으며, 대부분의 각료는 여기에 찬성하고 있었다.

「그렇게 되면 한국인들은 제발 통째로 흡수해달라고 애걸복걸하게 될 겁니다. 그들은 복수보다는 타협에 익숙한 족속들이니까.」

수상이 물었다.

「그런데 데라우치 장관, 한국군의 저항은 어느 정도가 될 것 같소?」

「별반 고려할 필요가 없을 정도입니다. 상세한 작전계획은 서면으로 보고드리겠습니다만, 개전 직후 3일 만에 한국의 공군과 해군은 전멸입니다. 우리는 단 한 대의 한국 공군기도 활주로를 이륙하지 못하게 할 수 있습니다. 최고로 발달된 우리의 첨단레이더들은 한국 해군의 함정을 단 한 척도 놓치지 않고 추적하고 있습니다. 전쟁 개시와 동시에 모두 격침시켜버릴 것입니다. 제공권을 장악한 우리는 한국 육군의 능력을 개전 후 7일 만에 절반 미만으로 떨어뜨릴 수 있습니다. 목표가 된 도시와 산업설비들은 무방비 상태에서 완전 파괴될 것입니다. 한국인들은 최악의 상태를 피하기 위해 무조건 항복을 하겠지만, 우리는 완전한 목적을 이룰 때까지 결코 공격을 중지하지 않을 것입니다.」

이때 회의 벽두에 몇 마디를 하다가 다른 각료들의 맹비난을 받고는 아예 눈을 감고 있던 통산상이 눈을 번쩍 뜨며 고함을 질렀다.

「미쳤어. 당신들은 모두 미쳤어. 엄청난 비극을 초래하고 말 사람들이야. 당신들은 다시 한 번 우리나라를 불행으로 빠뜨리려고 해. 아니, 멸망시키고 말 거야.」

「닥쳐!」

데라우치는 무서운 목소리로 호통을 쳤다. 그러나 그는 더 이상 흥분하지 않고 수상에게 조용히 권했다.

「통산상을 잠시 쉬게 하는 게 어떻습니까?」

「그게 낫겠소.」

수상은 대기하고 있는 비서들을 불러 통산상을 안내하도록 했다.

통산상은 아무런 저항 없이 일어났다. 그는 이미 오늘의 회의가 음모를 꾸미기 위한 자리라는 것을 알고 있었고, 강경 인사들로만 구성된 새로운 내각에서 자신은 누구의 공감도 얻을 수 없다는 것도 잘 알고 있었다. 그러나 기독교 신자인 그는 아무도 미워하지는 않았다. 인간의 역사란 늘 이 같은 오류를 반복한다는 것을 알고 있었고, 다른 각료들도 그들 나름대로 조국을 위해 애를 쓰고 있는 것은 잘 알고 있었기 때문이다. 다만 그들은 조국밖에는 모르는 사람들이었다. 사실 일본만을 생각한다면 자신으로서도 그들을 무조건 나쁘게 몰아붙일 수만은 없을지도 모르는 일이었다.

그는 말없이 신분증을 꺼내 탁자 위에 놓고 돌아섰다. 회의실을 벗어나는 그의 귀에 수상의 목소리가 들려왔다.

「개전의 시기는 언제로 잡는 것이 좋겠소?」

통산상은 혼잣말로 되뇌었다.

'주여, 저들은 자신들이 무슨 일을 하려고 하는지 모르고 있나이다.'

백악관의 안전보장회의

워싱턴의 백악관에서는 일본 수상과의 비밀 정상회담을 앞두고 관계 요인들이 모여 대책회의에 몰두하고 있었다.

「일본의 갑작스런 변화는 실로 놀랍기만 합니다. 로봇 및 슈퍼컴퓨터 협상에서 그들이 그렇게나 양보를 할 줄은 꿈에도 생각지 못했던 일입니다. 뿐만 아니라 근래 들어서는 모든 교역협상에서 지나치게 고분고분합니다. 일본의 협상 대표들은 마치 양보하기 위해 나오는 이타주의자들 같습니다. 심지어는 우리 대표들보다 더 우리에게 유리한 조건을 제시하는 통에 오히려 우리 쪽에서 어리둥절할 때가 한두 번이 아닙니다.」

「최근 6개월간의 변화가 일 년만 더 계속되면 우리나라가 오히려 대일 교역 흑자국이 될 판입니다. 일본이 우리에 대한 수출 물량을 대폭 줄이고 농산물을 비롯한 우리 제품에 대해 저토록 우호적으로 나오는 데는 무언가 큰 이유가 있을 것입니다.」

「어쨌든 간에 요즈음 우리 국민들 사이에서는 일본에 대한 호감이 점차 증대하고 있습니다. 심지어는 '착한 일본인'이란 노래까지 나오고 있을 정도니까요. 며칠 전 갤럽에서 실시한 여론조사에서는 일본에 대해 우호적으로 생각한다는 사람들이 70퍼센트가 넘었습니다. 이것은 대단한 변화입니다. 불과 일 년 전만 해도 일본을 싫어한다든지 일본을 적으로 생각한다는 사람들이 역시 70퍼센트쯤 되었으니까요.」

「윈첼 장관의 생각은 어떻소?」

「국무성에서는 일본의 이러한 변화를 고도의 정치 술수로 분석하고 있습니다. 모종의 극단적 행동을 취하기 전에 우선 미국의 여론을 일본에 유리하게 만들어두고자 하는 책략일 것으로 보고 있습니다. 아까 그 여론조사에서도, '일본이 인접국과 분쟁이 생긴다면'이라는 항목에서 약 70퍼센트의 응답자가 미국이 간섭해서는 안 된다고 대답하고 있습니다. 예전 같으면 미국이 개입해야 한다는 대답이 훨씬 많았을 것입니다.」

「장관은 모종의 극단적인 행동을 뭐라고 생각하오.」

「그것은 아마도 군사행동일 것으로 생각됩니다.」

「군사행동이라…….」

회의를 주재하던 록펠러 대통령은 눈을 지그시 감고 깊은 생각에 빠졌다. 그는 제2차 대전 이후의 미국 대통령 중 정치보다는 경제를 우선시하는 드문 타입이었다. 2년 전의 대통령 선거에서 아주 근소한 차이로 상대방 후보를 누르고 당선된 이후로 점차 인기를 더하여 최근에 이르러서는 역대 어느 대통령도 누려보지 못한 최고의 지지율을 자랑하고 있는 중이었는데, 이것은 전적으로 냉전시대 이후로 미국의 고질병이 되어온 재정적자 문제를 잘 해결해왔기 때문이었다. 특히 최근에 와서는 일본으로부터의 수입이 점차 줄어들고 반대로 일본에 대한 수출이 비약적으로 늘어나는 추세를 보여 대통령에 대한 국민의 지지도는 상승일로에 있었다. 그러나 그에게는 남모르는 고민이 있었으니 그것은 바로 자신의 그러한 경제난국 해결에는 무엇보다도 일본의 도움이 크게 작용했다는 사실이었다. 아니, 어쩌면 결정적이었다. 선거 초기에 막강한 공화당 후보를 상대로 고전만 하던 그가 대통령에 당선되리라고 예측한 정치평론가는 눈을 씻고 찾아봐도 없었다. 이미 대세가 기울었다고 판단한 언론들도 공화당 후보에게만 초점을 맞추고 있어 대통령 선거는 결론이 난 것으로 생각되고 있던 무렵, 그는 한 일본인의 은밀한 방문을 받았다. 오랜 시간 동안 깊은 얘기가 오고 간 후 일본인을 보내고 난 록펠러 후보의 두 눈은 자신감으로 번득거렸다.

다음날부터 제반 경제적 난제에 대한 그의 공약에 대해 일본 정부는 대단히 수긍이 간다는 태도와 더불어 가급적 미국측 요구에 부응하는 방향으로 경제운영 정책을 수립해나가겠다는 등 몹시 적극적인 태도를 보였다. 이것은 마치 선생님한테 야단을 맞은 악동이 잘못을 느끼고 앞으로는 안 그러겠다고 하는 것과 비슷한 양상이었다. 미국인들은 록펠러 후보의 공약이 상당히 정의롭고 예언적일 뿐만 아니라 미국의 고질적 병폐가 된 재정적자 해소 및 사회복지의 증진을 해결하는 열쇠가 될 것이라고 느끼게 되었다. 일본과의 교역에서 극심한 열세에 시달려오던 미국민들은 역대 어느 대통령도 이끌어내지 못하던 일본과의 만족스런 통상관계를 록펠러 후보가 이끌어낼 수 있을 것으로 믿게 되었고, 결국 마지막에 가서 대세는 급반전되었다.

록펠러 대통령이 탄생한 것이었다.

대통령이 된 그는 공약대로 재정적자를 대폭 해소해나갔다. 그러나 그는 그 방법에 있어 많은 전문가들이 우려하고 있던 연방공채의 대일 판매고를 대폭 올리는 방식을 취함으로써 당장은 재정이 풍부해졌으나 미국은 일본에게 덜미를 잡힌 꼴이 되고 말았던 것이다. 그럼에도 불구하고 그가 국민의 꾸준한 인기를 잃지 않는 것은 대통령 취임 이래 일본과의 관계를 항상 부드럽게 이끌어 단 한 번도 대립이나 긴장이 생기지 않게 했다는 점이다. 일본 측에서도 통상에 있어 이제까지와 같은 일방적 태도를 버리고 미국과의 공리 추구를 우선적으로 내세웠다. 그리고 최근에 이르러서는 간을 빼주다시피 미국에게 잘하려고 애쓰는 모습이 역력했다. 당선 이후 숱한 일본의 정치외교적 요구를 거절하지 않고 들어준 록펠러 대통령은 직감적으로 이번에 일본이 요구해올 일이 결코 보통이 아니라는 것을 알고 있었다.

냉전이 끝난 후 미국민들은 자신들의 지도자에게 국제 정치에서의 지도적 지위보다 국내 경제문제의 해결을 최우선 과제로 요구했다. 록펠러는 비록 정치적 지도력은 빈약하지만 재정적자 해소로 말미암아 국민의 인기를 한 몸에 모으며 2년 후의 선거에서도 압도적 지지로 재선될 것이 확실시되고 있었다. 그리고 그 열쇠는 바로 일본이 쥐고 있었다. 이런 현실적 상황에서는 일본의 요구가 아무리 까다로운 것이라도 거절하기란 몹시 어려운 일이었다.

당장 내년 초 발행할 예정인 3천5백억 달러의 연방공채를 일본이 매입 거부하거나 상환기일이 만료되어 도래할 공채의 결제를 연장해주지 않으면 미국민들의 장밋빛 환상은 산산조각이 나고 말 것이다. 그는 이윽고 감았던 눈을 뜨고 다시 물었다.

「윈첼 장관이 그렇게 생각하는 이유는 뭐요?」

「최근 일본 방위군의 움직임을 보면 1급 전쟁태세에 들어가고 있습니다. 비록 극비리에 움직이고 있기는 하지만 방위청의 움직임과 합동 기동훈련을 면밀히 관찰해보면 이제까지와는 전혀 다른 실전형 대규모 훈련이 끊임없이 반복되고 있습니다.

때로는 핵탄두 적재 미사일도 작전에 참가시키고 있으며, 병력 면에서도 지원병의 봉급과 대우가 오히려 대졸 신입사원을 능가할 정도로 급속히 좋아지고 있습니다. 따라서 수많은 젊은이들이 군대로 몰리고 있는데, 이것은 강제 징집과 다름없는 규모의 대모병입니다. 전쟁을 위한 병력 확보가 아니라면 이해할 수 없는 일입니다.」

「그들이 군사행동을 한다면 목표는?」

「아마 그들의 궁극적 목표는 동남아시아일 것 같습니다. 현재 일본은 동남아 국가들에 대해 막대한 미회수금을 가지고 있습니다. 일본은 장기간에 걸쳐 동남아에 대규모 투자를 해 왔음에도 불구하고 근래 들어 광물 자원의 수입을 둘러싸고 큰 마찰을 빚고 있습니다. 일본은 아마도 더 이상의 협상을 포기한 것 같습니다.」

「현재 우리의 7함대 주력이 중국해로 항진하고 있으며 만약의 경우를 대비하여 인도양 함대도 대기시키고 있습니다만, 일본의 동남아 공격을 사전에 막는 것은 현실적으로 대단히 어려운 일입니다. 자칫 잘못하면 우리와 전면전으로 확대될 가능성이 매우 높습니다.」

「마치 50년 전으로 되돌아가는 것 같군. 일본이 동남아를 공격할 경우 우리는 어떤 대응책을 갖고 있소.」

「군사 대결은 어쨌든 피해야 합니다. 자칫 잘못하면 일본과 우리와의 전면전으로 번지게 되며, 그 결과는 예상할 수 없습니다.」

「중국을 이용할 형편은 못 되지요?」

「그렇습니다. 지금 중국의 내란은 혼미를 더해가고 있기 때문에 바깥일에 신경 쓸 여력이 없습니다.」

「러시아도 사정은 비슷하잖소?」

「그렇습니다.」

「그렇다면 결국 현실적으로 일본의 군사행동을 저지한다는 것은 불가능하다는 얘긴가?」

「막상 군사행동이 시작되면 개입하기가 힘듭니다. 사전에 협상을 중재하는 것이 최선의 대책입니다. 하지만 일본이 동남아 지배를 영구적으로 획책한다면 우리로서는 군사 개입을 하지 않을 수 없다고 생각합니다. 그러나 일본은 동남아 지배를 꿈꿀 수 없습니다. 또 지금 그들이 공격하려는 건 동남아시아가 아니라 한국입니다. 최근 들어서도 일본은 동남아에 여전히 많은 돈을 풀고 있습니다. 다만 한국에 대해서는 소문 안 나게 악성 이미지를 퍼뜨리고 있고, 한국과 경쟁이 되는 곳에서는 자국의 제품을 모두 철수하고 있습니다. 자신들이 무역수지를 고려해주는 듯한 좋은 인상을 주기 위해서죠. 착한 일본인의 이미지가 세계적으로 고취되고 있는 반면에 한국인의 이미지는 차츰 나빠지고 있는데 이것은 일본이 뒤에서 은밀하게 조종하기 때문으로 분석되고 있습니다. 게다가 일본이 아무리 강성해졌다고 해도 동남아를 전격적으로 침공하여 지배하겠다고 마음먹기는 어렵습니다. 워낙 중요한 세계적 자원 산지이자 우리가 제1급의 요충지로 생각하는 지역임을 잘 아는 일본이 전면전을 각오하면서까지 공격할 만한 배짱을 갖고 있지는 못합니다. 게다가 그들의 합동훈련을 잘 분석해보면 기동함대가 중국해로 향하는 듯하다가도 암암리에 한국을 포위하는 구도를 그리는 것을 알 수 있습니다. 홋카이도의 전폭기들도 항상 한국을 향해 발진했다가 오키나와로 방향을 돌립니다. 무엇보다도 그들의 합동훈련에 참여하는 핵탄두는 동남아에 대해서는 쓸 필요조차 없습니다. 저항이 있다면 한국에서 있지 동남아에서는 거의 없을 것이기 때문입니다.」

「국방장관의 말이 맞는 것 같소. 만약 목표가 한국이라면 우리의 부담이 훨씬 가볍겠군. 그런데 일본은 왜 한국을 침공하려고 하지?」

「일본은 제2차 대전을 겪고 난 후 러시아나 난양을 침공하는 것은 무리라고 판단하고 있습니다. 그들이 95퍼센트 이상 수입에 의존하고 있는 광물 자원은 시베리아를 개발하고 호주와 동남아시아의 자원을 경제블록화하여 확보한다는 정책을 갖고 있습니다. 그런데 근래에 아시아의 자원 수출국들이 카르텔을 형성하여 일본에게는 치명적 타격이 되고 있는데다가 러시아 정부는 제2차 시베리아 개발권을 일본에 주지 않았습니다. 안보상의 이유 때문이었지만 일본인들은 이 모든 것이 바로 비슷한 형태의 공업국인 한국 때문이라고 믿고 있습니다. 그들은 차제에 한국을 완전히 제거하여 동남아에서의 지위를 독보적으로 만듦과 동시에 호주와 동남아시아에 대해서도 강력한 위협을 가하려 하고 있습니다. 뿐만 아니라 당장 시베리아 개발을 하지 않으면 안 될 러시아 정부로부터 한국을 포기하고 일본을 택하도록 하려고 합니다. 또한 그들은 한국에 대한 새로운 지배를 획책하고 있을 수도 있습니다. 사실 일본이 한국을 점령하여 순조롭게 통치해나간다면 일본은 동남아 전체를 얻는 것보다 더 큰 이득을 얻는 것이라고 볼 수 있습니다. 그들은 과거 한국을 지배한 경험도 있고 문화와 산업의 많은 부분에서 공통의 뿌리를 갖고 있어서 아직도 한국에 대한 영토적 욕심이 대단합니다.

그 외에도 한국을 점령하면 대륙과 바로 연결되기 때문에 일본인들의 대륙에 대한 동경을 크게 만족시켜줄 수 있습니다. 시베리아 철도와 만주 철도를 통해 러시아, 중국, 중앙아시아, 인도는 물론 동서 유럽, 심지어는 아프리카와도 육상 운송으로 연결됩니다. 이것은 일본의 상품 수송에 대단한 힘을 부여하게 됩니다. 실제로 지난 1970년대에 일본의 각료 한 사람이 일본과 한국 간에는 관세도 없애고 동일한 국가 개념으로 한국을 산업기지화하여 세계 경제의 공동지배자가 되는 것이 좋다는 발언을 했다가 한일 간에 큰 문제가 야기된 적도 있을 정도로 한국에 대한 일본의 집착은 대단합니다.

지금 한반도의 분위기로 보아 남북한은 당장이라도 통일이 될 것 같은데, 그렇게 되면 한국이 대륙으로 뻗어나갈 좋은 조건을 갖게 되어 일본에게는 한층 어려운 경쟁 상대가 될 수도 있습니다. 이 점도 일본이 한국에 대한 공격을 서두르는 이유가 됩니다. 뿐만 아니라 지금 일본에는 60여 년 전의 관동대지진과 비슷한 규모의 대지진이 도쿄를 중심으로 발생할 수 있다는 예측이 나와 국민들이 모두 전전긍긍하고 있으며, 시베리아 개발권을 한국에 준 일과 관련해서도 그냥 있을 수 없다는 분위기가 국민들의 저변에 널리 형성되어 있습니다. 어쨌든 우리 국방성 정보국의 분석에 의하면 일본이 한국을 침공하기 직전인 것은 틀림없습니다.」

「한국 주둔군을 모두 철수시킨 것은 너무 경솔한 짓이 아니었을까? 단 1개 여단이라도 남겨두었더라면 대단한 전쟁 억지력이 될 텐데.」

「지금 7함대 주력을 신속하게 한국으로 파견하고 항공모함을 부산항에 기항시키는 게 어떻겠소?」

「물론 그렇게 함으로써 어느 정도는 전쟁 억제가 가능하겠지요. 그러나 양국 간의 전쟁을 막기만 하는 것이 최선책인지는 깊이 생각해봐야 할 문제입니다.」

이제껏 침묵을 지키고 있던 부통령 맥스웰이 신중한 태도로 입을 열었다.

「이제 우리는 국제질서의 구도에 대해 전혀 새로운 차원에서 접근해야 합니다. 언제부터인가 미국은 지구상의 모든 분쟁에 빠짐없이 개입하여 세계 경찰과 재판관의 역할을 해야 한다고 생각했습니다. 분명히 지난날의 역사에는 미국의 그런 역할이 꼭 필요한 때가 있었고, 우리는 그럼으로써 자유와 평화의 수호신으로서의 긍지를 느낄 수 있었으며, 그것은 또 우리의 국익과도 부합되는 것이었습니다. 그러나 지금에 와서의 결과는 어떠합니까.

우리가 군복을 입고 러시아와의 대결에 열중하여 분쟁 해결사로서의 역할에 도취해 있을 때 유럽 경제공동체와 일본은 일찌감치 군복을 벗고 회사로 돌아가서 열심히 일을 했습니다. 전세계의 쓸데없는 뒤치다꺼리를 하는 동안 우리는 자신도 모르는 사이에 유럽 경제공동체와 일본에 밀려나 이제는 세계 최대의 채무국이자 만성 재정적자에 시달리는 2등국이 되고 말았습니다. 우리가 러시아와의 냉전에 이긴 결과는 자유롭고 풍족한 생활의 보장이 아니라 우울하고 빈약한 상처뿐인 영광이었습니다.

금년 우리나라의 재정적자는 8조 2천억 달러입니다. 우리는 단 한 주에도 재정 지원을 못 해주고 있고, 우리의 조국은 점점 춥고 배고픈 국민들의 불평으로 채워지고 있습니다. 그러면서 우리는 아직도 터키, 이스라엘, 이집트 등을 지원하고 있으며 세계의 국지 분쟁에 관여하고자 합니다. 일본과 마찰이 생기게 되면 그것이 바로 전면전으로 확전되지 않는다고 하더라도 국내 경기는 엄청나게 퇴조하고 맙니다. 우리의 허점을 노려 유럽 경제공동체가 모든 것을 가로채고 있는 동안 우리의 젊은이들은 일본인들과의 싸움에서 붉은 피를 흘리며 죽어갈 것입니다.

도대체 무엇을 위해서 우리는 아직도 외국의 분쟁에 이토록 민감합니까? 왜 일본의 한국 침공을 우리가 국가의 운명을 걸고 대신 막아주어야 한다는 말입니까? 도대체 한국이 우리에게 무엇입니까? 한국을 보호해주면 그들이 우리 국민을 먹여 살려줍니까?

이제 미국은 달라져야 합니다. 허영에 가득 친 모습을 지워버리고 알차게 내실을 기하는 데에 전력을 경주해야 합니다. 그렇게 한다 하더라도 전도가 결코 밝지만은 않습니다. 현재 일본은 우리 연방공채의 35퍼센트를 매입해주고 있습니다. 그들이 공채를 사주지 않으면 함정 수리와 전투기 개량도 못할 뿐만 아니라 군인의 월급도 주지 못합니다. 이런 상황에서 무조건 분쟁에 개입하고 보는 것이 과연 현명한 판단입니까? 본인은 아시아에 대한 우리의 정책에 일대 수술을 가해야 한다고 말씀드리고 싶습니다.」

회의에 참석하고 있는 미국 정부의 주요 인사들은 부통령의 발언이 계속되는 동안에 대다수가 고개를 끄덕이며 공감을 나타냈다. 사실 엄밀히 말하자면 그의 발언은 미국의 현실을 있는 그대로 표현한 진실이었다. 공산주의와의 이념 대결이 끝난 이상 미국민들은 더 이상 직접적으로 자국의 이익이 걸려 있지 않은 지역에 미국이 구태의연하게 개입하는 것에 대해 지지를 보내려 하지 않았고, 그러한 경향이 바로 지금의 록펠러 대통령 당선으로 나타난 것이었다.

CIA 국장 번슨이 발언을 이었다.

「우리로서는 한국에 대한 일본의 침공을 일단 좌시하는 것이 오히려 바람직합니다. 일본이 한국을 점령하고 나면 그들은 중국과 소련이라는 세계에서 가장 지긋지긋한 두 나라와 국경선을 마주하게 됩니다. 그들은 항상 이 국경선에 신경을 써야 하고 우리의 주된 관심사인 태평양을 향해 함부로 진출하지 못하게 됩니다. 뿐만 아니라 한국에서의 저항이 어느 정도일지 모르지만, 일본으로서는 한국을 완전히 점령하고 통치하는 데 따른 상당한 희생을 치러야 할 것입니다. 우리는 한반도를 항상 내전 상태로 몰고 가는 것을 상정해볼 수 있으며, 중국과 러시아를 조정하여 한국의 저항세력을 원조케 해서 일본의 내부 사정을 끊임없이 불안하게 할 수도 있을 것입니다. 그러면 일본의 시장경쟁력은 상당히 떨어지고 말 것입니다. 우리로서는 이것보다 더 좋은 일이 없을 것입니다.」

「한국의 육군은 대단히 강력한데다 북한까지 있는데 일본이 그렇게 쉽사리 한국을 점령하러 들겠소? 엄청난 희생을 치러야 할 것을 그들도 잘 알 텐데. 오히려 그들은 한국의 산업경쟁력을 제거하려고 들지 않을까?」

「각하, 그들은 이미 60년 전에 중국과 난양을 동시에 장악했었습니다. 한국 점령에 별문제는 없을 것입니다. 그들이 한국을 점령하지 않고 산업기반만을 파괴하려 한다고 하더라도 우리로서는 대단한 이익을 취할 수 있습니다.

우선 한국 공격을 묵인하는 대가로 우리는 일본에 대해 많은 양보를 얻어낼 수 있을 것입니다. 교역과 금융에 있어 우리의 열악한 부분을 대폭 만회하거나 오히려 역전시킬 수 있습니다. 공채의 변제도 면제받을 수 있을지 모릅니다. 일본의 군사행동에 위협을 느끼는 태평양 연안국들도 다투어 우리에게 친밀한 태도를 보여올 테고, 어떤 형태로든 우리는 많은 이득을 기대할 수 있습니다. 또한 한국의 복구사업에 대거 진출하여 우리 기업들은 엄청난 매출을 올릴 수 있습니다. 만성적 대일 적자에 시달려온데다가 일본에 대한 원한이 사무친 한국은 새로운 복구작업을 모두 우리에게 맡기려 할 것입니다.」

「그러나 우리에게는 묵인의 명분이 필요하잖소?」

「명분은 일본이 제공해줄 것입니다 그들은 영악하기 짝이 없는 원숭이들이니까요.」

록펠러 대통령은 다음과 같은 결론을 내렸다.

「내일로 예정된 일본 수상과의 회담에서 일본이 한국 공격에 대한 사전 양해를 구한다면 나는 여러분들의 다수 의견대로 양해를 하겠소. 그리고는 모든 채권을 돌려받을 생각이오.」

이렇게 해서 백악관의 안전보장회의는 끝났다. 결국 자국의 이익을 위해 일본과 타협하고, 지구상에서 한국이라는 조그만 나라는 미국의 경제 활성화를 위해서 반드시 희생되어야 하는 나라로 결론 내려졌다.

독도침공

1999년 12월 22일 03시 30분.

독도경비대장 오현식 경사는 잠결에 들리는 어렴풋한 소리에 눈을 떴다.

삐…… 삐…….

그는 손을 뻗어 머리맡의 인터폰을 들었다.

「대장님, 레이더실 최 순경입니다. 2시 37분 방향에서 한 시간 전부터 다가오는 선단이 있는데 어선단 같지는 않습니다. 직선으로 계속 항진해오고 있는데 평균 시속 28노트의 대단히 빠른 속도입니다. 교신을 시도해봐도 응답이 없습니다.」

「알았어. 금방 내려가지.」

모두 다섯 척의 선단은 놀랍게 빠른 속도로 독도를 향해 오고 있었는데, 정연한 삼각형 구도에 좌우로 한 대씩이 호위하는 형태였다. 직감적으로 전투함이라고 느낀 오 경사는 경비전화를 들었다. 독도경비대는 경찰 소속이었지만 전화는 해군 및 공군과도 연결되어 있었다. 최근 들어 독도를 사이에 놓고 일본과의 긴장이 점점 고조됨에 따라 해군에서는 매일 독도를 순찰하고 있었으며, 어제 저녁 해군의 91함은 순찰을 마치고 진해로 귀항하는 중이었다.

「교환, 경찰청과 해군본부를 동시에 연결해주시오. 긴급이오.」

「경찰청 나왔습니다. 해군본부도 연결되었습니다.」

「여기는 독도경비대. 독도경비대. 일본 측에서 발진한 것으로 보이는 다섯 척의 함대가 독도를 향해 일직선으로 접근해오고 있음.」

「다시 보고 바람.」

「다시 보고함. 일본에서 발진한 함대가 독도를 향해 일직선으로 다가오고 있음. 모두 다섯 척임.」

「알았음. 대기 바람.」

전화기를 놓으며 오 경사는 전 대원을 기상시키고 비상대기할 것을 명령했다. 지난 일 년 반의 근무기간을 통틀어 오늘 새벽같이 이상한 기분이 드는 날은 처음이었다.

「으음. 이놈들이 기어코…….」

그는 독도에 와서 처음으로 조국이 무엇인가를 알게 된 금년 37세의 경찰관이었다. 이제껏 느껴보지 못했던 조국이라는 의식이 그의 뇌리에 깃들기 시작한 것은 서울에 있는 '독도사랑회'라는 모임과 서신을 교환하면서부터였다. 처음에 이 다소 낯선 모임의 한 회원으로부터 편지를 받은 그는 피식 웃지 않을 수 없었다.

「세상에 별 할 일 없는 놈들도 다 있군. 그래, 이 망망대해 위의 쓸모없는 섬이 그리도 와보고 싶다고? 또 뭐 사랑스럽기 짝이 없다고? 와서 고생 좀 실컷 해보라지. 그때도 똑같은 소리가 나오나.」

그러나 젊은 사람들의 한때 기분이라고 생각했던 편지가 계속 이어지고 그들의 독도에 대한 정열이 결국은 조국에 대한 뜨거운 사랑이라는 것을 깨닫게 된 오 경사는 자신이 지키고 있는 독도의 의미를 새삼 느끼게 되었다.

평소에 지루하고 따분하기 짝이 없는 독도 근무에 염증을 느끼던 그에게 이제 독도는 고생스럽기만 한 쓸모없는 돌섬이 아니라 조국의 변방을 지키는 첨병이기도 하고 먼 미래로 뻗어나가는 상징이기도 했다. 뿐만 아니라 다시 시작하고 싶은 자기 인생의 새로운 출발점으로도 생각되어 그는 하루하루 독도에 대한 애정을 더해갔다.

그러한 그에게는 요즘 한일 관계가 급격히 악화되고 있는 것이 실로 피부에 와 닿았다. 그가 누구보다도 불안해하고 조바심을 내는 것은 관계 악화의 핵심적 요인이 바로 독도경비대의 철수를 포함한 일본의 독도 영유권 주장이기 때문이었다. 최근 들어 일본은 독도경비대를 즉각 철수하지 않을 경우 모두 체포하여 일본에서 재판에 회부하거나 저항할 경우 모두 사살하겠다고 통보해왔던 것이다.

그는 주먹을 불끈 쥐었다.

「도적놈들. 세계 1, 2위를 다툰다는 너희가 고작 이 정도란 말이냐?」

이때 비상전화가 요란하게 울렸다.

「충성 ! 독도경비대입니다.」

「여긴 국방부 종합상황실. 지금 현재 일본 함대의 위치를 보고하라.」

「북위 36도 50분, 동경 133도 90분임.」

「항진 속도는?」

「시속 28노트.」

「기타 사항은?」

「전원 비상대기 중에 있음.」

「알았음. 전투태세로 대기 바람.」

수화기를 내려놓는 오 경사의 손끝이 가늘게 떨렸다. 최근 들어 일본의 해상자위대의 순시선이나 언론기관의 비행기 또는 극우단체의 소형 선박이 자주 출몰하여 수비대의 국경 침범 경고에도 아랑곳없이 동도와 서도를 수십 차례씩 돌며 신경을 자극하고 있었다. 그러나 아직까지 오늘 새벽과 같은 대규모의 선단을 구성하여 독도를 향해 항진해온 적은 없었던 것이다. 오 경사는 약 보름 전 수십 차례의 경고에도 불구하고 국경을 침범하여 체포하려 했을 때 일본검으로 자결한 다섯 명의 일본 젊은이가 생각났다.

이들은 모두 일본청년사라는 극우단체의 회원이었는데, 일장기를 몸에 두르고 자결하는 장면은 너무 충격적이었다. 같이 온 사람들이 이것을 모두 촬영하여 일본의 각 언론사에 보내자 일본 전역은 독도 수복의 광풍에 휩싸였다. 하루에도 수만 명, 많을 때는 수십만 명이 모여 성토를 한다 궐기를 한다 하는 통에 일본 열도는 끊임없이 들끓었고, 극우파 청년들에 의해 이끌어지는 이들 시위대의 구호는 과격하기 짝이 없었다. 이러한 일본 국민의 흥분은 또 다른 일단의 극우파 청년들이 도쿄의 한국대사관 앞에서 독도 반환을 외치며 자결극을 벌이자 기름에 불붙은 격으로 무섭게 타오르기 시작했다.

한국 정부는 일본을 자극하지 않기 위해 사건 초기 독도에 상수시켰던 해군 함정을 철수시키고, 국내 여론의 비등을 염려하여 보도를 통제하고 있었다. 오 경사는 자결하기 전에 내뱉던 한 일본 극우파 청년의 독기 어린 욕지거리가 생각났다.

'무식한 조선놈들. 조금만 있으면 깡그리 죽여버릴 테다. 감히 대일본의 영토를 더럽히다니!'

그때에는 무심코 넘겨버렸던 그 말이 지금 새삼스럽게 뇌리에 아로새겨졌다. 이제껏 유례가 없었던 함대의 새벽 항진은

오 경사에게 몹시 불길한 느낌을 주기 시작했다.

「대장님, 도대체 일본은 왜 자꾸 독도를 자기네 땅이라고 우겨대는 겁니까?」

레이더에서 눈을 떼지 않은 상태로 윤 상경이 물었다.

「독도가 일본 땅이 될 경우 그들은 엄청난 면적의 바다를 자기네 것으로 만들 수 있다고 생각하는 거지. 즉, 지금은 공해로 되어 있는 독도 근해에서 일본까지의 넓은 바다를 모두 집어삼키려고 하는 것이지.」

「우리나라와 일본 사이에는 바다에 관한 무슨 협정 같은 것이 없습니까?」

「전관수역 및 영해에 대한 쌍무협정을 일본 측은 거부하고 있어. 그들이 독도를 자기네 것이라고 주장하기 때문에 우리나라와 일본 사이에는 영해 문제에 관한 한 독도가 근본적 장애가 되어 있는 셈이지. 영토에 대한 집착이 강하고 바다에 대한 감각이 발달되어 있는 그들은 일본 최남단에 수면 위로 겨우 70센티미터 내밀고 있는 바위섬 주위에 1천5백억 원을 들여 콘크리트 벽을 쌓고 자기네 영토로 보존하고 있어. 이것은 40만 제곱킬로미터에 달하는 경제수역을 확보하기 위한 술책이지. 그런 그들이니 무슨 수를 써서라도 독도를 자기네 것으로 만들기 위해 안달이지. 특히 세계적으로 추진되고 있는 200해리 영해화를 앞두고 우리나라와 일본과는 첨예한 대립을 하고 있어.」

「아무리 그렇다 하더라도 버젓한 우리 땅을 자기네 것이라고 우겨댈 수가 있습니까? 우리 정부는 이런 날강도 같은 주장을 그냥 보고만 있습니까? 국제연합에라도 얘기해서 일본의 부당한 억지를 규탄하든지 해야 하는 것 아닙니까?」

윤 상경의 얘기를 들으며 오 경사는 답답한 마음을 느끼지 않을 수 없었다. 이미 1953년부터 국제사법재판소에 독도의 영유권에 대한 심사를 오히려 일본 측이 청구해놓고 있는 데 대해 우리나라에서는 이제까지 한 번도 응소하지 않고 있어, 제반 사정을 잘 모르는 외국인들에게는 마치 우리가 억지를 쓰고 있는 듯이 보이고 있었기 때문이다. 국제사법재판소에서의 쟁송을 꺼리고 있는 점을 일본은 십분 악용하여 전세계를 상대로 악의에 찬 홍보를 수십 년이나 계속해오고 있었기 때문에, 적어도 국제 여론에 관한 한 한국은 불리한 입장일 수밖에 없었다.

「너무나 당연한 우리의 영토에 대해 국제연합이든 누구든 제삼자에게 가려달라고 하는 것부터 일본의 억지를 격상시켜주는 결과가 되기 때문에 우리 정부로서도 그것을 피하고 있지.」

「그러나 대장님, 그것은 뭔가 억지논리가 아닙니까? 우리의 땅이 확실하다면 그것을 우리가 증명하지 못할 이유가 뭐가 있습니까? 정정당당하고 떳떳하게 우리의 땅임을 인정받으면 독도를 둘러싼 현실적 긴장을 없앨 수 있지 않습니까?」

「자네의 말도 맞아. 하지만 영토분쟁이라는 것이 자칫 잘못하면 사실적 관계보다 역학적 관계에 의해 결과가 좌우될 때가 많아. 결코 쉽지만은 않은 일이지. 게다가 40여 년간 꾸준히 독도에 대한 역사적 법률적 연구를 해온 일본의 자료 준비가 우리보다 못할 것이라고만 생각할 수도 없는 게 우리로 하여금 적극적 대응을 하지 못하게 하는 이유도 돼. 일본은 독도 문제 연구소만 해도 100여 개에 이르는 데 비해 우리나라에는 제대로 된 연구소가 하나도 없지. 외국어대학교에 학생들끼리 만든 독도연구회가 다야. 그들이 서로 자료를 교환하고 세미나도 자주 열어 수십 년 동안이나 독도에 대한 이론적 기반을 착실히 다져온 데 비해 우리의 대응이란 한심하기 짝이 없었어. 거의가 감정이나 신념에 의해 독도를 부르짖다가는 곧 잊어버리기 일쑤였지. 때로는 제법 학술적으로 연구하는 논문이 나오기는 했어도 한두 사람만의 독자적 연구로 끝나버리고 말기 때문에 제대로 완전한 이론 정립을 한 것이 없어. 무엇보다도 일본과의 마찰을 두려워해 독도 얘기라면 그저 쉬쉬하고 덮어두려는 정계 및 재계 지도자들의 책임이 커. 이제까지 덮어두는 것만이 상책으로 되어 있었으니 일본이 저토록 기승을 부려도 못 들은 척하고 있을 수밖에 없었지.」

「그렇다면 일본이 내세우는 이론적 근거는 뭡니까?」

「국제법상의 선점이론이지. 그들은 주인 없는 섬인 독도를 1905년에 먼저 점유했다는 거야. 이 선점은 국제 관례나 국제법상 대단히 효력 있는 행위이지만, 그들의 주장은 두 가지 면에서 커다란 모순이 있어. 하나는 주인 없는 섬이란 주장인데, 독도는 옛날부터 울릉도에 부속되어 있는 섬이야. 신라시대에 이사부가 우산국, 즉 지금의 울릉도를 정벌한 후 조선 시대에 이르기까지 독도가 우리나라의 도서라는 데 대해서는 일본도 이의가 없어. 그러나 그들은 우리가 섬을 포기했다는 거지. 즉, 세종대왕 때 척박한 생활환경과 해적들에 의해 시달림을 받는 것을 구하기 위해 울릉도에 사는 사람들을 소개시킨 것을 빌미로 우리나라가 섬에 대한 영유권을 포기했다고 주장하는 거지. 그러던 것을 1905년 자기네가 점유하여 일본 지적에 편입시켰으므로 국제법상의 선점에 해당한다고 하는 거야. 1905년 당시는 우리나라의 모든 외교 경찰권이 일본의 수중에 넘어가 있을 때여서 그들의 점유에 우리가 아무런 항의를 못한 것이 당연하다는 우리의 주장에 대해, 그들은 비슷한 시대에 각기 이루어지긴 했지만 독도의 선점은 우리나라의 식민화와 무관하다는 것이지. 이러한 주장들은 우리 입장에서 보기에는 허황된 것이지만 국제적 시각으로는 상당히 인정해줄 수 있는 것으로 보이고 있어. 이러한 주장과 병행하여 그들은 자기들의 주장을 뒷받침해줄 수 있는 자료의 양과 전문가의 수효에서 우리를 압도할 뿐만 아니라, 국제사회에서의 정치경제적 영향력을 행사하여 독도에 대한 영유권을 인정받으려 하고 있지. 지구상의 많은 국가들이 독도를 일본 측 지명인 다케시마로 표시하고 있는 것이라든지, 이름 있는 잡지가 일본의 편에 서서 독도 문제를 보도하고 있는 것도 모두 이러한 영향력을 받아서야. 역사적 배경 등은 우리에게 유리하지만 현실적 힘에서 밀리고 있기 때문에 우리는 세계 여론의 공감을 받지 못하고 있어. 오직 우리 자신의 힘에 의해서만 독도는 지켜질 수 있는데 지금에 와서 일본이 저토록 강대하니 큰 문제가 되고 있지.」

「그런데 일본은 왜 지금껏 가만히 있다가 이제 와서 저렇듯 난리를 부리는 겁니까.」

「그들이 가만히 있었던 것은 때를 기다려왔다고 볼 수 있어. 그들은 우리 정부가 독도를 양보할 것이라고는 생각지 않았지. 한일 간의 역사를 돌이켜볼 때 어떠한 정권도 독도를 양보할 수 없다는 것을 잘 알고 있는 그들은 독도를 강점할 수 있는 외교적 군사적 상황이 무르익을 때까지 잠자코 기다려오기만 했어. 다만 국제사법재판소에 연례적으로 제소만 하고 양국 정부 간에도 독도 문제는 건드리지 않는다는 암묵적 합의 상태로 지내왔던 거지. 여기에는 미소 대결 시대에 같은 자본주의 국가인 한국과 일본의 분쟁을 원치 않는 미국의 영향력도 크게 작용했어. 지난 1978년 독도에서 일촉즉발의 긴장상태로 대치하던 한국 해군과 일본 자위대의 충돌위기를 해소한 것도 양국에 주재하던 미국대사였어. 그러나 이제 더 이상 미국은 이런 문제에 관심을 갖지 않게 되었고, 그들은 기다리던 때가 왔다고 생각하는 거야.」

「대장님, 국방부 상황실입니다.」

「예, 경비대장입니다.」

「작전명령을 하달한다. 전원 전투태세를 갖추고 경계를 철저히 하되 별도의 명령이 있을 때까지 절대 사격을 하지 말라. 적 함대의 위치를 매 5분마다 보고하고 함대와의 교신을 계속 시도하라.」

「알았음.」

통화가 끝나자 윤 상경이 다시 물었다.

「이제 어떻게 되는 겁니까.」

「글쎄, 결코 심상치는 않아. 이제 적 함대가 도착하려면 얼마나 있어야 하나?」

「한 시간 이십 분가량입니다.」

「함대에 계속 교신을 해봐. 주파수를 바꿔가면서.」

「계속 해도 아무런 반응이 없습니다.」

「음, 나쁜 놈들 결국은 이런 상황이 오고야 마는군.」

한편 비상연락을 받고 새벽잠을 깨어 국방부 회의실에 모인 각군 참모총장 및 장성들의 표정은 깊은 수심에 잠겨 있었다. 가장 염려해오던 일본의 군사대국화가 종내는 이런 상황을 초래하고야 마는가 하는 탄식과 더불어, 현실적으로 일본의 도발에 대해 대처할 수 있는 방안이라는 것이 별로 확실한 것이 없었기 때문이었다.

국방장관이 회의를 주재했다.

「지금 다섯 척으로 구성된 일본의 함대가 가타오카의 기지를 떠나 독도를 향해 항진해오고 있습니다. 최근 독도를 둘러싸고 일어난 일련의 상황으로 보아 결코 예사로운 일 같지 않습니다. 이제까지와는 다른 심각한 도발이 예상되는바, 현재로서는 일본의 방위청이나 자위대의 어떤 채널과도 연락이 되지 않고 있습니다. 여러 가지 정황으로 미루어보아 일본은 치밀한 계획 끝에 오늘의 군사행동을 진행시키고 있는 것으로 판단됩니다. 각 군의 지휘관들은 우리의 대책에 대한 의견을 개진해주시기 바랍니다.」

「지금 접근하고 있는 일본 함대는 우리 측에서 시도하고 있는 모든 통신에 대해 접수를 거부하고 있습니다. 즉, 타협은 없다는 뜻입니다. 우리로서도 적의 행동을 면밀히 분석하여 대처에 만전을 기해야 할 것입니다. 예상되는 저들의 군사행동은 독도경비대원을 모두 체포하고 우리 측의 경비시설을 파괴한 후 독도를 봉쇄할 가능성이 대단히 큽니다. 그러고는 독도에 대한 영유권을 주장하며 자국 군대를 주둔시킬 것입니다.」

「일본의 의도가 어떠한 것이든 간에 지금 시간이 없습니다. 우리 해군은 만약의 경우 일본 함대의 무력행사를 막을 시간적 여유가 없습니다. 진해의 해군기지로부터 출항해서는 늦습니다. 동해를 순찰중인 91함은 지금 울산 부근을 지나고 있습니다. 우리 해군은 최선을 다해도 앞으로 여섯 시간 이내에는 독도에 도착할 수 없습니다. 공군이 출동해야 합니다.」

「출동은 문제가 아니오. 일본의 도발에 대해 어떻게 대처할 것인가에 대한 근본 대책을 수립하는 것이 더 중요한 문제요. 우리 전투기의 경고에도 불구하고 그들이 국경을 침범하여 독도를 유린할 때가 문제란 말이오. 우리 전투기들이 일본의 함대를 격침시킨다면 곧바로 전쟁으로 돌입할 가능성이 커요. 아니, 두말할 필요도 없이 전쟁이 터지고 말 거요. 그랬을 경우 우리에게는 어떤 대책이 있는 겁니까? 바로 전쟁으로 휩쓸려 들어가고 말아야 합니까? 이것은 너무나 위험한 도박입니다. 군사력의 강약도 문제입니다마는 우리나라는 너무 준비가 안 되어 있습니다. 그렇다고 저들이 함대를 동원하여 독도를 유린하는 것을 보고도 가만히 있는다는 것은 주권을 가지고 군대를 가진 국가로서 말도 되지 않는 일입니다. 시간은 없지만 우리는 바로 이 순간 심사숙고하지 않을 수 없어요.」

「공군 참모총장의 얘기는 충분히 일리가 있습니다. 일본과의 전면전은 누구도 원치 않는 바이고, 일단 공군 전투기들이 출격하면 충돌을 피할 수는 없습니다. 그렇다면 출격을 보류하고 상황을 지켜보는 것이 어떻습니까?」

「현실적으로 독도가 국토와 바로 연결되어 있는 것도 아니고 우리로서는 독도 문제를 바로 전면전으로 연결시키는 것도 바람직하지 않습니다. 차라리 저들이 독도를 유린하도록 버려두고 세계 여론의 힘을 빌려 일본으로 하여금 원상회복하도록 압력을 가하는 방법을 모색하는 것이 낫지 않을까요?」

「독도 문제에 관한 한 세계 여론의 공감을 받기란 대단히 어렵습니다. 오히려 세계 여론은 지금 일본이 대단히 인내를 하고 있다며 그들의 아량과 평화적 해결 노력에 대해 찬사를 보내고 있어요. 일본이 일단 독도를 점령하면 그 다음은 일이 훨씬 어려워집니다. 다시 수복한다는 것은 거의 불가능에 가깝습니다. 문제의 핵심은 지극히 간단합니다. 독도를 내주고 평화를 택하느냐, 아니면 일본의 전쟁 도발을 정면으로 맞받아치느냐의 양단간 하나입니다.」

「여러 장군들의 의견은 잘 들었소. 본인의 생각에도 전폭기를 출동시켜 성급하게 군사 충돌을 유발하기보다는 일단 상황의 진전을 지켜보는 것이 낫겠소. 자칫 잘못하다간 전쟁 유발의 누명을 덮어쓸지도 모르고 일본 측의 음모에 빠질 수도 있소.」

장성들은 격론을 거친 끝에 일단 사태를 주시하기로 결론을 내렸다. 치솟는 울분을 감내하기는 어려웠으나 그들은 통일이라는 역사적 과업을 눈앞에 두고 신중하게 행동해야 한다고 생각했기 때문이었다.

한편, 초조한 상황 속에서 일본 함대의 접근을 기다리는 오 경사는 마음의 준비를 완전히 하고 대원들의 배치 상황을 점검했다. 어차피 중과부적이라 적의 도발을 격퇴하지는 못할지라도 독도와 더불어 최후를 맞으리라고 결심했다. 그는 새벽의 추위 속에서 돌틈에 엄폐하고 있는 한 전경대원에게 말을 건넸다.

「김 일경, 자네는 몇 살이지?」

「스물세 살입니다.」

「한창 좋을 나이군. 자네는 서울에서 대학을 다녔다면서?」

「네, 고려대학교 3학년을 마치고 입대했습니다.」

「그런데 어떻게 여기 독도에까지 오게 됐나.」

「자원했습니다.」

「독도 근무를 자원했다니 뭔가 사연이 있을 것 같군.」

「뭐 특별한 것은 없습니다.」

「바다를 좋아한다든가 고독을 사랑한다든가 그런 거 없어? 그렇지 않고서야 모두들 기피하는 독도 근무를 자원할 이유가 없잖아. 혹시 애인하고 헤어지기라도 한 건 아냐?」

「하하, 그런 건 전혀 없습니다. 그런데 대장님은 초조하지도 않은가 보죠. 이렇게 절박한 순간에도 여유가 있어 보이십니다.」

「나야 어차피 여기 책임자가 아닌가. 독도와 운명을 같이해야지. 독도의 내력을 누구보다도 잘 아는 내가 목숨을 바쳐 지키지 않으면 누가 지키겠어. 다만 사고가 터진다면 자네들 의무경찰들이 안됐지. 사면이 바다인 여기서 탈출할 수도 없고, 죽느냐 포로가 되느냐의 선택밖에는 없으니…….」

「저는 죽어도 항복은 하지 않겠습니다. 일본의 침공에 대항하다 죽는 것은 당당한 일입니다. 기쁘기조차 합니다.」

「뭐라고? 자네 농담하는 것은 아니겠지.」

「정말입니다. 저는 일본 청년들이 여기에 와서 자결하는 것을 보고 우리나라와 일본과의 관계에 대해 많은 생각을 했습니다.」

「음, 자네 전공이 사학이라고 했었지.」

「그렇습니다. 저는 임진왜란 때든 금세기 초든 일본이 우리나라를 침략할 때의 상황을 면밀히 연구해봤습니다. 그 결과 주변의 강대국 사이에서 핍박 받고 고통 받아온 우리 조상들에게서 하나의 공통된 모순을 발견했습니다. 아니, 모순이라기보다 극도의 비겁함이었습니다. 조상들은 전쟁만 나면 숨고 도망가기 바빴습니다. 평소에 권력과 지식을 가진 지배계층으로 큰소리치며 다른 사람 위에 군림하던 사람일수록 더 심했습니다. 무식하고 가난하고 힘없는 사람들만 전쟁터로 내몰고, 평소에 나라의 중요한 일은 도맡아 하고 사회의 힘은 다 가진 듯이 설치던 자들 중에 자진해서 전쟁에 뛰어들어 나라와 이웃을 위해 목숨을 바친 사람은 눈을 씻고 찾아봐도 없었습니다. 지금 강대국이라고 행세하는 나라들의 지배계층들은 전쟁이 터지면 앞을 다투어 전쟁터로 달려나갔습니다. 그들은 전쟁터에서 싸우다 죽는 것을 최고의 영예로 알았습니다. 이제 우리나라에서 다시 한 번 전쟁이 터지고 또다시 가난하고 힘없는 사람들만 전쟁터로 내몰린다면 우리 사회는 끝장입니다. 도저히 구원받지 못할 정도로 썩어버린 것입니다. 저는 이러한 우리 역사를 증오합니다. 그리고 그것이 전쟁이든 무엇이든 기회만 있다면 나라를 지키다 죽고 싶습니다. 이것만이 왜곡된 역사 속에서 숨져간 수많은 힘없는 사람들에게 사죄할 수 있는 길이라 믿습니다. 또한 일본군에게 체포되어 국민들에게 비참한 모습을 보이느니 차라리 떳떳하게 목숨을 바쳐 조국의 영토를 지키다 죽은 존재로 기록되고 싶습니다.」

레이더실에서는 계속 함대와 교신을 시도하고 있었으나 역시 회신이 없었다. 이미 일본의 함대는 독도 30킬로미터 해상에까지 접근하고 있었다.

「여기는 독도. 국방부 상황실 나오라.」

「국방부 상황실이다. 말하라.」

「현재 적 함대 위치 보고함. 동경 132도 1분, 북위 37도 1분. 이상.」

「알았다. 이상.」

레이더실의 전자시계는 사정없이 돌아가고 있었다. 이제 잠시 후면 어떤 일이 벌어질지도 모르는 채 인간이 가장 먼저 발명한 기계답게 조금도 쉬지 않고 자신의 역할을 충실히 수행해내고 있었다.

「독도 나와라.」

「여기는 독도.」

「국방부 상황실이다. 작전명령을 하달한다. 적 함대 월경 시 강력 경고하고 불응 시 위협 사격하라. 최선을 다해 독도를 방어하라. 이상.」

「지원 상황은 어떤가.」

「지원은 기대하지 말라.」

「알았다.」

수화기를 놓는 오 경사의 표정이 오히려 후련해 보이는 것 같았다. 지원을 기대하지 말라는 것은 지휘권을 지금 이 시간부터는 자신에게 넘긴다는 것이 아닌가? 대원들은 모두 죽음을 각오하고 있다. 일개 민간인에 불과한 일본의 청년들이 엄연한 한국의 영토를 자기네 것이라고 하면서 스스로 죽음을 마다 않는데 수비대로서 적에게 항복한다는 것은 있을 수 없는 일이었다.

「오랜만에 정부에서 제대로 명령을 내렸군요. 그동안 늘 발포엄금 명령만 내리더니.」

최 순경의 말을 받아 윤 상경이 단호한 어조로 말을 이었다.

「정말 시원한 명령입니다. 그동안 얼마나 답답했습니까. 일본 놈들이 국경을 침범해 울릉도 앞바다에까지 와서 고기를 싸그리 긁어 가는데도 우리 경비정 하나 안 나타나는데 정말 미치겠더군요. 게다가 일본 극우판지 뭔지 하는 놈들이 코앞에까지 와서 섬을 빙빙 돌며 물러가라 어쩌라 하면서 가져온 태극기를 찢을 때에는 쏴버리고 싶은 충동을 참기가 정말 어려웠는데 이제 여기 상황은 우리 마음대로 아닙니까.」

어느새 날이 희뿌옇게 밝아오고 있었다. 조금씩 주위의 물체가 윤곽을 드러내기 시작할 때 오 경사는 멀리서 모습을 드러내고 있는 다섯 개의 검정 실루엣을 보았다. 이 거대한 다섯 개의 그림자는 큰 덩치에 어울리지 않게 매우 빠른 속도로 독도를 향해 정면으로 다가오고 있었다. 오 경사는 급히 마이크를 잡았다.

「경고한다. 지금 여러분은 대한민국의 국경을 침범하고 있다. 즉시 방향을 돌려 국경을 벗어나라. 다시 한 번 경고한다.

즉시 방향을 돌려 국경을 벗어나라.」

새벽 바다의 고요함 속에서 오 경사의 목소리는 고성능 마이크로 증폭되어 멀리 퍼져나갔다. 그러나 새벽 함대는 아랑곳하지 않고 다섯 마리의 검은 괴물처럼 다가오고만 있었고, 이미 죽음을 각오한 열일곱 명의 독도경비대원들은 소총을 단단히 움켜잡고 일본 함대의 접근을 지켜보며 기다리고 있었다. 검정색과 회색으로 칠한 새벽 함대는 긴장된 대원들에게 뭐라 말할 수 없는 위압감을 주고 있었다. 매섭기 짝이 없는 12월 새벽의 바닷바람에 얼어붙은 몸을 바위틈에 숨기고 있는 대원들의 모습은 거대한 함대와 비교하여 매우 초라해 보였다.

얼어붙은 듯이 고요하던 검푸른 바다 위에 폭발음이 울려 퍼지기 시작했다.

얼마나 시간이 지났을까. 붉은 해가 수평선 너머에서 나타나 남쪽 하늘로 느릿하게 무거운 발길을 옮겨가고 있었다. 초겨울 바다의 한 점 외로운 섬 독도에 들끓던 가슴들은 한 전경대원의 '전원 장렬히 전사했음'이라는 마지막 보고를 끝으로 조용히 그 동작을 멈추었다. 비록 그들의 손은 얼어붙고 무기는 빈약했으나 조국을 지키겠다는 신념과 불굴의 기개는 그들로 하여금 마지막 한 사람까지도 항복하지 않고 장렬하게 목숨을 던지게 했던 것이다.

다섯 척의 함정과 1개 대대의 병력을 가지고도 엄청난 희생을 치르고서야 비로소 섬에 상륙할 수 있었던 일본군의 지휘관이 본국 기지에 보고하는 내용은, 이들 독도경비대원들이 얼마나 악착같이 독도를 방어하고자 했던가를 알려주는 것이었다.

「기동타격대장 나카무라 제1좌 본부에 보고함. 08시 50분 현재 작전 끝. 모두 17명의 한국경비대 전원 사살하고 레이더실 점령함. 일본 자위대 다케시마수비대의 현판을 달고 18명의 수비대원 주둔시킴. 아군 피해는 전사 36명, 부상 75명. 이상.」

한국의 대응

오전 9시가 조금 지나 열린 비상국무회의는 일본의 독도 침공과 수비대원 전원의 장렬한 전사를 놓고 비장하기 짝이 없는 분위기였다. 자초지종을 파악한 국무위원들은 분을 참지 못하고 앞을 다투어 일본을 성토했으나 막상 일본과의 전면전이란 문제가 대두되자 누구도 앞장서서 의견을 개진하지는 못했다. 냉철한 이성으로 판단할 때 일본과의 전쟁이란 사실은 계란으로 바위를 치는 것과 다름없는 일이었다.

외무장관이 말을 꺼냈다.

「물론 본인은 전 국민과 더불어 일본의 천인공노할 만행에 대해 가슴이 터질 듯한 분노를 느끼고 있습니다. 이대로 가만히 앉아 있다는 것은 한 독립된 국가의 국민으로서도, 지난 반 세기간의 역사와 국민감정에 비추어서도 도저히 말이 되지 않습니다. 그러나 그 대응에 있어 우리는 극도로 냉정해져야 합니다. 이제 조금 후면 뉴스 보도를 듣고 국민들은 전국에서 성난 벌떼처럼 일어날 것입니다. 이 시점에서 우리 국무위원들이 앞장서서 냉정한 대응을 신속하게 취하지 못하면 불상사가 생깁니다. 바로 전쟁으로 돌입하게 됩니다. 과연 이 시점에서 일본과의 전면전을 벌이는 것이 우리 민족의 운명을 놓고 볼 때 현명한 것인가를 판단해야 할 것입니다.」

치솟는 분노를 어찌할 도리가 없어 연신 냉수만 마시고 있는 강경파 국무위원들도 답변을 하지 못했다. 다만 학자 출신의 교육부 장관은 시세론에 대해 강한 거부감을 나타냈다.

「외무장관의 현실론에 대해 본인도 전적으로 부정하지는 않습니다. 그러나 역사적으로 볼 때나 민족정기의 관점에서 볼 때에 이번의 무력도발 사태에 대해 우리가 직접적 대응을 회피한다면 우리는 일본에 대해 영원한 패배의식을 씻을 수가 없습니다. 또한 일본은 이번 독도 점령으로 힘을 얻어 차츰차츰 한반도에 대해 노골적으로 침략 행위를 저지르게 될 것입니다. 전면전을 각오하고라도 지금 강력한 무력대응을 해야 국가의 백년대계가 위협받지 않을 것입니다. 그리고 무엇보다도 몰살한 우리 경비대원에 대한 복수를 잊고 그냥 지나간다면 우리의 국가 위신은 땅에 떨어지고 맙니다.」

이어 내무장관이 조심스레 자신의 의견을 개진했다.

「본인도 교육부 장관의 발언에 전적으로 공감합니다. 기자들과의 발표 약속이 앞으로 20분밖에 남지 않았습니다. 보도가 나가면 전국은 흥분과 분노의 함성으로 메아리치게 됩니다. 자칫 잘못하면 우리 정부는 국민들로부터 규탄을 당하게 됩니다. 국민의 소요를 저지하려는 노력은 오히려 분노의 표적이 될 수도 있습니다. 무력대응에 대한 압력이 엄청나게 오게 됩니다. 노도와 같은 국민감정을 달래기 위해서라도 부분적 무력행사는 반드시 필요합니다.」

외무장관이 반론을 제기했다.

「내무장관의 발언이 옳긴 하지만 지금의 무력대응은 결코 가볍게 끝나지 않을 겁니다. 이번에 독도를 침공한 일본군의 내막을 살펴보면 대단히 치밀한 계획 끝에 모든 대화의 채널을 끊고 독도경비대를 고의적으로 전멸시켰습니다. 이것은 우리 측의 대응을 유도하고 있는 것입니다. 즉, 우리 측의 강력한 무력대응을 빌미 삼아 전면전으로 끌고 나가자는 것입니다. 지금 우리가 뚜렷한 책략 없이 그들과의 전면전으로 사태를 이끌어가는 것은 백해무익한 일입니다. 오늘 새벽 대통령 각하께 보고드리는 자리에서도 충분히 거론되었던 사항이지만 지금은 우리가 외교적으로 대응해야 할 때입니다. 일본의 만행을 전세계에 알리고 국제연합에 일본의 침략행위에 대한 규탄 및 원상회복 결의를 요구해야 합니다. 안전보장이사회의 개최도 강력히 주장하고 중국, 러시아 및 아시아 국가와 함께 지난날의 군국주의 일본에 대한 공포를 일깨워 공동 대응해나가는 것이 가장 효과적입니다.」

「옳습니다. 지금 우리가 일반 국민과 같이 감정적으로 치닫는다면 결코 현명한 결정을 내릴 수 없습니다. 지금 일본은 우리나라의 강성을 극도로 못마땅한 눈으로 보고 있습니다. 지금 기회를 놓친다면 앞으로는 영원히 우리나라를 제거하지 못할 걸로 판단하고 있습니다. 사실 본인의 판단에 의하면 지금의 독도 침공은 하나의 유인책에 불과합니다. 지금 말려들어서는 절대 안 됩니다.」

이때 급한 전갈이 들어왔다. 대략의 사태를 파악한 국민들이 흥분하여 일본대사관 앞에 구름같이 모여들고 있다는 것이었다. 유혈사태가 발생할 가능성이 매우 높은데도 일본대사관 측에서는 오히려 국민을 자극하는 듯한 발언을 계속 던지고 있다는 것이었다.

「대사관 난입을 막아야 합니다. 무슨 일이 있더라도 빌미를 주어서는 안 됩니다. 지금 전면전의 구실을 주면 외교적 대응이고 뭐고 다 쓸모가 없어집니다. 빨리 전세계의 주목을 끌어야 합니다. 국민들의 대사관 난입을 막아야만 독도경비대원들의 희생을 값지게 살릴 수 있습니다.」

국무회의의 분위기는 참으로 안타깝기 짝이 없었다. 명백히 영토와 주권을 유린당하고도 이에 항의하는 국민들을 공권력으로 저지해야 하는 입장에 통분을 느끼지 않는 사람이 없었지만, 일본을 상대로 승산 없는 전쟁을 벌인다는 것도 결코 현명한 선택은 아니었다. 워낙 커다란 전력의 격차를 누구보다도 실감하고 있는 국무위원들의 머릿 속에는 전쟁의 양상이 너무도 선명하게 그려지고 있었다.

미국을 능가하는 일본제 최신예 전폭기들, 미국의 재래식 항공모함 서너 배의 위력을 갖춘 최신 항공모함들, 최첨단 전자장비로 정보 분석에서 전투까지를 망라하는 전자전 시스템, 그리고 일본 본토를 물샐틈없이 방어하고 있는 미사일 요격망 등은 전쟁이 어떻게 진행될 것인가를 극명하게 나타내주는 요소들이 아닐 수 없었다.

「우리가 북한과의 군축에 너무 매진했던 것이 치명적 실수였소. 북한만을 의식해 주한 미군의 철수를 요청한 것도 좀 더 신중하게 고려했어야 하는 건데…….」

「어쨌거나 시간이 없으니만큼 빨리 결론을 냅시다. 우선 일본에 빌미를 줄 만한 모든 군사행동을 극도로 자제하고 일본 대사관을 철저히 보호하여 일체의 불상사를 미연에 방지하도록 합시다. 그리고 모든 외교 채널을 통해 전세계 여론을 규합하여 일본의 침공 행위를 규탄하고 원상회복의 조치를 강구합시다.」

「국민의 분노를 쉽사리 가라앉힐 수 있을까요?」

「우리가 나서서 설득합시다. 지난 역사를 보더라도 일본은 조금만 구실이 생기면 이를 기화로 우리나라를 수십 배 수백

배, 아니 수천 배 부풀려 침탈했습니다. 국민들에게 지금은 우리가 참아야 할 때라고 설득합시다. 우리가 돌을 맞는 한이 있더라도 나서서 말려야만 합니다.」

「나는 그런 결론에는 찬성할 수 없소. 일본이 아무리 강하다 해도 우리가 죽기로 뭉치면 당장 어쩌지는 못할 것이오. 설사 패한다 하더라도 우리는 마지막 순간까지 싸워야 하오. 물리적으로 이기고 지는 것도 중요하지만 그에 못지않게 중요한 것은 정신적 승패요. 지금 여러 국무위원께서 말씀하시는 것을 보면 우리는 싸우기도 전에 꼬리를 말고 도망가는 강아지와도 같은 꼴이 되고 있소.」

「말씀을 조심하세요. 다른 사람들은 강 장관과 같은 통분을 못 느껴서 그런 줄 아십니까. 주어진 상황에서 최선의 길을 찾으려니까 그러는 것 아닙니까?」

「그래, 최선의 길이 평소 길러놓은 군대를 꼼짝 못하게 묶어두는 것이랍니까?」

이때 묵묵히 회의를 주재하던 대통령이 입을 열었다.

「본인은 일본의 이번 독도 침공에 대해 예견을 하고 있었습니다. 두 달 전 남북한이 일본을 제치고 시베리아의 종합개발권을 따냈을 때부터 일본은 우리의 저력에 대해 위협을 느끼기 시작했습니다. 게다가 그들이 앞마당으로 여기고 있던 동남아시아 국가들이 우리와 급속히 친밀해지자 그들의 공포는 한층 심해졌습니다. 더군다나 이제 내년 중 남북이 통일될 것이 거의 확실시되자 그들은 더 이상 늦기 전에 우리를 격침시켜버리려고 하는 것입니다. 독도는 그들이 오래전부터 노리고 있던 전쟁의 열쇠입니다. 나는 우리 민족의 중흥을 가져올 수 있는 이 절대적 시기에 일본과의 전쟁을 치르는 것은 불필요하다고 생각합니다. 우리의 모든 힘은 통일과 통일 후의 경제발전에 모아져야 합니다. 지금은 참읍시다. 꽃 같은 나이의 우리 경비대원 17명이 참혹한 죽음을 당했지만 이것을 참아내는 인내와 용기만이 우리를 진정한 승자로 만들어줄 것입니다. 일본에 대한 복수를 절대 잊지는 말되 지금은 참읍시다. 국무위원 제위께서는 아까 부총리의 의견대로 맡은 바 임무를 다해 주시기 바랍니다. 임시 국무회의는 이것으로 마칩니다.」

대통령이 이렇게 결론을 내리고 국무회의를 해산한 후 각 군에서는 일본에 대한 군사적 대응을 자제하고 단속시키기에 바빴으며 일본대사관 주변에는 삼엄한 경계망이 쳐졌다. 자세한 상황은 모르지만 독도에 무슨 일인가가 생겼다는 풍문에 모여들기 시작했던 군중의 수가 이제는 거의 5천 명에 육박하고 있어 긴박감이 감도는 분위기가 계속되고 있었다. 드디어 10시, 정부 대변인인 공보부 장관의 발표가 라디오 및 텔레비전 전파를 타고 전국에 생중계되었다.

「국민 여러분, 오늘 새벽 독도를 무력으로 침범한 일본 함대에 의해 독도경비대원 전원이 장렬한 전사를 했습니다. 정부에서는 이에 대해 일본에 엄중 항의하는 한편, 전세계의 평화를 염원하는 시민과 함께 일본의 행위를 규탄하고 일본군의 독도 철수를 강력히 요구하기로 했으며, 즉각적 군사 대응은 보류하기로 했습니다. 이상입니다.」

이 뉴스가 보도되자 전국은 들끓기 시작했다. 격분한 시민들이 일손을 놓고 삼삼오오 모여 앉아 일본을 규탄하며 분을 삭이지 못하는 모습이 도처에서 눈에 띄었다. 대학생들은 교내에서 규탄대회를 마치고 속속 광화문으로 집결하기 시작했다. 대학생들의 행렬에 이어 통분을 금치 못하는 일반 시민들과 고등학생들의 행렬이 끝없이 뒤를 따르고 있었다. 학생들과 시민들은 누가 먼저랄 것도 없이 일본대사관 앞으로 모여들었다. 대사관 정문 앞에 수십 겹으로 배치되어 있는 경찰과 대치하는 동안 군중의 수는 엄청나게 불어나고 있었다.

「침략자 일본을 응징하자!」

「와!」

「일본대사를 끌어내라!」

한편 도쿄 주재 한국대사는 일본 외상을 만나 엄중 항의했으나, 외상은 평소의 부드럽던 태도를 일거에 바꾼 채 오히려 한국의 잘못으로 인해 사태가 발생했으니 모든 책임을 한국이 져야 한다고 말하는 것이었다. 여기에 덧붙여 그는 성난 일본

국민에 대해 한국 정부와 국민이 사과하지 않는다면 앞으로의 사태가 어떻게 전개될지 모른다고도 말했다.

「이건 완전히 공갈이군.」

주일대사 이상학은 외상의 말 중에서 몹시 이상한 기분이 드는 구절을 발견했다. 일본 국민에 대한 한국 국민의 사과가 없을 경우 앞으로의 사태가 어떻게 진행될지 모른다는 말은 도대체 무엇을 뜻하는 것인가. 도대체 어떻게 한국 국민이 일본 국민에게 사과를 한단 말인가. 조금이라도 한일 간의 근대사를 아는 사람이라면 이 말이 갖는 의미를 즉각 깨달을 수 있었다. 그는 황급히 대사관으로 돌아와 본국으로 연락을 했다.

「일본이 독도 강점으로 끝낼 것 같지 않습니다. 외상과 접촉해본 바에 따르면 신가한 침공이 우려됩니다. 내각 쪽의 소식으로는 한국에 대해 선전포고를 한다고 합니다. 어쨌거나 독도에서 마주치지 않은 것은 대단히 잘된 판단이었습니다. 대사관에서는 일본의 온건 인사들과 잇따라 접촉하고 있습니다만, 그들도 현 내각의 초강경 세력에 의해 모두 거세된 입장이라 별로 힘이 될 것 같지는 않습니다. 추후 상황은 다시 보고하겠습니다.」

맥그루더 주한 미국대사는 청와대로부터의 호출을 받고 올라가던 중 시위 군중의 수가 엄청나게 늘어나 있는 것을 보았다. 군중들은 일본대사관 앞을 가로막고 있는 경찰과 긴장 속에 대치하고 있었는데 시간이 지날수록 점점 과격해지고 있었다. 이 시위대는 일본의 규탄과 동시에 반정부 구호를 열렬하게 외쳐대고 있었다.

대사는 한국 정부로서는 도저히 국민의 분노를 막지 못한다고 생각했다. 한일 간의 근대사와 현대사를 잘 아는 대사는 일본에 관한 한 한국 국민들의 분노는 어떤 힘으로도 막지 못하리라고 감지하고 있었다. 일본과의 전면전을 피하기 위해 한국 정부는 온갖 노력을 다할 것이지만 그것이 결국은 아무 소용이 없을 것으로 대사는 분석하고 있었던 것이다. 국민의 소요를 막아야 할 군도 몹시 분노하고 있을 것이었다. 대사는 한국이 선택할 수 있는 길이 참으로 좁다고 생각했다.

대사는 불안한 마음을 가누지 못하고 청와대의 대통령 집무실에 들어섰다. 그에게는 이미 본국 정부로부터 일본과 한국간의 영토분쟁에서부터 전면전에 이르기까지 어떠한 돌발사태가 일어나더라도 냉정한 중립적 자세를 표명하는 것 외에는 어떠한 동정적 태도나 우호적 태도를 나타내지 말라는 훈령이 와 있었다. 그러나 사람 좋은 맥그루더로서는 한국이 처해 있는 현실을 번연히 알면서도 모른 체하는 것과 동일한 어휘인 중립적 입장을 고수하라는 본국의 훈령을 지키기란 참으로 어려운 일이었다. 그러나 관리의 한계를 스스로 실감하면서 어두운 마음으로 자리에 앉아 있는 대사의 앞에 나타난 대통령은 침착함을 잃지 않으려는 기색이 역력했다.

「안녕하시오, 대사. 무척 오랜만이오.」

「네, 각하. 그간 별고 없으셨는지요.」

「염려 덕분에 잘 있었소. 일본 함대의 독도 침공에 대한 대사의 견해는 어떻소?」

「대단히 불행한 일이라고 생각합니다. 빨리 원상회복이 되어야 할 것입니다.」

「나는 이번 사태에 대해 귀국 정부의 태도가 대단히 미온적이라고 생각하오. 미국은 아마 이 사태의 발생을 예견하고 있었을 것이오. 일본의 침공이 대단히 치밀하게 자행된 것으로 보아 귀국 정부에 사전 통고를 했을 가능성도 크다고 생각하오. 그러나 귀국의 담당자들은 아무도 내게 알려주지 않았소. 현재 상황에서도 아무도 내게 전화를 걸어오지 않고 있소.」

「대단히 유감입니다. 그러나 워싱턴의 담당관리들은 이번 사태를 아직은 제1급 위기상황으로 보는 것 같지는 않습니다.」

「아직은이라……. 대사, 귀국의 대통령께서는 무척 바쁘시겠지요?」

「예, 각하.」

「내 지금 전화 한 통화 걸어도 될까?」

「예, 각하. 그런데 대통령께서는 지금 깊은 잠에, 그게 그러니까 워싱턴 시간으로 지금이…….」

「참, 그렇지. 나는 거기도 여기와 같은 줄 알았소. 대사, 이제껏 한국에 부임했던 대사 중에서 나는 대사가 가장 마음에 들었소. 솔직하고 인간적이고 무슨 얘기든 마음을 탁 터놓고 할 수 있을 것 같아요.」

「감사합니다, 각하.」

맥그루더는 등에서 진땀이 배어나오는 것을 느낄 수 있었다. 청와대로 출발하기 전 정치담당 참사관이 거듭 당부하던 말이 생각나 대사는 더욱 곤혹스런 마음이 되었다.

「대사님, 청와대에 들어가면 대통령이 대사님을 잡고 애걸복걸할 겁니다. 제발 미국이 개입하여 일본의 함대를 철수시켜달라고요. 그러나 이때에 절대적으로 냉정하게 처신하셔야 합니다. 이미 본국 정부와 일본 사이에는 한일 간의 영토분쟁 및 그로 말미암은 전쟁에는 중립을 지키기로 약속이 되어 있습니다. 전면전이 시작되면 일본 정부의 통고에 의해 우리 대사관은 철수하게 되어 있습니다. 대사님은 영토 문제에 관한 한 미국 정부는 절대로 중립을 지키게 되어 있다고만 대답하십시오. 어려운 자리가 되겠지만 침묵하는 것밖에는 대안이 없습니다.」

「내가 한국을 위해 해줄 수 있는 일은 없소?」

「불행하게도 대사님, 지금은 아무것도 없습니다.」

이 장면을 생각하던 맥그루더의 가슴에는 먹구름만이 피어나고 있었다.

「대사, 대사가 들어오기 직전 나는 심사숙고 끝에 우리 공군에 출격 명령을 내렸소. 부분적 무력대응은 필연적이오. 이것이 전면전으로 갈지 어쩔지는 모르지만 지금 우리 국민은 모두가 비굴한 굴복은 원치 않기 때문이오.」

「저도 필연적이라고 생각하고 있습니다.」

「내가 왜 대사를 불렀는지 짐작하고 있겠지요?」

「잘 알고 있습니다, 각하.」

「대사, 도와주시오. 지금의 우리에게 희망이란 오직 대사뿐이오.」

「…….」

맥그루더는 강렬하기 짝이 없는 대통령의 눈빛이 자신의 두 눈동자에 와서 멈추는 것을 의식하며 조용히 고개를 떨구었다.

한편, 대통령의 명령에 따라 공군 참모총장은 전투비행사령부에 독도 출격을 지시했고, 이 전투 명령은 곧바로 동촌과 포항 근처의 공군기지에 전달되었다.

「오늘 내로 이 명령이 안 떨어졌으면 난 청와대로 올라가려고 했어요. 세상에 우리가 오직 이날을 위해 살아왔는데 일본놈들이 우리 영토를 저렇듯 유린하는 걸 보고도 가만있으라면 죽으라는 얘기 아닙니까? 안 그렇습니까, 편대장님.」

「잔소리 말고 전원 출격 준비. 동해상에서 제3전투 비행단과 합류한다. 전체 편대 지휘는 내가 한다.」

동해에서 합류한 총 25대의 팬텀기 편대에 대해 엄정윤 대령은 서릿발 같은 작전명령을 내리고 있었다.

「전체 편대원은 들으라. 우리는 독도를 향해서 간다. 작전 목표는 부근의 모든 함선 및 인공 시설과 병력이다. 주의사항을 지시한다. 상대는 일본 자위대. 엄청난 전자장비를 갖추고 우리의 일거수일투족을 낱낱이 살피고 있다. 지금 우리의 출격도 간파당하고 있다. 이것은 생존을 위한 명령이다. 전원 수면으로부터 3미터의 고도를 유지하라. 실수하면 적에게 우리 편대의 위치를 노출당하고 만다. 수면 3미터 이상 비행하면 내가 즉결처분한다. 이상.」

한국 공군의 귀재라 일컬어지는 엄정윤 대령은 평소 일본의 전자탐지 시스템에 대한 연구를 깊이 하고 있었으므로, 일본은 함대를 보호하기 위해 필시 조기경보기 등으로 한국 공군의 움직임을 간파하고 있을 것이란 생각을 하고 있었다. 그래서 그는 전 편대원에게 죽음의 고도라고 일컬어지는 수면 위 3미터를 강요했다. 이 고도라면 적의 감시망을 피할 확률이 반쯤은 된다고 생각되었다. 기지를 떠난 지 20분 남짓하여 제1대로부터 연락이 왔다.

「적 함대가 레이더에 잡히고 있습니다. 모두 다섯 척입니다.」

「알았다. 계속 저공비행하라.」

「앞으로 1분 후면 미사일 사정거리에 당도합니다.」

「별도 명령 없이 공격하라.」

이 말이 끊어지는 순간 엄 대령은 이상한 느낌이 들었다. 리시버를 통해서 희미한 폭발음 같은 것이 계속 들려오고 있었던 것이다.

「1번기, 1번기 대답하라.」

「…….」

「7번기, 8번기 대답하라.」

역시 응답이 없었다. 엄 대령은 적기 발견 보고도 없었는데 부하들로부터 응답이 없는 것을 의아하게 생각했다.

「설마……?」

섬뜩한 느낌이 뇌리를 스치고 지나가 점검해본 결과 이미 십여 대의 아군기가 소리 없이 피격당해 사라지고 없었다. 그것을 알아차리는 순간 엄 대령은 등에 식은땀이 흘렀다. 적기는 모습도 보이지 않은 채 미사일을 발사하고 있는 것이었다. 일본의 전자전 시스템은 상상을 초월했다. 도저히 적의 미사일을 피해 공격에 성공할 수 없다는 판단이 들자 마지막 지휘 명령을 내렸다.

「모두 기수를 돌려 기지로 귀환하라!」

명령과 동시에 그는 발아래에 있는 일본 함대를 향해 수직으로 떨어져 내려갔다. 오직 적함에 대한 필사의 공격을 위해 모든 것을 다 버리고 내리꽂히는 사나이의 뜨거운 가슴은 아무것으로도 막을 수가 없었다. 잇따라 몇 대의 전폭기가 엄 대령의 뒤를 따랐다. 검푸르게 넘실대는 바다 위로 불꽃과 함께 굉음이 울려 퍼졌다.

1999년 겨울

「각하, 국방장관의 전화입니다.」

「나요.」

「각하, 죄송합니다. 공격은 실패했습니다.」

「피해가 있었소?」

「출격한 스물다섯 대 중 스물한 대가 돌아오지 못했습니다.」

「조종사들의 생명은?」

「모두 사망입니다.」

「음, 슬픈 일이군. 적의 손실은 어느 정도요.」

「그게 참으로 면목 없습니다. 프리기트함 한 척을 반파시켰을 뿐입니다.」

「앞으로가 큰일이군. 예상되는 일본의 움직임은 어떻소.」

「정보에 의하면 대규모 공습이 있을 것이라고 합니다.」

「공습 목표는 어디로 예상되오?」

「경상남북도 일대의 군사시설입니다.」

「철저한 경계 및 방어를 부탁하오.」

전화를 끊은 대통령은 천야만야의 낭떠러지로 떨어지는 기분을 느꼈다. 한일 간에 군사력 차이가 있을 것으로 예상하지 않은 바는 아니었지만 이것은 너무도 충격적인 결과가 아닐 수 없었다. 이 정도 차이라면 앞으로 어떤 대책도 수립할 수 없다고 생각되었다.

「각하, 외무장관이 긴급히 뵙고자 합니다.」

「어서 들어오라고 하시오.」

외무장관은 몹시 긴장된 표정이었으며 연신 손수건으로 땀을 닦아내고 있었다.

「각하, 일본 정부가 우리나라에 대해 선전포고를 할 것 같습니다.」

「일방적인 공격을 해놓고 오히려 선전포고를 해?」

이때 관악산의 전시지휘소에 있는 국방장관으로부터 다시 전화가 걸려왔다.

「각하, 사세보와 미사와의 적 기지로부터 엄청난 수의 전폭기가 발진하고 있습니다. 정보에 의하면 일본 정부는 우리나라에 대해 선전포고를 한다 합니다.」

「알고 있소. 적기는 어디로 향하고 있소?」

「포항과 동촌, 진해와 사천의 해군 및 공군기지를 노리는 것 같습니다.」

「전시 비상을 선포하고 국민을 대피시키시오.」

「알겠습니다. 그리고 각하께서도 이리로 오시는 것이 안전합니다.」

「알겠소.」

대통령은 전화를 끊으며 외무장관에게 말했다.

「일본대사는 저희 나라로 갔소?」

「아닙니다. 아직 여기에 있습니다.」

「이리로 부르시오.」

「각하, 미국 대통령께서 통화를 하고자 하십니다.」

대통령은 잠시 무엇인가 생각하고는 전화를 받았다.

「각하, 지금 저들은 대규모 공습을 시작하고 있습니다. 그러나 나는 일본이 먼저 함내를 동원하여 독도를 침공했으며 독도경비대원 전원을 몰살시킨 침략적 행위를 지적하고 싶습니다. 네, 물론 평화를 위해 노력해야 한다는 점은 우리도 잘 알고 있습니다만, 일본의 이번 행위는 독도 문제에만 그치는 것이 결코 아닙니다. 그들에게는 애초부터 어떤 음모가 있었던 것입니다. 어찌 되었든 지금은 각하의 적극적 중재가 필요합니다. 오직 각하의 중재만이 일본의 전쟁 확대를 막을 수 있습니다. 네, 기다리고 있겠습니다.」

대통령은 몹시 불만스러운 태도로 전화를 끊었다. 미국 대통령의 어조가 보통 때와는 몹시 다른 것이 어떤 불길한 예감을 느끼게 했다.

「각하, 일본대사가 도착했습니다.」

「들어오시라고 해.」

일본대사 우시로쿠는 사뭇 거만하고 고압적인 자세로 의전 비서의 안내를 받으며 들어왔다. 그는 대통령 곁에 앉아 있는 외무장관에게는 눈길도 주지 않고 대뜸 대통령의 앞자리에 덥석 앉았다. 평소 대사가 취하던 행위와는 너무 거리가 멀어 지켜보는 모든 사람의 눈살을 찌푸리게 했지만, 아무도 지금 그런 것에 대해 말을 꺼낼 여유는 없었다.

「안녕하십니까, 각하.」

그는 일부러 보통 때와 달리 극히 낮은 목소리로 점잔을 빼며 인사말을 던졌다. 마치 금세기 초에 일본의 하류관리에 불과했던 통감부 직원들이 한껏 거드름을 피우며 거만한 자세로 한말의 황제들을 알현하던 당시와 같은 느낌을 주고 있었다.

「어서 오시오, 우시로쿠 대사.」

「각하, 본인은 한일 관계가 이렇게까지 악화된 데 대해 각하와 한국 국민에게 진심으로 송구함을 느낍니다. 저로서는 최악의 상황만은 막아보려고 있는 힘을 다 쏟아부었습니다만 워낙 본국 정부의 분노가 거세어 역부족이었습니다.」

「괜찮소. 이게 어찌 대사의 잘못이겠소.」

대사가 예상했던 바와는 달리 대통령은 지극히 부드럽고 온화하게 대사의 말을 받았다. 일본대사는 대통령이 극도로 자제하고 있다는 것을 깨달았다. 이러한 대통령의 자세는 그를 더욱 기고만장하게 했다. 적어도 이제부터는 한국의 대통령이 선택할 수 있는 방법은 한 가지밖에 없다는 것을 알게 될 것이며, 따라서 자신은 승리자로서의 당당하고 힘찬 자세를 지금부터 견지해야 한다고 생각했다. 어쨌거나 이번 분쟁은 일본의 승리로 끝날 것이 명백했기 때문에 그는 이 기회를 잘 이용하여 자신의 위치를 최대한도로 끌어올려야 한다고 생각했다. 그러자면 지금 이 순간부터 위엄 있는 태도를 갖추고 한국의 지도자들을 은근히 압박할 필요가 있다고 느꼈다.

다시 미국 대통령으로부터 전화가 걸려왔을 때 대통령은 일본대사가 있는 자리에서 그냥 전화를 받았다.

「네, 각하. 뭐라고요? 이미 주사위는 던져졌다고 말한다고요? 이제는 어쩔 도리가 없다고요? 도대체 그런 억지가 어디 있습니까? 좋습니다. 각하, 그러면 지금 일본이 진심으로 원하는 것이 무엇입니까? 어떤 조건을 내세우고 있습니까? 네, 지금은 싸우기만 할 때라고 한다고요? 각하, 이것은 싸움이 아닙니다. 잘 아시지 않습니까? 일본과 우리나라 사이에 무슨 싸움이 되겠습니까. 일방적 공격과 일방적 패배가 있을 뿐입니다. 각하께서 더욱 다각적으로 노력해주십시오. 지금 우리에게 있어서 희망이라곤 오로지 각하밖에는 없습니다. 네, 기다리겠습니다.」

이때 미국대사는 대통령의 대화 내용을 들으며 전쟁은 확대될 수밖에 없다고 생각하고 있었다. 그는 록펠러의 대화 스타일을 잘 알고 있었다. 록펠러는 가급적 상대를 극단적으로 실망시키는 말을 하지 않는 편이며, 최후의 희망을 포기하지 않게 말을 하는 스타일이었으므로, 한국 대통령의 대화가 무언가를 기다린다는 말로 끝나긴 했으나 실상 그것은 아무런 의미가 없다는 것을 잘 알고 있었다. 미국이 개입하려고 생각했으면 일이 이 지경까지 이르지는 않았을 것이며, 자신이 본국의 국무성으로부터 받고 있는 명령도 불간섭의 원칙인 터였다.

대사가 연락받고 있는 범위 내에서는 미국은 이번 사태를 영토분쟁으로 규정짓고 간섭하지 않기로 이미 입장정리가 되어 있었기 때문이었다. 다만 지금 대사에게 주어진 임무는 오히려 전쟁 후를 겨냥한 것이었다.

미국 정부는 일본이 한국을 패배시킨 후 한국을 지배하는 과정에서 큰 고통을 겪을 것으로 판단하고 있고, 이 과정에서 한국에 적당한 지원을 하여 미군이 월남에서 그랬고 러시아가 아프가니스탄에서 그랬던 것처럼 늪 속에 일본의 두 발을 빠뜨려놓고자 했던 것이다. 그러므로 대사에게 주어진 임무는 오로지 한국과의 연락 채널만 이어두는 것에 불과했다. 그러나 사람 좋고 한국에 정이 든 대사는 실질적으로는 아무런 힘이 되어주지 못하더라도 심정적으로나마 대통령의 지근에 있으면서 진정으로 보탬이 되고자 했다.

「각하, 국방장관의 전화입니다.」

「나요.」

「각하, 포항과 진해의 해군기지와 동촌과 사천의 공군기지가 공습을 받고 있습니다. 동해상에서 공중전을 벌였으나 적의 공군은 조기경보기의 작전지시를 받고 있어 우리 공군이 참패하고 말았습니다. 현재 파악되고 있는 바로는 상기 기지의 전투능력의 약 70퍼센트 이상을 상실하고 있습니다. 아군의 공군기는 적의 전자유도 미사일 공격을 당해내지 못하고 있습니다. 적기의 그림자조차 보지 못하는 상태에서 어디서 나타나는지도 모르는 미사일에 피습당하고 있습니다. 도대체 누구를 상대로 싸워야 할지 모르고 있습니다. 이대로라면 한 시간 후에는 영남지방에 위치한 우리 해군력이나 공군력이 모두 궤멸되고 말 것 같습니다.」

「알았소.」

대통령은 말이 없었다. 일단 일본의 공격이 시작되면 이렇게 될 것을 누구보다도 더 잘 알고 있었지만 이제까지 흘러온 과정 중에 하나라도 변화시킬 수 있는 것이 없었다. 독도를 무력으로 점령한 일본에 대해 군대를 가지고 있는 주권국가로서 군사적 대응을 하지 않을 수는 없는 노릇이었고, 일본의 침략을 막기 위해 다각도로 외교적 노력을 기울여왔지만 내란으로 사분오열되어 있는 중국이나 끊임없는 민족 분규와 공화국 간의 분쟁에 지칠 대로 지쳐 있는 러시아도 일본의 전격적 침략을 저지해줄 수 있는 형편은 못 되었다.

이 밖에 이들이 일본에 기대하고 있는 경제협력 문제나 극도로 강성해진 일본의 군사력도 이들 나라들이 경거망동을 못하는 중요한 이유였다. 그러나 무엇보다도 일본의 공격에 대처하기에는 시간이 너무 없었다. 최후까지 믿고 있었던, 아니 믿을 수밖에 없었던 미국도 막상 뚜껑이 열리고 보니 강 건너 불 보듯 하는 입장을 고수하는 태도가 피부에 느껴져왔다.

사실 강대국 간의 역학관계를 이용하여 자신의 안보를 도모한다는 논리란 얼마나 하릴없는 것인가. 그 힘의 균형이 깨질 때 직면하게 되는 위험이란 참으로 치명적인 것이 아닐 수 없고 힘의 균형이란 언젠가는 깨지기 마련인 것이 역사의 법칙일진대, 스스로를 지킬 힘을 갖지 못한 나라치고 망하지 않은 경우가 역사상 몇 번이나 있었을까. 지구상의 어느 나라가 지금의 일본을 상대로 남의 전쟁을 치러줄 것인가.

대통령은 갑자기 무한한 고독 속으로 빠져들고 있는 자신을 느꼈다.

한편, 청와대의 비서관들과 외무부 그리고 각종 국제기구에 관련되어 있는 한국 측 인사들은 백방으로 연락을 하며 전쟁 방지를 위해 노력하고 있었으나 어디에서도 신통한 대답을 기대할 수가 없었다. 미국과 유럽의 정치가들과 의회 및 각계의 지도자들은 한결같이 당사국 간의 영토분쟁에는 개입하지 않는다는 원칙을 천명하고 있었으며, 이번 분쟁의 발단이 된 독도 문제에 있어서는 오히려 한국의 잘못이 더 크지 않은가 하는 반응을 보이고 있었다. 그들의 눈에 국제사법재판소의 판결을 거부해온 한국이 일본에 비해 불리하게 비쳐지는 것은 어쩌면 당연한 일인지도 몰랐다.

어쩌면 그들은 공격적 수출의 대명사로 알려진 일본과 한국이 서로 치고받아 어느 한쪽, 아니 양쪽이 다 멸망해버리거나 최소한 재기 불능의 폐허로 변했으면 하고 바랄지도 모를 일이었다. 그들은 한국을 위해 무엇인가 적극적인 도움이 되려는 생각은 아예 없었던 것이다. 다만 일방적으로 강력한 일본보다는 상대적으로 열세에 빠져 있는 한국에 심정적 응원을 보내는 정도에 불과했다.

「북한과 우리가 지나치게 군축을 했던 게 실수가 아닐까요? 막상 일이 이 지경에 이르니 우리로서는 대책이 별반 없지 않습니까?」

대통령의 오랜 친구인 국회의장이 들어와 앉아 있다가 말을 꺼냈다.

「아니오. 남북한 간의 군축에 대해서 나는 아무런 후회도 하지 않소. 오히려 대단히 잘한 일이오. 우리가 줄인 약 80만의 병력이 남북의 경제에 이바지한 바는 지대하오. 그것은 앞으로의 통일에 큰 도움이 될 것이고, 통일 후에도 우리의 경제에 큰 도움이 될 것이오. 그리고 일본과 우리와의 전쟁은 군인의 숫자에 의해 승패가 좌우될 성질의 것이 아니오. 문제는 바다요. 아무리 많은 병력도 쓸모가 없어요. 공군과 해군의 질에 있어서 절대적 열세인 우리로서는 사실 일본이 전면전을 걸어오면 질 수밖에 없는 입장에 있어요. 일본과 우리와의 전쟁은 공군과 해군의 대결이 승패를 가름하는데, 공군 및 해군의 대결은 결국은 자본과 기술의 싸움이나 다름이 없어요. 10년 전만 해도 공중전이 조종사의 기술에 의해 좌우되었지만, 지금은 조종사의 기술이나 전투기 자체의 성능은 큰 의미가 없어요. 모든 전투상황을 일거에 파악하여 출격에서 귀환까지를 슈퍼컴퓨터가 통제하는 전자전 시스템의 우수성 여부가 승패를 결정합니다.」

이때 일본대사가 일어서면서 말을 꺼냈다.

「각하, 별로 하실 말씀이 없으시면 저는 그만 돌아갈까 합니다. 아까 미국 대통령과 통화하신 것처럼 본국 정부의 입장은 워낙 단호한 것이라 제가 별반 할 일이 없을 듯합니다.」

「아니오, 지금부터 우시로쿠 대사의 할 일이 있소. 이루 말할 수 없을 정도로 큰일이니 괜찮다면 당분간 나와 같이 있는 것이 어떻소.」

대통령은 미국대사를 돌아보며 역시 같은 말을 했다.

「맥그루더 대사께서도 이 사태의 증인으로서 계셔주기 바라오.」

비서가 다시 국방장관의 연락을 알렸다.

「각하, 해군의 피해가 엄청납니다. 진해 해군 통제사령부 및 포항의 해군기지가 완전히 파괴되었습니다. 벌써 우리 해군의 전체 전력의 반 이상이 능력을 상실한 것으로 분석되고 있습니다. 적 전투기의 공격을 피해 이리저리 도주하는 군함들도 이제 곧 최후를 맞이할 것이라 합니다. 뿐만 아니라 동촌과 사천의 공군기지에 있던 전투기들도 대부분이 파괴되었습니다. 운명을 지상전에 거는 것밖에는 방법이 없습니다.」

「알았소. 지금 바로 그리 가겠소.」

대통령은 미국대사와 일본대사를 대동하고 전시지휘본부로 향했다. 서울의 거리에는 대혼란이 벌어져 있었다. 전시지휘본부로 향하는 자동차 안에서도 대통령은 계속 깊은 생각에 잠겨 있었다.

대통령은 카폰으로 김인후 유엔 주재 한국대사를 불렀다.

「대사, 나 대통령이오. 상임이사국들과 막후 접촉은 하고 있소?」

「각하, 끊임없이 접촉하고 있습니다만 아직 새벽이라 본격적 논의를 못하고 있습니다. 미국과 영국의 대표를 접촉한 결과는 별로 신통치 않습니다. 이상하게도 저는 이 사람들이 오히려 일본의 주장에 기운 듯한 느낌을 받고 있습니다. 일본의 주장에 의해 안보리 상임이사국 회의도 신속히 열릴 것 같지가 않습니다. 백악관 내의 정보통에 의하면 미국과 일본의 정상 간에 우리나라에 대한 일본의 침공을 묵인한다는 내용의 비밀회담이 있었다고 합니다. 현재 주미대사와 최선을 다해 행정부와 의회의 중진급들과 연락을 취하고 있습니다만 평소의 친한파들도 대단히 소극적입니다. 확실한 것은 날이 밝아야 알 수 있겠습니다마는 현재로서는 모두 다 관망의 자세를 취할 것으로 판단되고 있습니다.」

「우리의 미래가 두 대사의 어깨에 달려 있소. 최선을 다해주시오.」

「알겠습니다, 각하.」

전시지휘본부에는 이미 정부의 모든 기관이 다 들어와 있었다. 국방장관의 상세한 보고를 받는 대통령의 표정은 비참하게 일그러져 있었다. 이미 어느 정도 예상은 했었지만 이렇게까지 비참하게 당할 줄은 몰랐었다. 대통령은 미국 대통령에게 전화를 걸었다. 한참 후에 나온 미국 대통령의 어조는 아까보다도 냉랭했다.

「나는 일본 정부의 지도자와 계속 접촉 중입니다. 그러나 우리는 근본적으로 이번의 분쟁이 양국 간의 영토분쟁이며 제3국의 섣부른 개입은 역사의 오류를 낳을 수도 있다는 점에 주목하고 있습니다. 그러나 양국 간 전쟁의 확대는 결코 바람직하지 않다고 생각하기 때문에 본인과 미국 정부의 지도자들은 확전 방지에 최선을 다하고 있습니다. 각하께서도 이런 일에 대비하여 사전에 외교적 해결을 모색하려는 노력을 더 하셨더라면 하는 아쉬움이 있습니다. 우리나라의 지도자들도 독도 문제에 대한 귀국의 해결 방침에 대해 대단히 유감을 표명하고 있습니다. 일본의 지도자들은 반세기 가깝게 참아온 일이라고 하면서, 이러한 분쟁의 해결방식에 대한 모든 책임은 전적으로 귀국에 있다고 합니다.」

「각하, 지금 여기는 분쟁의 해결이나 무력충돌 등의 용어로 표현할 수 있는 상황이 아닙니다. 일본은 우리나라 전체를 초토화시키려고 합니다. 이것은 또 다른 세계대전의 시작입니다. 지금 미국이 나서지 않으면 세계는 또다시 엄청난 재난에 직면하게 됩니다.」

「우리는 일본 정부와 긴밀한 접촉을 갖고 있습니다. 그러나 우리는 이번 사태에 함부로 개입하는 것은 온당치 않다고 생각하고 있습니다. 이것은 우리 정부의 원칙입니다.」

「알겠습니다.」

수화기를 내려놓는 대통령의 손끝이 가늘게 떨리고 있었다. 그는 국제사회에 내동댕이쳐진 한국의 운명을 온전히 실감하고 있었다.

미국의 배신, 아니 이것은 배신은 아니었다. 사실상 한국과 일본의 전쟁에 미국이 반드시 한국의 편이 되어주어야 할 의무가 있는 것은 아니지 않은가. 한국과의 사이에 한미 상호방위조약을 맺고 있는 것과 마찬가지로 미국은 일본과도 미일 상호방위조약을 맺고 있으며, 한일 간에 일어난 분쟁에 대해 미국이 언제나 중재인이 되어주어야 한다는 생각 또한 아무런 근거가 없는 것이었다. 아니, 오히려 미국에게는 한국보다는 일본이 훨씬 중요한 나라이며, 미국이 반드시 서태평양에서 일본과 대립해야 할 이유가 없는 것도 분명했다. 일본과 미국 간에는 수많은 이익이 서로 얽혀 있으므로 오히려 타협이나 흥정의 여지가 많은 것도 사실이다. 대통령은 육해공군 합동참모회의를 주재했다.

「적의 제1차 공습은 우리 측에 엄청난 피해를 주었소. 앞으로의 군사적 상황 전개에 대해 각군 지휘관들은 설명해주기 바라오.」

공군 참모총장이 비장한 표정으로 일어났다.

「각하, 죄송스럽기 그지없습니다. 이토록 처참하게 당한 것은 모두 저의 책임입니다.」

「아니오. 그것은 총장의 책임이 아니오. 이러한 상황은 예전부터 충분히 예견되어왔었소. 책임이 있다면 나의 책임이라고나 할까. 어쨌든 지금 여기서는 누구의 책임을 따지거나 할 상황이 아니오. 앞으로의 군사작전에 대해 의논을 합시다.」

「…….」

시간이 한참 흘렀으나 장성들은 아무런 말도 못하고 있었다. 사실 각군 지휘관들은 지금과 같은 전혀 예측 밖의 결과에 대해 몹시 당황하고 있었다.

20세기 말의 전쟁. 그것도 지구상에서 가장 전자기술이 앞선 나라와의 전쟁은 노련한 지휘관들의 의식에 잘 포착이 안되고 있었다. 이 전쟁은 군인들의 전쟁이라기보다는 기술자들의 전쟁이라고 부르는 것이 오히려 정확할 것 같았다. 비슷한 성능의 팬텀기를 갖고도 슈퍼컴퓨터로 모든 전투명령을 받고 있는 일본 측의 전자전 시스템은 한국의 조종사들이 적을 발견하지도 못한 채 어디서 날아오는지도 모르는 미사일에 의해 격추당하도록 만들었다. 조종사의 용맹이나 판단력 같은 것은 이제는 별 의미가 없었다.

보다 못한 육군 참모총장이 말문을 열었다.

「각하, 우리나라는 전통적으로 육군이 모든 전투력을 갖고 있습니다. 육군은 적의 상륙을 추호도 허용치 않을 것입니다. 이미 적의 상륙에 대비하여 모든 작전계획을 짜놓고 있습니다. 해군과 공군의 피해가 다소 있었지만 크게 걱정은 마십시오.」

그러나 좌중의 모든 사람은 육군 참모총장의 발언이 얼마나 무의미한가를 잘 알고 있었다. 아니, 무의미하다기보다는 맞지 않는다는 사실을 잘 알고 있었다. 제공권을 완전히 빼앗겼을 때의 지상전이란 현대에 있어서는 도저히 불가능하다는 것을 이들은 모두 너무나 잘 알고 있기 때문이었다. 제공권을 완전 장악한 적의 전투기들은 공중 급유를 받으며 지상전에 참가할 것이고, 그럴 경우 하늘은 언제나 적의 비행기로 새까맣게 뒤덮여 있을 것이다.

절체절명의 위기에 처한 한국의 최고군사회의는 아무런 작전을 세울 수가 없었다. 마치 9년 전 걸프전에서 이라크가 시원찮은 미사일 몇 발 쏘아본 것이 공격의 전부였듯이, 한국이 취할 수 있는 작전이란 그저 기다리는 것뿐이었다. 적이 어떻게 나오느냐에 따라 이쪽에서는 그에 대응하는 작전을 세울 도리밖에는 없었다.

이때 통신실 장교가 급히 달려왔다.

「일본의 제2차 공습이 시작될 것 같습니다. 엄청난 수의 전폭기가 출격을 하고 있습니다.」

「방향은?」

「포항과 울산 방면인 것 같습니다.」

「포항과 울산?」

지휘관들은 고개를 갸우뚱했다. 그들은 서로의 얼굴만 쳐다보며 영문을 몰라했다. 왜냐하면 포항의 해군기지는 이미 초토화되었고 울산에는 적의 공습 목표가 될 만한 이렇다 할 군사시설이 없었기 때문이었다.

「이런 나쁜 놈들, 안 돼!」

갑자기 대통령이 비명과도 같은 소리를 질렀기 때문에 지휘관들은 소스라치게 놀랐다.

「포항제철이다! 저놈들이, 이런 비열한 놈들 같으니!」

대통령은 벌떡 일어섰다. 급히 집무실로 되돌아간 그는 미국과 일본의 대사를 불렀다.

「우시로쿠 대사, 그리고 맥그루더 대사, 내 말을 잘 들으시오. 나는 일본이 우리나라의 독도를 침범한 것이 대단히 불순한 의도에서 비롯되었다는 것을 알고 있소. 일본은 이제 통일을 목전에 두고 있고 모든 면에서 경쟁상대인 우리를 이 단계에서 완전히 제거하려 하고 있소. 한반도의 지배를 획책하거나 최소한 우리나라를 초토화시켜 모든 산업경쟁력을 말살시킨 후 경제적으로 지배할 음모를 가지고 있단 말이오. 독도는 한갓 구실에 불과했소. 그들은 현재 우리의 해군과 공군을 궤멸시키다시피 했소. 그리고 이제 우리나라 산업의 근간인 울산공단과 포항제철을 파괴하러 오고 있소. 이것은 가장 비열한 테러임에 틀림없으며 제국주의적 침략의 첫걸음이오. 그러나 미국의 대통령을 비롯하여 각국의 지도자들이 지금의 사태를 영토분쟁으로 치부하며 양국 간에 해결해야 할 문제라고 하는 데 대해 나는 말할 수 없는 분노를 느끼고 있소. 비무장국의 운명이 군사 강대국 간의 이익 계산과 흥정에 의해 결정된다면 앞으로의 세계 역사의 진전 방향은 불을 보듯 뻔한 것이오. 이번의 사태에 미국을 비롯한 세계가 팔짱을 끼고 구경만 하고 있다면 앞으로 세계의 모든 국가는 치열한 군비확장으로만 매진할 것이오. 세계 역사는 또다시 비극을 겪으며 뒷걸음질치고 말 것입니다. 자, 이제 이 사태를 진정시킬 수 있는 것은 아무것도 없소. 이미 일본의 공군기는 한국 최대의 공업지대인 울산과 포항을 향해 출격하고 있소. 이제 약 30분 후면 우리나라의 산업은 폐허가 됩니다. 지금 이 순간 우리는 진정 분노하고 있소.」

「각하, 잠시 기다려주십시오. 제가 본국의 대통령께 연락을 해보겠습니다.」

미국대사는 급히 백악관을 불렀다. 한참 후에 나오는 록펠러 대통령의 무관심은 한국 지도자들의 분노를 자아냈으나 지금의 상황에선 그나마 나와주는 것만 해도 감지덕지할 형편이었다.

「각하, 한국의 맥그루더 대사입니다. 제1차 공습에서 한국의 해군과 공군을 궤멸시킨 일본은 지금 대규모의 제2차 공습을 감행하려 합니다. 불행하게도 목표는 군사시설이 아니라 산업시설입니다. 저의 판단으로는 이것은 대단히 옳지 못한 일일 뿐만 아니라 한국민의 장래를 매우 불행하게 만드는 일입니다. 일본의 산업시설 폭격은 제지되어야 한다고 믿습니다.」

「대사, 군사작전은 때로는 광범위한 전술목표를 가질 수도 있소. 지금은 아무도 일본의 작전내역에 대해 말할 수 있는 상황이 아니오. 대사는 국무성으로부터 지시받고 있는 범위 내에서만 행동하면 되오. 일본은 서울에 대해서는 폭격을 하지 않겠다고 내게 약속했소. 수고하시오.」

대사는 난감하기 짝이 없는 표정을 지으며 대통령에게 통화의 결과를 보고하려 했으나 대통령은 손을 내저으며 만류했다. 대통령의 절규 어린 호소를 들었음에도 불구하고 우시로쿠 일본대사는 여전히 거만한 자세로 마치 하찮은 자리에 참석해준 사람처럼 앉아 있었다.

「각하, 모든 공군기를 출격시켜 적의 공격을 동해상에서 저지하겠습니다. 오직 죽음으로 방어하겠습니다.」

「…….」

공군 참모총장의 보고에 대해 대통령은 대답 없이 묵묵히 앉아 있기만 했다. 좌중의 사람들은 대통령이 뭐라고 대답할 말이 없을 것이라는 사실을 알고 있었다. 출격은 무의미하다고 생각되기 때문이었다. 오히려 한국은 보유하고 있는 항공기를 모두 잃을 것을 걱정하는 쪽이 좀 더 실질적일지 몰랐다. 그들의 뇌리에는 화염에 휩싸여 연쇄폭발을 일으키는 울산의 화학공업단지와 포항제철의 모습이 떠올랐다. 이 산업기지들은 한국에게는 무엇보다 중요한 것이었기 때문에 대통령은 비장한 어조로 공군 참모총장에게 지시했다.

「총장, 최선을 다해주시오. 포항제철이 파괴되면 우리는 시베리아 송유관 공사나 천연가스관 부설 공사를 해약당하게 되오. 일본이 노리는 것은 바로 이것이오. 조국의 미래는 지금 이 순간 공군의 두 어깨에 달려 있소.」

「죽음으로 막겠습니다, 각하.」

결연한 어조로 대답하는 공군 참모총장과 대통령은 굳은 악수를 나누었다. 두 사람은 벼랑 끝에 선 기분이었다. 이제 마지막 남은 공군력마저 모두 잃고 만다는 생각이 두 사람의 마음을 강하게 조여왔다.

이때 대통령 전용의 붉은색 전화기에서 신호음이 요란하게 울렸다. 대통령은 직접 전화를 받았다.

「오! 부장이오? 수고 많소. 그래 지금 오셨다고! 헬리콥터에서 내리셨다고! 어서 이리로 모시고 오시오.」

한국의 각 공군기지에서 발진한 전투기들은 문자 그대로 죽음을 각오하고 동해로 날아갔다. 공군은 각개공격의 작전을 선택했다. 이 작전은 조종사의 목숨은 극히 위태로워지지만 적의 신경을 최대한도로 자극하면서 일대일의 공중전을 전개할 수 있는 전통적 작전 방식이다.

그러나 예상과는 달리 일본 측의 전자전 시스템은 놀라울 정도로 발달되어 있었다. 두 대의 조기경보기가 하늘 높이 떠서 한국에서 전폭기가 발진할 때부터 그 비행경로를 추적한다. 그리고 일본 공군의 개개의 비행기에 연결되어 있는 컴퓨터에 비행 궤도의 그래픽을 입력한다. 그때 공격을 담당한 비행기의 조종사가 자체 컴퓨터를 조작하면 거기에는 일본 기지의 슈퍼컴퓨터가 분석한 공격 자료가 불과 수초 내에 입력되어 가장 유리한 공격 위치 및 공격용 미사일의 속도와 적기의 궤적을 분석한 공격명령이 떨어진다. 조종사는 공격목표를 모니터로만 보면서 컴퓨터 명령을 실행하는 키펀치만 치면 되었다. 공격하는 자나 공격을 받고 격추되는 자나 서로의 모습을 볼 수도 없고 볼 필요도 느끼지 않는다. 최첨단 통신체계와 컴퓨터, 그리고 초고감도 레이더로 연결되어 있는 일본 항공자위대의 능력은 실로 가공할 만한 것이었다.

한국의 전투기들은 적기와의 공중전에 신경을 쓰기보다는 끊임없이 자신의 기수를 불규칙하게 바꾸는 데 더욱 신경을 써야만 했다. 그럼에도 불구하고 한국의 파일럿들은 초인적인 능력을 발휘하여 적의 공습을 제지하고 있었다. 그 힘은 오로지 삶을 포기한 사람에게서만 나올 수 있는 기적적인 것이었다. 조종사들은 기술보다는 본능과 육감에 의해서 적과 싸우고 있었으며 적의 조그마한 컴퓨터 조작 실수도 간과하지 않았다. 바늘끝만한 틈새도 놓치지 않고 파고들어 기체 충돌을 할 양으로 대들고 있었기 때문에 적도 겁을 집어먹고 있었다. 그러나 워낙 전력의 차이가 큰데다가 숫자마저도 중과부적이어서 시간이 지날수록 한국 공군의 전투기는 급격히 숫자가 줄어들고 있었다.

남과 북

「각하, 도착하셨습니다.」

「오! 부장, 수고했소.」

대통령은 벌떡 일어나 뛰다시피 마중을 나갔다. 도대체 누가 왔기에 촌각을 다투는 이 와중에 대통령이 저리도 황망하게 뛰어 나가는가 싶어 두 대사와 국무위원 및 군 지휘관들은 의아하게 생각했다. 안기부장이 직접 수행해온 것으로 보아 대단히 중요한 인사임에 틀림이 없는 것 같았다.

지하 헬기 착륙장으로 연결된 엘리베이터 앞에서 대통령은 문이 열리기를 기다렸다. 이윽고 엘리베이터의 문이 열리자 안에서 나온 사람을 대통령은 덥석 껴안았다.

「오오, 와주셨구려. 정말 반갑소!」

「얼마나 고통이 심하십니까!」

두 사람은 감격에 겨워 서로의 몸을 굳게 끌어안았다. 특히 대통령의 감동은 이루 말로 표현할 수 없을 정도였다. 차디찬 국제사회에서 비정하게 내동댕이쳐졌고, 믿었던 미국 대통령을 포함하여 그 누구로부터도 위안과 동정을 받지 못한 채 심지어는 일본의 일개 대사로부터도 견딜 수 없는 모욕을 받고 있던 대통령에게 따스한 한마디는 그대로 감동이었다.

이제 불과 얼마 후면 나라의 근간인 기간산업 시설들이 송두리째 뿌리 뽑힐 위기감에 몸을 떨고 있던 대통령에게 있어서 이 사람의 출현은 필설로 형언할 수 없을 정도로 감격스런 것이었다. 대통령은 자신도 모르게 흘러내리는 뜨거운 눈물을 참을 수가 없었다.

「각하, 오면서 안기부장으로부터 자세한 상황 설명을 들었습니다. 지금 대단히 시간이 촉박한 것으로 판단됩니다. 어서 대책회의를 마련해야 하겠습니다. 그리고 여기 우리의 지휘관들이 있습니다.」

대통령은 그제서야 정신이 들었다. 그는 부동자세로 자신에게 경례를 붙이고 있는 세 사람의 장성을 보았다.

「고맙소!」

무언가 말을 해야 한다고 생각했지만 대통령은 더 이상 말을 꺼낼 수가 없었다. 이들은 서둘러 작전회의실로 갔다. 회의는 급속도로 진행되었고 결론은 일치했다. 회의를 끝낸 대통령은 다시금 일본대사와 미국대사를 불렀다. 여전히 거드름을 피우며 들어오던 일본대사 우시로쿠는 대통령의 옆에 앉아 있는 사람을 보고 깜짝 놀랐다.

「대사, 본국 정부에 통보해주시오. 평화를 사랑하는 우리 한민족은 한일 간의 모든 문제를 우호선린의 입장에서 해결하려고 지금 이 시간에 이르기까지 오직 인내로 일관해오며 귀국 정부의 자제와 각성을 기대했으나, 이제 우리나라의 근본을 뿌리째 뽑아버리려는 간계를 간파한 이상 더 이상 이대로 묵과할 수 없소. 우리는 임진왜란과 일제 36년의 고통을 겪으면서도 용서하고 같이 살려고 그토록 노력했건만 귀국의 태도와 근본적 정신자세는 도저히 고쳐지지 않을 것이라고 우리는 단정하게 되었소. 또한 우리는 다시 귀국의 야욕에 희생되어 비참하고 구차한 역사를 반복하느니 참혹하기 그지없지만 우리 민족에게 끊임없이 고통을 줄 화근을 영원히 제거해버리고 역사 앞에 떳떳하게 행동하기로 결정하였소.

이제 일본이라는 나라는 백 년이 걸려도 회복되지 못하는 불모의 나라로 전락하고 말 것이며, 귀국의 국민들은 전세계가 혐오하고 기피하는 기형의 인간들로 전락하고 말 것이오. 설사 귀국과 마찬가지의 운명이 된다고 해도 우리나라 국민들은 모두 이 길을 택할 것이오. 멸망하고 말지언정 치욕당하는 역사는 반복하지 않을 것이란 말이오.

지금 즉시 귀국 정부에 통보하시오. 이제 한 시간 내로 도쿄, 오사카, 나고야, 고베, 교토 다섯 도시에는 히로시마급 원자탄의 다섯 배의 위력을 가진 핵폭탄이 투하될 것이오. 도쿄는 특별히 크고 중요한 도시이니까 다른 도시의 세 배를 드리겠소. 한민족의 이 결정은 결코 번복되지 않을 것이오. 자, 그럼 그만 가보시오.」

우시로쿠는 안색이 창백해졌다. 그는 대통령이 하는 말을 잘 이해하기가 힘들었으나 일분일초가 아쉬운 이 긴박한 순간에 대통령이 농담을 한다고는 생각되지 않았다. 더군다나 대통령의 옆에 앉아 있는 사람은 다름 아닌 북한의 지도자가 아닌가. 우시로쿠는 갑자기 마음이 몹시 다급해졌다.

「각하, 잠깐만 기다려주십시오. 본국 정부와 통화를 할 수 있게 해주십시오. 저는 전쟁의 확대를 막기 위해 최선을 다하고자 합니다. 지금 일본과 한국 사이에 벌어지고 있는 제반 왜곡된 상황에 대해 저는 양국 정부의 올바른 이해를 구하고자 합니다.」

「그것은 대사의 자유요.」

「그런데 저는 본국의 강경세력들을 설득하기 위해 한국의 핵무기를 보여주는 것이 가장 효과 있는 방법이라고 생각합니다. 그들에게 보여줄 수 있는 약간의 증거 같은 것이라도 있다면 대단히 좋겠습니다.」

「대사의 얘기는 우리나라의 핵 보유를 믿을 수 없다는 것이군요. 그렇다면 몇 가지 증거를 보여드리겠소.」

대통령의 말이 끝나자 안기부장이 가방 속에서 몇 장의 사진을 꺼내 우시로쿠에게 내밀었다. 그것은 실내에서 찍은 사진인데 보통의 폭탄과는 몹시 다른 느낌을 주는 것이었다. 군사적 지식이 별반 없는 우시로쿠로서도 특별한 폭탄임에 틀림없다는 생각이 들었다.

그의 뇌리에는 순간적으로 핵폭격을 당해 황폐해진 도쿄의 거리와 시커멓게 타 죽은 수도 없는 시체, 그리고 방사능 오염으로 고통받는 사람들의 모습이 떠올랐다. 그 속에는 자신의 노부모의 모습도 섞여 있었다.

그는 황급히 부속실의 전화 앞으로 가서 도쿄를 불렀다.

「나 한국의 우시로쿠 대사요. 외상을 급히 바꿔요. 긴급이오. 뭐라고? 내각회의 중이라고? 그러면 그쪽으로 빨리 연결시켜요. 뭐라고? 회의 중이라 안 된다고? 그러면 빨리 수상을 대줘요. 일본의 운명이 달려 있는 일이오.」

이윽고 나온 외상에게 우시로쿠는 숨넘어가는 목소리를 토해냈다.

「한국에 핵무기가 있습니다. 앞으로 한 시간 이내에 도쿄를 비롯한 주요 도시들에 핵폭탄을 터뜨린다고 합니다.」

「대사, 지금 무슨 소리를 하는 거요? 갑자기 핵폭탄이라니, 그게 도대체 무슨 소리요?」

「한국에 핵폭탄이 있다는 말입니다.」

「도대체 말이 되는 소리요? 대사, 혹시 한국의 정보조작에 말리고 있는 것 아니오?」

「저의 생각으로는 그런 것 같지는 않습니다. 북한의 주석도 내려와 있는 것으로 봐서 핵무기를 터뜨리겠다는 얘기가 전혀 거짓말 같지 않습니다.」

「알겠소.」

비상각료회의를 하던 중 우시로쿠 주한대사의 보고를 받은 일본의 각료들은 깜짝 놀랐다.

「아니 외상, 그게 도대체 무슨 얘깁니까? 한국이 핵무기를 보유하고 있다니, 뭔가 잘못 알고 있는 것은 아닙니까?」

「교활한 한국 놈들 얘기를 믿을 필요가 뭐 있습니까? 그놈들 빠져나갈 길이 하나도 없으니까 별 거짓말을 다하는군. 아니, 한반도의 핵무기에 대해서는 우리가 일분일초도 눈을 떼지 않고 지켜봐왔는데 새삼스럽게 핵무기라니, 사실일 리가 없습니다.」

「북한 놈들하고 같이 각본을 맞춘 모양인데, 그놈들의 핵개발도 우리가 다 중지시키지 않았소? 울산과 포항을 폭격당하면 마지막이라 생각하니 그런 잔꾀가 떠올랐나 보지.」

이때 한쪽 구석에서 침묵을 지키고 있던 사회당 출신의 운수상 구토가 입을 열었다.

「좀 더 신중하게 대처합시다. 한국의 핵무기 보유가 물론 도저히 믿어지지는 않는 일이지만, 만약의 경우 그들이 핵무기를 보유하고 있다면 그것은 보통 일이 아닙니다. 지금 우리의 전폭기들이 한국에 거의 다 날아갔을 텐데 일단은 급히 귀환시킵시다. 그리고 한국의 핵무기 상황을 확실히 알아보고 폭격을 재개해도 늦지 않습니다.」

이때 방위청 장관이 일어났다.

「본인의 생각으로는 한국이 핵무기를 가지고 있다고 하더라도 별로 문제될 것이 없다고 봅니다. 왜냐하면 그들이 핵탄두를 정확하게 목표지점에 투하하기란 참으로 어려운 일이 아닐 수 없습니다. 그들이 전폭기를 이용하여 우리나라에 핵무기를 투하하려 할 경우 그 성공 확률은 불과 2퍼센트도 되지 않습니다. 이외에는 다른 방법이 한국에는 없을 것입니다.」

「그러나 그 2퍼센트의 일이 현실로 일어나면 우리나라는 어떻게 되는 것입니까? 장관이 책임질 수 있습니까? 도쿄를 비롯한 도시 지역에 한 발만 맞아도 그것은 돌이킬 수 없는 희생을 초래합니다. 일단 공습을 중지시켜요.」

「지금 공습을 중지할 필요는 없는 것 아닙니까? 우리는 이미 오랫동안 대공 요격체제를 보강해왔습니다. 지금 우리의 대공 방어능력은 세계 최고의 수준입니다. 한국의 전폭기들은 절대로 우리의 방공망을 뚫을 수 없습니다. 무엇보다도 한국에는 핵무기가 있을 수가 없습니다. 지난 1993년 북한의 핵무기 개발 노력은 완전히 벽에 부딪쳤고 그 후로 북한은 매년 철저한 핵사찰을 받아왔습니다. 한국은 물론 말할 것도 없고요. 절대로 한국에는 핵무기가 없습니다. 지금 다급하기 짝이 없는 한국의 속임수에 놀아나서는 안 됩니다. 계획대로 한국의 기간산업들을 폭격해야 합니다. 보십시오. 우리 앞에는 시베리아가 있습니다. 이대로 그냥 두면 한국과 일본의 국가 운명이 뒤바뀔지도 모릅니다.」

「방위청 장관의 말이 맞습니다. 지금 폭격기들을 되돌린다면 세계 여론의 흐름이 나빠진 상태에서 공격해야 하는 부담이 생길지도 모릅니다. 또한 지금 폭격기를 되돌리면 국민들에게 신뢰감을 잃을 가능성이 있습니다. 국민들은 우리가 한국에 대한 정보가 어두운 상태에서 무모하게 일을 저질렀다고 판단할 것입니다. 이것은 앞으로의 정책 수행과정에서 대단한 걸림돌이 될 것입니다. 지금 세계는 한국에는 핵무기가 없다는 사실을 철저히 믿고 있습니다. 세계 여러 정부가 모두 확인하고 있는 사실입니다. 이대로 그냥 십행해야 합니다.」

「여러 각료의 말을 종합해보면 한국이 핵을 가졌을 가능성이 거의 없는데다가 설사 가졌다 하더라도 우리의 방공망을 뚫을 가능성은 대단히 적을 것으로 판단됩니다. 따라서 폭격 명령은 그냥 두어야 한다고 생각합니다.」

「지금 한국의 공군력은 궤멸하다시피 했습니다. 이제 일본으로 날아올 수 있는 전폭기의 수는 많지 않을 것입니다. 우리의 집중요격을 뚫을 수가 없습니다. 그러나 이러한 사실보다도 지금껏 없던 핵무기가 갑자기 나타났다는 것은 속임수입니다. 한국은 지금 대단히 다급합니다. 시간을 벌기 위해 무슨 짓인들 못하겠습니까? 이러한 잔꾀에 당한다면 두고두고 우리는 역사의 웃음거리가 될 것입니다.」

일본의 각료들은 한국의 핵무기 보유를 믿고 싶어 하지 않았다. 그들은 한반도의 핵무기에 대해 전력을 다해서 저지해왔고 최고의 관심을 두어왔기 때문에 그 속사정을 샅샅이 알고 있다고 생각했으며, 절체절명의 위기상황에서 나온 한국의 핵무기 보유 주장은 일종의 거짓 정보라고밖에는 생각되지 않았다. 또 그들은 일본의 전자전 시스템에 대해 확고한 신뢰감을 갖고 있었다. 한반도에서 발진하는 선폭기가 일본의 인공위성 및 조기경보기 그리고 슈퍼컴퓨터와 고감도 레이더 등으로 삼중 사중 걸쳐 있는 포착망에 걸리지 않는다는 건 불가능한 일이었다. 이미 오래전에 패트리어트 미사일을 만들어낸 일본으로서는 방공요격망에 절대적 자신감을 갖고 있었다. 그들은 한국 공군의 최신예기인 팬텀 18F라 할지라도 슈퍼컴퓨터로 제어되는 일본의 요격망을 벗어날 확률이 불과 2퍼센트 미만이라는 점에 안심하고 있었다. 이런저런 사유로 해서 내각회의의 분위기는 강경했고 또 낙관적이었다.

그들은 결국 공습명령을 철회하지 않았던 것이다.

얼마 후, 한국의 포항제철과 울산공단은 철저하게 파괴되었다. 한국 공업발전의 견인차 역할을 했고 한강의 기적을 불러일으킨 주역이었으며 한국의 대표적 기간산업 시설인 포항제철과 울산공단의 초토화는 한국민들에게 실질적 피해 이상의 분노와 증오를 불러일으켰고, 한국민들은 다시 한 번 일본의 야욕에 치를 떨었다. 그러나 사람들은 일본을 응징할 아무런 현실적인 수단을 갖고 있지 못하다고 생각했고, 따라서 응징보다도 일본의 재침 위협에 극도로 불안해하고 있을 도리밖에 없었다. 사람들은 한일 간의 이 일방적이고도 가혹하기 짝이 없는 역사가 되풀이될 수밖에 없는 상황에 대해 일종의 체념적 자기비하를 하기도 했다.

북한과의 통일을 목전에 두고 그 분단의 원흉이었던 일본에 의해 또다시 당해야 하는 이 벗어날 수 없는 지정학적 운명을 그들은 원망하고 증오했다. 잘못이라곤 오직 하나, 그저 일본과 이웃해 있다는 것밖에 없건만 이 간난한 사실은 한국민들로 하여금 길고도 긴 세월을 고통과 체념의 질곡에서 헤어나지 못하게 하고 있었다.

그러나 한국인들은 바로 이 순간 어떠한 일이 일어나고 있는지 꿈에도 모르고 있었다.

가히 역사적이라고 할 만한 이 일은 강원도 태백산 중턱의 은밀한 장소에서 일어나고 있었다.

거룩한 용서

「모든 상황 점검 완료. 스탠바이. 레이저 키 결합 확인. 발사 1분 전. 30초 전. 10초 전. 쓰리, 투, 원, 제로, 발사!」

입을 쩍 벌린 태백산 중턱의 동굴에서는 시커멓고 길쭉한 물체가 힘차게 하늘을 향해 치솟아 올랐다.

불과 수초의 짧은 시간 내에 까마득한 점이 되어 망막에서 사라져버린 이 검은 물체는 초겨울 바다의 청량한 기운을 흠뻑 들이마시고 푸른 하늘의 끝을 쫓는 비조와도 같이 날아갔다. 그 물체는 수백 년 밀축되어 있는 역사의 시공을 날카롭게 가르며 날아가고 있었다.

그러나 누가 알았으랴.

이 날카로우면서도 부드러운 한 줄기 몸짓 뒤의 무수한 섬광과 하늘을 찢고 땅을 뒤흔드는 굉음, 그리고 열풍 후에 오는 죽음의 적막이 신풍으로 보호받는 태양의 나라 일본의 어느 곳을 영원히 뒤덮어버릴 줄을…….

「일본 해상에 괴비행체 출현. 우리나라를 향해 날아오고 있음.」

「보고 있음. 계속 감시 바람.」

일본의 조기경보기와 대공방위본부의 담당자들은 즉시 합동참모본부에 이 사실을 보고하는 한편 고감도 레이더에 내장되어 있는 컴퓨터로부터 비행물체의 정보를 얻어내는 키보드를 눌렀다.

방위대학 비행정보학과 출신의 노무라 대위는 통상의 비행체에 대한 분석 수치를 거의 외우다시피 하고 있었기 때문에 모니터에서 눈을 떼지 않은 상태에서도 이미 양손은 키판에 올려져 있었다.

그의 손이 기계처럼 자동적으로 통상의 입력키를 누르기 위해 공간을 더듬어가다 갑자기 멈칫했다. 눈에 들어오고 있는 분석수치가 너무도 낯설었기 때문이었다.

「이게 뭐야? 이런 이상한 것이 있나? 뭔가 헛잡은 것이었나?」

그는 다시 고감도 레이더의 화면을 들여다봤다. 처음에는 하나로 보이던 비행물체가 이제는 다섯 개로 보이고 있었다. 그때 조기경보기에서 다시 연락이 왔다.

「본부, 지극히 이상한 비행물체는 초고속 미사일로 분석됨. 몹시 위험함. 이상.」

「알고 있음.」

그는 화상 전송장치로 모니터의 상황을 그대로 슈퍼컴퓨터에 입력시켰다. 이제 수 초 이내에 슈퍼컴퓨터는 분석치와 함께 요격명령을 각 요격팀에 보낼 것이다. 이 상황을 뒤에서 지켜보고 있던 대공방위본부장은 즉시 통합막료회의에 보고했고, 막료회의 의장은 방위청 장관을 비롯하여 비상각료회의에 참석하고 있던 수상 등에게 보고했다.

일본의 지도자들은 모두 회의를 중단하고 회의실 전면에 장치되어 있는 자동 화상 전송장치를 켰다. 화면에는 대공방위본부의 상황이 비추어졌다.

데라우치 방위청 장관이 자신 있는 표정으로 말했다.

「한국의 전폭기가 일본해를 날아오는 것 같습니다. 우리의 요격망에 의해 격추되는 상황을 볼 수 있을 것입니다. 지난 1980년대 말부터 우리의 최첨단 전자기술을 방위망에 접목시킨 결과가 어떻게 나타나는가를 우리는 지금 여기서 확인할 수 있습니다. 전세계를 통틀어서도 우리의 요격체제를 뚫을 수 있는 공격 시스템은 불과 서너 개 정도가 있을 뿐입니다.」

방위청 장관은 대공방위본부의 고감도 레이더에 나타나는 화상을 회의실에서도 볼 수 있게 하라고 지시했다. 각료들은 까만 점 다섯 개가 레이더의 디지털 계기판 가장자리에서 명멸하는 것을 볼 수 있었다.

「지금 저 까만 점들이 한국의 전폭기입니까?」

「그렇습니다.」

「저 전폭기들이 핵폭탄을 탑재하고 있습니까?」

「확인할 수는 없습니다만, 단 다섯 대만이 날아오는 것으로 봐서는 그럴 가능성도 있다고 봅니다.」

그러나 대공방위본부의 노무라 대위는 몹시 당황하고 있었다. 보통 때라면 벌써 슈퍼컴퓨터로부터 비행정보 분석이 끝나고 요격명령까지 떨어졌을 텐데 그 몇 배의 시간이 지나도록 컴퓨터의 모니터에는 '처리 중'이란 자막만이 나타나고 있기 때문이었다.

그는 직감적으로 지금 날아오는 비행체는 예사로운 것이 아니라는 걸 느꼈다. 당황해서 고함을 지르는 노무라 대위의 모습을 보고 많은 사람들이 옆으로 몰려들었다. 그들은 그제야 비로소 이 비행물체는 그들이 쉽게 처리할 수 있는 전폭기나 조잡한 미사일이 아니라 매우 특별한 종류의 장거리 핵탄두 미사일임을 깨달았다. 그들은 고감도 레이더를 정밀 확대하기 위해 레이더의 출력을 높였다. 이제 까만 점들은 약 50개가량의 점으로 확산되어 있었다.

모니터를 들여다보던 레이더 전문가들의 얼굴빛이 흙빛으로 변했다.

그들은 왜 슈퍼컴퓨터가 요격명령을 못 내리는지 비로소 알 수가 있었다. 지금 날아오고 있는 것은 바로 초정밀의 정보 분석 방해회로와 인공지능이 내장된 세계 최고급의 핵탄두 미사일이었던 것이다.

방위본부장은 온몸에 비 오듯 땀을 흘리면서 자신의 손으로 요격편대의 비상출동 스위치를 누르고 요격 미사일 부대에 발사명령을 내렸다. 그리고 그는 방송과 연락 가능한 모든 수단을 동원하여 일본 전역에 핵폭탄의 공습경보를 내리도록 했다.

가능하면 소리 없이 처리하려고 했지만 지금의 상황에서 그것은 몽상에 불과하다는 것을 그는 누구보다도 잘 알고 있었으며, 통합막료회의에 보고하는 그의 전화 목소리에서도 식은 땀이 흐르고 있었다.

「요격 성공률 5퍼센트 미만입니다!」

「본부장, 도대체 무슨 소리요! 확률이 5퍼센트 미만이라니!」

「그렇습니다! 지금 날아오는 것은 우리의 요격 능력 밖의 세계 최우수급 탄도미사일입니다. 저는 어째서 저런 것이 한국으로부터 날아올 수 있는지 모르겠습니다. 저 미사일은 미국도 오직 자국 내에만 배치하는 최첨단 미사일입니다.」

「그렇다면 저건 미국이 한국에 제공한 것이란 말이오?」

「그것은 확실치 않습니다. 하나 분명한 것은 지구상에서 오직 두세 나라만이 보유 가능한 최신예 무기라는 것입니다.」

일이 돌아가는 것을 보고 있던 각료회의의 멤버들은 모두

둔중한 쇠뭉치로 머리를 세차게 얻어맞은 느낌이었다. 그들은 자신들이 내린 결정이 어떠한 결과를 초래했는지를 참담한 기분으로 느끼고 있었다.

그들은 시종 아무런 말이 없었다. 할 말이 없기도 했거니와, 참혹한 형상이 되어 울부짖는 국민들의 모습과 자신들에게 책임 추궁을 하는 성난 국민들의 모습이 떠올라 그 자리에 얼어붙은 듯이 서 있는 것이 고작이었다.

한국에는 핵무기가 있을 수가 없다고, 있어도 일본 열도에 명중시킬 수 있는 확률은 2퍼센트도 안 되니 한국을 폭격해야 한다고 열을 내던 자신들의 모습이 너무 초라하게 느껴졌다. 그들 모두는 역사의 대죄인이 되는 도리밖에는 없었다.

한국 폭격을 맹렬하게 반대하던 구토 운수상이 수상에게 말했다.

「한국의 대통령과 같이 있는 우시로쿠 대사에게 전화를 걸어 저 미사일에 핵탄두가 장착되어 있는지 확인을 하고 미사일의 공격목표가 어딘지 빨리 알아보시오. 그리고 더 이상의 공격을 중단해달라고 직접 한국의 대통령에게 사정하시오. 지금 이 단계에서라도 수습해야만 합니다. 한국민들은 지금 극도로 분노하고 있습니다. 자칫 잘못하여 제2, 제3의 공격이 이어지는 날에는 우리나라는 멸망하고 맙니다. 내가 그토록 만류했건만 귀도 쫑긋 안 하던 여러분들은 이제 무슨 일이 일어났는지를 알 것입니다! 이제 여러분들은 또다시 우리도 한반도를 핵으로 날려버리자고 말하려고 하십니까! 그럴 사람이 있으면 어디 나서보십시오! 이제 조금 후면 온 국민의 분노의 목소리가 내각에 집중될 것입니다. 최선의 방법은 한시바삐 수습을 하여 잇따른 핵공격을 막는 길뿐입니다.」

구토 장관의 말을 내각위원들이 묵묵히 듣고 있는 가운데 수상은 서울의 우시로쿠 대사를 불렀다.

우시로쿠는 흐느끼고 있었다.

「각하, 지금 날아간 미사일은 한국의 비밀기지에서 발사된 것입니다. 포항과 울산의 산업기지 공습 후 한국 정부의 지도자들은 모두 정신이 나갔습니다. 일본에서 어떤 형태로든 추가적 공격이 있거나 한국이 요구하는 피해보상에 무조건 합의하지 않으면 일본의 5대 도시는 잿더미가 될 것이라 합니다. 각하, 한국 정부의 말은 모두가 사실입니다. 지금 저의 앞에는 한국의 핵무기 사진들이 10여 장 놓여 있습니다. 극도로 화가 난 한국의 군사 지도자들이 곧바로 5대 도시에 대한 핵공격을 감행하겠다는 것을 저는 지금 엎드려 무릎을 꿇고 사죄하며 만류하고 있습니다. 한국의 대통령 각하께 사죄하시고 일본의 멸망을 막으셔야 합니다.」

수상은 눈을 감은 채 듣고 있었다.

온몸의 피가 역류하는 것을 느끼며 그는 전화기를 집어던지고 싶은 충동을 몇 번이나 느꼈지만 지금 이 순간만큼은 참는 것밖에는 달리 방법이 없다고 생각했다.

「그 핵미사일은 어디를 향한 것이오?」

「이제 곧 알게 될 것이라 합니다.」

「한국의 대통령 각하를 바꿔주시오.」

「예, 대통령입니다.」

「각하! 하시모토입니다. 제발 추가공격만은 중지해주십시오. 모든 것은 각하의 뜻에 따르겠습니다. 이것은 모든 일본 국민의 애절한 부탁입니다. 각하! 제발…….」

핵폭탄의 공습경보가 발효된 일본 전역에서는 사상 초유의 대혼란이 일어났다.

지구상의 어느 나라보다도 핵에 대한 공포심이 강한 이들 국민에게 어디인지는 모르지만 10분 이내에 핵폭탄이 떨어질 것이라는 공습경보는 전국을 아수라장으로 바꾸어놓고 말았다. 부모들은 어린아이들을 안고 울부짖었으며, 어떻게 대피해야 할지 모르는 사람들은 발을 구르며 고함을 지르고 악을 썼다. 거동 못하는 노모를 들쳐업고 여기저기 지하실을 찾아 헤매는 사람, 기운이 떨어져 거리 한 모퉁이에 주저앉아 흐느끼는 사람, 아예 처자를 버리고 큰 건물의 지하로 깊이깊이 숨어드는 사람, 숫제 미쳐버린 사람까지 일본 열도는 순식간에 천태만상의 지옥으로 변하고 말았다. 제2차 대전 때는 모르고 당했으니 차라리 나았지만, 지금의 상황은 처참하기 짝이 없었다.

고통과 신음에 가득 찬 일본 하늘을 향해 날아온 검은 물체는 일본이 그토록 자신만만하게 생각하던 대공방위망을 유유히 뚫고 일본 내륙의 한가운데를 가로질러 도쿄로부터 정남방 100킬로미터 지점에 있는 무인도 미쿠라지마에 정확히 명중했다.

태평양상의 작은 섬인 미쿠라지마에 섬광이 번쩍이고 나서 미친 듯한 열풍이 몰아닥쳐 이 섬의 모든 생명체를 태워 죽였다. 그리고는 죽음의 잿빛이 조용한 무인도를 부드럽게 뒤덮었다.

이 작은 섬에 정확히 명중한 한 개의 핵탄두가 만약에 일본의 심장부 도쿄를 거냥했더라면 그 결과가 어땠을까 하는 탄식이 일본인들을 전율케 했다.

헤아릴 길 없는 고통과 슬픔을 가슴속에 깊이 묻은 채 원수의 심장을 비껴 겨드랑이 밑에 비수를 찔러넣은 한국인들의 깊은 속을 일본인들은 이해할 수 있었을까?

일본인들은 진심으로 이해한다고 말하고 있었다.

핵무기에 대한 공포가 너무나 깊었기 때문일까? 아니면 상상도 못했던 한국인의 배려에 대한 인간적 충격이 너무나 컸기 때문일까?

국방부 성우의 낭송이 끝났다. 성우의 마지막 목소리가 사라진 공간에는 정적만이 흐르고 있을 뿐이었다.

순범은 가슴 깊숙한 곳에서 밀려오는 흥분을 어쩌지 못하고 몸을 떨었다.

생각하면 얼마나 기구하고 가혹한 역사였던가?

이렇게 서술해보고 저렇게 해석해봐도 고난과 비애만이 가득 찬 비통한 우리의 역사가 아닌가? 한 번도 남을 침략하지 않고 양순하고 선량하게만 살아왔던 겨레이건만 어째서 우리는 주변 이민족들로부터는 온갖 속박과 굴레를 당해야만 했던가?

그러나 순범은 지금 이 자리에서 새롭게 비상하는 조국 한반도를 보았다. 백두산이 흔들리고 한라산이 울어대는 통일의 새로운 날을 감연히 열어나가는 7천만 한민족의 함성을 들을 수 있었다.

눈을 가리는 왜곡된 논리의 안경을 벗어 던지고 진정한 민족의 길을 찾아나가는 용기만 가지면 한민족은 북반구의 한 곳에 훌륭하게 자리 잡고 살아갈 자격이 있다고 거듭 다짐하는 순범의 망막에 희미한 모습 하나가 떠오르더니 점차 선명해지며 가까이 다가왔다.

「아! 박사님…….」

순범의 탄성은 우레와 같이 쏟아지는 장성들의 박수소리에 묻히고 있었지만, 국민학교의 교실 창문 너머에서 교사의 수업 방법을 열심히 메모하고 있는 이용후 박사의 평범한 모습은 망막에 각인된 채 사라지지 않고 있었다.